唐獅子株式会社

小林信彦

フリースタイル

KARAZISHI COMPANY
by
NOBUHIKO KOBAYASHI

Cover illustration by Hisashi Eguchi
Book design by Daijiro Oohara

First published 2016 in Japan by
FREESTYLE, INC.
2-5-10, kitazawa, setagaya-ku, Tokyo 155-0031
webfreestyle.com

ISBN978-4-939138-83-6

唐獅子株式会社　目次

装画　江口寿史
装幀　大原大次郎

唐獅子株式会社

唐獅子株式会社

一

〈唐獅子《からじし》通信社〉と曇りガラスに金文字で書かれたドアを私は右肩で押すようにしてあけた。

「なんや、われ」

受付の黒い木札を片手でつかみながら、私が見たこともない若僧がわめいた。

「押し売りやったら御門《おかど》違いやで」

私がひと睨《にら》みしただけで若僧は尻餅をついた。年期というか、貫禄というか、かつて、私が細目で一瞥しただけで、ショック死した者が出たあの威力は、まだ、衰えてはいないらしい。

「チャボ、おるか」

われながら痺れるような低音だった。喉が渇いて声が涸れているので、よけい凄味がある。

「チャボ？」

「江崎はおるかときいとるんじゃ」

若僧は感電でもしたように跳び上って、「江崎常務のことだっか？」と念を押した。

常務？　なんや、それ？

「江崎千代松のこっちゃ」と私は言った。「はよ、呼ばんかい」

若僧が駈け出すまでもなく、小柄な中年男の江崎《チャボ》が黒の三つ揃いで姿を現した。

「兄貴……おつとめ、ご苦労さんでした」

チャボは茶坊主の略称である。その渾名《あだな》にふさわしく叩《こう》頭《とう》してみせた。

「のう、チャボ」と私は余裕を示して、「わしは刑務所《むしょ》を出る日を間違えたんかいの？」

「そんな……兄貴……」

「五年間、わしはあの門を出る日の光景ばかり、想い浮べていたんよ」私は眼を細めた。「門を出て二、三歩、わしは立ちどまり、ふと空を仰ぐ。空の蒼さが目にしみて、かすかに溜息をつく。……そのとき、控えめな声で『おつとめ、ご苦労さんです』――おまえの役や。さっと煙草《たばこ》がさし出される。わしが一本くわえたところで、シュポッとライターの音。当然、ライターをさし出すのは、おやっさんやな。ライターは金色のカルチェやで。マルマンだとイメージちゃうんよ」

「兄貴が、気ィ悪うしはったのは、当然だす」

チャボはまた頭をさげた。

「わいに責任とれるなら、それなりの覚悟はありま……」

「どないしたんや、おやっさんも、おまえも……」

私はようやく事態がふつうではないらしいのに気づいた。

「さっきから気になっとるんやけど、唐獅子通信社ってなんや？　二階堂組の名、いつから変更になったんや？　わしはきいとらんで」

「それですねん、問題は」

チャボは声を低めた。

「いずれ、おやっさんが正式にいわはる思いまっけど、そのまえに、わいからお話ししといたほうがショック少《すく》のうおまっしゃろ。とにかく、応接室へ」

「なんやて？」

私は渋茶を吹き出した。

「須磨組《ほんけ》の社内報を作るのを引き受けた？」

「へえ」

「おやっさんがか？」

「へえ。須磨組《ほんけ》の大親分の言わはるには、傘下の数ある組長のなかでも、うちのおやっさんは大学を中退しとるインテリやよってに、社内報の編集に向いとるんやないかと……」

「そやけど、あれ、学歴詐称やで」

「わかってまんがな、兄貴」

「わしも、むかし、が、た、く、りかけるために、大会社の社内報ちゅうものを見たことがある。おもろいもんやないで」

「そこですわ。本家親分からは、おもろい社内報をつくれ、須磨組が近代企業に脱皮するためには是非つくらないかんと、そらァきつい命令でしてなあ」

「そら、祝いの席やら風呂敷に包んだものやら、用意しとらなんだのは不満やろ。……よう、わかる、わかるで。そやけど、校了が近づいとるねん。わしの男としての意地が、社内報第一号にかかっとるいうことを理解して欲しいんや」

「わかってま……」

私は一礼した。

「さ、そっちにすわって」

親父はふかふかの椅子にかけた。鮭を背負っている木彫の熊と信楽《しがらき》焼きの高さ五メートルはある大狸《おおだぬき》にはさまれて、けっこう、幸せそうである。

「大親分の文章が巻頭を飾るんや。読みたいか？」

「へえ」

「ゲラ刷りの段階やけど……あ、これや、これ」

私は赤い書き込みのある、読みづらそうな——なんというのか、文字がぎっしりつまった紙を受けとった。〈マスコミの暴力に抗して〉という題で、左脇に小さく〈唐獅子春秋・その一〉とそえてある。

〈皆さん、お元気ですか。私も益々《ますます》元気です。昨秋の「須磨杯」争奪ゴルフコンペで、主催者たる私がホール・イン・ワンの快挙をなしとげたことにつき、愚かなマスコミどもがとかくの風評をまき散らしたのにもめげず、また昨年暮の南仏（カンヌ、ニースなど）清遊のさいに不覚にも高熱を発し、マルセイユの取り引き先のお世話になったりしたにもかかわらず、まずは健康を保っております。……

私はそんな状態ですが、皆さんはいかがですか。組内の交流、他の組との交際など、円滑に行っておりますでしょうか。常日頃、私のとなえている「人の和こそすべて」、今年こそ、これをふところに入れて猛進していただきたい。

昨年夏、関東堀越一家と当須磨組のあいだに、めでたく縁組が成立しましたことは、すでにご承知と思われますが、これにつきましても、警察及びマスコミは、私の「人の和」理論を理解せず、かえって取締をきびしくする有様。そこには人の幸せをうらやむ卑しき心根さえうかがわれます……〉

私は途中で視線を親父に向けた。

「どや」

親父は嬉々としている。

「なんや、ごちゃごちゃ書いてありますが」と私は声を低め、「わし、頭が悪いさかい、ようわかりまへん。本心はどないなっとるんです？」

「本心？」

「本家の肚《はら》ですわ。どないですねん？」

「どないもこないも、おまえ、そこにある通りや」

「人の和でっか？」

「しまいまで読まんと、もの言うたらあかんがな。和をもって尊しとなす、とあるやろ。それや。それが本家の心や」

「けったいでんな。……これがモットーやとしたら、もう抗争《でいり》は起りまへんで」

「そやろ。わしも遅ればせながら目覚めてな、拳銃《はじき》もドスも、よそへ売り払うてしもた……」

「ほんまでっか」

ショックを抑えて私は答えた。


二階堂組組長は須磨組幹部の一人である。しかも、大阪ミナミ地区の責任者だ。私は鉄格子の中にいても、この地区が、いま、島田組との抗争の中心になっているのは百も承知だった。去年だけでも、二階堂組のものが三人殺されているのだ。

そのとき、私は、チャボが〈タテマエ〉という言葉を使っていたのを想い出した。〈おやっさんのタテマエ〉と……。

「まあ、終戦の詔勅みたいなもんでっしゃろ」

私は笑いかけた。

「戦争は放棄すると、本家の大親分はこないにおっしゃる。けど、わしら、兵隊とハジキはつねに用意しておく」

「なんかしてけつかる！」

親父は怒鳴った。

「大親分のお言葉にあるやろ。共存共栄の時代に入ったんや。おまえ、ムショぼけしとるんとちがうか？」

「わしかて、好きで臭い飯食うたんと違いま」

私は声を低めた。

「どなたかの罪を背負い込んだんだっせ」

「い、言い過ぎた。かにせいや」

親父は眼を伏せた。

「社長……」

おそるおそるドアをあけた奴がいる。長髪で、ギターを持った方がさまになりそうな青年だ。

「なんや、蒼《あお》うなって」

「すんまへん。ちょっと、ごたつきまして」

「いちいち、わしに言うな。常務はどないした？」

「外出中だす」

「紹介しとこ。この若いのが、文芸担当の原田君。こちら、言うまでもないな」

「不死身の哲先輩！」

青年は眼を輝かせた。

「ふむ」私は軽くかわして、「文芸担当て何のこっちゃ？」

「柔かい誌面づくり、ちゅうかな」

親父は妙に改まって、「文芸の頁《ページ》を考えたんや。原田君の担当でなあ」

「第一号は、投稿いうわけにいきまへんし、ぼくの知り合いに無理矢理書かせたんですけど、そいつが改造ガン持ってきよってごねてま……」

「いまか？」

「へえ……」

「わしが見たる」

私はとび出して、階段を降りた。

受付に防寒ジャンパーを着た青年がいた。私を見ると、右手をジッパーの中に入れる。

「チンピラやないか」

私は原田に言った。

「応接室に通せ。入口でごたごたしとうない」

私は応接室に入った。備えつけの煙草をくわえて、チンピラのくるのを待つ。

「言葉に気ィつけェよ」

原田はチンピラをつれてくると、あわてて、私の煙草に火をつけた。

「若本だす」

そう言ってチンピラはおそるおそる椅子にすわった。

「なに揉めとるんや」と私。

「こいつの小説、なかなかいけますねん」

原田が言った。それから若本に向い、

「麻薬だけはあかんいうたやろ。須磨組の大親分がヤク嫌いやちゅうこと、知らんとは言わさんぞ。ヤクはヤバいんや」

「小説の中でもでっか」

「ああ」

「そやけど、今はドラッグとファックの時代やで」

「その気持はわかるで」と原田は言った。「けどな、うちは、まずいんや」

「ヤクを抜いたら、リアリティー無《の》うなってしまうがな」

若本はふて腐った。

「おまえな、日常性を掘り下げるいうことを少しは考えてみい」

「わいらチンピラの日常からドラッグとファックを抜いてもたら、何が残る？」

と若本は反駁した。

「暴力も書いたらいかんねやろ。どうせいいうんや」

「まだ内向いう線があるねやけどな」

原田は独りごちて、

「それに百枚は長過ぎるで。うちの欄は、俳句も入るさかい、二十枚が限度やな」

「八十枚も切るのんか！」

若本はいきなり改造ガンを喉《のど》に当てた。

「おい、気ィ確かか？」

私は煙草をもみ消しながら言った。

「へえ、切るの切られるのはチンピラのうちに言う言葉だす。いまのわいには、いっそ、死ねと言うてください」

私は右足で改造ガンを蹴り上げた。若本は気を失い、ソファーに倒れた。

「恰好つけ過ぎや」

私は灰皿の中の煙草をひろって、もう一度火をつけた。

三

「えらいお世話になりまして」

「他人行儀な挨拶すな」

「原稿集めるいうんは、しんどいもんです」

若本が完全に出て行ったのを確かめてから、原田はしみじみと言った。

「わからんのう」

私は首をふった。

「文芸の頁《ページ》ちゅうもんが、極道の社内報に要るんかいな」

「ぼくは要ると思《おも》てます」

「なんでや」

「先輩に、こないなこと言うてええもんやら、わかりまへんけど」

「言うてみい。よぶんなことはわしは口にせん」

「社長の編集方針が硬すぎますねん。大親分までが柔《やら》こうせいいうてはるのですけど、社長は一徹者でっしゃろ。このままやったら、むかしの修身の教科書よりも硬い、妙なものができまっせ」

「修身訓話は困るの」

「文芸欄とか身の上相談を作るのは、常務のアイデアです。常務も苦労したはりますわ」

「けど、第一号いうたら、投稿ちゅうのはあり得ないわな。若本の小説以外は、どないする？」

「そこですがな」と原田は嬉しそうに、「じつは、ぼく、俳人ですねん」

「若いのに痛ましいのう」

「ちゃいます。俳句詠む方のハイジンで……第一号の空白はぼくの俳句で埋めよう思《おも》てます」

「ふーむ……」

私は腕を組んだ。こんな若い身空で俳句というのが解せない。

「ほんまに俳句か。フォークとちゃうんか」

「まえにはフォークもやってましたけど、四畳半的抒情がいやになりまして」

「ま、ええ。おまえの俳句とやらをきかしてみい」

原田はポケットから折り畳んだ紙を出して、

「起きてみつ　寝てみつ　獄の広さかな」

私はしばらく黙っていた。

「どうでしょう？　おわかり頂けるでしょうか」

「意味はわかるけどなあ」

「でも、句の心がですね……」

「わし、おとといまで獄にいたんよ」と私はうんざりして言った。「……なんや、こんな俳句、まえにあったんとちがうか」

「ありましたかな？」と原田はとぼけた。「この道では、偶然の一致いうのが多くて」

「ふむ。次のは？」

「元日や……」

「ええな。元日や……」

「元日や　今年もあるぞ　大晦日《おおみそか》」

「……これも、あったんとちがうか？」

「そうでしょうか？」と原田は答えた。「気にしないで、次にまいります」

「言うてみい」

それから原田が読み上げた句は、次のようなものであった。

「元日や　友の出所日　指を折り」

「正月の　雑煮に映る　鉄格子」

「初日の出　心に誓う　縄張荒《しま》し」

「極寒の　所内偲びて　短刀研《どすみが》く」

「侠道の　確立遠く　初明り」

「柏手《かしわで》を　打ちて抗争の《でいり》　策を練る」

「獄の友に　詫びる気持《こころ》で　かやく飯」

「かやく飯　これが火薬なら　ひともうけ」

「差し入れの　底の鑢《やすり》に　祈り込め」

「脱獄に　使えぬものか　やっこ凧《だこ》」

「北国の　獄舎の匂う　賀状くる」

「大親分《おおおや》の　唐獅子に似た　うちの三毛」

「私のは問題ないといたしまして」原田は声をひそめた。

「社長が自作の詩をのせろと言わはるんですわ」

「おやっさんが……詩を?……」

私は二の句がつげなかった。

「そんな趣味、あったかいな?」

「初めてのような、そうでないような」

「のせるんか?」

「のせんちゅうわけにいきまへんやろ?」

「よその組の笑いもんになっても困るしなあ」

私は息をゆっくり吐いた。

「その詩は印刷所に入っとるんか」

「ゲラ刷りが出てます」

「こっそり持ってこい。わしも、わかるわけやないが、見とかんと落ちつかんよってな」

「見ると、いよいよ落ちつかんようになりますけど」

原田は忍び足で出て行き、あたりを見まわしながら戻ってきた。

「これですわ」

「なんや……『わが妻に捧げる長歌』……これが詩やて?」

「まあねえ」

「詩やな?」

「社長は、そこらのジャンル分けについて、かたく考えないのとちがいまっか」

「そんなもんかいの」

私は上着を脱ぎ、ネクタイをゆるめた。原田にコーヒーを持ってこいと言い、呼びとめて、冷《れい》コーと訂正した。新しい煙草に火をつけ、それ相応の身づくろいを整え終えてから、読み出した。

「ミコ　いじめてばかりいて　ごめんね……」

原田!——と、私は思わず叫んでいた。

「どないしはりました?」原田がとび込んできた。

「いや、一行読んで、とり乱しただけや」

「気ィつけて下さい、先輩。心臓に応えますよって」

「このミコいうのが、姐《あね》さんか。わしの留守に、おやっさん、女房、代えたんか」

「二階堂恵美子を略してミコですがな」

「……そう言われると、そうやが……なんや、イメージ狂うな。気色悪いわ」

「心はこもっているのですがね」

「安定剤あったら、一錠くれや」と私はなおも不安なまま言った。「からだが、がたがたになってきよった」

「そうなるのですよ、これは」

　原田は冷静に言った。

「おやっさん、いや社長は、二晩寝ないで書かはった。その勢いで社員に読ましたんですけど、翌日、二人、倒れましてね。アタったァいう感じで……」

「安定剤、二錠にしてくれ」

「ダブルでんな」

　私は煙草を消して、ゲラ刷りを手にした。両手がふるえていた。

「ミコ　いじめてばかりいて　ごめんね
この想《むね》は涙泄《るいせつ》に病んでいるのだ
世帯を持って早や二十五年
喜びも悲しみも幾歳月
そのうち何年　入所していただろうね

警察《さつ》にぶちこまれたら
すぐにとんできてくれるミコ

姐《あね》さんと呼ばれるようになった
そなたのすがしいひとみ　厚いくちびる
女のさがの悲しさをもらす　うなじのいじらしさ

雨にもまけず　風にもまけず　ペッパー警部にもまけず
夜霧に烟《けぶ》る淀川《よどがわ》のほとりに
孤独《ひとり》生きる　そなたの姿
ああ　俺は　そなたと犬（秋田犬）がいれば
幸せだなあ
たとい　そなたが　おばはんになっても……」
「大丈夫ですか」

原田が私の顔をのぞき込んだ。

「想ってたほどでもない」私は低く言った。「わりにまとまっとるじゃないの」

「まだ、だいぶんありますが……ひと息、お入れになった方が……。顔色が冴えません……」

「そら、おまえ、出だしの〈ミコ〉で、どーんときたんよ。次の〈ごめんね〉が、二発目のどーんよ。この二つを乗り越えれば、あとは淡々よ。ふつうの詩ィと変らへんがな」

「そうでしょうか」

原田は不満そうに見えた。

「〈ペッパー警部にもまけず〉なんて、ふつうでしょうか?」

「うん、これはわしも、ちょっと、考えた。……じきに解《わか》ったで。これは国家権力の象徴や」

「続けてお読みになりますか。それとも、姐《あね》さんの反歌を先に……」

「なんや、それ?」

「まあ、長歌があれば反歌があるわけで」

「ああ、丁か半かいう洒落《しゃれ》やな。はは、おもろい」

「いえ、ほんま、姐《あね》さんのです」

原田は内ポケットから折った便箋を出して、

「さっき、ぼくあてに、速達できました」

「どないなっとるのや!」

私はうろたえた。安定剤二錠を冷し《コール》コーヒーで流し込み、

「みんな、狂うとる!」

では、読みます、と原田は咳払いをした。

「ええ……柔肌《やわはだ》の熱き血潮に触れもみで　働くおどれ　あの世逝《い》てまえ……」

四

あらためて原田の持ってきた目次を見て、私は感心した。

じつに、社内報らしいのである。

〈巻頭随想　　　組長　須磨義輝
時局随筆（組内に〝四害虫〟はいないか？）
若頭　日比野三次
反面教師としての過激派　　若頭補佐　川名満洲男
侠道的にみた故チャン・ギャバン氏
若頭補佐　佐田晃夫
まんがルポ　本家親分北九州漫遊!!
爆破された本部事務所再建をお引き受けして
若頭補佐　伊吹秀也
事始め儀式報告
投稿欄（鍵あけのコツ・その他）
特集・麻薬への怒りと響き
身の上相談
文芸（純文学珠玉短篇と長歌と特選俳句）
人の動き
編集後記　　　二階堂敏夫〉

「よう、でけとる」

私は頷いて、

「この〈人の動き〉いうのは、何やね？」

「主に、出所者の放免祝いと、葬儀でんな。盃事《さかずきごと》から、服役者、復縁、破門、そんなんですわ。社長は、破門状、カラー・グラヴィアにせい言うてはりますが、ぼくは冗談きついように思《おも》てます」

「おやっさん、凝り過ぎとちがうか」

「ぼくの口からは、なんとも言えまへん」

ドアが細くあいて、チャボが顔を見せた。

「あ、常務……」

原田が立ち上る。

チャボは原田を睨《にら》みつけて、

「外したれや」と言った。

原田は目次を畳んでポケットに入れ、足早に去った。

「うーむ……」

ソファーに腰かけたチャボは、うつむいたまま、溜息をつき、

「兄貴、そこの喫茶店までつきおうて貰えまっか」と言っ

た。

「大親分のとこへ行っとったんか。わしも、そんな気ィしてたんや」

「えらいこってす」

チャボはセブンスターに火をつけてから、あわてて、私のコーヒーに砂糖を入れた。

「大親分とおやっさんの編集方針が合いまへんのや。……それに、なんちゅうても、金がかかり過ぎる。これから島田組とどえらいドンパチが始まるいうのに、あない仰山《ぎょうさん》、金使われてはかなわん――ま、短《みじこ》う言うたら、そないなわけだす。わいも、おやっさん、理想に走り過ぎるいう気はしてましたけど」

「……そやけどな、やると決った以上、金かかるのは、しゃアないのとちがうか」

「かかり過ぎですがな。オイル・ショックからあと、大会社の社内報かて、ザラ紙使いよって、いうたら、終戦直後の雑誌といっしょですわ」

「そんなものかいの」

「ほかにも、色々ありまっけどな」

「はっきりせんかい……」私はコーヒーを啜《すす》って、「奥歯に糸ゴンニャクはさまったような言い方しよって……」

「編集方針だけやおまへんねや。正味な話が、大親分、おやっさんを憎んではりま」

「なんでや？」

「ニースで肺炎になったのは、自分を殺そうとする策謀や――大親分はそない信じてはる。あのお方が、いちど信じはったら、どないもならんのですわ」

「わかっとるわい」

私はあごを撫《な》でた。

「感情的なしこりいうんかいの」

「感情だけやあらへん」

チャボはまっすぐ私を見た。

「おやっさんの一夜漬けの平和主義、あれがまた、あかんのです」

「本気やからなあ」

「恒久平和とかいうて、ハジキ売り払《はろ》うてもた話、きかはりましたか」

「おやっさんの口からのう……」

「そんなら、話が早い。あのハジキ、仲買人を通して、そっくり島田組の手に渡ってますねん。抗争のさいちゅうに、隊長が敵に武器を渡してどないする、と大親分、かんかんですわ」

私は、はすっかいにチャボを見て、

「当然やな」

「当然です。次の戦争は、ボロボロどころか、完敗ですわ」

チャボは店のマッチにボールペンで数字を書いて、女の子に、ここに電話してや、と言った。

「平和主義いうンも、ヤバいのう」

「おやっさん、ええお人やさかい」

私には、もう、これからの筋書きが読める気がした。

「兄貴、ビールにしますか」

「飲む気にならんわ」


お電話、通じました、と店の女の子が言った。チャボは立ち上って、送受器のところにゆき、少しして私を呼んだ。

「だれや?」

送受器を受けとりながら小声できくと、チャボは黙って太い親指を示した。

——黒田です……。

私の声はふるえていた。

——哲か?

嗄《しやが》れた声がきこえた。

——へ……。

——きのう、出たそうやな。

——おかげさんで。

——達者でよかった。須磨組代紋入りの煙草を江崎に託したから、吸うてくれ。

——ありがとうございます。

——それから、少し重いものも奴に渡してある。下腹を冷やさんように。

——………。

——江崎からきかなんだか？

——……まだ、くわしくは……。

——われわれの〈人の和〉理論の邪魔になる奴がおる。すぐに処置せんと、組織に大きな傷が入る。

——………。

——どうした？　あとのことなら、江崎に言い含めてある。

——は？……。

——組のことか？　「唐獅子通信」ごと、おまえにあずける。秋風落莫《しゅうふうらくばく》の俠道界で、信用できる数少い男やからな、おまえは。

——………。

——赤い着物、白い着物、ともに、おまえには似合う。

私は、あまり嬉しくなかった。

五

翌朝、おやっさんは出社しなかった。

脳を吹っとばされていたのだから、出社したくても出来なかったのだろう。埋め立て地で遺体が発見されたのは正午近くで、やがて、パトカーのサイレンが社の応接室まできこえてきた。

「兄貴……」

チャボはしょぼくれた声を出した。

「おたおたするねやないぞ。根性見せたれや」

私は抑えた声で言った。

「警察は、おまえのロッカーの隅から、指紋つきのブローニングをつまみ上げる。……ここが、おまえの勝負どころや。『なんで親分を殺《や》った？』と、こうくるわ。どない答える？」

「つい、かっとなって……」

「それ、それがいかん。もうちっと、ましな台詞《せりふ》考えつかんかい」

「ぼくに考えがあります！」

原田がとび込んできて、叫んだ。

「なんや、若僧が……」

「ひとこと言わせて下さい。……そないなときは、相手を無視して、『太陽のせいやがな』——これでキマりま」

「そんな無茶な！　兄貴が殺《や》ったのは、ゆうべや。それが、なんで『太陽のせい』なんや？」

「そこですわ」と原田は冷静につづける。「常務も、このさい、恰好《かっこ》つけるいうこと、考えて下さい。いうたら、この世の異邦人と諦めて」

「わい、イボ痔やないで」

「わかってないなあ。不条理でっしゃろ、常務の立場？」

「どうせ、わいの顔は御不浄《ごふじょう》の草履《ぞうり》や」

「基礎教養ないなあ。『太陽のせいやんけ』と常務が言わはる。とたんに、チャイコフスキイ、いや、ニーノ・ロータのテープをぼくがまわします。『太陽がいっぱい』のメロディーが、どっとオフィスに流れま。雰囲気、盛り上るのとちがいまっしゃろか？」

「それや！」私はよくわからぬながら力をこめて言った。「『太陽のせいや』——キマるのう」

「わいは『唐獅子牡丹』か『網走番外地』で見送られたい！」

チャボは泣き出した。

「それに、タイヨーいう言葉、いやですねん。わい、阪神が好きや！」

「そんなら、『阪神のせいや』言うのんか？……警察、困りよるで。阪神にも迷惑かかるしな」

六

それからひと月後、私は、ニューヨーク港にあるリバティー島に渡るフェリー・ボートの甲板にいた。

　夏でも寒いといわれるフェリー・ボートの甲板には、カメラを構えた私のほかに、褌《ふんどし》一つの須磨組大親分の姿があった。自由の女神像を背景にして、刺青姿を、カメラにおさめろとの命令なのだ。

「二月は、見物客が少《すく》のうて、ええなあ」

　大親分は負けおしみを言いながら、やたらにクシャミをし、そのたびに野良猫みたいにくたびれた背中の唐獅子がひくひくと痙攣《けいれん》した。

唐獅子放送協会

一

私が通されたのは、紫色の絨緞《じゅうたん》を敷きつめた、三十畳はゆうにある洋間だった。

その真中で、ガラス製の無気力な眼玉とは対照的に獰猛な口をかっとひらき、黄色い牙《きば》をむいている剝製《はくせい》の牡《おす》ライオンを見れば、かつて、不死身の哲と呼ばれたこの私でも、思わず、ぎょっとする。

いつも幹部会議を開く応接間ではない。海の見える窓ぎわに大きなデスクがあるところをみると、書斎というものだろうか。壁にかけられた数々の表彰状や、飾り棚の上の金ぴかのトロフィー群や楯が、日本の首領《ドン》と呼ばれるこの家の主人、須磨組大親分の偉大さを称えるかのようであった。

私はソファーのすみに腰をおろした。正面の壁に、背中の唐獅子の彫物をみせて、首をこちらにひねった大親分のパネル写真があるので、どうも落ちつかない。

何かが歩いてくる音がする。大親分にしては軽すぎるが、思わず、緊張した。

ドアの隙間を身体《からだ》でこじるようにして入ってきたのはブルドッグだった。片方の前足の先端に繃帯《ほうたい》を巻いていて、歩くのに不自由そうだ。ブルドッグは、壁づたいに歩くと、部屋の奥にうずくまって、私を睨《にら》み始めた。

「ご苦労やった」

私はびくりとして立ち上った。いつのまにか、大親分、須磨義輝《すまよしてる》がドアをあけて立っていたのだ。

「どないした、黒田？　ブル公がこわいんか」

「いえ」と私は言った。「この犬、前足を食いちぎられたのですか？　なんや、短いような気ィして」

「アホな犬でな」

大親分は羽織の裾《すそ》を気にしながら椅子にかけた。

「ま、すわってくれ。……外道犬《げどういぬ》め、わしがこないだ、夜、遅うに帰ったら、間違《まちご》うて、わしのすねに食らいつきよってな。仕置として、指を詰めさせた。五本とも詰めたよって、前足が片方、ちょっと短かめになりよった」

「へえ……」

大親分の眼光に射すくめられて、私は眼を伏せた。

「なあ、黒田……おまえが二階堂組をとりしきるようになって、大阪は、万事、ようなった。ミナミの島田組との要らん抗争も少《すく》のなったし、社内報も順調に出とる」

「おかげさんで」と私は頭をさげた。

「正直いうて、おまえが文化的な方面に才能あるとは気ィつかなんだぞ。文武両道ちゅうのは、おまえのためにある言葉とちがうか。は、は……」

なにか魂胆があるぞ、と私はみた。

「社内報の成功は成功としてだ、さらに、次なる文化事業に乗り出して貰いたいんや」

「は？」

「文化事業や。『唐獅子通信』よりキツいかも知れんが、成功したら、おまえは、ほんまの男になるで」

「わたしにできることかどうか……」

私は呟《つぶや》いた。どうもヤバい予感がする。

「哲よ……」

大親分は声を低めて、

「おまえ、UHFて知っとるやろ」

「ああ、空中を飛んでくる焼きそばで」

「あれは、UFOや」

大親分は苦《にが》い顔をした。

「テレビやがな。この坂津《さかつ》市にSTVちゅうのがある。坂津テレビの略称や」

「へえ。港通りに小さな建物がおますな」

「あのテレビ局、えらい赤字でな。ある事情から、わしが運営することになった」

「え？」

私はわが耳を疑った。極道がテレビ局を経営するなんて、世界で初めてではないか。

「安心せい。既定の事実や」

大親分は私にブランデーをすすめた。

「スポンサーに関しては、大阪の電報堂に任せてある。あの広告代理店も、叩けば、けったいな埃《ほこり》が出るよってに、軽うに嚇《おど》しといた。わし自身が根まわしししたら、マスコミがなにを書くかわからんしな」

「へえ」

「坂津テレビという名も、当然、変るわけや。新しい名前は『唐獅子放送協会』――なんや重々しいきこえるやろ。略称はＫＨＫ……」

「受信料のとりたてやったら、うちの若いので、ごついのが、仰山《ぎようさん》いてまっせ」

「おまえ、勘違いしとるんやないか」

大親分はナポレオンの香りをかぎながら、

「わがＫＨＫは民放や。ＮＨＫの集金みたいな半端な真似はせんわい。スポンサー・サイドはわしががっちり押えたある」

スポンサー・サイドなどという専門用語が出るところを見ると、大親分はよほどまえから計画を練っていたにちがいない。そうだ、それに決っている。

「お言葉をかえすわけやおまへんけど……」

と私は慎重に言った。

「テレビ局をやるいうのんは、そないにメリットのあることでっか」

「ほほう、黒田哲夫も、メリットいう言葉、使うようになったんか」

「社内報、編集しとるうちに、いろいろ覚えさして貰いました」

「メリットなら大ありだわ」

大親分の唇がほころんだ。

「民放はどこも不況知らずや。ものが売れんようになると会社はようけ広告出すやろ。わしらの新しい資金源やぞ」

「へえ。けど……」

「まあ、きけ。……もう一つ考えがある。あの社内報のおかげで、〈人の和こそすべて〉いうわしの精神は、須磨組傘下の団体には滲透《しんとう》したと思う。わしは、この精神を、一般大衆にまで広げたい。人間の生き方とか仁義いうもんを、そこらの爺《じ》さんの耳にも入るように、わかり易《やす》う説明するには、テレビがいちばんや。わかるか？」

「ようわかりま」と私は頷《うなず》いた。

「テレビを使って組のPRをするわけでんな」

「ちょっと違う。組のPRはCMでやればええ。わしの言うとるのは、番組作りの姿勢のことや」

「姿勢？」

「そや。固苦しゅうしたら、だれも見やせんやろ。そこで、おまえが必要になってくる」

「待って下さい。テレビいうたら、ややこしい機械ものでっしゃろ」

「技術的なことは、いまの坂津テレビの社員がやるよって心配ない。問題は中身や。坂津テレビの欠点は、中身がないことや。……KHKは、人の和、人の守るべき道、そないなもんを笑いに包んで視聴者に提供するのを特徴にしたい」

「笑い？」

私にはよくわからなかった。

「わしはKHKのキャッチフレーズを決めたんや」

と大親分は、かまわず、つづけた。

「〈茶の間に花咲く手作りのザット・エンターテエンメント〉、これや」

「むずかしい言葉でんなあ」

「手作りの味が大事なのは、社内報といっしょや。ニュースかて、アナウンサーやなしに、おまえの組の者がやるとええ」

「無茶な……」

私は困惑した。

「そないに器用な真似のでける者がおったら苦労はしまへん」

「あの荒巻がおるやないか。あいつの話しぶりはおもしろいぞ」

「やつの話、八割は法螺《ほら》でっせ」

「法螺でええ。視聴者から文句がきたら、画面で詫びたらすむ。NHKのキャスターかて、そないしとるんやないか」

無茶苦茶だ。ニュースが駄法螺であっていいというのか。

「夜のニュースキャスターは荒巻に決めたぞ」

大親分は勝手に言った。

「わたしで、でけることでしたら、喜んで手伝わして貰いまっけど」

「なに言うとる。おまえは会長格になるんや。いうたら、トップちゅうことや」

「そんな！」

私は慌《あわ》てた。いかに大親分の命令とはいえ、もう、ごたごたに巻き込まれるのは沢山だ。

「わたしが会長になったら、マスコミが騒ぎますけん」

「そこは考えたぁる」

大親分はかすかに笑って、

「会長やら、報道局長、芸能局長、みな、堅気の人間を椅子につける。坂津日報のロートル連を雇うたらええ。ただしだ、実権は、わしの代理であるおまえにある。おまえは会長待遇いうことになる」

私はあいまいに頭をさげた。

「どないした？　不満か？」

「めっそうもない」

「よろしい。坂津テレビは、四月一日づけで唐獅子放送協会と正式に社名が変更される。放送の内容も、そこで、がらりと変らなあかん」

「……あの……四月一日いうたら、あと一週間しかおまへんけど」

「そうや。おまえが必要なンはそのためや」

「けど、一週間では……」

「すべて二階堂組に任せる。それともなにか？　大阪から電車で一時間のこの坂津市まで通うのが、そない難儀か？」

「いえ……」

「ごじゃごじゃ言うな！」

大親分は一喝した。

「ええか。この仕事でなによりも大事なのは視聴率や。なんぼええ番組がでけても、人が観なんだら、あかん。視聴率さえ良けりゃ、八方丸《まる》うおさまるねやぞ」

「……と、まあ、こないなわけで、早急に、新番組の企画を立てんならん立場に追い込まれた」

私は言葉を切って、応接室に集った十数人の子分たちを睨《ね》めまわした。

二

浪速《なにわ》区の勘助町にある二階堂《う》組《ち》の事務所は少し広くなって、応接室にも黒板をとりつけ、内輪の集りには不自由しない。窓には防弾ガラスがはめこまれ、安心して会議ができる環境であった。

「わしかて適任とは思《おも》とらん。テレビいうたら、ボクシングとプロレスしか見んさかいな。けど、須磨《ほんけ》組の大親分の命令なら、しゃアない。幸い、うちの組には、原田いう知識人もおる。みんなで知恵をしぼるより、生きのびる道ないよ」

「おもろいやんけ」

もとプロレスラーのダーク荒巻が言った。

「荒巻よ」

と私は葉巻をもみ消しながら言った。

「これからあとの議事進行はおまえやれや」

「へえ」

緑の背広に赤の蝶ネクタイという、なんば花月の舞台から抜け出てきたような荒巻が立ち上った。三十代後半だろうか、小肥《こぶと》りで、揉み上げを長くした荒巻は、職業の見当をつけにくい男だ。

「須磨《ほんけ》組の大親分は、おまえを夜のニュースキャスターにせい言うてはった」

私がからかい半分に言うと、荒巻はすぐに乗って、

「すんまへん。私ごとで恐縮でっけど、わい、法善寺グアムの女に、ミナミの磯村尚徳、いわれてますねん」

「あかん」と私は言った。「議事進行は原田にしよう」

原田は立ち上ると、メタルフレームの伊達《だて》眼鏡を押え、東京者《もん》のようなアクセントで、重々しく、

「皆さん」

気色悪い、とだれかがまぜかえした。

「諸先輩をさしおいて、進行役をつとめさして頂きます」

原田はポケットから便箋のような紙を出して、ひろげた。

「ゆうべ、社長から状況をうかがいまして、要点を整理してみました……」

さすがだ、と私は安堵した。

「新番組の企画のまえに、問題が一つあります。只今継続中のドラマをどうするかいうことです。たとえば、昼のメロドラマで『愛のたゆたい』いうのがありまして、家出した人妻の愛の遍歴を描いたものですが、これをどう処理するか……」

「打ち切るのやな。大親分の方針と合わへんぞ、人妻の愛ちゅうのんは」

と私が言った。

「どう打ち切りますか」

原田は表情を変えなかった。

「闇討ちやろな」

とダーク荒巻が言った。

「その人妻、短刀《どす》でブスといてまえ、、、」

「愛の世界ですよ、これは」

原田はかすかに笑った。

「せめて、大地震か白血病でも用意せんと、このヒロインは死にませんわ。すでに五、六回、強姦されて、ぴんしゃんしてるんですから」

「きつい女子《おなご》やな」

だれかが溜息をついた。

「そらもう、きついのなんの」と原田は力説した。「この女の乗ったジャンボ・ジェットが海底に沈んだとしても、こいつだけは元気で浮び上ってくるぐらいのもんで」

「自動車事故にせえ」

私は面倒くさくなった。

「その手がきかんのです。一度、交通事故にあって、そのあと、美男の外科医と恋に落ちるエピソードがありましてン」

「人妻がそないなことしてええのか」

荒巻が憤《いきどお》った。「その女、ニュー・ファミリーやな」

「ぼくに怒らんで下さい」

原田が叫んだ。

「なんやムカつくなあ」荒巻はつづけた。「その外科医と、おめこしよったんやろ」

「そういう言葉、使わんで下さい」

原田は顔をあからめた。「上品に、ファック、いうて下さい」

「言うたるわい。ファックにファックを重ねて、消耗して死んだらええわ、そないな女」

「ところが、このヒロインはファックを重ねるごとに元気になる体質ですねン」

「よおし、わいが勝負したる。わいが勝つか、その女《すけ》が勝つか！」

「何の話をしとるんや、おまえら」

私はうんざりして、

「妙なところで力む癖があるの、ダーク」

私が眼を細めると、荒巻は急に静かになった。

「その女の話はやめんか。わしまで、おかしゅうなってきた」

「『愛のたゆたい』の件はペンディングにいたしまして」と原田はメモに眼をやった。「新番組の企画にうつりたいと思います」

「……そんな人妻がいよったら……」荒巻はなおも呟いた。

「基本方針を確認します」

原田は黒板に、

〈人の和こそすべて〉

と書き、次に、

〈笑い〉

と書いた。

「この二つをプラスしたもの、つまり、大親分の思想を笑いのオブラートでくるんだドラマが必要とされておるわけです。これについて、活潑《かっぱつ》なご意見をおきかせ下さい」

私は原田の口調に満足していた。原田のような青年がどうして極道になったのだろう。さしずめ、文学極道とでもいうのであろうか。

「思いついたことは、ためらわずに言うて下さい。ブレーン・ストーミングいうのは、恥ずかしいと思《おも》たらあかんのです」

「原田……」

荒巻が思いつめたようにきいた。

「その人妻、不感症やないんけ？」

原田は眼鏡越しに、荒巻の脂《あぶら》ぎった顔を一瞥し、何も言わなかった。荒巻は肩を落して、考えに沈んだ。

「任侠精神と笑いいうもんは、結びつかんのやおまへんか」

末席の一人が遠慮がちに発言した。

「鋭いご指摘です」

と原田は頷いた。

「そこがネックなのです」

「原田よ」と私は注意した。「視聴率のことも言わなあかんぞ」

「あ、そうでした……」

原田は、すぐ、黒板に〈視聴率〉と記した。

「ぼくって、本質的なことに頭が行っちゃうんだな、わりと」

「ぼくって、性的なことに頭が行っちゃっちゃうんやな、わりと」

と荒巻が東京弁風にまぜかえした。

「やめんか、荒巻。組の浮沈にかかわる話しとるねやぞ」

私は不機嫌になった。

「ややこしいことは、わかりまへんけどな」

と他の一人が発言した。

「わいは『水戸黄門』とか、『愛染《あいぜん》かつら』とか、有名な話やと、つい観てしまいますわ。そやさかい、だれでも知っとる話をやったら、どないでっしゃろ?」

「視聴率の点では、一つの考え方です」

原田は軽く頷いた。「げんに、いま、よその局で、小デュマの『椿姫』を日本の話に焼き直してやっとります。『炎の中の女』いう題で」

原田は黒板に〈名作〉と書いた。

「これは冗談話ですが、藤山寛美はんが『ゴッドファーザー』を松竹新喜劇に焼き直せると言うてはったそうです。『ゴッドファーザー』は、ご存じでっしゃろ?」

「観たがな、もちろん」

荒巻が言った。

「マフィアのボスが敵に撃たれてな。しかも、長男まで蜂《はち》の巣にされよって、堅気になるつもりやった次男がマフィアの組織を継ぐ決意をする。ええ話や」

「寛美はんは、これを大阪の漬け物屋の話に作れるいうのです」と原田は言った。「古いのれんの漬け物屋の親父《おやじ》が中気になる。仕事はでけまへん。この親父に息子が二人あって、長男は店を継ぐいうのですけど、次男は承知せんのです。私は東京の大学へ行って医者になります――こない言うてます。父親と古いのれんへの反撥でッな。ある日、親父が倒れる。運悪く長男も胸を悪くする。伝統のある店も、いよいよ、しまいかというところで、次男がせっかく合格した大学を放棄する。『お父さん、わてが、この親不孝者が、立派に店を継ぎまっせ! 大阪一、いや、日本一の漬け物屋にしてみせまっせ!』――どっと拍手でッがな。寛美はん、頭よろしなあ」

「うまいこと作り変えよる」

荒巻は感心して、

「けど、どこが『ゴッドファーザー』なんや?」

「漬け物屋の親父が主人公でっしゃろ? つまり、菜漬け親」

「名付け親……それで『ゴッドファーザー』か。は、は、おもろい」

「おまえの方が、よっぽど、おもろい」

と私は言った。

「どや、原田。兄弟仁義いうようなもんが出てくる名作はないか。有名な芝居か小説で」

「ぼくも考えてはきたのです」

原田は自信ありげに答えた。

三

「それ、それや」

荒巻は思わず乗り出して、

「兄弟分の仁義を扱《あつこ》うた話やったら、あの気難しい大親分も納得しやはるやろ」

「けどなあ」私は腕組みをして、「一週間、いや、六日しかあらへんのや、放送日までに。タレントの按配《あんばい》は、須磨組の興行部に手伝《てつど》うてもらうとしても、台本が間に合うか？　作者の先生ちゅうのは、なんや、気むずかしゅうて、なかなか仕事せえへんのとちがうか」

「ほんま」と荒巻は頷き、

「わいも、プロレスやめたあと、梅《うめ》田コマの芝居の端役やっとったんやけど、作者いうのはタチ悪いで。構想がまとまらんとかいうて、バーの梯子《はしご》やるわ、ダンサーひっかけるわで、いっぺん、ど突いたろ、思《おも》てたんやが」

「ようわかります」と原田は冷静に言った。

「けど、大親分のお好みに合うドラマが、一つぐらいないと恰好つきまへんやろ。そら、教養番組ちゅうようなもんは、どないにでも変えられます。ドラマ以外は、簡単に変えられまっせ。そやけど、眼玉になる一時間のドラマがあって、初めて、二階堂組の面目が立つのとちがいますか」

「そら、知識人の理屈や」

私は葉巻に火をつけて原田を睨《にら》んだ。私をおとしいれようとしているのではないかとさえ思えた。

「ぼくでよければ、脚本を書きます」

原田は低い声で言った。

「ぼくかてオリジナルはあきませんわ。いまの『ゴッドファーザー』と同じで、名作の骨組だけ借りて、人情喜劇をでっち上げます。シリーズ物やから、三回目からは本職にお願いするとして、一、二回目はぼくがやります。ほかに手ェありませんやろ」

「ふむ」

私はまだ疑っていた。

「兄弟の問題を扱《あつこ》うた名作があるのんか？」

「『父帰る』はあかんよ。須磨組《ほんけ》の忘年会で必ずやるさかい」

荒巻が忠告した。

「西洋ダネです」と原田は答えた。「『カラマーゾフの兄弟』、いいますねん」

「赤毛芝居か……」

私はますます警戒心を強めた。

「大衆に向くかいのう？」

「なんとか焼き直します」

「『カラマーゾフ』いうたな」荒巻が呟いた。「……わい、覚えがあるで。……そや、北海道のはしにおった時分、その映画、観たわ。アメリカの話やな？」

「いえ、ロシアですが」

「わいが観たのは、アメリカの『カラマーゾフ』やった。そや、あいつが出よった。テレビのコマーシャルで『明るいだろ』いう西洋の蛸《たこ》坊主」

「けたくそ悪いのう、あの蛸」私も、つられて、腹が立ってきた。「わざわざ断らんでも、あのツルツル頭みれば、明るいのは、わかるがな」

「ユル・ブリンナーですか」と原田。

「そのユルが出よった『カラマーゾフ』や。わい、退屈で寝てもた」

「そら、問題やで」と私は鋭く言った。

「この荒巻は、なにを観ても、おもろいいう特異体質や。そないな男が寝るちゅうのは只事やないで」

「まあ、おきき下さい」

原田は黒板に〈土着性〉と書いた。

「ドラマの舞台は河内《かわち》平野のどこかになります。……一代にして財をなした物欲と好色のかたまりの老人がいると考えて下さい」

一同は原田の顔に見入っている。組の存亡が奴にかかっているのだ。

「老人には男の子が三人おりまして、長男はけた外れの女好きです。父親と女をとりあうほどです。次男は、合理主義いうか、小さいころから神仏《まんまんさん》も拝まん奴ですわ。神も仏もないちゅう考えです。世の中はようしたもので、その下の三男は、〈人の和こそすべて〉を体現した、なんや天使みたいな坊《ぼん》です」

「そら、イケる」

荒巻がテーブルを叩いた。

「その坊《ぼん》がみんなを諫《いさ》めて、おのおのが改心するちゅう筋書きやな」

「そう簡単にもいかんのですが」

原田はためらいがちに、

「この家には、老人の私生児が料理人として住み込んでましてね」

「新喜劇にようある話や」

荒巻はにっこりして、

「長男も次男も、腹違いの弟に辛《つろ》うあたるんやろ。最後に、それまでアホと言われてた小坊《こぼん》が、みんなに忠告する。新喜劇の名作『ぼんち子守唄』といっしょや。洋の東西、人情は変らへん」

「わしも、ええような気がしてきた」

と私は言った。

「ただな、それだけやったら、新喜劇と変らんよ」

「いえ、もっと複雑な内容が……」

原田が言い張る。

「まあ、きけや」と私は押えた。ここらで、不死身の哲の貫禄を示さなければ、どうにもならないではないか。

『カラマーゾフ』、イケるんやないか。わしの考えでは、それに『ゴッドファーザー』をくっつけたらええ。老人を落ちめの極道にするんや。河内の極道一家のはなしにしたら、どうや？」

「ええ、まあ……」

原田はあいまいに答えた。

「もとネタが割れんかいの？」

「ここまで砕いてしまえば、わかりません。ぼくも、なんや、わからんようになってきた」

「題名が浮んだ」と私は自信をもって言った。一同が私を見た。

「まだ、内容がかたまってないのに」

原田は不安そうだった。

「これに決めるで」と私は念を押した。「『てなもんや三兄弟』……」

原田を除いた一同が、拍手した。

四

その夜、私は、四月一日の大ざっぱな番組予定表を大親分に見せるために坂津市に向った。原田と二人で作り上げた労作である。

朝6・00　KHKニュース
　7・00　明るい漁村（または、サシミ・ストリート）
　9・00　広がる夢・坂津市
　　（かくし味の教養人のオアシス）
　10・00　ギターをひこう　（特別講師）滝伸次
　10・30　みんなの法律「六法全書の生きた使い方」　鬼頭四朗
　11・00　河内音頭教室　ダーク荒巻
　11・30　教養講座「白痴的生活の方法」
　　南河内大学助教授　室田秀夫
昼12・00　KHKニュース
　12・45　ドラマ「愛のたゆたい」
　1・00　歴史と文明
　　「冷し中華は邪馬台国にもあった！」
　　マサチューセッツ中華大学教授　ベンジャミン伊東
　2・00　名画劇場「総長賭博」（一九六八年東映作品）
　4・00　坂津みなとまつり・国際仮装行列中継
　　鶴田浩二ほか
　　（中継技術テスト中）
　5・00　ビジョン討論会「真の侠道《きょうどう》をさぐる」
　　小松の大親分ほか
夜6・00　日本のこころ「桜と日本人」

坂津日報論説委員　千田万五郎
7・00　KHKニュース・天気予報
7・30　変装ゲーム　多羅尾伴内ほか
8・00　〔新番組〕KHK劇場「てなもんや三兄弟」
出演者未定
9・00　おもろいニュースでっせ
（ニュースキャスター）ダーク荒巻
9・40　テレビコンサート
（指揮）カラヤン　坂津フィルハーモニー
10・30　たのしい警察　（講師）三日月刑事
11・00　〔特別番組〕「大親分《おおおや》にきく」
（「唐獅子放送協会」の発足にあたって）
須磨義輝
11・45　ミッドナイト・ショー（司会）ダーク荒巻

「大づかみなとこは、これでええと思う」

大親分は老眼鏡の奥から私を見た。

「ありがとうございます」

「気になるとしたら、荒巻の出過ぎやな。なんで一日に三回も出る？」

「は……大親分のお言葉に従いましただけで」

「そら、ええのやないかと思《おも》ただけでな。ニュースキャスターなんてつとまるんか」

「それも、お言葉通りにしたわけで」

「ああ、わしが言うたんやったな」

勝手にしろ。そろそろ、ぼけてきたのではないか。

「だいぶ、手作りの味に近づいてきたな」

「はあ」

「ここにカラヤンいう名があるな」

「はあ」

「カラヤンいうたら、なんや国際的な人物とちがうか。そんなえらいさんが坂津市まできてくれるんか」

「それやったらガセですわ」

と私は説明した。

「わたしの顔見知りの豆腐屋で、クラシック気違いがいてましてね。唐《から》やんいう名前だす。一度、指揮棒をふりたい言うてまっさかい、呼ぶことにしました」

大親分は複雑な表情をした。

五

「原田さん、『唐獅子通信』をもう少し上にあげて……そうそう……あ、眼鏡が光りますから顔だけうつむけにして……」

ＣＭのディレクターが叫ぶ。

翌朝、二階堂組事務所の一階は、ＣＭの撮影班に占拠されていた。私が編集している須磨組《ほんけ》の社内報「唐獅子通信」のＣＭのためだから仕方がない。テレビ局経営を機会に、大親分は社内報を市販しようと考えているらしい。つまり、社内報というよりはＰＲ誌に近くなるのだろう。

「黒田さん——いや、社長、台詞《せりふ》を言うてみて下さい」

ディレクターが私に言った。

「またかいのう」

私はぼやいた。

「ええと……『〈唐獅子通信〉は毎月勝負する燃える男の集団じゃけん……』」

「『集団です』と言えないのですか」

とディレクターがぬかした。

「『じゃけん』いうんは耳障りやな」

「でも、方言ＣＭってのもいいんじゃない？」

ともう一人の若僧が言った。

「それでいくか」

ディレクターは私の顔を気味悪そうに見ながら諦めた。

「原田よ」と私は、となりで「唐獅子通信」の表紙をカメラに向けている原田に言った。

「こげな仕事で飯食うとる奴らもおるんじゃのう」

「はあ」

原田は緊張で身体をかたくしている。

「じゃ、本番いきます。社長と原田さんは動かないようにして。うしろの三人は笑って下さい！」

ディレクターは片手をあげた。

「今度、とちったら命ないよ」

私は背後の子分三人を睨《にら》んだ。こいつらはコーラスなのだが、先刻からとちってばかりいるのだ。

「はい！」とディレクターが言い、カチンコが鳴った。

コーラスA〽人の和ァ
　B　人の和ァ
　C　人の和ァ
　三人　ワ、ワ、ワ、和が三つ
　　ドゥワー
　（カメラ寄る。そのカメラをはったと睨《にら》んだ私は――）

「『〈唐獅子通信〉は毎月勝負する燃える男の集団じゃけん……』」

ディレクターはしばらく私たちを見つめていたが、

「ＯＫです。お疲れさん」

「腐れ外道《げどう》め……」

私はネクタイをゆるめた。

「社長……」


子分の一人が思いつめた口調で言った。

「なんや？」

「ゆうべ、トシの奴が島田組のチンピラに右腕斬《き》られて入院しましたんや。礼をしといたろ思いますけど……」

「可愛《かわい》がるぐらいならええけど、あんまり派手にやったらあかんよ」と私は言った。「テレビの初日が迫っとる。当日は、おまえら、生ＣＭやって貰わにゃならんから」

「わかってま」

三人は歌い始めた。

〽人の和ァ　人の和ァ　人の和ァ
　ワ、ワ、ワ、和が三つ　ドゥワー
そして、おのおの、短刀《どす》を片手に飛び出して行った。

「社長、お話ししたいことがあります」

原田が言った。

「わしの部屋へ行くか」

私は階段を登り、社長室のドアをあけた。

呆《あき》れたことに、鏡に向って、ダーク荒巻がニュースの喋《しゃべ》りの練習をしていた。

——豊中インターチェンジのそばで、おもろい交通事故が発生しましてン、けっけっけ。

「ええかげんにせいよ」と私は声をかけた。

「おまえ、付け人を雇うちゅうのはほんまか」

「へえ」

ダークは水玉模様の蝶ネクタイの位置を両手で直した。

「組の雰囲気、悪うなって困る。いっそ、極道の足洗《あろ》て、タレントになったらどや？」

「すんまへん」

ダークはこそこそ出て行った。

「なんや芸能プロみたいになってしもた」

私は愚痴をこぼしながら椅子にかけた。

「どないした、原田？」

「ぼくの書いた企画書から、番組がいくつか削られてます」

原田はゼロックス・コピイを出して、

「『手本引きのじっさい』とか、『各社別総会中継』が消えてます。とくに、『総会中継』は、高視聴率とれる思いますけど」

「その気持は、わかる」

私は頷いた。

「視聴率的にはええ、それはわかっとる。けどな、世間体ちゅうもんがある。わしの本音をいえば、『唐獅子放送協会』いう名前さえ、大胆過ぎると思うとる。極道色をなるべく消さんと大衆がそっぽ向きよるで」

「非常にサラリーマン風になったンとちがいますか、社長」

原田は哀《かな》しげに言った。

「ぼくがこの世界を志したのは、サラリーマン社会にないロマンを求めたので……」

「極道のロマンは広島抗争で終ったんじゃ」

私は椅子に身体を沈めた。

「東京オリンピックの前やった。広島の道路が血だらけでの……ええ時代やった。あれで終ってな……あとは、いうたら、サラリーマンとおんなしや。わしはずっと娑婆《しゃば》の空気に触れとらんかったから、よけい応《こた》える。ええか。須磨組は大企業、わしらは下請け――そない割り切るより、しゃアない」

原田は黙っている。

「ふつうの会社との差は、左遷と、熱い鉛の玉のちがいだけや」

「…………」

「わしかて、会長待遇いうのは名ばかりで、雑務処理業よ。わかってくれや」

「はい」

原田は頷いて、

「あの……例の脚本ですが」

「でけたか？」

「あきまへん。餅は餅屋いう諺《ことわざ》が身にしみました」

「早《はよ》う言わんかい、それを」

私は上半身を起した。

「主役クラスのスケジュールは、なんとか押えといた。録《と》画《り》は明後日《あさって》に決っとる」

「はあ」

「どうしても、でけんか」

「突っ張るだけ突っ張ってみたのですけど」

「おまえでも、のう……」

私は棚のシーヴァス・リーガルに手をのばした。

だれかがドアをノックした。

――電報堂の方です。

若い者の声がした。

「原田、ちょっと外したれや」

私は椅子にすわり直した。

原田と入れ違いに広告代理店の男が入ってきた。笑顔が背広を着たような、色白の三十男で、春画の殿様という渾《あだ》名《な》がある。

「ども！」

妙に元気よく頭を下げた。

「『愛のたゆたい』のほう、決着つきました」

「ほう」

やっと、一つ、片づいたか、と私は思った。

「作者も納得してくれまして、こちらの方は心配ありまへん」

「どんな結末になるの？」

「ヒロインが孤独な心を癒すためにボートで海に出て、そのまま帰らない——きれいな終り方ですよ」

「そら、きれいはきれいやが、泳いで戻ってくることないやろな」

　私は念を押した。

「きつい冗談ですな」

　殿様は笑って、

「作者は六十近いプロですよ。ぼくが『先生《せんせ》、お忙しいでしょう』いう声音で、こいつ、何のためにきよったかいうのが、ぴーんとわかるんです」

「大したもんやな」

「ぼくかて、あまり、いい気持はしないけど、仕事やと思って、打ち切りを臭《にお》わしてやりますねン。向うも、内心、がくっとしまっせ。けど、同情したらあかん。ぼくら、蔭《かげ》で、士農工商代理店いわれてるの、わかってます。どんなに怒鳴られても、にこにこしていられます、ぼくは。……そやけど、今日は、しずかでした。さすが、プロやなと思《おも》たのは、ドラマの〈出逢い〉とか、〈すれちがい〉とか、〈別れ〉、〈死〉といった項目が、キャビネットにファイルされてまして、パターンがさっと出てくることです」

「ふーむ」

　私は吐息をもらした。

「『愛のたゆたい』が終っても、生活には困らんのか」

「さあ」

　殿様は興味なさそうに、

「困るか知れませんな。テレビ作家いうのは、若《わこ》うないとあきませんよってに。……ま、あの人も名家の三人兄弟の長男で、放蕩の限りを尽して、すってんてんの身で……」

「なんやて？　三人兄弟？」

　私は首をあげた。これで、もう一つ、方《かた》がつきそうだった。

六

「お電話です」

若いテレビ局員が壁から外した送受器を私に示した。

「またかいの」

私は椅子から立ち上った。

局の副調整室《サブコン》のなかである。ずらりとならんだモニター・テレビの画像を見つめている技術者たちはふりむきもしない。

――すんません。

原田の声だった。

――報道のデスクに抗議の電話が殺到して、局の線が過熱すると交換手が言ってますが。

――わかった。

私は電話を切った。第一日目からこれでは、先が思いやられる。

（どないしょうかの？）

私はモニター・テレビ群にうつっている複数のダーク荒巻を見て、溜息をついた。北島三郎が着るような銀色の上着を着たダークは、お喋りがとまらないのである。

――待ちに待った、新幹線の事故やがな。……今夜七時半に、新大阪行きの〈こだま〉が作業員五人をハネたんや。そら、全員即死や、えらいこっちゃ。そやけど、これだけやったらオモロイことあるかいな。オモロインは、もう一つの事故や。さあ、この地図を見てもらいまひょか。……ここや、そう、新幹線と国道が並行してるとこやんけ。ハネられた一人が国道を走っとる対向車のフロントグラスをぶち割って飛び込みよった。さて、この対向車が問題やねん。運転しとったンは天下茶屋《てんがちゃや》のサラリーマンの轟《とどろき》さん、このおっさんは二十五やけど、好きいうンか、元気いうンか、ひざの上に会社の同僚のA子さんをのせて、ファックの真最中やった。わい、上品に、ファック言いまンね。二人は、ちょうど、クライマックスでな……。

「あと五、六分もあるか」

私は若い局員にきいた。

「六分です」

「打ち切れるか」

「はあ」

局員は私にボール紙とマジックをさし出した。さっきから用意していたのだろう。

〈おんどれ〉と私はマジックで書いた。〈視聴者の怒りの電話、ぎょうさん、きとる。二分で終えて、死ね！　黒田〉

「えらい長い文章ですなあ」

局員はボール紙を片手にスタジオに降りて行った。

技術者たちは、なにも言わない。やーさんやから気ィつけよう、などと打ち合わせていたに決っている。

ダークは、ぎょっとした眼つきでカメラを見た。カメラのそばにボール紙が出たのだろう。

——ええ、皆さん。

ダークは寄席芸人のように金歯を光らせて笑った。

——ようわかりまへんけど、視聴者からお叱《しか》りの電話がどーっときたようで……高座を降りろ言われとります。……そやけど、わいにもキャスターとしての意地がおます。なんというても、わいを〈ミナミの磯村尚徳〉と呼んでくれたれこに対して、面目が立たへんのや。

「なにをごじゃごじゃ言うとる。ニュース終り、いうて、頭下げたらどや」

私は苛々《いらいら》した。

——この席で、指、詰めさして貰います。

ダークは上着の内側から短刀《どす》を出して、左手の小指を斬り落した。

「医者へ運びました」

サファリ・スタイルの原田が私のそばにきて囁《ささや》いた。

「悪乗りの極致ですわ。ダーク先輩は、手に繃帯巻いても、〈ミッドナイト・ショー〉の司会をつとめて、名誉回復はかると言うてはります」

「あれはどないな人間だ、例えば？」

私は依然としてモニターを見つめたまま、言った。「大《おお》親分《おやぶん》にきく」が、すでに、時間を超過しているのに、一向に終る気配がないのだ。

「〈終り〉いう紙、出したんやけど」

局員が首をひねる。

「大親分は眼が悪いんや」

と私は呟いた。

「弱ったなあ」

「もう、CMにいかんと、どないもならん」

技術者たちはこぼしながら、モニターの中の顔を睨《にら》んだ。

――私どもは……（と、大親分の傷だらけの瘦《や》せた顔がアップになった）あくまでも、手作りのテレビ、手作りの番組をめざして、勇往邁進《ゆうおうまいしん》する覚悟であります。〈茶の間に花咲く手作りのザット・エンターテエンメント〉――これが私どもの合言葉であります。……本日は、さまざまな不手際、お見苦しき部分もございましたでしょう。けれども、近き将来、必ずや、日本のテレビ界に輝く一番星、神州一のテレビ局に……。

「もう、ええわ」

私は決断した。技術者の一人の手が動き、画面は、大親分の渋い顔から一転して、超ミニの若い女の子二人のCMになった。

〽神州一！

（と若さ溢れる二人は歌い踊った）

即席！

田舎作りーィ！

わたしたち、これから、田舎作り!!

七

私のような素人《しろうと》は、副調整室《サブコン》にいるだけでは、下のスタジオで何が起っているのかわからないことがある。

わかっていたのは、左手首に繃帯を巻いたダーク荒巻が、マイクを右手で持って、「ええ、さきほどの指詰めはトリックでございまして、この繃帯もシャレですわ」と白々しく笑いながら、「ミッドナイト・ショー」に登場したことだけである。ほかに司会ができる者を用意していないのだから、これは仕方がない。

私は気がゆるんでいた。とにかく、「ミッドナイト・ショー」で今日のすべてが終るのだ。

競馬の予想や、キャバレー穴場ガイドがすんで、〈今週の出所者コーナー〉になった。私はこんなコーナーには反対だったが、大親分のアイデアだから、作らざるを得なかったのだ。

〽しゃっ、しゃっぱ、しゃばだわ

　娑婆だわ　娑婆だわ

　娑婆だぞ　娑婆だぞ

というテーマソングとともに、二人の大男がスタジオに迎えられた。どちらも、二階堂《うち》組の中年男だ。

——おつとめ、ご苦労さんです。

ダークが立ち上って一礼する。音楽は、大正琴の「人生劇場」に変った。

——娑婆に出られたご感想を一つ……。

——なにもかも変ってしもた。

と一人が言った。

——わいが自首したころ、高速道路たらいうもんは大阪の町にはなかったで。

もう一人が天井を仰いだ。

「なんや、ワンパターンですなあ」と原田が私に言った。

「ようきけ」と私は涙を滲《にじ》ませて言った。「世の中には、ワンパターンでのうては語れん真実ちゅうもんもあるんや」

そのときだ。黒いかたまりのようなものが画面に飛び込んできた。

雄々しいというか、ええかっこしいというか、軽薄にも立ちふさがったダークが腹を押えて、前にのめった。

「あかん……島田組のチンピラや」

原田は呆然《ぼうぜん》と呟いた。

——家に帰って、ちゃんと見とったぞ。

大親分の声が鼓膜にひびいた。私は副調整室《サブコン》の送受器を握りしめたまま、かたわらのモニター・テレビの画面にひるがえる唐獅子の旗を見つめていた。

――局の入口に、若い者《もん》ぐらい配置しとかんかい。

――わたしの手落ちでした。あのチンピラ二人は縛ってあります。

――島田清太郎からすぐに電話で詫びてきよった。いちおう、受けてはおいたがな。黒田、これは、わしの名を汚そうとする陰謀やぞ。いや、わしいうより、唐獅子放送協会の金看板に泥を塗る魂胆や。……そやけどな、表向きは、あくまで、おまえとこの若いのと、島田組のチンピラの喧嘩《でいり》や。マスコミには、そない言うとけ。

――へえ……。

――こわいのはマスコミの反応や。暴力団のテレビ界侵攻ちゅうような記事が出たら、おまえ、どないして責任とる？

八

私は一睡もできなかった。

翌日は社に顔を出さずにいたので、午後になって原田から私のマンションに電話が入った。

――ニールセンの視聴率で、「おもろいニュースでっせ」と「ミッドナイト・ショー」が三十パーセントを越してます。代理店でも、信じられない奇蹟や言うてます。

――新聞はなんと書いとる？　暴力を非難しとるやろ。

私は沈んだ声できいた。

――なんにも出てません。

原田は明るく答えた。

――どないなっとるねん？

私は狐《きつね》につままれたようだった。

――〈やらせ〉いうんですか、指詰めたンまで、ぜんぶ仕掛け、演出と思うてるようです。〈やらせ〉是か非かいう質問が二、三の新聞社からきてます。だれもテレビを信用してへんのでしょうか。電報堂の殿様かて、「とてもやらせとは思えん迫力」いうてました。

——ダークの怪我はどないや？

——あの人はど狸《たのき》でっせ。ぴんぴんしてますがな。

——なんやて！

私は思わず声をあげた。

——救急車に乗るまで、大怪我の芝居してはったんですなあ。万一にそなえて、胸と腹に鉄板括《くく》りつけてたいうんです。要するに、タレントですな。今朝から会社にかかってくる電話いうたら、よそのテレビ局と興行社のばっかりで、ダークはんのスケジュール、問い合わせてくるんです。

——ダーク、いま、なにしとる？

——社の応接室で、各局の代表やエージェントと個別にあって、出演スケジュールを調整してはります。

——あかん！

私はベッドをとび出し、慌てて出社の身仕度にかかった。

唐獅子生活革命

一

私は石段の途中で立ち止り、大きく吐息をした。

見上げると、須磨組《ほんけ》大親分の屋敷は、蟬《せみ》の声に包まれて、静まりかえっている。その門まで、あと、何十段、登らねばならないのだろうか。

（一体、何の用だ？）

大親分からの呼び出しは、私にとって、ろくなことがない。かつては不死身の哲などと呼ばれて、いい気になっていた私だが、石段ごときで息が切れるようになっては、もう、おしまいではないか。

紫色の絨緞《じゅうたん》を敷きつめた広い洋間に私は通された。

いってみれば、書斎なのだが、なぜか、牡《おす》ライオンの剝《はく》製《せい》が置いてある。思いなしか、少し毛が抜けて、見窄《みすぼ》らしくなったようである。

諸肌《もろはだ》脱いで背中の唐獅子を見せた大親分の凄みのあるパネル写真を正面の壁に見据えて、私はソファーに腰をおろした。クッションの具合が良いせいか、冷房がきいているせいか、いい心持になってきた。

女中の置いていった麦茶を飲みかけたとき、私の足元で、けものの唸《うな》り声がした。びっくりして麦茶をズボンにこぼしかけたほどである。

ぎくしゃくと歩き出したのは、例のブルドッグであった。片方の前足が短いのはわかっていたが、もう一方の前足の先にも繃帯《ほうたい》を巻いている。つまり、両前足が短いのだから、尻が持ち上って、歩きにくそうなこと夥《おびただ》しい。

「外道犬《げどういぬ》め、また、やりおった」

須磨義輝《すまよしてる》の声がした。私は反射的に立ち上っていた。

「暑いなか、ご苦労やったな、黒田……」

私は、またしても、びっくりした。大親分はBCRと横に描かれたTシャツに、ジーンズのズボンをはいているではないか。

（ＢＣＧの接種をすませたいうことかいの？）

私は考えた。

「わしの息子が東京の大学から帰ってきたんやが、このブル公、息子の腕に食らいつきよってな。そらもう許せん。指を五本詰めたよって、残りの前足も、短《みじ》こなってなァ」

大親分はブルドッグの尻を蹴飛ばした。根性のないブルドッグは、よたよたと部屋の隅に逃げて行った。

「まあ、坐ってくれ……。テレビ局経営も、ようよう、軌道に乗って、わしは満足しとる。ハッピーなフィーリングよ」

どこか変だ、と私は感じた。大親分、いつから、横文字を好むようになったのか。

「社内報の市販が思うに任せんのが気がかりやが、これかて時間の問題やろ」

大親分は妙ににこやかだ。坂津市の中心にある組の事務所ではなく、自宅に私を呼んだ魂胆は何だろうか？

「おまえ、わしの息子を知っとったか」

「肩車して、野外映画会へ行ったりしました。角座《かどざ》へお伴したこともありましたけど」

「ああ、そやったか」

大親分は卓上の金色の亀のあたまを指で押した。金属性の鋭いベルが鳴り響き、ドアがしずかにあけられた。

右腕を繃帯で首から吊った、感じのいい青年が入ってきた。大親分の面影も少しはあるが、背が高く、まるで混血児だ。白いＴシャツを着て、カーキ色の半ズボンをはいている。

「坊《ぼん》……」

私の涙腺は思わず弛《ゆる》みかけた。

「なつかしいね、黒田さん」

と青年は言った。

「ぼくにダイマル・ラケットの流行語を憶えさせようと苦労したっけね」

「おまえ、そないなことしたんか」

大親分の私を見る眼がやや冷たくなる。

「けったいな子守やな」

「坊《ぼん》はやめて下さいよ。安輝《やすてる》さん、ぐらいでどうです？」

「へえ……」

私は感無量であった。

「夏休みで帰ってきたんです」と安輝さんは笑った。「早稲田大学の英文科に籍がありましてね」

「大学では、なにを研究してはります？」

「研究？……まあ、ブローティガンていう作家ですが」

「ははあ」

私はさっぱり判《わか》らぬなりに頷《うなず》いた。

「黒田よ……時代は変ったぞ」と大親分は私を鋭く見た。「これが帰ってきて、まだ五日にしかならんが、わしは自分の生活の旧弊さが、よう分った。ローカルなストリート・ファイトをやっとるうちに、自然にズレてしまうぞ。いまや、わしも生れ変った。気分はビートルズよ」

「は？……」

私はききかえした。

「安輝、説明したれや」と大親分は愛息に椅子をすすめて、「黒田は二階堂組をとりしきって、大阪をきっちり押えとる。島田組かて《てき》、ミナミではよう動けんのや。……この男が、今様のフィーリングを身につけたら、鬼に金棒やで」

ビールがきて、三人はなんとなく乾杯をした。

「お話の筋が、よう判らんのでっけど」

私はおそるおそるたずねた。

「わたしになんぞ落度でもあったんでっしゃろか？」

「安心して下さい、父はライフ・スタイルの在り方を問題にしているのですから」

「は？」

「つまりですね」と安輝さんは言った。「父やあなた方が、なにかにつけて世論の攻撃を浴びるのは、一つには、生活とか服装が、見るからに古めかしいからだと思うのです。ダボシャツに腹巻で〈人の和こそすべて〉なんて言ったって、だれが信じます？　もっと、明るい、ウエストコースト風の雰囲気を出さないと、一般の人に気味悪がられるだけですよ」

「ウエストコーストて、何だす？」と私。

「アメリカの西海岸のことや。ビートルズが出たところだ」大親分は苛立たしげに言った。「坂津市とウエストコーストは太平洋の水でつながっている。つまり、坂津市とウエストコーストは一つものなのだ」

「そげなものですかいのう」

私は、なんだか単純過ぎる気がした。

「けど、わしら極道は……」

「それがいかん」

大親分は苛々《いらいら》して、

「〈極道〉ちゅう言葉が、イメージあかんのや。それをいうんなら、〈シティやくざ〉、こないに言わんかい」

「〈ジーンズやくざ〉でもいいんですよ」

安輝さんが言った。

「へえ」私は途惑って、「シティやくざはええとして、正味なとこ、どないしたらよろしいんで？」

「まず、標準語を使うことかな、ぼくみたいに」と安輝さんが答える。「〈おどれ〉とか〈われ〉とか、下品ですよ。〈ぼく〉〈きみ〉で行かなきゃ」

「それだよ、黒田」

大親分はころっと変った。「やっぱり、それでなくっちゃ。そうしたまえよ」

「黒田さんの努力はよくわかるのですが、『唐獅子通信』を町の書店が喜ばないのは、ミニコミの感覚《センス》がないからですよ。市販するなら、もっとタウン誌としての性格を持たせないと……」

安輝さんは言いにくそうである。

私は怒るどころではなかった。なにを言われているのか、さっぱりわからないのだ。

「大阪で出ているタウン誌の『プレイガイド・ジャーナル』を知ってますか？」

「いえ……」

「参考になりますよ。最終的には、アメリカン・ウエイ・オブ・ライフを目指さなきゃ」

「そこだよ、黒田」大親分が念を押した。「勉強したまえよ」

私は手帖をひらき、何度かきき直して、〈アメリカン・ウエイ・オブ・ライフ〉と鉛筆で記した。

「要は、生活様式の変革ですよ」

安輝さんは言った。この言葉は、私にも、なんとなくわかる気がした。

「二階堂組だけじゃない。これを須磨組傘下の団体に徹底させなくちゃ」

大親分の口調は、明らかに、命令であった。

「なんやら、わかりかけてきましたけど」と私は言った。

「安輝さん、いろいろ教えてくれはりまっしゃろな、今後も？」

「ぼく、明日、ハワイへ行っちゃうんです」

「安心せい」と大親分が話をひきとった。「おまえさえ、納得してくれたら、あとの指導は、金泉寺の和尚《おしょう》がやる手筈になっとる。あの和尚、知っとったな？」

「は……」

悪い予感がした。金泉寺の学然《がくぜん》和尚といえば、坂津でもいかがわしい人物で知られている。もとは、関東のテキ屋だったというが、正体不明の男だ。

「あの和尚、戦争まえに、サンフランシスコにいたそうだから、適任だろう。いっぺん、挨拶しとけや」

「へえ」

「遊びかて変えなあかん。哲も、バーとかトルコはやめて、これにせい」

大親分は立ち上ると、飾り棚にのっていたプラスチック製の赤い皿を右手でつかんだ。

「これやで、この感覚」

大親分は赤い皿を投げた。皿はなだらかな線を描いて、部屋の隅に縮こまっていたブルドッグの尻に当り、悲鳴をあげさせた。

二

「どないなっとるねやろ」

ダーク荒巻が首をひねった。

「大親分いうたら、こちこちの日本精神の持主と思《おも》てました。それが、なんで、いっぺんに、ウエストコーストになりますねん」

私、ダーク、原田の三人は、金泉寺の暗い本堂のはしに坐っていた。蟬時雨《せみしぐれ》が耳を聾《ろう》さんばかりで、吹き抜ける風がなんとも心地よい。これで和尚が生臭でなければ、まことに結構な寺なのだが。

「精神《こころ》は変らんと言うてはった」と私は、落ちつきを示して言った。「古い精神《こころ》を新しい革袋に入れなあかんちゅう意味や」

「ウエストコースト風いうのは、ええ感じやな。ぼくは賛成です」

若い原田は乗り気である。

「わいは反対じゃ」ダークが言った。「いまごろ、なんでアメリカの真似せなあかんのや？　今日日《きょうび》の若い奴らいうたら、男はリーゼント、女はポニーテイルと判コで押したみたいや。わいらには、とんとわからへん」

「ダーク先輩に言葉を返すわけやおまへんけど」と原田が微笑を浮べて、「あれはグラフィティ風俗、いいます。一《いっ》時《とき》の流行ですわ」

「軽薄やねえ」

軽薄の神様のようなダーク荒巻が嘆くと、なにやら重みがあった。

「あんなン、むかし、あったで」と私が言った。「朝鮮事変のあとやったかな」

「わいら、子供のじぶん、松脂《まつやに》で作ったチューインガム嚙《か》んで、進駐軍のつもりになっとった。あれと、どれほどちがういうのんじゃ」

ダークの言葉に、原田はきっとなった。

「いまは、ウエストコーストも、坂津も、大阪も、本質的にはあまり違《ちご》うてませんよ」

「け、あほくさ！」

ダークは呟《つぶや》いた。

「静かにせんかい」

私は汗を拭いながら、「須磨組《ほんけ》が決めたことに、二階《う》堂組《ち》が逆らうちゅうわけにゃいかん。きのうの大親分の入れ込みようは、本気やったし」

親莫迦《おやばか》の見本だと言うわけにもいかなかった。

「坂津とウエストコーストがいっしょいうのんは、わやや。原田、おまえ、正気か？」

ダークが、なおも、こだわった。

「いっしょですよ、ぼくらシティボーイにとっては」

「シティボーイちゅう言葉、気色悪いやないか。寒《さぶ》イボ立ちそうや」

「世代の違いです。ぼくら、ウエストコーストのフィーリングで生きてるんですから」

「ウエストコーストが、なんぼのもんじゃい」ダークは苦《にが》りきった。「そない好きやったら、カリフォルニアへ移住したらええ。日本の人口がちっとは減るわい」

「待たせるのう……」

私は超然と言った。ここでは、子分の諍《いさか》いなど無視しなければならぬ。

「原田、和尚に声かけてこんかい」

「へえ」

原田は立ち上り、廊下に消えた。

「なあ、ダークよ」と私は乾いた声で低く言った。「原田は子供や。あんまり、むきになるな」

「すんまへん。つい、むかついてきよって」

「ときに、シティボーイて何や？　きいたことないけど」

「町っ子いうことです。初めから、町っ子いうたら、よろしいがな」

「おまえ、英語、強いんか？」

「プロレスにいましたさかい、そこらの単語ぐらいは……」

「そら、都合《ぐっ》がええ」

私は手帖をひらいて、きのう記した文字を読ませた。

「これが大親分の目標やて。わかるか？」

「〈アメリカン・ウエイ・オブ・ライフ〉でっか……」

ダークは唸った。

「わかるんか？」

「へ、そらまあ……」

ブルーのアロハシャツの上のボタンを左手で二つばかり外した。大阪のテレビ局でレギュラー番組を三つ持っているせいか、私のより高級な腕時計をしている。

「説明せいや」

「〈アメリカン・ウエイ〉までは、アメリカの道路いうことだすけど……」

思いなしか心細くきこえた。

「それで？〈オブ・ライフ〉て何や？」

「命の、かな……」

「どないな意味だ？　よう、わからんぞ」

「……〈命のアメリカ道路〉とでも訳すのとちゃいまっしゃろか？」

「ちゃいまっしゃろかって、他の意味があるんか？」

「いえ……まあ、こんなもんでっしゃろ」

「確かかいの？」

「へ……」

「けどな、これが目標やいうてはったよ。こんなもんが目標になるか？」

「つまりでんなあ……アメリカの道路は車が多い」

「日本かて多いよ」

「それに、ごっつうスピード出しよる。そやさけ、道を渡るときは命に気ィつけえ――こないな意味だす」

「なんや知らん、交通安全の標語みたいやな」

「気ィつけて行動せいいう教えでンな」

ダークは確言した。

「しゃんとせい――転じて、もっちゃりしとったらあかん、となります。もっと垢抜けしなはれ、と」

「ふむ、感じはつかめる」

と私は言った。

しかし、いかにそう命令されたとしても、標準語を使えという指令だけは出しかねた。一家うちが大混乱に陥るのが眼に見えているからだ。

原田が戻ってきて言った。

「いま、来やはるそうです……」

とたんに、物凄い音が私たちをゆすぶった。原田がときどき事務所の隅できいているロックというやつである。あれの音量を徹底的に上げたものだ。天井が割れるのではないかと気味が悪い。

ご本尊の左手の幕が上って、真赤《まつか》な袈裟《けさ》をひるがえした和尚が、マイク片手に、スケートのお化けのような板に乗ってあらわれた。片手に数珠、首に十字架というのも、よくわからないが、袈裟の下の白いTシャツには、大親分の背中にあるのと同じ唐獅子が印刷《プリント》してある。大親分の覚えがめでたい理由がわかるような気がした。

「ハロー、フォークス！」

脂《あぶら》ぎった和尚は、三波春夫みたいに笑いながら、板から飛び降りた。

「わしが坂津市きってのシティ坊主、学然じゃ」

和尚はマイクを宙に投げ、反対側の手で受けとめた。

「アー・ユー・レディー？」

「イエー」と原田が叫んだ。

「わしの説教がグッド・ヴァイブレーションだとよいがな」

本堂をゆるがすロックの響きに負けぬ大声で和尚は怒鳴った。

「革命じゃ、革命じゃ。スポーツライクなピープルよ、サンシャイン・カリフォルニアめがけて突っ走れ。わしらのルーツはカリフォルニアじゃ！」

私はあっけにとられた。これは気違いだ。

「たとえば、フリスビー」

和尚は、供え物用の木の皿をつかんで、窓の外に投げた。ようやく、私は、大親分の投げたプラスチックの赤い皿が、フリスビーと呼ばれるものらしいのに気づいた。

「これ一枚で、宇宙感覚に浸れるのじゃ。四次元の意識じゃ」

莫迦莫迦《ばかばか》しい、と私は思った。京都の高雄では、むかしから山の上で皿《かわらけ》を投げている。あれは風に流されたり、思わぬ方向にそれたりして面白いが、〈四次元〉というようなものではない。

「イエー、イエー！」

和尚は皿をもう一枚とって踊った。まるで、泥鰌掬《どじょうすく》いである。

「円盤は未来をめざす！」

皿を投げると、袈裟を脱ぎすてた。

年甲斐もなく、Tシャツ姿である。ご本尊の脇にかけこむと、古ぼけた洗濯板を抱えて走ってきた和尚は、廊下にひろげてある大きな蚊帳《かや》にとびのった。

廊下に仕掛けがしてあるのだろう。蚊帳はまるで波のように高く低くうねった。こんな風な廊下を、私は、子供のころ、デパートの遊び場で見たことがある。

和尚は洗濯板に乗って、身体《からだ》を支えながら、

「ブレーク・ウエーヴ！」と叫んだ。

これは私にもわかった。海水浴場で見たことがある。サーフィンとかいうものだ。

「見つかったぞ、永遠が！　わしのアイデンティティーはこれじゃ！」

（これが革命かいの）と私は思った。（これで、わしらの評判が良うなるとは、とても思えんが……）

「これがドライヴィング・ターンじゃ！」

とたんに重心をとりそこねた和尚は、ひっくりかえった。その頭に洗濯板が落ちる。

「ビューティフル……ジャスト・ビューティフル……」

気を失いかけて呟いている。

とてもじゃないが、つき合いきれない、と私は考えた。

三

一週間後の夕方、浪速《なにわ》区の勘助町にある二階堂組《うち》の事務所に、大親分から電話が入った。坂津市から出てきて、キタの或るクラブにいるというのだった。すぐに伺います、と答えて、私は送受器を置いた。

「顔色が冴えんの」

ナポレオンのグラスを片手に大親分は私を見た。気味の悪い眼玉である。暗い店の奥で、バンドが、大親分の好きな「小雨の丘」を低く演奏していた。

「組うちの反応はどや？」

「へえ……」

私は言い淀んだ。

若い組員の中には、喜んで背中にスヌーピーやウッドストックの刺青《いれずみ》をしたり、ベティさんの絵のダボシャツ、ミッキー・マウスの腹巻、キティちゃんの褌《ふんどし》をする者もいた。だが、スケート・ボードをやった若い者は道頓堀川に落ち、ハンググライダーもろとも、鳴門《なると》の渦に巻き込まれかかった者もいる。窃盗前科のある奴がバックパッキングの恰好で戎橋筋《えびすばし》を歩いていたら、顔見知りの警官につかまえられた。バックパックの中身が、懐中電灯と登山ナイフだったから、誤解されても仕方がない。ウエストコーストかぶれの原田も、あと始末に、へとへとになっているのが現状であった。

「島田組と揉めとるいう噂、きいたんやが」

「ややこしなってます」

「ふーむ」

大親分は絽《ろ》の羽織の紐《ひも》を片手で押えた。どうも様子がおかしい。

「どっちから仕掛けたんや？」

「べつに仕掛けたわけやおまへん」と私は慎重に答えた。

「若い者《もん》が、フリスビーの代りに、ポリバケツの蓋《ふた》を投げたんです。風向きが悪かったんか、これが、歩いてきた島田組の若頭《わかがしら》の眉間に当りまして、往生しとります」

「揉めたんか？」

「そっちやったら、わたしも慣れてますけど、今度は違います。島田組を中心にして、幾つかの組が横につながっとります。二階堂組撃滅いう一点で。ということは……」

「よう、わかっとる」

大親分はおもむろに頷いた。

「ほんまの的は、須磨組やな」

「へえ」

「全面戦争のおそれがあるちゅうことか」

「フリスビーも考えもんだす」

私は水割りを飲んだ。言いたかったのは、ここのところである。

「お蔭さんで、わたしも横文字を、ぎょうさん覚えさして貰いましたけど、あげな遊びは、広い国でやることとじゃないですかのう。油だらけの汚い海で、サーフィンちゅうのは、なんや、ぴんと来まへんけど」

「おまえも、そない思うか」

大親分は眼をつむった。

ワンパターンだ、と私は肚《はら》の中で舌打ちする。方針を変更するさいの、お決りのポーズだ。

「お調子者のダークかて、今度の件は、もうひとつ乗りきれんようで」

「ダークがのう……」

大親分は眼をつむったまま、つづけた。

「わしも、足が地ィついとらんいう気はしとった」

これですむのだから、無責任なものだ。だいいち、標準語を使っていないじゃないか。「そうしたまえよ」としきりに言ったのは、だれだ？

「それにやな」大親分は眼をひらいた。「学然は、きのう、坂津の精神病院に入院した。水上スキーするんやいうて、卒塔婆《そとば》を両足首に括《くく》りつけて海に入りよってな。流行性高感度カリフォルニア症たらいう病気やそうな」

「へえ」


これで、莫迦《ばか》騒ぎはおしまいだ、と私は思った。フリスビー一つで抗争に入るなんて、本邦極道史上ないことだろう。

「島田組の方は、わしが工作しよう。東京の大先生を煩《わずら》わすことになるがな」

私はほっとした。夜ごとに、〈島田組〉と名の入ったフリスビーが、何百となく、私に襲いかかってくる夢を見るのだ。

「わしの娘を覚えとるか」

大親分の眼が柔和になった。

「赤児《やや こ》の時分ですなあ」

私は答えた。

「ここにきとる。成長した姿を見てやってくれ。おい！輝子！」

大親分が声をあげると、バンドは演奏をやめ、客の大半は逃げ腰になった。

水割りのグラスを手にして、煙草《たばこ》をふかしている不細工な娘が、こっちにやってきた。馬のしっぽのような髪型で、父親似のギョロ眼が目立つ。

「大きな声、出さないでよ、パパ！」

娘は怒鳴った。

「それでなくても、パパのおかげで恥のかき通しなんだから」

「まあまあ、ここに坐れ」

大親分は相好を崩している。

「言われなくったって、坐るわよ」

どでん、と椅子にかけ、煙草のけむりを私めがけて吹きかけた。

「黒田だす」

私は頭をさげた。

「こんちは」

娘は煙草をふかした。

「ようでけた娘でな」

と大親分は強引に言った。

「東京の女子大の家政科に通っとる。面白《おもろ》い考えを持っとるよ」

「へっ」

娘は水割りを飲んだ。

「あれ、黒田に、説明してやらんか。いま流行《はや》っとる、ニュー……ニュー……なんやったかいな？」

「ニュー・ファミリー」

娘は投げつけるように言う。

「ニュー・ファミリー、これが流行《はや》っとる。わかるか、黒田」

「わかりまへん」

「このニューやないと、あかんらしい」

大親分は真面目に言った。

「ファミリーいうたら家族や。一家いうことや。新しい一家、いうこっちゃ」

「それやったら、二階堂組《うちとこ》もそれですわ。わたしが組長になって、まだ半年でっさかい」

「ばかみたい」

娘はせせら笑った。

「口は悪いが、そのぶん、頭がええ」と大親分は、なおも、かばおうとする。「安輝と違《ちご》うて、算盤《そろばん》勘定がしっかりしとる。じつは、ええアイデアを持っとるんや。ゼニになる話でな」

「へえ？」

私は半信半疑だった。しかし、女も、このくらい不細工だと——父親の職業のせいもあるだろうが——男が寄りつかず、従って、他のことを考えるゆとりが生れるのではないか。

「うかがいたい、思いまっけど」

「わかるかしら？」

娘はひとをなめた言い方をした。

「メルヘン産業よ」

「メルヘン？」と私。

「夢を売るのよ。ヤング相手に」

「わしが説明するか」

大親分が乗り出した。

「東京では、けったいな町づくりが流《は》行《や》っとるんやて。……むかしは、人が集って、自然に町ができたわな。いまは、先に町を作って、品物を置く。そうすると、若い者《もん》が群れ集《つど》うてくる……」

「渋谷の公園通りがそうよ」

娘は抜けめのない眼つきをした。

「大阪も、神戸も、そうなってるところがあるの。遅れてるのはァ、坂津だけ」

「きいたか、黒田」

大親分の眼が輝いた。

「やらん手はないぞ。わしはテレビ局を握っとる。新しい町づくりとなれば、スポットCMをどっと流したる」

「そやけど、坂津に空地が残っとりましたかいの」

「金泉寺の長い参道と広い境内、あれはわしのもんや。好きに使《つこ》うたらええ」

「へえ」

私はまだ、ぴんとこない。要するに、なにを売りつけようというのか。

「黒田さんは闇市を知ってるでしょ」と娘が鋭く言った。

「覚えてま」

「あれよ、あれの現代版よ。あたしは映画でしか知らないけど、先に物資があって、市が立ったんでしょ」

「へえ」

「ただ、品物が違うのよ。現実的じゃなくて、夢のあるもの。いえ、夢がありそうに見えるもの。ガラクタでいいのよ」

ひどいことになってきた。

「ジーンズやTシャツは、東京でバーゲンになってるのを、まとめて買ってきて、値段をつけ代えて、ならべればいいの」

「ガラクタ市でっか」

私はきき直した。

「夢のあるガラクタよ」と娘は気味悪く笑った。「ただのコップに、アリスやマザーグースの絵をつけただけで、とぶように売れるの。そういう仕掛けは、あたしが夏休みちゅうにやるよ。坂津市の人たちに、新しい生活をすすめといて、そういう生活用品を売りつけるんだ。わかった？」

「まあ……」と私は頷く。どえらい娘を持ったものだ、これは。

「わしも何でもやるぞ」

大親分が言った。

「パパは、ギターでも練習してよ。『小雨の丘』しか弾けないんじゃ駄目。パパのイメージ・チェンジに必要なのよ。……それから、『唐獅子通信』て名前も変えよう。そうねえ……『クレープ』なんてのが、夢があるかな。クレープ・シュゼットの……」

「『クレープ』だっか」

ビジネスという感じがしてきた。それも、かなり、シビアなやつが……。

四

要するに、銭もうけなのだ、と私は、あとで、なにか騙されたように感じた。

それなら、初めから、そう言えばよいのだ。ライフ・スタイルの変革とか、革命とか、大層な言い方をするから、私など、狐《きつね》につままれたようになったのだ。

もっとも、安輝さんは、生活カクメイとやらを文字通りに信じていたふしがある。勇んで、ハワイへサーフィンをしに行ったのが、その証拠だ。あれでは、大親分の跡目は継げまい。

一方、あの妹の方は、どうじゃい。あれこそ、大親分の分身である。銭が目的で、生活カクメイは建て前と割り切っている。夏休みのあいだに、父親のために新路線を引こうとしている。かけがえのない青春も、男も、棒にふっている。

——ふられたのかも知れないが——いろいろ策謀を練っている。あれも、一種の孝女だろう。顔は銭箱みたいにゴツいけど。

それから十日ほど、暑いなかを、私は死ぬほど忙しく過した。大親分は政治的に収拾すると言ったが、私は万が一のときの、つまり、反須磨組連合との戦争の準備をしていた。夜中に、三人組の殺し屋に襲われたこともあったが、一人の拳銃を奪ったら、三人とも逃げて行った。私が深追いしなかったのは、どうせ、雇いの流れ者に決っているからだ。

「のう、ダークよ」

社長室の椅子の背にもたれて、私は言った。

「なんや、ぐるりが熱うなってきたの」

「ポリバケツの蓋一つで、しんどいこっちゃ」とダークは苦笑いした。「県警が動き出したみたいでっせ」

電話が鳴った。こいつはホットラインである。私は緊張して右手をのばした。

——哲か？

嗄《しゃが》れた声であった。

——へえ。

——危《やば》かったそうやな。

——まあ……。

——和平工作は続けとる。辛抱してくれ。……ところで、坂津市のバザール、つまり、西洋縁日やな——この初日にイヴェントをやることになった。

——イヴェント？

また、横文字かいの。

——これから新しい町がでけるいう合図の花火や。平《ひら》とういうたら催し物《もん》や。……これがな、須磨組《うち》の主催では、ちいと具合悪い。そっちで仕切って貰いたい。

——へ……。

私がさらにたずねようとすると、

——娘に代る。

と大親分は言った。

——もしもし、黒田さん？

むりに愛想よくした声がきこえた。

——催し物だけど、市民会館前の広場を借りたの。あそこだと、二千人は詰め込めるのよ。それだけ広いのは、あそこだけ。テレビの中継車も入れるしね。一枚十万円の切符が二千枚出れば、水揚げが二億だわね……。

——待っとくなはれ。

私は呆《あき》れた。

——十万円の切符て、お嬢さん、どないな興行、考えてはるんだっか？

——大丈夫、捌《さば》けるわよ。

——けど、十万円いうたら……。

——パパが歌うのよ、ロックンロールをね。

私は強いパンチをくらったようであった。……そりゃ、須磨組で主催できぬわけだ。

——新しい、ピースフルなイメージを出すためよ。パパと須磨組の……。

深呼吸を二つしてから、私は、おそるおそる、きいた。

——言うたらなんですけど……ほんまに歌いはるんだっか。

——うん。

——長丁場、持ちますかいの？

——それなら大丈夫。昔のロックンロール歌手を呼んであるから。パパは真打《とり》で出るの。プレスリーの曲二つと、新曲を一つ歌うだけ。

——新曲？

――あたしが作詞作曲したんだ。「ロック・アラウンド・ザ・デッドロック」っていうの。

私は吐息をした。大親分が歌うとなれば、傘下の団体員だけで、二千枚は軽く捌けるだろう。いやでも、買わざるをえないからだ。

――よろしおま。

私は観念した。せこい興行やりおって、という怒りのツケは二階堂組《うち》にまわってきて、金は大親分に吸い上げられるわけだ。

――まだ、あるの。当日の司会をダークさんにたのみたいのよ。こっちでは人気者なんでしょ。

――へえ。

私は電話を切った。

「大親分が歌うんやて。おまえ、名指しで司会を命じられたぞ」

「はあ……スケジュールが空いとるやろか」

ダークはアロハの胸ポケットから手帖を出した。

「ええかげんにせんかい」

私はひと睨《にら》みしておいた。

仕事で関テレに出かけるダークと入れ違いに、原田が入ってきた。

「『クレープ』の企画書ができましたけど」

「ご苦労」

私は葉巻に火をつけて、老眼鏡をかけた。

「まだ、半分ほどですが、こないな線で行くいう意味で……」

「うむ」と私は頷く。

〈巻頭エッセイ　仁義だけしか頭になかった
　組長　須磨義輝
ぼくは喧嘩と侠道《きょうどう》が好き　若頭補佐　川名満洲男
アンケート特集・みんな不良少年やった！
豪華旅の絵本――広島抗争の跡を見るマジカル・ミステリ・ツアー
ぼくらのアンティーク＝仕立屋銀次の煙管《きせる》とはやる

もんだ

ダーク荒巻の新マザーグース

刑務所内の小道具全カタログ（獄中よりの投稿）

江崎千代松〉

「大して変っとらん気がするが」

私は呟いた。

「変っとりますよ」

原田は自信があるようだ。

「大親分の原稿なんて、別人のようです」

「もう、入ったんか、原稿？」

「へえ。大親分とダークはんは、はやばやと書いてくれはったんです」

「ダークは出たがりだの。増長ささんようにせいや」

「はい」

原田は紙袋から二つの原稿を出してみせた。私はまず、大親分のを手にとった。

〈けさ目をさまして、タバコをすいながら新聞の死亡記事をたのしんでいると、娘の部屋から《アト・ザ・ホップ》がきこえてきたので、ぼくはうなってしまい、コーヒーをサイフォンでわかすのを忘れるところだった。あたらしくって珍しいものを、いつも探しているぼくだけど、古いものもいいもんだなあと思い、若い人が五〇年代に夢中になるのはとてもいいぞと考えなおしてみた。ぼくだって、広島であんな事件が起るまえの時代には、けっこう、ロックンロールをきいていたんだなあ。今のイーグルスだって、ちょいとイケる感じはあるんだが、グルーミーなアトモスフィアがつづくと、ぼくはおっこちてしまう。コーヒーを飲みながら、そんなことを考えていると、いつか、この雑誌の表紙撮影のために、ニューヨークへ行ったときに買った八角形の消しゴムが見つかったので、いたずらがしてみたくなって、爪ヤスリでゆっくりこすって、十六角形にしてみた。十六角形の消しゴムなんて、めったに見かけないぞ。もっとも、グリニッチ・ビレッジのあたりを散歩していれば、もっと変ったものや面白いものにぶつかる。グリニッチ・ビレッジなんて書くのは田舎者だなあ。ビレッジといえば、グリニッチ・ビレッジにきまっているよ。ぼくの散歩のことなんかどうでもいいけれど、まあ書いてみると、ニューヨークのいいところは、歩きながらリラックスできることなんだ。だいたい散歩の楽しみは、これはぼくの勝手な理屈になるけれど、なにか欲しいものが見つかって、それを、お金を払わずに持ってくるという楽しみが半分ばかり入っているんだ。そうして、ぼくの場合は、お金を払わないと、店の主人に文句をいわれるだろうかなんて考えたりしている時間、つまり頭の中で遊んでいる時間が面白いのであって、トンプソン通りのまん中あたりの店で、プエルトリコ人の主人を殴ったときなんか、そんなに面白くもなかった。金のブレスレット三つぐらいで、ひとを殴るとキザに見えはしないかなんて思ったけれど、こんなとき、パトカーがすぐにとんできたりしないのは、やっぱり、ニューヨークだ……〉

「きりがないの、これは」

と私は呟いた。

「何を言おうとしとるんかいの」

「こういう文章が流行《はや》ってるんです」

原田は冷静に言った。

「ふーむ。ご本人が書いたとも思えんがのう」

「字は大親分のです」

「これやったら、仁義に辿《たど》りつくまでが大変や。ダークのを読ましてくれ」

私は別な原稿用紙をひろげた。

「なんや英語も書いたぁる。どういうこっちゃ?」

「ダークはんは、それを日本語に訳したんです。日本語の方を、ひろい読みして下さい」

〈がちょうのおばはん

歩いてみとうなって

空をとびよってん

粋《すい》なおっさんの背中にのって〉

「さっぱり、わからん」と私は首をひねった。「卑猥な意味でもあるんかいの」

〈だれが駒鳥《こまどり》いてもうた?

わいや、と雀が吐きよった

私家《うっとこ》にある弓と矢で
わいがいてもた、あの駒鳥《がき》を

だれが死体《ほとけ》を見つけたン？
わいや、と蠅《はえ》がぬかしよる
なんぼ奥目や言われても
わいが見つけた、その死体《ほとけ》

血ィ受けはったの、だれでっか？
わいや、と魚が言いよった
わいの持っとる小皿かて
血ィ受けるぐらいできるがな

経帷子《しろいおべべ》はだれが縫う？
わてが、と甲虫《ビートル》、口を出す
歌手《シンガー》ミシンでよかったら
わてが縫います、白いべべ

墓を掘る者《もん》、おらんかな？
わしじゃ、と梟《ふくろ》が名乗り出る
土方商売ン十年
ツルハシ、シャベルは揃《そろ》てます

坊主はどこぞにおったなあ？
おるぞ、と学然、躍り出る
宗旨ちがいでよかったら
ばっちり引導わたしたる

だれが世話役、引き受ける？
わたし、とヒバリが歌い出す
たとえライトは暗くても
悲しい酒を世話します

松明《たいまつ》もつ子はおらへんか？
ぼく、やります、とヒワが言う
なんぼヒヨワなぼくだって

松明ぐらいもてますよ
喪主《かなしむもの》にだれがなる？
わたし、と鳩が涙ぐむ
駒鳥はんが好きやった
ほかの者《もん》には渡しまへん

だれが棺桶かたぐねん？
わいや、と鳶《とんび》が輪を描《か》いた
夜通しちゅうとキツいけど
わいが、なんとか、やりまひょか

覆《おお》い持つのはだれにしょう？
まかしておくれ、とミソサザイ
夫婦者《もん》なら呼吸《いき》も合う
わしと嬶《かか》とで持ちまっさ

だれぞ、賛美歌、知っとるか？

阿呆《あほ》な、とツグミが口つぐむ
ご詠歌やったら知っとるで
一つ積んでは駒鳥《やつ》のため

鐘突き役はだれですねん？
わいや、と牛が角向ける
くそ力《ぢから》なら負けへんぞ
根性据えて、ど突いたる

ああ、誰《た》がために鐘は鳴る
だれのためでもええやんけ
キンコンカンと鳴りわたりゃ
おとこ極道の貰い泣き〉

「どこがええのんやろ、この阿呆陀羅経《あほだらきょう》の……」

私は老眼鏡を外した。

「西洋の唄入り観音経かいの」

「これも流行です」

原田は当惑の態《てい》である。

「当世風と言われると、しゃアないけど」と私は言った。

「わしの心には『唐獅子通信』のころの方がぴったりきよる。あれには、極道の魂がこもっとった」

五

その日、金泉寺の参道は、大変な人出だった。〈不許葷酒入山門《くんしゆさんもんにいるをゆるさず》〉と彫られた石の上に、〈坂津シャンゼリゼ〉と書かれた板が針金で縛りつけられ、〈唐獅子バザール〉という朱文字の紙があちこちにひるがえっていた。

寺というものを、こんな風に使ってよいのかと、私は首をかしげたが、縁日の市はむかしからあることだし、寺を賭博の席に貸したことから寺銭という言葉ができたのを思えば、驚くには当らぬかも知れない。

〈バザール〉とは称するものの、ふつうの縁日とどれだけ違うか、私には疑問だった。露店商人たちの顔ぶれがいつもと変っていないからだ。

地面にすわって、手作りらしいブローチを売っているのが、唯一、素人《しろうと》らしく見えたが、実は須磨組の若い者であった。クレープ屋というのも出ていたが、お好み焼に砂糖を入れているだけだ。あとは、ドライフラワー屋とインド衣裳を売る女、アイスクリーム屋、〈飛ぶのが怖い〉と書かれた桃色のフリスビーを売る青年。境内に入るところに、まむし酒屋が出ていたが、これでも夢を売ることになるのであろうか。

ここの境内には血の池というのがある。池の水に鉄錆《てつさび》かなんか混って茶っぽくなったのを、学然がそう名づけたのだ。そこに新たに立て札が立っている。

〈**ブラッドの泉**　この泉は十七世紀に一夜にしてできたもので、泉に背中を向けて百円玉を投げ込むと、ふたたび坂津にこられる幸せの泉です。五十円玉や十円玉はご遠慮下さい〉

あの娘の仕業や、と私は思った。だれがこんな寺、二度とくるか、と思ったが、子供を連れた若夫婦やアベックが、けっこう、百円玉を投げ込んでいる。

　これが生活革命か、メルヘンとはこないなものか、と呟きながら、人波をかきわけると、アリス綿飴《わたあめ》、ベルサイユぶたまんという幟《のぼり》が眼に入った。


　私は市民会館前の広場に戻った。

　無数の自動車が八月の光を反射して、サングラスをかけていても眼にこたえる。前座歌手の歌声とギターの音が、いっそう暑さを感じさせた。

　入口脇のテントが仮の事務所だ。私は中に入ると、サングラスを外し、原田を眼で呼んだ。

「どや？」

「入りは上々です」

「けっこうやな。切符は売れた、客は来《こ》ん、いう事態をおそれとった」

「みなさん、ダーク・スーツいうのが、ふつうのロック・コンサートの雰囲気とちがいますけど」

「まあ、ええわい。わしの責任はここまでじゃけん」

　私は、原田のさし出す冷たいコーラを一リットル瓶から飲んだ。

「暑いのう。広島抗争で広能昌三《ひろのしょうぞう》が挙げられた日によう似とる」

「社長……」

　原田が声をひそめた。「県警の者が何人か出没してます。四課の栗林の顔も見ました」

「栗林か。しつこいの」

「気ィつけて下さい」

　その時、大きな男がテントに入ってきた。ダーク・スーツの上の顔は、傷跡だらけだ。

「ご苦労さんです」私は頭を下げた。ひとむかしまえ、呉《くれ》で世話になった笠原組組長だ。

「須磨組《ほんけ》の肚《はら》はどうなんじゃ、黒田」

　大男はにこりともせずに言った。

「わしは、もう、肚括《はらくく》っとる。やったれい、島田組も、くっついとるカスどもも。攻撃は最大の防禦《ぼうぎょ》じゃけん」

「その話やったら、いずれ……」

「ほいじゃ、改めて電話するがの。はっきり言うて、わしは、こげな銭集めには反対じゃ。大親分に歌《うた》うたわせんけりゃ、いくさの仕度ができんかと思うと、涙が出るわい」

私は頭を下げて大男を見送った。私も古いが、もっと古い人たちに〈生活革命〉を理解させるのは容易ではない。

「すっごいでしょ」

馬のしっぽの髪型の娘がテントに入ってきた。

「これからの資金源はこれよ」

私はなにも言わなかった。いまの組長の言葉は、ここに集った男たちがひそかに思っていることだろう。

「社長、お客さんが……」

原田が入口から声をかけた。その声で、警察の人間だ、とわかった。

私はサングラスをかけ、テントの外に出た。

小柄な栗林警部補が上着を片手に立っていた。少し老《ふ》けたようだ。

私を見ると、にやっと笑って、

「おもろいこと、してくれるやんか」

「何だす?」

私は訳がわからない。

「反須磨組連合への示威をこないな形でやるとは思わんかった。ロックンロール・コンサートを偽装するいうのは、新手やね」

どう説明したらいいだろう。たとえ資金稼ぎといわれても、仕方がない。それはそうに違いないのだから。

しかし、私にはわかっている。大親分は、ただ、もう、歌いたいのである。そして、人にきかせたいのである。それも、「小雨の丘」や「王将」じゃなくて、新しげな歌を。

「とっくりと見せて貰いたいもんや。入ってもええな?」

「どうぞ。テントのうしろに、テレビカメラ用の屋台がありま」

私は栗林を案内して、屋台に登った。KHKのカメラと局員がいるだけで、はるかな舞台がよく見通せる。

「純粋なコンサートですがな」

「ふん、こない黒背広と金バッチが集っとってもか」

栗林は鼻でわらった。

——では、お待ちかね……

舞台の上では純白のタキシードのダーク荒巻が笑みをふりまいていた。

——これからが本番です！

とたんにダークを突きとばした者がいた。紫色の褌《ふんどし》一つの男……サーフィン坊主の学然だ！

「なんや、あれ」と栗林は呟く。

——イエー、イエー！

と裸の学然はマイクを斜めに構えて叫んだ。

——輪廻《りんね》に迷うて
　輪廻の波が
　ワイプアウトじゃ
輪廻生死《しょうじ》
しょ、しょ、しょじょじ
輪廻妄執《もうしゅう》
六道《りくどう》輪廻
六道の辻から御堂筋《みどうすじ》
　イヤー、イエー
輪廻だ、輪廻だ
リンダ・ダーネル
リンダ・ロンシュタット
リンダ・ラヴレース
　オオ　イエー！

白衣の男が三人かけ上ってきて、和尚をつかまえた。強引に舞台からひきずり降ろしてゆく。

「わからんな、どうも読めん」と栗林は考え込んだ。「なにか裏があるな、これは」

——失礼いたしました。

ダークが頭を下げた。

——とんだ番外や。汗かいてもた。……さあ、お待ちかね、セクシー・ロックンローラー！　曲は「ロック・アラウンド・ザ・デッドロック」！

うわあ、と、栗林と私は叫んだ。

銀ラメというのであろうか、上から下までギンギラギンの衣裳の大親分が、エレキギター片手にとび出してきた。

——ハロー、フォークス！

おーす、と全員が和した。

——ピース！

大親分はＶサインを作った。

「平和《ピース》、言うとる。わしは許さんで」

栗林は私を睨《にら》んだ。

「これは警察への挑戦や。ええか、黒田。コンサートが終りしだい、須磨組組長に県警本部にきて貰う。事情聴取や」

「わしらが何した言わはるんでっか」

私は憤然とした。

「広場の使用許可もとったぁりまっせ。どないな理由で」

「理由はなんぼでもある」

栗林は冷ややかに笑った。

「まず、駐車違反や。見てみい、ぎょうさんな車やないか」

六

日が暮れるころ、私は大親分を迎えるために、坂津市の港通りに近い県警本部に出向いた。事情聴取なら、その日のうちに帰されるからだ。

本部の玄関に立って、私は愕然《がくぜん》とした。どこかから大親分の歌声とギターの音がきこえてくるのだ。もう、とまらなくなっているらしい。

〽レッツ・ロック、エヴリボディ、レッツ・ロック！

警察《さつ》もシティやくざも

踊ろよ　監獄《ジェイルハウス》ロック！

イヤー……

もう、いやー、と私は深い溜息をついた。

唐獅子意識革命

快楽の尽きせぬ源泉であり、容易に高度のオーガズムが得られる（女性の）マスターベーションは、大いに推奨されてしかるべきものと思われる。

（シェアー・ハイト「ハイト・リポート」より）

一

紫色の絨緞《じゅうたん》を敷きつめた洋間に通された私は、信じがたい光景を眼にした。

信じがたいと言えば、それは、この部屋のすべてにあてはまることだ。壁にかかっている大親分のパネル写真は、背中の唐獅子の刺青《いれずみ》を誇示したものだし、その両側に、あらたに据えられたステレオのスピーカーにも毒々しい唐獅子が描かれている。窓ぎわに飾られた鎧《よろい》の胴でも――あとから描き加えられたものにちがいないが――紅蓮《ぐれん》の炎に包まれた唐獅子が吼《ほ》えている。

だが、なんといっても、圧巻は、洋間の真中で、黄色い牙《きば》をむいている剝製《はくせい》の牡《おす》ライオンである。何度みても、これには、ぎょっとさせられる。

だが、私が（信じがたい……）と思ったのは、大親分が大切にしている剝製の上に、この家のブルドッグが乗っていたことである。大親分が見たら、どんなに怒るか、わかったものではない。

「しっ、しっ」

私は低く言った。

「動けんよ、そいつは」

須磨組《ほんけ》大親分、須磨義輝《すまよしてる》の低い声がドアの方できこえた。思わず、私は直立不動の姿勢になる。

「すわってくれ」

炯々《けいけい》たる眼光が私を射た。大親分は金色のガウンを着ているが、その両袖にも、小さな唐獅子が刺繡してあった。

私はソファーに腰をおろした。

「あのブル公、夜、警報ベルの代りに、芝生に放しといたんやがな。一週間ほどまえのこっちゃ、夜中にえらい吠えよってな。わしはベッドからとび起きて暗闇でテーブルに腰をぶつけるわ、ボデーガードは慌《あわ》てて階段から転げ落ちるわ。えらい騒ぎやった」

「姐《あね》さん、ご無事でしたか？」

私は間髪を入れずにたずねた。

「あれはパリへ行っとる。なんやルイ・ヴィトンたらいう店で帯を作らせるいうてな」

「よろしゅうおましたな」

「あのブル、ほんま、阿呆《あほ》やで。となりの子猫がうちの庭に入ってきただけのこっちゃ。わし、かーっときて、その場で、いてもたった」

大親分は軽く空手の手つきをして、

「死骸を剝製にして、あこへ飾っといた。いうたら、わしに逆らうと、あないな姿になるちゅうサンプルや」

「剝製ですか……」

私はブルドッグを見つめた。どうりで、動かないはずだ。

あの犬は、早晩、こんな羽目になるだろうとは思っていたが、日本の首領《ドン》と呼ばれる人にしては、やることが小さいような気がした。

「いつぞやの生活革命では迷惑かけたの」

大親分は私にブランデーをすすめて、

「島田組との全面戦争を回避でけて、よかった。おまえの辞書には、不可能ちゅう文字はないようやな」

ふ、ふ、と低く笑った。私は、なにかしら危険なものを感じた。

「日本人の生活を、一朝一夕に変えることは無理やった。また、その必要もない。〈人の和こそすべて〉、これに尽きる。ま、〈人の和〉の中には〈男女の和〉も含まれとるんやが……」

「はあ」

なにを言いたいのだろう、と私は怪しんだ。

「黒田、おまえ、今日日《きょうび》の女子《おなご》がわかるか？」

「女子《おなご》でっか……」

私は返答に窮した。

「そや。それも、新しい女や」

と、大親分はかすかに吐息した。

「失礼ですが、新しい愛人《ひと》がでけはったんで？」

私は改めてきいた。大親分に限らず、こんな相談を持ちかけられる場合は、まあ、決っているではないか。

「おまえ、意識が低いの」

大親分はブランデーの香りをたのしむようにして、

「こないな話は、おまえには不向きやったかな」

冗談じゃない、と私は思った。硬派の超人、不死身の哲というのは、私の一面に過ぎないのだ。

「新しい女子《おなご》というのは、男から自立しとる女ちゅう意味や。わしら男が勝手に作った性の神話を超えとる女性や。これを〈翔《と》んでる女〉と呼ぶ」

「ずばり、言うて下さい。とにかく、だれぞに惚れたはるんですな」

「まあな」

大親分は嗄《しゃが》れた声で呟《つぶや》いた。

「少年時代のような気分や」

「素人《しろうと》はんでっか？」

「……歌手や」


それだったら問題はない、と私はほっとした。いままでにも、ずいぶん多くの流行歌手が大親分と褥《しとね》をともにしている。興行方面での須磨組の威力は、県警のたび重なる攻撃にもかかわらず、まだまだ強大であった。

「おまえの考えとることは、わしにもわかる」と大親分は呻《うめ》くように言った。「……歌手いうても、色々や。流行歌手とか、そないな通俗なものやない」

「けど、歌手は歌手でっしゃろ」

「ニュー・ミュージックの歌手や。この町のライヴ・スポットに出とるんやが」

「ライヴ？」

とっさに私はライヴ・ショウという言葉を連想したのだ。

「スナックのひねたようなもんや。そこで、ギターを弾きながら歌《うと》うとる。……わしは、開店祝いに招待されたんやが」

私はしばらく黙っていた。間合いをはかってから、急に、

「さいきん、糖尿の方はどないです？」

「よう気ィがまわるの」

大親分は唇を歪《ゆが》めて笑った。

「あんまり、具合良うない。けど、問題はそないな低次元のもんやのうてな。その子の……」

「なんちゅう名前で？」

「秋川エリ」

私は頭の中でくりかえした。ストリッパーみたいな名前だ。

「その子の性についての考え方、〈性意識〉いうのやが、これがきわめて新しい」

「へえ」

「早《はよ》う言うたら、男なんぞ要らん、マスターベーションで最高のオーガズムが得られる、こないいうんや」

「オーガズムて何だす？」

「そうか。おまえには、オルガスムスといえば、わかるだろう」

「わかりま。むかし、オルガ・スミスいうヌードの踊り子が温劇《おんげき》にいよりました」

「下らんこと言うな」


大親分は気分を害したようだった。

「世の中には、茶化してええことと、悪いことがある」

「でっけど、マスターベーションこそ最高ちゅうのは危険思想とちがいまっか。男女の和もなにも、おまへんがな」

「男がおらんでも、セックスには困らんちゅう意識、これは一つの革命や。醜女《しこめ》が言うのやったら、ただの負け惜しみやが、美人が、ばしっと言う。わしは、そこに惚れた。真底《しんそこ》、惚れたよ」

「お気持は、わかります」と私は頭をさげた。「けど、お身体《からだ》はぱっとせん、先方は男性無用の考えでっしゃろ。これで、つまり……その、あれが成立しますか？」

「わしも、もう、肉体的欲望は超えとるのや」と大親分は告白した。「わしの名前をきいても、びくともせん女。そうした女の存在が奇妙に新鮮に感じられる今日このごろです」

「で、わたしに、何をせい、言わはるんで？」

「わしの一存で『クレープ』のエッセイを頼んどいた。その原稿を貰うついでに、おまえから、秋川エリに話して欲しい」

「なにをだす？」

「わしの胸のうちだ、決っとるやないか」

私は肚《はら》が立ってきた。島田組を押え込む根まわしで猛烈に動きまわり、しかも、テレビ局経営、社内報の「クレープ」編集と、私は限りなく忙しいのだ。それがどうだ、いくら大親分とはいえ、惚れた小娘に、勝手にエッセイを書かせるとは！　二階堂組《うち》の若い衆に私はどんな顔をしたらいいというのだ！

「お言葉をかえすつもりはおまへんけど、それやったら、ご自分で言わはるのが筋とちがいますか」

私は言ってやった。自分の口からは言えない、須磨組の者にはこの秘めたる恋を知られたくない、では勝手過ぎよう。

「愛ちゅうのは、耐えるもんかのう」

と大親分は溜息とともに呟き、

「耐えるものだろうか」と標準語で言い直した。

「耐えるものです、耐えたまえよ」と私も標準語で応じた。

「耐えようかしら」

「そのほうがいいんじゃない？」

「耐えられるかなあ、ぼく？」

「耐えちゃうべきですよ」

「耐えちゃおうか？」

「そりゃ、耐えなくっちゃ」

「じゃ、耐えちゃお」

「耐えちゃえ……いや、耐えちゃいなはれ」

二

「大親分、不能ですて？」

原田が立ち止り、大きな声を出した。

「静かに話《はなし》せんかい」

私は苦《にが》りきった。

ここは大阪ではない。坂津市のメイン・ストリートだ。

須磨組《ほんけ》の若い者の耳にでも入ったら、えらいことになる。

「まあ、その気配が濃厚いうこっちゃ。ダークに言うたらあかんよ」

「あの首領《ドン》がインポねえ。意外に文学的なんだなあ！」

「なにがブンガクじゃい」

「スタンダールの『アルマンス』から、ブランカーティの『美男《ベル》アントニオ』にいたる線ですよ」

原田は嬉しそうに歩く。

「不能者の恋愛いうのは、ぼくの好きなテーマなんです。……そやけど、相手の女性がC感覚の持主じゃねえ。一致点をどこに見出すか」

「C感覚って何や？」

私は煙草《たばこ》に火をつけた。もう日が暮れて、初冬の風が身にしみる。

「クリトリス感覚です」

「よう、そんなはしたない言葉、使えるのう」

私は呆《あき》れた。

「障害があるからこそ、二人の愛の炎は燃え上るのでしょうねえ」

「燃え上っとるのは大親分だけや」

私はいよいよ苦い顔をする。

「ここらや。なんや、地下とかいうてはった」

「あそこです」

原田は雑居ビルの一階を指さした。〈安穏《アンノン》〉という橙《だいだい》色の電気看板に灯がともっている。

近づくと、地下への狭い階段があり、脇に、〈坂津文化の中心・当市唯一のライヴ・スポット〉と下手な字で書いた貼紙がひるがえっている。

階段を降りる辺りから、テーブルにつくまでは、私の記憶にある秘密ショウの雰囲気であった。セーターにジーンズといったいでたちの若い男女がいるのが、かえって、不思議な感じである。

「わしらを、じろじろ、見とる」と私は原田に囁《ささや》いた。

「せっかく、黒のダブルで正装してきたのに……」

「だからですよ」

ボーイが水割りを運んできた。

「おう……」

私はボーイを睨《にら》んだ。ボーイは蒼白《そうはく》になり、ふるえ出した。

「秋川エリさん、いてるか?」

「はっ、楽屋の方に……」

私は煙草を灰皿でひねりつぶして、立ち上った。

探すまでもなく、楽屋はすぐにわかった。客席とつながっているといってもいいぐらいで、とにかく狭い場所だ。

奥に形ばかりの化粧台があり、その前で、黒いとっくりセーターにGパン姿の、河童《がたろ》みたいな髪型の女が、長い洋モクをふかしていた。

「大阪の黒田です」

「ああ、『クレープ』の方ね」

女はけむりを吐いた。こんなにうまそうに煙草を吸う女を見たのは初めてだ。

(大親分も、物好きな……)

細面《ほそおもて》の可愛らしい顔だが、髪の毛がフケだらけだ。胸も小さい。年齢は二十四、五に見えるが、もっと若いのかも知れない。

「おすわりになって……」

私は小さな椅子にかけて、

「あんた、ええ度胸したはりますな」

と言ってやった。

「え?」

「わし、素人やないですよ。この匂いと……」と、私は、かたわらの灰皿の吸殻をつまみ上げて、「ドサ食うたら、どないするつもりです?」

「どうってことないじゃない……」

この餓鬼、と、のどまで出かかったのを我慢して、私は、背後の原田に命じた。

「ここの吸殻、始末せい。警察《さつ》の眼にとまったら、えらいことになる」

「葉《マリファナ》っぱぐらいで……」

女はあざ笑うように言った。

(須磨組の大親分は、麻薬と名のつくものは、すべて、お嫌いなんじゃ!)

そう、私は怒鳴ってやりたかった。

「葉っぱでも、きょうびは、もってかれまっさかいなあ」

「いいじゃない、それも……」

女は恰好をつけた。

「どうせ、流れ者の身だもの」

（やっぱり、河童《がたろ》やった）と私は呟いた。（河童の川流れ……）

「坂津に居ついてはるんでっか？」

「仲間が逃げちゃったの。こないだまで、秋川エリとペキンダックというグループだったのよ」

「つまり、ペキンダックの方が逃げよったんですな」

「残ったあたしは動けないの、このお店との契約でね」

「そういう事情でっか……」

私はかすかに頷《うなず》いた。

須磨義輝の力をもってすれば、そんな〈契約〉をぶち破ることは簡単だ。しかし、そうされても困るのだ。この私の願いは、しずかに女に消えてもらうことだから。……とにかく、厄介なことになりそうだ。


「どうしたの？」

女はきいた。

「どうちゅうこともありまへんが」

県警の須磨組攻撃が始まろうとしている、といった事情を、女に説明するわけにはいかなかった。大親分は、小娘にかまっている時ではないのだ。しかも、小娘はマリファナをやっているのだから、下手をすると、それと大親分を結びつけられてしまう。

「あんた胃下垂ですやろ」

私は、不意に、言った。

「え？　どうして、わかる？」

「顔の形と身体つきでわかりま。身体、大事にせんとあきまへんな」

「身体なんて、どうでもいいのよ。どうせ、あたしは、時代のあぶくの中から生れてきた女ですもの」

（あぶくの中から生れた……いよいよ、河童《がたろ》や）

「原稿、頂けまっか」

私は笑いかけた。あるときは、ハードな極道者、あるときは、有能な編集者……。

「七枚じゃ何も書けないわ」

女は、綴《と》じてない原稿用紙を私に渡した。〈実感的オーガズムと性の意識革命〉という題を読んでから、「どうも」と頭をさげ、原稿を原田にまわした。

「あたし、シェアー・ハイト女史の説に共感してるんだ。マスターベーションこそ、女性の自主と独立のための一つの手段よ」

「大親分も、そない言うたはりました」

「ああ、須磨さんなら、だいぶ、洗脳しちゃったから」

女は無邪気な笑いを浮べた。

気立ては良さそうだ、と私はみた。顔と喋《しゃべ》る内容が、ちぐはぐであった。

「須磨さんて、名前もいいわ。ス、マ、ス、ーマって、あたしたちミュージシャンの世界では、マスターベーションのことだもの」

がたん、と大きな音がした。原田が椅子から落ちたらしい。

「面白い小父さんよ。あたしのために、作詞してくれたの。言葉が浪花節《なにわぶし》っぽくて、使えないけどさ」

「大親分が……作詞を？……」

「これよ」

女は二枚の便箋に書かれた詞をひらひらさせた。「坂津の夜は泪色《なみだいろ》」というのと、「おれは獅子座のやくざだが」というのだった。

「面白い人だけど、知性がないわ。あたしって、知的生活のできない男性とは合わないの」

「へえ、そないなもんですか」

むしろ、喜ばしいことだった。あとは、大親分の怒りに触れぬように気をつけて、女を旅立たせる方法だが……。

「ねえ、シャセイの話なんだけどさ……」

「シャセイ？」

「セックスの射精よ」

私の背後で、また、がたん、と大きな音がした。

「何ですか？」

「男の人にも、いい射精と悪い射精があるんですって？」

「へ……」

私は呆気《あっけ》にとられた。

えらそうなことを言うが、男の性については何も知らないのだ。いや、こいつらの言葉を使えば、これは差別である。男性《わしら》に対する差別以外の何ものでもない！

女がギターを持って立ち上ったので、私と原田は客席にまわった。

やがて、スポットライトの中に浮び上った女は、無表情に、「人生の雨やどり」とかいう歌をうたいだしたが、しだいに、その顔に感情があらわれ始め、やがて、苦しげな、いってみれば、あの時のような表情になった。

「人気の原因はこれですわ」

原田は感に堪えぬように呟いた。

イヤー、イエー、と私たちのうしろで、妙な合の手を入れる者がいた。

ふり向いてみると、大親分であった。大親分はカウチンセーターを着込み、片手に唐獅子の縫いぐるみを抱えているのだった。

三

一晩考えた挙句、私は大親分に直言しなければならないと決意した。

出社する前に、私のマンションから坂津市に電話を入れると、大親分が出た。

――わしも話があるのや。

思いつめたような声がかえってきた。

――ダーク荒巻をつれて、坂津にきてくれ。組の事務所で待っとる。

――ダークも、でっか？

――うむ、ショウ・ビジネスとなると、ダークは、ええ考え持っとるんとちがうか。

――へえ。

私は送受器を置いた。

大親分、また、なにか、思いついたらしい。

「……お気に障るとなんですけど、あの女《ひと》、マリファナ、吸うてまっせ」

私が口をきると、大親分は深く頷いて、

「それも、意識の変革のためじゃ」

「……そない言われると、わたし、なんにも言えんようになりますけど」

「安心せい、黒田……」

大親分はかすかに笑った。

「マリファナは、わしが、責任持って、やめさせる。密売《ばい》人《にん》を絞め上げたら、すむこっちゃ。……今日、おまえらに来て貰《もろ》たんは、他のはなしでな……」

そのとき、ドアがあいて、若い衆がとび込んできた。

「静かにせんかい！」

大親分は一喝した。

「すんまへん……」

若いのは、おろおろして、

「県警の連中が道路の向う側に張り込んどりますよって」

「四課の奴やろ。栗林もおるか？」

「へえ……」

「勘違いしとるんや。大阪の二階堂組の黒田が坂津に現れて、須磨組の事務所に入った。それだけで、びびっとる。……放《ほ》っとけ。なにも、やましいことはない」

「へえ」

若いのは、応接室を出て行った。

「黒田よ」と大親分は無理に微笑《ほほえ》んで、「暮におこなわれる坂津音楽祭いうのを知っとるか」

「存じてま」

あたりまえだ。その授賞式をＫＨＫで中継する予定なのだから。

「関西地区では、もっとも権威のある音楽祭ときいとる。わざと、大都会を離れた場所でやるいうのが新しいらしい」

「今年が二回目やさかい、関西のマスコミは注目してまっせ」

とダークが芸能界に強いところをみせた。

「ここで認められたら、レコードになりまっしゃろ。ほたら、東京進出も夢やない」

大親分は大きく頷いた。

「ダークの言うのは正しい。……そこで、わしの命令やが、あの娘《こ》に坂津音楽祭の大賞をとらせろ。スターに仕立てるんじゃ」

「は？」

私は、しばらくのあいだ、口がきけなかった。

「なにをボヤッとしとる。大賞をとるための工作をせい言うとるのや」

愛の炎いうのも、考えもんじゃのう、と私は痛感した。

……このぶんでは、秋川エリを逃《にが》すのはむずかしい。また、逃げたところで、日本国じゅう、北のさいはてまで、日本の首領《ドン》の目が光っているから、すぐに連れ戻されるだろう。

「けどなぁ、音楽祭で賞をとるには、なんちゅうても、候補にならなあきまへんで。そこらへんは、東京で決るのや、おまへんか」

ダークの言葉に、大親分は、かっとなった。

「ごじゃごじゃ言うな！ 今朝の新幹線で、札束の詰った鞄が東京へ行っとるわい。心安い代議士に段取りつけさせる手筈や」

大親分は息を整えた。

「音楽祭の蔭《かげ》の力は、音振協——音楽振興協会や。大半の音楽プロダクションの経営者が参加しとるが、代議士からの電話一本で、新人をひとり、候補に加えるぐらいはでける。タレントの麻薬騒ぎのとき、大手プロダクションに手がのびんよう、その代議士に動いて貰《もろ》た借りが、やつらにはある……」

「へえー、そないなからくりがおましたんか！」

「驚くのは早いぞ、ダーク」

大親分の眼は氷のようだった。

「わしは〈須磨レコード〉ちゅう会社を設立する。秋川エリを専属第一号にして、この市場に殴り込みかけたる。……おまえらは、東京からくる審査員——作曲家や評論家に、賞の根まわしをしてくれたらええ。金に糸目はつけん」

「はあ」

　私は頭をさげた。

「それからやな、受賞に備えて、ヌード専門の一流カメラマンを東京から呼べ」

「はあ？」

「なんちゅう顔をする。レコード・ジャケットや週刊誌のグラヴィアに秋川エリのヌード写真を使うのや。わしかて若干の抵抗はあるが、商売となったら、割り切るで」

「へえ、そらそうですけど……」

　意識革命の果てがこれでは、おかしいのではないか？　大親分の地が出たというべきだろうか？

「まだ、迷うとるんなら、金泉寺の和尚《おしよう》に相談せい。あれも、一週間ほどまえに、退院しての。正気に戻っとる……」

　薄暗い本堂に、しずしずと現れた学然《がくぜん》は、錦《にしき》の袈裟《けさ》を着て、払子《ほっす》を抱くようにしていた。

「ハロー、フォークス」

　と和尚は沈んだ声で言った。

「しばらくじゃのう《ロング・タイム・ノー・スィ》」

「治っとらへんがな」とダークは私に囁《ささや》いた。「大丈夫やろか？」

「御用の向きは、さっき、黒田はんから電話でうかがった……」

　和尚は荘重に頷いて、

「須磨義輝は、あい変らず、心が定まらぬようじゃの」

　私たちは黙っていた。

「揺れ動いとる。おのれの道を把握しておらん。ビング・クロスビイ死すとも、〈我が道を往く《ゴーイング・マイ・ウェイ》〉精神《スピリット》は死せず！」

　なにを言っているのか、よくわからなかった。私は、音楽祭に参加（というより、乗っ取りだが）すべきかどうかを、たずねているのだ。

「やたら新しがったり、浮薄な流行を追うていては、やがて、おのが身ばかりか、すべてを滅ぼす。……わしが結論を出して進ぜよう。学然より愛をこめて」

私たちは緊張した。

「よいか。一度しか、言わぬぞ」

「へ」

「うむ、――転石、苔《こけ》むさず！」

和尚は私たちを睨《にら》んでいた。

（テンセキ……なんのこっちゃ？）

私はひそかにうろたえた。ダークも、慌てたらしかった。

「まだ、わからぬかの」

「へえ……」

和尚は袈裟の下から巻物を取り出すと、縦にひろげた。

そこには墨黒々と――

A ROLLING STONE
GATHERS
NO MOSS

と記してあった。

「おまえ、英語は強いはずやったな」

大阪に戻るタクシーの中で、私は、ダークに言った。

和尚の英語をノートに書き写したダークは、タクシーに乗るまえに、本屋で小さな英和辞典を求めていた。

「わかるか？」

「頭のとこは、なんとか」

「説明してみんかい」

「ローリング・ストーンズ、やけど……」

「何や、それ？」

「こら、もう、外国の有名なロック・グループでんがな」

「あの和尚、まだ、ロックにとり憑かれとるんか」

と、私は嘆いた。

「で、そいつらが、どないしたちゅうんじゃ」

「そない急《せ》かさんといて下さい、おやっさん。いま、次の単語の意味を調べとるとこで」

「慌てることはない」

私は窓の外を見た。このさい、学然の言葉に素直に従おう、と思った。

「わかった！　次は、〈集める〉ちゅう意味や」

「続けていうと、どないなる？」

「ローリング・ストーンズは集める……」

「なにを集める？」

「当然、観客でっしゃろ」

「なんや、あたりまえ過ぎるの」

「禅問答の答えいうのは、たいがい、みな、こないなもんで」

「……けど、まだ、一行、あるよ。このノーいうのは、わしかて、読める。ノー・スモーキングのノーじゃ。そのあとの四文字は何や？」

「待っとくなはれ。……M……O……。……とわかりました。コケですわ」

「コケ？」

「苔寺の苔でんな」

「禅問答らしくなってきたの」

私は首をひねった。

「苔が無い、いうことか」

「あ、わかりましたで」とダークは自信ありげに言った。

「コケない、こうですわ」

「要するに、どないな意味や？」

「……ローリング・ストーンズの公演は、観客をぎょうさん、集めるさかい、まずコケない……」

「すると、興行は儲かる、そっちへ進出せい、ちゅう答えか？」

「決りでンな」

ダークはひとりで頷いた。

四

それから二週間ほどのあいだに、ダーク荒巻が、何度、上京したか、わからない。〈須磨組、東京進攻作戦の尖兵あらわる！〉などと東京の新聞に書きたてられ、さしも心臓の強いダークも仰天したようである。

とにもかくにも、歌手たちや審査委員たちが坂津市にやってきて、明日はいよいよ、大賞、その他の賞が決定するという夜になった。

「ダークよ」と、私は小さなクラブの隅の、クッションのきいたソファーで、レミー・マルタンのルイ十三世を片手に言った。ミナミの夜景を見おろせるこのクラブは、ダークが愛人に経営させているのだ。

「今度の根まわしは、おまえ向きの仕事やったとはいうものの、えらい巧《うま》いこと運んだの」

「きつかったのなんの」

遅れてきたダークは、お絞りの臭《にお》いをかいでから、顔をごしごしこすった。それから、女の子に、いつもの持《も》てこい、と言いつけて、

「わいなあ、おやっさん、会社員かて、つとまるような気イしてきましたでぇ」

「それは、言える」

私は低く答えた。

「極道の方がなんぼ楽か知れまへんヮ」

ダークの飲み物がきて、私たちは乾杯した。

「こいつが片づいたら、わい、台湾でも行《い》てきたいわあ」

「……秋川エリが、よう賞の候補になったの。無名やったのに」

「審査委員の中に、若い音楽評論家で、えげつないのが居《い》よりましてな。実弾は、この餓鬼に行ったんやないか、思います。無名の新人こそ候補に、いう建て前を滔々《とうとう》と喋りよったちゅう噂でっけど、こらまァ、反対の余地あらへん。もともと、他の四人の審査委員には、大手の宮島プロダクションが手ェまわしてまっさかい、まあ、内心、やましい思いはしとったやろけど」

「その若い評論家ちゅうのは、宮島プロの息はかかっとらんのか？」

「もちろん、かかっとりま。そやけど、宮島プロを裏切るほどの実弾が、大親分の知り合いの要人《えらいさん》から流れた、と、わいは見とります。……大親分はただ、ひとこと、その若

い評論家の家に挨拶に行け、言わはっただけや」

「ふむ……そういう絵図か……」

「そいつの家に行って、びっくりしましたわ。玄関に、洋酒セット、煎餅《せんべ》やら海苔《のり》の詰め合せ、日本各地の地酒、そないなもんが、どーんと積んだぁる」

「おっとろしいのう」

「荒巻さん、なにか持ち帰って下さいよ——そない吐《ぬ》かしよる。わい、名前に因《ちな》んで、鮭の荒巻を貰《もろ》てきたった」

「阿呆《あほ》なこと、すな！」

私は慌てた。

「自分の立場、わかっとンのか。……だいたい、おまえ、今晩、坂津におらんで、ええのか？」

「審査委員の接待は、原田の奴に任したぁります。わいが顔《つら》出すと、なんや極道に思われそうで」

「思われそうって、極道やないか」

「そやさけ、インテリゲンチャンの原田が按配《あんばい》しとりまっさ」

「秋川エリは、どないしとる？」

「他の歌手といっしょに、坂津プラザ・ホテルに放《ほ》り込んどきました。……どうでもええけど、あら、けったいな娘《こ》でんなァ。喜怒哀楽なんちゅうもんが、あらへんのかいな」

「今様は、あげなもんじゃ」

「わいのこと、〈知性の感じられないタイプ〉、吐《ぬ》かしよった。ほんま、大親分の線やなかったら、ベッドに押し倒してこますとこやが」

「原田からの連絡は、ぼちぼちか？」

私は窓外に眼をやった。近くのビルの上部の電光時計は午前一時に近かった。

「今晩は、クリスマス・イヴだっか」

ダークは、やっと、気づいたようだった。

「立派な家庭があって、ケーキにロウソクを立てたりしたら、ええ気分やろなあ。子供《がき》の二、三人もいて。……わいが父親やったら、クリスマス・ケーキに百目ロウソクを立ててこまそか」

「寝惚《ねぼ》けるな」と私は叱咤した。「わしら、渡世人は、家庭の幸福ちゅうようなもんは棄てた身や」

「お父ちゃん、サンタクロースのおっちゃんは、ほんまに来てくれはるのン？——子供《がき》がこないに言いよりますな。……で、わいは、『きてくれはるよ。サンタのおっちゃんは、おまえのことを、忘れはるようなお人やない。安心して……安心して、早《はよ》う寝るのやで。夜中にサンタのおっちゃんが袋から……』」

「その〈袋〉で想い出した！」

私はわれにかえった。そして、近くにいる女に、冷蔵庫の中の紙袋を持ってきてくれ、と言った。

「なんだす？」

「見たら、わかる」と私は答えた。「おまえの仕事や」

女がスーパーマーケットの特大の紙袋を持ってきた。

私は自分で綴じた袋の上部を破いた。

「わざと、こないな袋に入れといた。中に、ビニール袋が入っとる……」

「へえ」

ダークは、袋の中を覗《のぞ》いて、

「げっ……」

と、のどを詰らせた。

「な、生首やんか、ブルドッグの……」

「驚くのはまだ早いで」

私は無感動に言った。

「ええか。審査委員の一人一人に、渡す物は渡した。酒の接待もした。……けどな、大親分はまだ信用でけん言わはるんや。そら、わしかて、そない思う。……今晩、原田が、銘々の部屋に女を送り込むやろ」

「…………」

ダークは蒼白《そうはく》になっている。

「女は、みな、夜明けに引き揚げる。そのあと、女の寝とった枕の上に、この首を、一つずつ、置いとくんじゃ。首領《ドン》の命令に背くと、こないなるちゅう見せしめや……」

「そ、それがわいの仕事やて？」

私は静かに頷いた。

「こないな時、マフィアは、馬の首を使うちゅう話や。大親分としては、ライオンの首にしたかったんやけど、経費節減ちゅう意味もあって、ブルドッグに落した」

「なんでまた、ブルドッグに？」

それは大親分と私にしかわからぬことであった。大親分のブルドッグ憎悪が、どうして、ダークに理解できよう。

「いうたら、これは、仕事の詰めや。おまえにやって貰わにゃならん」

ダークはおそるおそる袋の中を覗いて、

「どこで工面しはったんだす？」

「きくな、もう……」

「へえ。……けど、ひい、ふう……ブルドッグの首、四つしかあらへん。あとのコマいのは、何ですねん？」

「員数が揃わんさかい、わし、チワワで間に合わしといた」

「そのぶん、迫力に欠けまんなあ」

ダークは感想を述べた。

私はポケットから携帯用ホチキスを出して、紙袋の口を綴じた。

「クリスマスいう気分やないのう。……おまえのれこ、どないした？」

「二、三日、休んでますんや。こないになってもて……」

ダークは両手の人さし指でチャンバラの恰好をしてみせた。

「揉めたんか？」

「わいと寝とうない。だいたい、おめこもしとうない。マスターベーションの方がええ。——こない吐《ぬ》かしてけつかる。むかつきまっせえ」

「そら、むかつくのう」

「おさねの方が気持ええ、それで自分《わて》は男から解放されるて、よう言うわ。……あら、流行《はやり》もんでっかいな。こないだまでは、淫乱《やちもち》で、おめこマニアもええとこで、ぎゃあいうて気絶しとったくせに」

「麻疹《はしか》みたいもんやないか」

「店の女、みんなに伝染しよりまして、どいつも、こいつも、女の自立やあ、男はいいんでくれ、いうさかい、客足が遠ざかってまんね」

「じきに、元に戻るやろ」

私は慰めた。

そのとき、原田さんからお電話です、という声がして、ダークは立ち上った。

直ちに戻ってくると、

「えらいこっちゃ。秋川エリが明日《あした》の音楽祭に出とうない吐《ぬ》かして、旅仕度しとるちゅうんで……」

私は立ち上った。

「わしが行くから、言うとけ。女は部屋に閉じこめといたらええ」

「へ……」

「ハイヤーを呼んで貰おう。……ダーク、おまえもいっしょや。その紙袋、忘れるねやないぞ」

五

坂津プラザ・ホテルに駈け込むと、私は、フロントで、秋川エリのルーム・ナンバーをたずねた。

よほど悪い眼つきをしていたのだろう、私が一瞥しただけで、フロントの若僧は、妙な顔をしてズボンのまえを両手で隠した。失禁したらしかった。

エレヴェーターで五階に上り、廊下にとび出すと、原田の白い顔が遠くに見えた。

「どないや？」

私は近寄ってから、たずねた。

「拗《す》ねとるだけとちがうのか」

「違います。この町から出ていきたいと泣きじゃくって」

「出ていきたい？」

「はあ、知性のない人間の集団には耐えられない、言いよるんです」

知識人の原田は、いたく自尊心を傷つけられたようであった。

（初めから、こないなるやろうと、思《おも》とった。当然の成行きや……）と私は考えた。（進退谷《きわま》ったの）

「おまえら、ドアの外におれ」

私はそう言いおいて、ドアの把手《とって》をまわした。

秋川エリは窓ぎわで海を見つめていた。私が入ってきたのに気づいているのに、何も言わないのだ。

「お原稿、印刷に入れましたで」

私は痺《しび》れるような低音で言った。だが、痺れたのは私自身で、女には影響がないようであった。

「あたし、スターになんか、なりたくないの」

女はまっすぐに私を見た。

「そうですか」

私は煙草を咥《くわ》えた。

「ほな、あんたの歌は趣味だすか?」

「歌はあたしの人生……」

女は気怠《けだる》そうに呟いた。

「つかみそこねた愛を記憶で辿るためと言ったら、いいかしら。もう、本当の愛かどうか、ためらうのにも疲れたの。……悲しみの数の方が、あたしの歳《とし》の数よりも、多いんだもの」

「こっちも、疲れたわい」

私はひらき直った。

「生きてるちゅうことは疲れるこっちゃ。そやけど、面倒くさいからいうて、首括《くく》るわけにもいかんしな……」

女の眼に三十ワットぐらいの光が灯った。

「やや知的にきこえたわ」

「阿呆《あほ》くさ」

私はせせら笑った。

――はい、そこまでや。

背後で変な声がした。

ふりむくと、県警の栗林警部補が、なぜか、小柄な身体を粋なスーツでびしりと決めて、入ってきた。

「この部屋の灰皿からマリファナ煙草の吸殻が見つかった」

栗林はアメリカ製のテレビ映画の刑事のようにきびきびと言った。

「これは麻薬Gメンの仕事や。けどな、こうなったら、その女、須磨義輝、おまえら二階堂組の三人が無関係とは言えまい。わしの眼は節穴やないぞ……」

「あ、あの眼！……真の知性が……」

秋川エリが叫んだ。エリの瞳は二百ワットの輝きを帯び、白い右手の人さし指は栗林を指していた。

栗林はぽかんと口をあけ、次に、自分の両脇と背後を確かめた。だれもいないので、ようやく、自分のこととわかり、

「わしが？……知性？……」

「その声の深さ！　眼の奥の、単純さを装うことに馴れた鋭い知性！……わかるんだ、あたしには……」

エリの眼が潤《うる》んできた。

「〈装う〉て、このスーツ、自前やが」

栗林は狐《きつね》につままれたようだった。

「あ、おい、なんちゅう真似、さらすねん！」

エリは右手をスカートの奥に入れて、激しく動かし始めた。

「黒田よ……」と栗林は低い声で私にたずねた。「この女、覚醒剤《シャブ》もやっとるんとちがうか」

そして、にわかに同情的な眼つきでエリを眺めた。


一瞬、私の頭に閃《ひらめ》いたものがあった。

（そうだ！　これで、すべて、方《かた》がつく！）

「覚醒剤《シャブ》とは、ちゃいます。この娘《こ》は、真実の愛を求めて、彷徨《さまよ》うとる、かわいそうな身ですわ……」そして、声をひそめ、「このままやったら、須磨組の餌食《えじき》で、ぼろぼろになるのは、眼に見えたぁる。わしが、こない言うたら、けったいにきこえるかも知れんけど、お願いや、この娘《こ》を救《たす》けてやっとくなはれ」

エリはベッドカヴァーの上に倒れて、喘《あえ》いだ。

「そ、その知性のひと……お名前は？」

「栗林はんや」と私はすかさず言った。

「クリ……」

女はぐったりした。

「なんや、栗の中毒か」

栗林は呆然《ぼうぜん》とした。

「クリと聞いたら、い、いきよった」

「栗林はんへの深い愛が、あないな形をとったんですわ」

私は抜け目なく言った。

「わしへの愛か……」

栗林はさりげなく言ったが、眼つきが変っていた。

「瞬間湯沸し器みたいな愛に見えたけどな」

「介抱してやって下さい。ほんま、ええ娘《こ》ですよ」

「ふむ、眼がきれいやね。眼は人間の眼《まなこ》いうてねえ」

いい線行っている、と私は思った。思う壺であった。

「もひとつ、きいてやって下さい。そこのドアのとこで、わしを思いきり、殴ってくれまへんか。アッパーカットで」

「ええのか」

「そやないと、わし、消えられへんからねえ」

「それもそやな」

栗林は私に迫ってきた。私がドアの把手をまわしたとたん、物凄いパンチが私のあごに炸裂した。

……気がついたとき、私は廊下に倒れており、ダークと原田の顔が私を見おろしていた。

「大丈夫ですか……」と原田がきいた。

「どえらい力《りき》や」と、私は、あごを左右に動かしてみた。

まさか、あんな力が栗林にあるとは思わなかったのだ。

――タフなのね。

ドアの下の隙間からエリの声がきこえた。

――タフやのうては生きていけへん。

栗林の声であった。

――けど、優しのうては生きる資格あらへんよ。

――わ、フィリップ・マーロウの世界！

――そうは言うても、としですわ。わし、去年、女房に死なれましてな。

――あの……ラフマニノフなんか、お好き？

栗林は答えなかった。

――あたし、たったいま、眼が覚めたの。愛って、決して、後悔しないものなのね。

――あとの後悔、先に立たずと、砂川捨丸《すながわすてまる》はんも言うてはりました。

――恋はゲームじゃなく、生きることね！

あとは、静かになった。

六

「なに、同棲しよった！」

大親分は唐獅子の縫い取りをしたパジャマのままで、真《まっ》赤《か》な顔になった。

「相手の男、いてまうのじゃ！」

「それがあかんのです。県警の栗林ですねン」

「栗林！」

大親分は剝製のブルドッグを摑《つか》み、壁に叩きつけた。

「どないなっとるのや！」

初めて真の男性、真のオーガズムを知った、というエリの弾んだ声の電話で、今朝早く、私が叩き起された、とは言えなかった。

「で、大賞の方は、どないなる？」

「さっき、プラザ・ホテルの朝食会に顔を出しましたけど、大賞はなしと決りました」

「くそ、小娘が！」

「そら、わたしかて煮えとります。……けど、吉報も、おます。大親分の作詞しはった『坂津の夜は泪色』、あれが作詞賞ちゅうことになりまして……」

「待て……」

大親分は怪訝な顔をした。

「あんなもん、候補にも上っとらんぞ」

「全委員の緊急特別推薦ちゅう手がおましてな。委員の中の作曲家が急いで夕方までに曲をつけまして……」

「まあ、な……あれは……わしの作詞した中では……そう悪うないと思《おも》てはおるが……」

ブルドッグの生首を配らせたことは、もう、忘れているらしい。

「で、だ、だれがうたう？」

「うちのダークが……」

「ダークは、あかん。わしのイメージやない。そら、大橋純子やろなあ」

私は沈黙した。

大親分はがっくり椅子に沈んで、

「……エリの原稿は没にせい。……そや、『クレープ』いう名もやめよう。やっぱり、『唐獅子通信』や。初心に帰って、人の和を説くことや」

「やばい！」

私は思わず叫んだ。

「午後に、東京からヌード写真家がきよります！」

「えやないか。男一匹、逃げも隠れもせん。受けて立ったる。わしが全裸になったる。警察《さつ》には指一本、マジック一本、触れささんヌードや。『唐獅子通信』の折り込みカラー・グラヴィアにしよう！……」

×　×

歳末の京都は凍《い》てついていた。

中年の写真家がふるえ、私もふるえていた。

ふるえていないのは、石庭《せきてい》をバックに、縁側にこちら向きに横たわり、ポーズをとっている全裸の大親分だけであった。きっと全身が野望に燃えているのだろう。

「肚括《はらくく》って、じっくり、撮って貰おうかい」

大親分は眼をむいた。股間には大きな味つけ海苔がセロテープで止められている。

その姿を、私は、雄々しいとも、なまめかしいとも思わなかった。私は、ただ、寒さに耐えていた。

唐獅子映画産業

一

私と原田は、紫色の絨緞《じゅうたん》を敷きつめた洋間に通された。須磨組大親分、須磨義輝《すまよしてる》の宏大《こうだい》な屋敷の奥にある〈書斎〉――すなわち、密談の場である。

内密のたのみがある、という電話が大親分からあった時、私はすぐに原田を同道することに決めた。知識人の原田はなにかと私の力になるだろう。その旨を大親分に伝えると、おまえさえよければ、それでもいい、という返事だった。

ソファーに向う途中で、

「うぐっ……」

原田が奇妙に喉をつまらせ、立ち止った。

「どないした」

剝製《はくせい》の牡《おす》ライオンに怯えたのだろうと考えた私は、軽くたしなめた。

「あ、あれ……」

私は原田の指さす彼方《かなた》を見た。

ブルドッグの首が壁の上の方に突き出ている。まえに剝製になっていたあのブルドッグだ。不運な奴めが……。

「鹿の首や熊の首いうのは、よう見ますけど、あんなんは初めてです」

原田はかすかにふるえている。

「気にするんやない」

私は内心の動揺を抑えてソファーに腰をおろした。

「いつぞの祟《たた》りやろか、いや、そんなはずはない――そないに考えとるのやろ。安心せい。あれは正真正銘のブルドッグよ」

「はあ」

原田はへたへたとソファーに崩れた。

「ぼくって、繊細過ぎるのだろうか」

とたんに、唐獅子が描かれているスピーカーから、ヴォリューム一杯に「坂津の夜は泪色《なみだいろ》」が響きわたり、私の鼓膜をおかしくした。

やがて、その音が止《や》むと、金色のガウンを着た大親分が、ドアをあけて、悠然とあらわれた。

私たちが起立すると、

「わしのテーマが鳴り響いた瞬間に起立せんかい」

苦々《にがにが》しげに言って、安楽椅子にかけた。

「は……あの……」

「まあ、ええ。すわらんか」

大親分は葉巻をくわえた。私は卓上ライターを手にして、火をつける。

「どうじゃ、『坂津の夜は泪色』は？　大阪の有線では、どないなっとる？」

百位以下とは、私は言いかねた。

「評判になっとります」

「坂津の有線では、八位かな。石川さゆりの新曲に抜かれた」

「けど、大したもんだす」

「わしも、次の作詞を心がけとる。第二の阿久悠めざして」

日本の首領《ドン》の言葉にしては、どこかおかしい、と私は思った。

「去年の暮からの県警の攻撃はひどかったのう」

大親分は私を凝視した。

「大阪府警も、うるさかったです」と私は頷《うなず》いた。「新年の『事始め』はいかん、暴力団の会合に席貸したらあかんて、どえらいキャンペーン張りよりまして。イメージ・ダウンもええとこですわ」

「わしらの望んどるのが〈人の和〉やちゅうことを、改めて、PRせなあかん」

大親分はテーブルを強く叩いた。

「〈人の和こそすべて〉、これをPRするのは、黒田、二階《おま》堂組《えら》の仕事や。しかし、テレビちゅうのは、極道を讃美すると、視聴者の反撥《はんぱつ》を買うのやろ」

「そこらが、むつかしおますなあ」

私は言葉を濁した。KHKの放送内容は、しだいに、ふつうの民放に近づいている。大親分が、それに気づかぬはずはなかった。

「どーん、とPRが利《き》いて、しかも、儲かるもんやったら、やる気あるか」

「そら、もう」

あるはずがないと思いながら、私は大きく頭をさげた。

「まだ、気ィつかんか」

大親分は私を見つめて、

「映画やがな……」

「映画？」

「若いプロデューサーが、えらいこと儲けとるそうやないか。それも、素人《しろうと》が……」

大親分はガウンの内側から、ゼロックス・コピイをとり出して、私と原田に一部ずつ渡し、自分も一部を手にした。

「映画の業界誌からとったものや。……ええか、この大ヒットした映画の最終配収が二十三、四億。製作・配給の手数料を除いて、残るのが七、八億とある。これが純利益やろな」

「へえ」

「黒田、おまえ、映画を作るのじゃ」

大親分は大声をあげた。

「任侠道を謳歌した映画を作れ。二階堂組が製作して、わしが配給ルートを押える。純益は折半する」

私は首をひねった。

大親分のアイデアには、当りと外れがある。社内報やテレビ局経営はまあまあだ。そういった、実利に直結することだと、大親分の勘もまんざらではないのだが……。

「心配すな。製作費はわしが出す」

「へえ……」

「映画は嫌いか？」

「べつに、嫌いちゅうわけやおまへん。むかしは、よう観ました」

「そやったら、どんと受けて立ったら、どや？」

「へえ……けど、どないな映画を作ったらええのか」

「決っとるやないか。わしら任侠の徒が、いかに市民のために尽しておるか、県警の迫害に耐えておるか、それを描くんじゃ。わしの頭には、題名まで浮んどる……」

「題名？」

「そや、『任侠の証明』……」

きいたことがある題だと私はひそかに思った。その時、原田がおそるおそる、口をはさんだ。

「まずいのやないでしょうか、それは……」

「なにが？」

大親分は眼をむいた。

「まずいですよ」

原田は断乎《だんこ》として言いきる。

「そうか。まずいかな……」

大親分は口ごもった。

原田をつれてきてよかった、と私は思った。どうせ、ろくでもないたのみだと睨《にら》んでいたのだ。

「題名が直接的すぎます」と原田は鋭く評した。「二階堂組が映画を作るいうだけで、府警もマスコミも、気ィ立てよるでしょう。題名に〈任侠〉とうたうのは、ぼくはまずいと思います」

「ふむ」

大親分はうなった。


「はっきり言うて、わしが、花や動物を愛するヒューマニストいうイメージが、ずばっと出るんやったら、題は変えてもええんじゃ。……なんぞ、代案が、あるか？」

「……動物を愛する？……」

原田はおそるおそる呟《つぶや》いた。

「そや、わしは、ゴキブリも殺せん男よ」

冗談かと思ったら、そうではなさそうだった。これでは、原田が思い悩むのも当然である。〈ヒューマニスト〉という言葉は、どこをどうひねっても、大親分とは結びつくまい。

「むつかしゅう考えることはない」と大親分は念を押した。「平和を愛する男いうイメージで何かないか」

「リングで人を殺したボクサーが郷里《くに》に帰って平和に暮すちゅう外国映画があったよ」と私は原田に言った。「ジョン・ウェインが出とったな。……想い出した、『静かなる男』や」

「それ、頂くか」

大親分は無定見にとびついた。

「『静かなる男』、痺《しび》れるのう」

「凄みが足りません。それやったら、こう、いきますか」

原田は卓上のメモ用紙をとって、ボールペンで記し、私らに示した。

〈静かな首領《ドン》〉

「ええなあ。いよいよ痺れる……」

大親分の金壺眼《かなつぼまなこ》に灯がともった。決ったも同然であった。

「製作、脚本、出演、みなわしがやる。広告の惹句《コピー》もわしが考えたる」

「出演？」

私と原田は同時にききかえした。

「主役やないぞ」と大親分は弁解するように言った。「脇役や。……やくざ映画みとると、落ち目の、善い方の親分ちゅうのが出てくるやろ。たいがい、よいよいで、寝たきりでな。わし、いっぺん、あれを演《や》ってみたい思《おも》とったんや」

厚かましいにも程がある、と私は思った。

「わしは素人《しろうと》やさかい、原案は原田に書いて貰う。それをわしが脚本に仕立てる」

「監督はどないします？　これは、玄人《プロ》やないとあきませんですよ」と原田。

「金泉寺の学然和尚《がくぜんおしよう》の甥《おい》で、東京で映画監督しとったちゅうのが、いま坂津でぼやぼやしとる。そいつに会《お》うてみてくれ」

大親分は電話機を私の前に置いた。

「学然の甥ですて？」

思わず、そう言って、私は原田と顔を見合せた。

二

坂津プラザ・ホテルは、坂津市のメイン・ストリートから港に向って右側にある小さなホテルだ。

八階建ての高さで、大阪のグランドホテル、ロイヤルホテル、ホテルプラザあたりを常用している私からみれば、比較にならないほど小さい。神戸のオリエンタルホテルほどの貫禄もないし、商売が成り立っているのは、坂津市唯一のホテル、ということと、須磨義輝が投資者の一人であるために極道仲間、親分衆の会合が開かれるためといっても過言ではなかろう。

(よう、潰れんのう……)

白塗りのケーキみたいなホテルの敷地に入るためには、真赤《まつか》に塗った鳥居をくぐらねばならぬ。

「このホテルと学然和尚いうカードがならぶと、なんや、悪い予感がしてきます」

と原田は呟いた。

「ホテルに近づくと、風が冷《つべと》うなりませんか。いつかのブルドッグとチワワの崇りかな」

「気にするな」と私は一笑に付した。「春は名のみの風の寒さよ」

学然は中二階のゲーム・コーナーで待っていると電話で言った。大のおとなが、なぜ、そんなところにいるのか私にはわからない。

ホテルに入ると、私は用心深く、ロビーのあたりを見まわした。以前、ここで島田組の鉄砲玉に襲われたことがあるのだ。

フロント・デスクの若僧の一人が、私に気づくと、引き吊ったような顔をして、ズボンのまえを両手で隠した。また、失禁したのだろうか。

私たちは左手の階段を登り、ゲーム・コーナーに出た。気違いじみた金属音の饗宴が私を包む。

「あれ、そうですやろか?」

原田が言った。

まちがいない。突き当りで、私たちに背を向けて機関銃を撃ちまくっているのが学然である。なんと説明したらよいのか、ジャンパーがふくれ上ったような防寒具に身を包み、引揚者みたいなズボンをはいている。つるつる頭からようやく、和尚と判定できるのだ。

「丹波の篠山《ささやま》から出てきたような恰好しとる」と私は言った。「安達ヶ原の鬼婆《おにばば》ぁかて、もうちっと垢抜けしとるんやないか」

「ああいうスタイルが流行《はや》ってるんです」と原田が説明する。「ヘビーデューティーいいましてね」

「蛇がどないしたて？」

「蛇やのうて、ヘビーです。お洒落《しやれ》の一種でしてね。まあ、凝ってますわ。アークティック式ダウンパーカで、ズボンはキルティング・ラウンド。靴はハンター用のワークブーツですやろ。あれやったら、若い者《もん》も顔負けですわ」

(生臭坊主、まだ治っとらんと見える)

私はひそかに、呟いた。

――おのれ！

学然は周囲の噪音《そうおん》にまけじと叫んだ。

――さすらいのドーベルマン坊主と謳われたこの学然が蜂《はち》の巣にしてくれるわ！

だ、だ、だ、だ、と掃射音がつづき、正面の標的にある人間を示すマークが片っぱしから消えた。

(み仏につかえる身が、ゲームとはいえ、殺生をしてええんかいの？)

標的の電気が消えたところで、学然は、チェーンのついた機関銃を置いて、汗をぬぐった。

ほっと一息ついて、私たちに気づき、

「ハロー、フォークス！」

と、Vサインを示した。

「おたのしみのところを……」

私は首を折るような形の挨拶をする。

「なんの、なんの……」

蛇なんとかの救命胴衣風衣裳をつけた和尚は、私たちに近寄ってきた。

「寄る年波で、本物の機関銃を撃てなくなっての。おととし、北海道の雪原で、オホーツクの海めがけて、ぶっ放したら、ひっくり返ってしもた。……いまでは、あんな玩具《おもちや》で遊ぶより仕方ないわい」

「甥御さんは、どちらに？」

「そろそろ、くるころじゃろう」

和尚は先に立って歩き出した。

「大陸では、よう、匪賊《ひぞく》をあの世へ送ってやったものよ」

「和尚さん……」

原田が嬉しげにたずねる。

「その靴は、ひょっとして、アイリッシュ……」

「アイリッシュ・セッター印じゃ。よう、わかったの」

「それは、もう……」

「ナウなことよのう！」

二人は高らかに笑った。私は少しも面白くない。

「ひとこと、お断りしておく」

和尚は急に立ち止った。

「わしの甥めは、映画的センスはあるらしいが、その他の趣味は、あまり、良うない。この点をお含み置きいただこうと思うて、あなた方と、先に、会《お》うたわけじゃ」

私は困惑した。学然が〈趣味が良うない〉と評するのでは、只事ではないと思ったからだ。

「どうも気になるんですけど、任侠映画というのは、時代遅れとちがいますか」

歩き出しながら原田が私に言った。

「着流しのやくざ映画は、もう絶滅してますよ」

「コマーシャル・ベースでいうたら、そうや」

と私は英語を使ってみせた。

「PR映画と考えんと、あかん」

「けど、大親分は儲けるつもりでいやはるんやないですか」

「興行いうもんは、そないに甘《あも》うはないで」と私は釘《くぎ》を刺した。

「わしは映画を作る方は引き受けた。命令やから、しゃアないやろ。……けど、配給は須磨組《ほんけ》がやるちゅう話や」

「はあ」

「わしら、作ることだけ考えてたら、ええのじゃ」

私たちはコーヒーショップの入口まできた。

赤と黄で彩色された、往時《ひところ》のアルサロ風のひどく安っぽい内装の店内に、ピンク・レディーの「UFO」が鳴り響いている。

「ここじゃ。ここを指定したのじゃが」と、学然は、店内をひとにらみして、「うむ、おる、おる」

ジューク・ボックスにしがみつくようにしている三十過ぎぐらいの眼鏡をかけた痩《や》せた男を指さした。

「ＵＦＯ」がとまると、男は叫んだ。

「百恵、待っててくれよ。いま、押すから……」

男はジューク・ボックスの中を熱心に覗《のぞ》き込んでいる。

だが、次に鳴り始めたのは、どう考えても、山口百恵の歌とは思えなかった。

〽セクシー　あなたはセクシー
　私はいちころでダウンよ
　もうあなたに　あなたに溺れる

「どうして？　どうして、こうなの!?」

男は両腕でジューク・ボックスを叩いた。

「これこれ」

学然の声に、男はこっちを向いて、

「あっ、伯父さん！」

「なにをしておる？」

「このジューク・ボックス、おかしいの。どの番号を押しても、ピンク・レディーの曲が出てきちゃうの」

〽アアア　アアア……
　アアア　アアア……　渚のシンドバッド

「うつけ者！」

学然は叱咤した。

「いまは、そのような時ではないわい」

「これはだれかの陰謀です。なぜ、いま、ピンク・レディーなのか？　ピンク・レディーの曲しか鳴らないのはなぜか？」

「案じとった通りです」と和尚は私たちにめくばせして、「これ、幼児ではあるまいし、ピンク・レディー一色でもよいではないか」

「でも……」

男は眼を赤くしていた。

「伯父さんの好きなキャンディーズだって、かかりませんよ」

「なに！」

学然の顔が、みるみる、紅潮した。

「キャンディーズの『わな』は、いま、ヒットチャートの三位じゃぞ」

「じゃ、やってごらんなさい」

学然はポケットから小銭を出し、ジューク・ボックスに近寄った。

「『わな』は、Gの13じゃな。これを押すと……あのスーちゃんの声が……」

〽私の胸の鍵を　こわして逃げて行った……

「神よ、こんなことが許されるのでしょうか？」

和尚は素早く十字を切った。

「おのれ、ジューク・ボックスめが。引退するキャンディーズの心も知らず……ええい、学然十八番、奇蹟の必殺と び蹴り、受けてみよ！」

和尚は飛鳥のごとく宙に舞い上り、ジューク・ボックスの横に音高く落下した。

三

〈浅墓近視〉と印刷された名刺を睨《にら》みながら、私は、この名前はどう読むのか、とたずねた。

「アサハカ・キンシです」

と蒼ざめた男は牛乳瓶の底みたいなレンズの奥からおどおどと私を見た。

「珍しいお名前ですね」

原田が如才なく応じた。

「本名ではないのです。ぼく、深作欣二を心から尊敬してるもんで、あやかれそうな名前をこしらえたんです」

「お好きな映画監督は、深作ですか」

コーヒー用の砂糖入れを、原田は、男の前に滑らせた。

「深作とスピルバーグです」

浅墓は答えた。

知識人同士のやりとりを私は超然ときいていた。学然が急に無口になったのは、腰を痛めたせいであろう。

「東京では、どんな傾向のものを撮ってはったのですか？」

「これをごらん下さい」

長髪を左手でかきむしりながら、浅墓は、紺の別珍の上着のポケットから、切り抜きを出してみせた。

「三年前の『キネマ旬報』のベストテン特集号の記事です。残念ながら、テンには入ってないのですが、ここにあるのがぼくの作品でして……」

「三十七位ですね。ええと、『道鏡VSディープ・スロート』……」

「なんじゃい、それは？」

私は口をはさんだ。たしか「ディープ・スロート」というたと思うが、ダーク荒巻が、ヴィデオ・カセット版のポルノを私に観せたことがある。香港で買って、羽田の税関をすり抜けたのだ、と説明していたが。

「ポルノとちがうのか？」

「いわゆるピンク映画です」

「失礼ですが、どうして、それに票を投じた人がいるのでしょう？」

原田は熱心にきいた。

「体制への諷刺が読みとれると指摘した批評家がいたのです」

「困ったなあ」

と原田は腕組みして、

「こちらがお願いしたいのは、任侠道をＰＲする映画なんです。体制への諷刺いうことになると、どうも……」

「あ、ご心配なく」

浅墓は片手をふって、

「ぼく、本当はそんな考えは持っていないのです。任侠道けっこう。なにしろ、ぼくの青春は藤純子とともにあったのですから、もう、二つ返事でやらせて頂きます」

原田は不安げに私の顔を見た。

浅墓は、その名の通りに軽薄ではあるが、悪い男ではない、と私はみた。私は原田の顔をじっと見つめて、おもむろに頷いてみせた。

「おそらく、お願いすることになると思いますが……」

原田は含みをもたせた。

「嬉しいなあ。いまどき、パターン通りのやくざ映画が撮れるなんて」と浅墓は眼を輝かせた。「古風な生き方の一家が、新興やくざに圧迫されている、という例のパターンでいいんですか。で、たいてい、落ち目の一家を支える男が出獄してくるんですよね」

「わしにも喋《しゃべ》らせてくれんか」

学然が重々しく言った。

「その出獄のところで、すばらしいアイデアがある……」

「どうぞ」と原田が促した。

「網走刑務所を出る時に、男は、親分に葉書を出す。こういう内容じゃ——もし縄張《しま》がまだ守られているのだったら、組の事務所のテレビ・アンテナに黄色い褌《ふんどし》を結んでおいてくれ、と。……男は、タクシーで、事務所に近づいてくる。おそるおそる、眼をあげると、組の建物のテレビ・アンテナに、何百という黄色い褌が翩翻《へんぽん》とひるがえっておる。音楽がぐっと盛り上る。男の眼に涙が光る。涙、また涙……」

「なにが涙ですか、ふざけるのもいいかげんにして下さい」

浅墓が怒り出した。

「ぼくがせっかく意気込んでいるのに、茶化すのですか」

「わしは、良いアイデアじゃと思うて……」

「冗談じゃないですよ。それだから、伯父さんは、親戚じゅうで、はぐれ鴉《がらす》なんて言われるんです。だいたい、伯父さんは、やくざ映画をろくすっぽ観ていないじゃないですか。網走といえば、宮本顕治が避暑に行ってたことを、悲劇的イメージで想い起す世代じゃないですか。それならそれらしく、縕袍《どてら》でも着込んでりゃいいのに、なんですか、そのヘビーデューティーぶりは。マッキンレー山脈を胸張って歩こうっていうんですか」

「これはえらいことですよ、これは」

ミナミの夜景を一望できるクラブの窓ぎわでダーク荒巻

が呟いた。ダークが愛人に経営させている、例のクラブである。

「おまえも古いのう」

レミー・マルタンのルイ十三世を掌《てのひら》で暖めながら、私は言った。「ルーキー新一の流行語やったな、それ」

「脚本と監督で映画がでけるんやったら、苦労ありまへん。なんちゅうても、スターいうもんが要りまっせ。とくに、やくざ映画ちゅうのは、スター抜きで出来《でけ》るもんやおまへんで。高倉健、菅原文太、あないなおっさんが黙って、ぼそっと突っ立っとるだけで、画面《え》になりよる。ほんま、健さんはよろしましたなあ……」

「回想に耽《ふけ》っとる時やないわい」

「けどな、おやっさん、わいの六〇年代ちゅうやつ、健さんと切り離して考えられますかいな」

「知識人の冗談にかぶれとる時やないと言うとるんじゃ」

私は唇を歪《ゆが》めた。

「ええか。スターを東京から連れてくるのは、おまえの仕事や。高倉健は諦めて、その下のクラスを探すんじゃ。芸能界は専門やったな？」

「そやけど、今日日《きょうび》、須磨義輝が映画を製作するいうて、ほいほい出てくれるスターがいよると思いまっか？」

ダークは真剣な表情で問い返した。

「思わん」と私は無情に言ってやった。「そらそやが、大親分の命令やぞ。それともなにか、おまえ、わしに、大親分に楯《たて》つけとでも言うんか」

「おやっさん……」

ダークは声をふるわせた。

「わいに、おやっさんの苦しい胸のうちがわからんと思《おも》てはるんでっか」

「阿呆《あほ》、そないに入れ込むな」と私は突っぱなす。「そら、おまえ、東映映画の観過ぎやぞ」

「この道に入ったじぶん、わい、ひるまは、東映映画ばっかり、みとりましたんで……」

ダークはしんみりと語り始めた。

「ひるまでも、どえらい客の入りでしたな、あのじぶんは。あの暗闇の熱気がわいのルーツや」

「つまらんルーツじゃのう」

「藤純子が引退して、あの暗闇の祭典は終ったんや」とダークは文学的にぼやいた。「あの熱気はどこへ行ったんや？　純子の引退記念映画の終《しまい》の場面で、片岡千恵蔵が出てきて手締めやりよった時、わい、わるーい予感がしたんですわ。なんで、急に、千恵蔵が、やくざ映画に出よるんですか。シラけましたで、ほんま。あれで、やくざ映画は、あかんようになってもた……」

「千恵蔵はどこにでも出没するよ」と私は言った。「元《もと》多羅尾伴内やないか」

「ある時は片眼の運転手……」

「片眼だと運転免許はとれんいう説もあるで」と私。

「また、ある時は、香港帰りの船員……」とダーク。

「そしてまたある時は、手品好きの気障《きざ》な老紳士……」と私。

「あいつは、あいつは、大変装！」とダークは浮かれかけて、われにかえり、

「せめて悪役にまわるちゅうような洒落《しゃれ》っけはないんかいな、あの爺《じ》さん」

「〈悪役〉で想い出した……」

私は膝を乗り出して、

「これは大親分の命令や。今度の映画の中の悪役——つまり、新興やくざの側のあこぎな親分——それを、おまえが演《や》ることになったんじゃ。おまえやったら、関西では人気もある。そのつもりで、テレビのスケジュール、調整しとけ」

「そんな……無茶苦茶でごじゃりまするがな」

「自分の言葉ちゅうもんを持たんのか、おまえは」

「わいの希望を言わして貰いまっけど、わい、落ち目の親分を演《や》りたいんだす。……右の手をこないにふるわせて、『わしの身体《からだ》がこないになってしもてはなあ。秀次郎、わしのことを忘れて、幸せになってくれ……』」

「その役は、もう決っとるんじゃ」

「だれだっか？」

「大親分や。たっての望みやさかい、否《いや》も応もない」

「そら殺生や！」

ダークは悲鳴をあげた。

「日本の首領《ドン》といわれるおひとが、なんでまた、落ち目の、いうたら可哀想な親分を演《や》らなあかんのでっか。リアリティー、まるで無いやおまへんか」

「浅墓監督は、スーパー・リアリズム・ロマン、こないに言うとる」

「知識人は信用でけん！」

「ええか。これで決りやで、これしかないんやで」と私は念を押した。「主役のスター抜きで撮れるロケ場面から始めるのや。坂津で、明日からでも、ロケが始まる」

四

われわれロケ隊が一日だけ借りきったのは、港に近いモダンな造作の喫茶店の「軽茶亜《カルチャア》」である。

これは〈坂津市唯一のライヴ・スポット〉である「安《アン》穏《ノン》」に対抗してできた新しい店で〈坂津市の知的生活の原点〉と店のマッチに刷り込んである。今日は、落ち目の親分が、新興やくざ一味に、嬲《なぶ》り殺しにされる場面を突堤で撮る予定だが、リハーサルは店の中でおこなうのだ。

「何にしまひょ？」

カウンターの内側で、マスターがなかば怯《おび》え、なかば軽蔑気味の口調で私にきいた。

「コーヒじゃ」

「コーヒいうても、色々ありまっけど」

カウンターにもたれた私は、突き刺すような眼つきでマスターを睨《にら》んだ。

「あたりまえのコーヒじゃ」

マスターは背後の壁にへばりつき、コーヒーカップが幾つか床で割れた。

「ぼく、ハワイアン・コナ」

東京者《もん》の口調で、ダークが軽く言い、私のとなりの止り木にかけた。

「おまえ、粉を飲むんか」

よくわからないながら、私はからかうように言った。

「おやっさん、こういう店にきたら、教養人らしくしなくちゃ」

「どないせいいうんじゃ」

「そうだすなあ。……ま、不況がひどくなりましたなあ、とか『チャーリーズ・エンジェル』の女の子三人の中でだれが好き？――とか、こないな会話を……」

「気色悪いのう」

私はラッキー・ストライクを一本くわえて、眼を細めた。それから、エキストラとして集っている須磨組の若い衆を一瞥して、

「みんな、現代の恰好《なり》しとるやないか。昭和初年のはなしやなかったんか？」

「現代に変えたんですわ」

真新しいスーツでびしりと決めたダークは、金色のメタルフレーム眼鏡にちょび髭《ひげ》、葉巻までくわえている。

「浅墓監督が突っ張りよりましてなあ。あの坊や、深作いうおっさんを意識し過ぎとるんですわ。実録物いうか、『仁義なき戦い』の線に固執しよって」

「それやったら、大親分が落ち目の親分になるちゅうのが、よけい不自然やないか」

「大不自然でっせ」

「大親分、変更をよう承知したの」

「そら、あの題名が使いたいからですわ。『静かな首領《ドン》』ちゅうやつ。……なにが、静かな首領《ドン》や。ドンドンパチパチのドンやがな」

「もちっと、声、低うせんかい」

私は注意した。

「で、だれが首領《ドン》になるんじゃ」

「東京のスターの桜木五郎ですわ」

ダークはハワイアンの粉を啜《すす》って、重々しく頷いた。

「あとの筋を説明しますわ。わいの演《や》る悪い親分が西日本を支配します。次の狙いは東京や、そない言うたところで、ブスとやられます。わいが死んで、桜木五郎――まだ予定でっけど――が演《や》る平和主義者の首領《ドン》が日本を支配して、エンド・マークですわ」

「辻褄《つじつま》合わんのう」

私は首をひねった。

「平和主義者が日本を支配するのか」

「ほんまは、この首領《ドン》も殺されて終るはずやったんですわ、原田の原案では。それを大親分が変えはった。縁起でもないちゅうて」

「縁起ちゅうような問題かのう」

私はコーヒーをひとくち味わった。

「わし、むつかしいことはわからんけど、その筋やったら、観客は得心でけんよ」

「わいも、ほんまは、おかしい思《おも》てます」

「……桜木五郎の方は、どないなっとる？」

「脚本《ほん》を読んでからご返事します――と、こない言うとります。返事は、いつ、くる？」

「気ィの小《ち》さそうな奴でしたよ」

「明日、大阪でする言うとりました。日本酒のコマーシャルの撮影で、こっちにきよるとかで」

「承知してくれんと困るの」

私は暗い表情になった。

「むかしなら、おどしつけてでも出さしたんやが」

「桜木の過去から今の愛人まで、とことん調べてありまっせ」

ダークはにんまり笑った。

「おもろい過去ですわ。ごたく並べよったら、一式さらけ出して……」

「あかん。警察《さつ》にかけ込みよる」

私は首をふった。

「二階堂組が映画つくるいう噂が流れただけで、警察《さつ》はぴりぴりしとるぞ」

「おもろいなあ」とダークは悪親分の扮装のままで、にやにやした。「映画がでけるまでの裏話の方が、映画の中身より、ずんとおもろい」

原田の声がした。

「日本映画の不幸は、そこですねえ」

私はうんざりした。原田は綿入れのようなジャンパーを着ている。いや、ジャンパーではないのかも知れない。例の蛇じゃ、蛇のなんとかいうやつじゃ。

「ダークの横にすわれや」

私は苦《にが》い顔で止り木を示した。

「島田組も映画を作るようです」

「なんやて？」

私は原田の顔を見つめた。

「張り合うつもりかいな」

「昨日、製作を発表しました。『六甲山』という題名です」

「そんなん、前に、あったやないか」

私は思わず言った。

「七十ミリ映画ですよ。反須磨組の諸団体が金を出し合《お》うて放つ初夏の大作です」

「やばいのう」

「ど、どんな内容や？」

ダークも慌《あわ》てた。

「ぼく、アメリカン」

と原田はマスターに言って、

「あら筋だけはききました。大親分の耳に入ったら大変ですよ」

「ほう、二階堂組《わしら》だけやのうて、須磨組《ほんけ》にまで挑戦しとるんか」

私は二本目の煙草《たばこ》をくわえた。落ちつくためである。

「苛《えら》い挑戦です」と原田は声を低くする。「関西に津坂市という架空都市がありまして……」

「そらもう、坂津に決っとる」とダークがいきり立った。

「わかっとる。いちいち、うるさいぞ、ダーク」と私。

「この津坂市に須田組いう極道がはびこっとります」

「そら、須磨組のことや、きっと。なあ、おやっさん、そない思いまへんか？」

「うるさいちゅうんじゃ」私は一喝した。「思うも、思わんも、あるかい。ほかに考えられるか」

「組長の須田は、阿呆《あほ》で、阿呆で、もう、どないもならん男いう設定です。イメージ・キャストとしては、芦屋小雁《あしやこがん》を考えとるようです」

「そら、ことや」

私は蒼《あお》ざめた。

「大親分は、自分をモデルにした映画が作られるとしたら、三船敏郎でも高倉健でも不足やと言うてはった」

「ほんま」とダークは頷いた。「桜木五郎では不満やろ。それを……芦屋小雁、こらもう、むちゃくちゃや」

「小雁はインテリですよ」

原田が反論した。

「彼はむつかしいアングラ芝居に出たり、外国のＳＦ映画のコレクションを持っていたり……」

「こら、知識人、インテリゲンチャン」とダークが怒鳴った。「ええかげんにさらせ。小雁ちゃんやったら、わいも、よう知っとる。けど、世間の人が、彼を見て、そないに思うか？　絶対に思わんで。小雁いうたら、あたまが足らんで、『ぼくらァ、少年探偵団……』いう、あのけったいな顔を思い浮べよる」

「静かにせんかい、ダーク。ぼちぼちリハーサルとちがうか」

と私は口をはさんだ。

「まだ少々ありま。大親分と監督が現れんことには、どもならん」

「とにかく、静かにせい。原田、あと、つづけてみい」

「須田は組員二百名をひきいて六甲山に登ります。フリスビーを投げるためです」

「出よった」と私。「フリスビーの恨みは、おっとろしいのう」

「霧の深い夜で、二百人は道を見失います。霧を吸い込んで死ぬ者あり、凍死する者ありで、悲惨なことになります」

「あんなもん吸うて、死ねるかい！」

「ダーク、静かにせい」

「同じころ、大阪はミナミの賢い極道、今田組組長以下六名が六甲山を反対側から踏破しつつあります」

「おやっさん、今田組ちゅうのは島田組でっせ」

「しつこいぞ、ダーク」

「今田組組長は靴下の中に唐辛子を入れたりして、凍《こご》えんように準備しとったさかい、無事に六甲山を降りることができた、と、こないな結末になります」

「そんな大層な山か、六甲が？」

ダークは首をかしげた。

「それに、なんで極道がそろって山に登るんや。わいには理解でけん」

――一人でも動いたら全員逮捕する。

戸口で大きな声がした。

――一一〇番が入ったさかいに飛んできたら、この始末や。

県警の栗林警部補が小柄な身体をトレンチコートで決めて入ってきた。

「おうおう、大阪の黒田まで居《い》よる。さあ、なんで集っとるか、理由《わけ》を説明して貰おうか」

五

それからの数日、マスコミが私たちに加えた攻撃は、想い出すだに、不愉快になる。

とくに、ひどかったのは、大阪の夕刊紙の見出しであった。

――暴力団が映画作り　警察も口あんぐり
――やくざのロケ隊をのさばらせるなと坂津市民の怒り！

――坂津署、「静かな首領《ドン》」の市内ロケを禁止　県内でのロケも全面禁止に！

――「静かな首領《ドン》」、大阪市内でのロケも禁止！

――暴力団須磨組系二階堂組（黒田哲夫組長）、「静かな首領《ドン》」製作を断念
「男らしゅうせんかい」

キタの或るクラブの暗がりで大親分が私に言った。和服姿の大親分は、少し窶《やつ》れてみえる。愛用の店なので、バンドは「坂津の夜は泪色」を迎合的に演奏していた。

「へえ……」

私は答えようがなかった。

「島田清太郎とは話がついた。『六甲山』の製作を中止するちゅう約束や。おまえの顔は潰れなんだぞ」

「すんません」

私は頭をさげた。

「島田の河馬《かば》づらに言うてやった。いまは争うとる時やない。侠道《きようどう》そのものの危急存亡の際や、とな。国家権力の攻撃にさらされとる最中に、啀《いが》み合《お》うたら、わしらの負けや。ここんとこは、お互い、堪えなあかん」

実に手前勝手なはなしだ、と私は思った。警察を刺戟するようなアイデアを持ち出したのは、大親分だったたではないか。

「桜木五郎、断ってきよったて?」

「へ……」

「よかった」

大親分は頷いた。

「わしも、あれから、映画界のことを勉強したんやけど、やくざ映画は時代遅れらしい。……ええか、黒田、時の流れに逆《さか》ろうたらあかんで」

「わかってま」

私が何も知らんと思っているのだろうか。これでも、マーケット・リサーチは、抜け目なくおこなっているのだ。『静かな首領《ドン》』をとりやめにしたのは、そのせいもある。けど、映画製作をやめたわけやない」

「はあ?」

「皮肉な話やが、配給ルートは最高の筋を押えたんじゃ。洋画系で六月封切なら、どや?」

私は答えかねた。

「時間的には、なんとか間に合う。問題は内容や。……おまえ、日本映画の今年の流行を知っとるか?」

「時代劇でっしゃろ?」

私は小声で答えた。

「わかっとるのやないか……」

大親分の眼玉が光った。

「『柳生一族の陰謀』は、東映始まっていらいの大ヒットや。こいつを見逃す手はないぞ」

大親分、私、ダーク、原田、浅墓の五人が、京都太秦《うずまさ》の映画村を訪れたのは、その翌日だった。五人とも、映画村は初めてである。

　ハイヤーを降りたとたんに、ダークが大声で、

「さすが東映やねえ。あの築地《ついじ》の古びた感じ……寺の瓦《かわら》まで、よう、でけとるやんけ」

「先輩、あれは本物の廣隆寺《こうりゅうじ》です」と原田が注意した。

「映画村は隣ですよ」

「阿呆《あほ》めが、冗談や、冗談」

　ダークは慌てて言いかえした。

「おまえ、冗談がわからんのけ」

「けど、先輩、いま、廣隆寺の境内に爪先《つまさき》を向けてましたよ」

「燃えてくるなあ」

　浅墓が呟いた。

「これだったんだ。ぼくは、時代劇が作りたかったんだ」

「やくざ映画が志望やなかったんか？」

　私は不審に思った。

「時代劇ですよ。男のロマンがあるもの！」

「ころころ変るのぅ」

「進歩する人間は変化するものです。でも、精神《こころ》は一つですから」

　浅墓は力をこめて言った。

　――映画村は私が予想していたよりは、ずっと面白かった。

　中村座、南町奉行所、北町奉行所、江戸の町なみ、吉原、矢場、城の入口などが、それほど広くない地所に一杯に建っているのだ。一つ一つの建物は、意外に小さいのだが、平日で見物客が少いせいか、私たちは江戸時代に迷い込んだようであった。銭形平次の家から、日本橋（ただし半分で切れている）まである。水を湛《たた》えた船着き場にいたって、私は嬉しくなってしまった。

　いまの子供はやるまいが、私などは子供のころ、チャンバラ映画を観てきては、剣の構え方を真似したものだ。木刀や玩具《おもちゃ》の刀で、いわゆるチャンバラごっこを、盛大にやった。

そのせいか、映画村を半分ほど歩いた時は、身体がむずむずしてきた。血が騒ぐのだ。これが、ダークの言う〈ルーツ〉であろうか。

「テレビ映画だったら、これでいけるなあ」

浅墓が叫んだ。

「拙者、いや、わしも燃えてまいった……」

和服の大親分の眼つきが変っていた。

「ここを借《か》ったらええ。セットはすぐ近くの撮影所を借《か》ろう。そこらは話がつくやろ」

「ですけど、脚本をやり直すと、少くとも、あとひと月は……」

原田が考え込んだ。

「懸念《けねん》にはおよばぬ」

大親分は茶店の腰かけにひとりで腰をおろして呟いた。

「こないだの脚本を、時代劇に直したらええ。落ち目のやくざ一家を、落ち目の道場主とその一族にする。新興やくざを、悪い武士の一味にする。黒手組とかなんとか名前を考えて貰おう。その背後にいる闇将軍が、ダーク、おまえじゃ」

「また、敵役《かたき》だっか」

ダークは嘆息した。

「その闇将軍をやっつけるヒーローがいりまんなあ」

「わかっとる、原田よ」

大親分は気味の悪い笑いを浮べて、

「元禄花見踊りが画面一杯にひろがっておる。やがて、背後の幕に人影がさす。女どもは、きゃーっと、逃げる。だれやらわからんのに逃げるちゅうのがおもろいな。……縁側の闇将軍がさっと蒼ざめて『なにやつ?』。ばらばらっと悪い方の侍どもが、幕に近寄る。……さ、そこで、わしの出番よ」

「え?」

私はびっくりした。

大親分は羽織のひもをほどきながら、しずしずと立ち上った。そして、左手で、幕をはぐる手つきをして、

「ひたいに冴える三日月の向う傷、天下ご免の旗本退屈男、ぶはははは……」

気が違ったように笑うと、私たちを見まわした。

「この三日月傷が、ずんとお気に召した様子。腰の愛刀平《へい》安城相模守《あんじょうさがみのかみ》、ひとさし舞わせてみせようか。ぶははははは！」

「まさか」

浅墓が心配そうに言った。

「さよう、主役はわしが演《や》る」

「旗本退屈男はあきませんよ。著作権があります」

原田が止めた。

「うむ……そんなら、『任侠退屈男』にしたらええ。時代劇やったら、任侠の二字も、ぐっと映えるやろが。ぶははははは！」

「おやっさん。大親分、なんや、様子がおかしおますで」

ダークが私に囁《ささや》いた。

「大丈夫やろ。おまえ、敵役の台詞《せりふ》、言うてみい」

私はダークに命じた。

「台詞だっか……」

ダークは、仕方なしに、大げさに驚いてみせた。

「とうとう現れたか、早乙女主水之介《さおとめもんどのすけ》！」

「諸羽流青眼《もろはりゅうせいがん》くずし、受けてみるか」

大親分は扇子を出して、ダークのひたいを一撃した。ダークは砂煙を立てて、ひっくりかえった。

「いっぺん、こいつをやってみたかったんじゃ」

大親分はにこにこした。

「心配しましたよ」

原田は顔の汗を拭《ふ》いた。

「気持ええのう。日本男児の本懐や。ああ、おもろい」

「もう、嫌や、こないな生活……」

ダークが小声でぼやきながら起き上った。

「扇子でこれやから、小道具の刀持たしたら、もう、命がけや」

「あんた、ええ作品撮れる自信あるんか」

私は、そっと、浅墓にたずねた。

「うーむ……」

「逃げるねやったら、今のうちやぞ」

私は半ば呟くように言った。

六

大親分の気まぐれには馴れている私だが、主役を演《や》るとなると只事ではない。

坂津市へ出かけて、じっくり話をし、思いとどまって貰おうと私は考えた。悪乗りすると、とまらなくなる人だから、むろん、容易なことではあるまいが。

翌々日、〈須磨義輝、肝臓悪化で倒る〉という夕刊の見出しを見たときは、心臓がとまりそうになった。記事によれば、坂津市の自宅で絶対安静とある。

私はただちに大親分の家に電話した。マスコミの問合せがうるさいせいか、留守番電話が名前と用件を述べろ、とだけ言った。黒田だす、と名乗って私は電話を切った。

三十分とたたぬうちに、当の大親分から電話が入った。

――お身体、どないだす？

私はおそるおそるきいた。

――お顔見られるんやったら、これから、坂津へかけつけますけど。

――ふ、ふ、おまえまでひっかかったか。

電話の向うでは嬉しそうに笑っている。

――敵をあざむくためには、まず、味方からじゃ。わしは、いま、京都におる。

――は？

――マスコミがうるさいよって、マンション一つ借りて、ボデーガードと閉じこもっとる。時代劇ともなると、役づくりに凝らなあかん。

――ほんまに……主役を？

――これ一作じゃ。演《や》らしてくれ。驚異の新人としてPRするんじゃ。

――新人て？

――せいぜい若作りしとる。ここまで送ってきた若頭が、四十代にしか見えん言うとった。

四十代で大型新人か、と私は考え込んだ。少々厚かましいのではないか。

——けど、坂津を空っぽにするとなると……。

——安心せい。学然がわしに変装して、時々、庭を散歩する手筈になっとる。

もう、とまらないな、と私は観念した。

——すぐに京都へ伺います。

——浅墓と原田を連れてくるんじゃ。そのために、近くのマンションを借りてある。そこをプロダクションの事務所にして、脚本の直しをやらせよう。

——プロダクション？

——おう。この前で懲《こ》りたからの。架空の名前にする。……それからな、時代劇は脇役やからみに本職を雇わなあかん。京都《ここ》には、時代劇のプロが、ぎょうさん失業しとるさかい、選《よ》りどり見どりや。

それから一週間、私は浪速《なにわ》区勘助町の組の事務所と京都の一乗寺下り松のマンションを慌《あわただ》しく往復した。

京都のマンションの一室は〈魔主《ます》プロダクション〉という標札を掲げた。すまを逆さにして、ますとしたのは、大親分の命名による。原田は、電話口で「魔主《ます》プロです」と名乗るのを、ひどくいやがったが。

一週間後に、脚本が完成するのを見計って、東京からワイルド映画重役の小坂という男がやってきた。ワイルド映画は、業界一の宣伝力を誇るといわれる配給会社だ。

京都ホテル二階のティー・ラウンジで、ざっと脚本に眼を通した小坂は、

「弱いですな、これでは」と私に言った。「商品としてアピールしないなあ」

「……そうですか」

私は怒る気力もなかった。

「大衆に入場料を出させるのですから。これじゃ、テレビの時代劇ですよ」

小坂は疲れたように言い、煙草をふかしている。

やがて、大親分、原田、浅墓、用心棒代りのダークが現れた。

「なんじゃい、お客さんとの約束に遅れてからに！」

私は原田を叱ったが、大親分に向けて言ったつもりだった。

「怒るな、黒田」と大親分が割って入る。「わしら、どえらいものに遭遇したんじゃ」

「やっぱり、スピルバーグだなあ」と浅墓が言うと、「神なき現代の神ですよ」と原田も昂奮の態《てい》である。ダークにいたっては、頭の上で片掌をぱっと開いて、「ＵＦＯ」と言った。

「『未知との遭遇』を観てこられたのでしょう」

小坂はにやにやした。

「みんな、こういう状態になるんだ。混んでましたか」

「混んでたのなんの」とダークが言った。「ＳＦ映画いうより、天孫降臨ちゅうやっちゃね」

「あれでのうてはあかん。観客席のあの熱気、あれが映画や」と大親分。

「昂奮させよるけど、わいには、もひとつ、物足らなんだ」

ダークが大声で感想を述べた。

「わい、正月に、射撃訓練でハワイへ行ったとき、おもろいＳＦ映画、何べんも観ましたで。桃太郎侍みたいな単純な話やけど、おもろいのなんので」

「『スター・ウォーズ』でしょう、それは」

小坂が笑った。

「それ、それやがな」

「あれはこの夏に日本でも封切られますが、私はグアム島で観ました。善悪が単純明快にわかれていて、実にたのしいですな」

「単純明快なＳＦ映画か」

大親分はゆっくり頷いた。

「ええのう」

「ところで、この脚本ですが……」

小坂が言いかけると、

「あんたの顔で答えはわかっとる」と大親分は頬をひきつらせた。「あとは言わんといてや」

「は……」

小坂は気味悪そうだった。

「どやろ?」

大親分は声を低めた。

「このストーリーをSFにしたら」

「え?」

「落ち目の星の住人を、悪い星の連中がいたぶる。男どもは殺され、若い娘が攫《さら》われる。それを救うのがヒーローじゃ。原田、三日月は英語でなんと言う?」

「クレッセント、やったと思います」

「ヒーローの名前は決った」と大親分が叫んだ。「クレッセントマンじゃ」

「わ、スペース・オペラ!」

浅墓が指を鳴らした。

「燃えてくるなあ。ぼく、本当はスペース・オペラが撮りたかったんだ」

「おまえの本心はどないなっとるんじゃ」

私はさすがに頭にきた。

「いったい、どこまで変るんじゃい。朝令暮改にも、ほどがあるで」

「この程度、変えるのは、日本の映画会社では、ふつうのことですよ」

小坂はそう言って、不思議そうに私の顔を見た。

「それに、スペース・オペラでしたら、ヨーロッパまで売れますし」

「時代劇とはがらっと変るけど、SFにしょう。『クレッセント・ウォーズ』、これや」

大親分は眼をぎらぎらさせてきた。

「どない思いなはる、小坂はん?」

「かなりの市場《マーケット》が予想されます。ただし、特撮に金がかかりますよ」

「ビルを二つ三つ売りとばしたらええ。わしはSFに決めた」

私は投げた。これでは反対しても、仕方がない。

「黒田、ええのう?」

大親分は私の眼をじっと見つめた。

七

私が撮影所のスタジオに足を踏み入れたのは、ひと月後だった。

あまりの変更ぶりに気を悪くしたためではない。須磨義輝再起不能の噂が広まり、島田組の若い連中が暴れるので、大阪の縄張《しま》を離れられなかったのだ。今日はクライマックス・シーンの撮影だから、と原田に熱っぽく口説かれて、やむなく、埃《ほこり》っぽいスタジオの片隅の椅子にすわる羽目になったのだった。

本番いきます、とTシャツ姿の浅墓監督が叫び、やがて、カチンコが鳴った。

鼓膜がおかしくなるような音響とともに、青い光を浴びて半裸の若い女たちが踊り始めた。広い会議室のような場所のフロアである。

黒いマントをまとい、アンテナが二本、角のように生えた黒い兜《かぶと》をかぶった男が、下手《しもて》の椅子にかけている。ダークのこの役は、幼稚園に通う子供が見ても、悪党とわかるだろう。

「これからが画期的です」

原田が私に囁《ささや》いた。

会議室の窓の外に白いものが動いた。女たちは、きゃーっと叫んで、四散する。

「なにやつ？」

ダークがうろたえると、ダークの手下らしい黒服の男たちが駈け寄ってきた。

「まさか……」

次の瞬間、窓ガラスが飛び散り、白い柔道衣に黒帯の大親分が剣を片手に飛び込んできた。

「き、きさまは？」とダークが叫ぶ。

「ひたいに冴える三日月の向う傷、天下ご免のクレッセントマン——人呼んで銀河系退屈男……」

大親分は気持良さそうに見得を切った。

とたんに部屋中が真赤になり、窓の外で無数の花火が上った。光があまりに強いので、私の眼までがちかちかした。

「とうとう現れたか、クレッセントマン！」

ダークは腰の光線銃《レイ・ガン》に右手をかけようとして、はっと、動きをとめた。大親分の剣の先端から青白いビームが宙を走ったのだ。

「悪の限りを尽したイーン・ベーダー氏《うじ》におかれては、この三日月傷が、ずんとお気に召した様子。ならば、拙者の光剣《ライト・セーバー》、平安城相模守、ひとさし舞わせてみせようか。……ぶはははははははははははは！」

これが画期的なのだろうか、と私は首をかしげた。少くとも、任俠道のＰＲになるとは、私には思えなかった。

唐獅子惑星戦争《スター・ウオーズ》

一

私とダーク荒巻は、紫色の絨緞《じゅうたん》を敷きつめた広い洋間に案内された。須磨組《ほんけ》大親分、須磨義輝《すまよしてる》の屋敷の奥にあるこの〈書斎〉に入れる者は、そう多くはあるまい。

大親分からの電話では、ダーク荒巻を連れてきてくれ、とのことだった。服装と言葉が下品だといって——事実、そうにちがいないのだが——大親分はダークを白い眼で見ており、そのくせ、都合の良い時だけ、ダークを利用しようとする。どうせ、ろくな用ではあるまい、と、道々、ダークはぼやきつづけていた。

洋間に入った瞬間、私は部屋を間違えたのかと思った。

窓ぎわにあった鎧《よろい》の胴や、剥製《はくせい》の牡《おす》ライオンは運び出されていて、絨緞の色がそこだけ若い。唐獅子が描かれたステレオのスピーカーだけを残して、みごとになくなっているのだ。大親分のパネル写真すら消えているのは、どういうわけだろう？

いや、残っているものは、もう一つ、あった。部屋の隅の壁から突き出ているブルドッグの首である。

そう、あのブルドッグである。大親分の怒りを買って剥製にされたあのブルドッグだが、なんだか顔に小さな傷が幾つもついているようだ。

「どないな意味だっしゃろ？」

ダークもブルドッグの首を見つめていた。

「判じ物《もん》やね、あれは」

そう言って、ソファーに腰をおろした。

とたんにスピーカーから勇壮な音楽が響き渡った。戦争に敗《ま》けていらい、こんなに元気の良い音楽を私はきいたことがない。

「懦夫《だふ》をも立たしむる趣きがあるの」

と私はダークに言った。

「立つのなんのて」とダークが呟《つぶや》く。

「なんの歌じゃい。西洋の軍歌か」

「ご存じやなかったんだっか、おやっさん」

ダークは声を低めて、

「うちの若い者《もん》が口笛で吹きよりまっせ。『スター・ウォーズ』のテーマ……」

「ふむ」

私は西洋音楽には興味がない。

「この曲がきこえてきたら、そらもう、ぴんぴんですわ。わい、おめ——いや、ファックを、これに合わしてやりまんねん。はじめは、腰をゆっくり使《つこ》うて……ほれ、だんだん早《はよ》うなりまっしゃろ」

「懦夫《だふ》をも立たしむるちゅうのは、そないな意味やない」

私は苦《にが》りきった。

「へえ。そやけど、ダフ屋のキイ坊かて、この曲きいたら、よう立つ言うてましたで」

「おまえには品位いうもんがないの」

溜息をついた私は、スターなんとかの曲に耳を傾けた。

やがて、音楽がやんだ。ドアがしずかにあき、銀色の、宇宙服みたいにもみえるガウンをまとった大親分が、重々しさを充分に意識しながら入ってきた。

私たちが起立すると、

「わしのテーマがきこえたら、起立せんかい」

唇をへの字に結んだ。

「けど……『坂津の夜は泪色《なみだいろ》』はまだ……」

私が言いかけると、

「今月からテーマが変ったんじゃ。『スター・ウォーズのテーマ』、あれがわしのテーマ曲になった」

大親分は勝手に言い放って、安楽椅子にかけた。この身勝手さは国宝級であろう。

「ブルドッグは、もう飼わんのだっか？」

ダークが無神経にたずねた。

「ブルドッグ？……むはは、こうしてくれるわ」

立ち上り、ガウンの前をはだけると、日本の首領《ドン》の腰のベルトには短い矢がぐるりと刺してある。大親分は矢を抜きとっては、ブルドッグの顔に投げた。たちまち、数本の矢がブルドッグの顔に突き刺さる。

「ダーツの的にしてやったわい」

「ほなら、動物は、もう飼う気ィがないちゅうわけで？」

「いや」

大親分は壁ぎわに行き、ボタンを押した。

壁の一部がひらき、テレビモニターがあらわれる。スイッチを入れると、数羽のペンギン鳥がうつった。

「すぐとなりの部屋を冷やして、お座敷ペンギンを飼《こ》うとる」

スイッチを切り、壁を元に直して、大親分は安楽椅子に戻った。

「まあ、坐ってくれ。……せっかく製作した映画の配給を拒否されたのは、たしかに痛手やった。ひいき目かも知らんけど、わしは、よう出来《でけ》た作品やと思うとる。今年の邦画ベスト・テンでいうたら、一、二位を争う作品やろ。……けどな、芸術ちゅうもんは、時代に容《い》れられんことが、ようある」

そんな大層な出来だろうか。

「じつは、きのうがわしの誕生日でな。……県警がうるさいさかい、内輪でパーティーをやったんや。息子と娘が東京からきてくれた」

大親分は眼を細めた。

「息子が言うに、あの映画の失敗は無駄ではなかったというんじゃ。……つまり……わしの宇宙意識が芽ばえたという意味でな」

「は？」

私は、よくわからなかった。

「のう、黒田……時代の移り変りちゅうもんを把握せんとあかんぞ。わしは、今まで〈人の和こそすべて〉ちゅうのをモットーにしてきた。けどな、息子の安輝《やすてる》に批判されて、眼ェから鱗《うろこ》が落ちた。ウイ・アー・ノット・アローン——宇宙におるのはわしらだけやない、とな」

「そら、道理だす」とダークが頷《うなず》いた。「宇宙におるのが極道だけやったら、商売になりまへん」

「黙っとれ、ダーク」

大親分は不機嫌になった。

「わしは人類の話をしとるんじゃ。……黒田よ、このさい、宇宙におるほかの生物とも手をつなごうじゃないの」

「お話しちゅうでっけど……」

ダークがおそるおそる口をはさんだ。

「宇宙人ちゅうやつは、手ェがありよるんだっしゃろか？」

「もはや人類の和だけの問題やないで」と大親分はダークを路傍の小石のように黙殺して、「大切なのは、宇宙の和や。宇宙におる者《もん》みな兄弟。目には目を、和には和を……」

私はしばらく考えていた。大親分の本音《こころ》がどうも読めないのだ。

「〈宇宙におる者みな兄弟〉いう合言葉をCMにして、KHK、いや日本全国に流す。いうなら、うちの組織のイメージ・アップやな」

「呑み込めてきました」

私はおもむろに答えた。

「そのCMをダークに演《や》らすと……」

「さすがは黒田や。そこまで見抜いたか」

大親分は脂《やに》だらけの歯を見せて笑った。

「安輝に言わすと、今年は宇宙元年やそうな。そこで、ダークをロボットにして、CMに出演さすんじゃ」

大親分はポケットから、横はばのあるずんぐりむっくりのロボットの写真を出した。

「どや？　ダークによう似とるやろ」

「こないなタンク・タンクロー、嫌やあ」

ダークは悲鳴をあげた。

「タンク・タンクロー？　阿呆吐《あほぬ》かせ。R2―D2ちゅう人気ロボットじゃ」

大親分は写真をしまって、

「おまえら、不倶戴天の敵やった島田組とも仲良うせなあかんよ」

「そら、無理や。島田組だけは……」

ダークが言いかけるのを、大親分は無視して、

「組長の島田清太郎にも、宇宙意識を持って貰わにゃならん」

「あの河馬《かば》公に？」

ダークは思わず、渾名《あだな》を口走った。

「ダーク、島田清太郎を河馬呼ばわりしたらあかんよ」と私は立場上、注意した。「おまえらが、河馬、河馬いうさかい、ますます河馬に似てきよったやないか」
「抗争《でいり》ちゅう言葉も変えなあかんぞ。これからは、〈接近遭遇〉と呼ぶことにする」
大親分はテーブルの下のボタンを押した。正面の壁の一部がひっくりかえると、黒板になっていて、そこには、すでに次のように記してあった。

第一種接近遭遇――島田組の者を遠くから見かける。

第二種接近遭遇――島田組の者がいた痕跡を見つける。
(座布団のぬくもり。覚醒剤《シャブ》の注射器。賽子《さいころ》。)

第三種接近遭遇――島田組との交信、及び軽い接触。

第四種接近遭遇――島田組の者とつかみ合いをして、ともに道頓堀川に落ちる。

第五種接近遭遇――ともにサウナ風呂へ行く。そのあと、ミナミのクラブに招待する。

第六種接近遭遇――おのおの情婦を相手の組の者にゆずる。この辺りから真の和が生ずる。

第七種接近遭遇――島田組の宴会にダーク荒巻が出かけて芸を演ずる。(イグアナの真似、鰐《わに》の真似、など。ただし、河馬の真似をしてはならない。)

第八種接近遭遇――二階堂組組長(黒田哲夫)みずから、島田組の夏のキャンプ(御座《ござ》白浜の予定)に参加する。そこにおいて、島田清太郎と肚《はら》を割った話をする。

第九種接近遭遇――島田清太郎が坂津市にきて、須磨義輝と坂津プラザ・ホテルで会食する。食後、市内清遊。金泉寺において、学然《がくぜん》和尚《おしよう》の宇宙観をきき、弘法大師のサイン入りポートレートを貰う。

第十種接近遭遇――島田清太郎が須磨義輝邸にきて、須磨家の家族と言葉を交す。お座敷ペンギンを混《まじ》えて記念撮影ののち、島田は壁のブルドッグに向ってダーツを投げる。

「大親分がそんな幻想を抱かはるのは、わからんこともないですよ」

そう言って、原田は私の煙草《たばこ》に火をつけた。

「そうか。……知識人にはわかるか」

私は首をひねった。

二

浪速《なにわ》区勘助町にある二階堂組《うち》の社長室は、一段と品が良くなり、信楽《しがらき》焼きの大狸《おおだぬき》の代りに、メキシコ産の大イグアナの剝製が置かれている。ダークが香港土産に買ってきたマカオの国旗が花をそえ、東北のどこかの温泉の土産らしい〈旅情〉と白く書かれた木の壁掛けが、いっそ、場違いな感をあたえる。

「ダークがタンク・タンクローになって出るＣＭなんて、説得力ないのう」


「タンク・タンクローてなんですか」

原田が不思議そうな顔をする。

「知らんのか、おまえ」

私は不審に思った。

「よう、漫画本、みとるやないか」

「タンク・タンクローいうのは……」

「知らんか？」

「はあ」

「廃《すた》れたんかのう」

私はけむりを輪に吐いた。

「冒険ダン吉は、知っとるやろ？」

「いえ……」

「ふむ」

私はあとを言い淀んだ。

「そんなら、長靴の三銃士も知らんやろな？」

「は……」

「まあ、ええ。問題は、そんなことやない」

「あの……」

原田がおそるおそる言った。

「ダークはんが扮するロボットは、Ｒ２‐Ｄ２いうて、『スター・ウォーズ』ちゅう映画に出てくる人気者ですわ」

「また、『スター・ウォーズ』かいの」

私はげっそりして、

「もう、蕁麻疹《じんましん》、出そうや」

「でも、これは社会現象ですよ。日本中がマス・ヒステリーを起しとります」

「わしには、わからん」

「凄いもんですよ。たかが映画と考えたら、えらい間違いです。映画そのものの興収予定は五十数億ですけど、関連商品が大変なんです。本、コミック・ブック、玩具《おもちゃ》、Ｔシャツ――こんなもんが、どっと売れますよって」

「ふむ、おまえがそない熱うなっとるのやったら、いっぺん観てこまそか。どこで、やっとるねん？」

「それが、まだ、やっとりまへん」

「おかしやないか。大親分は二へん観て、二へん目の方が昂奮した言うてはったが……」

「試写会で観やはったのですよ。ぼくかて、二へん観ましたから。ダーク先輩あたりになるとホノルルで五へん、日本で二へん、つまり七へんも観たはります」

「おかしいのう。それやったら、ロボットの形もよう知っとるはずや。あいつ、ゆうべ、大親分の前で、こないなタンク・タンクロー、嫌やあ、言うとったで」

「とぼけてはるんでしょう」

原田は微妙な笑いを見せて、

「演《や》りたくない意思をあいまいに示したんやないですか」

「まあ、ぜひとも演《や》りたいいう役ではないわな」

私は頷いた。

「で、おまえ、大親分の気持がわかった言うたな。わかり易《やす》う説明してくれや」

「これはぼくの推測ですけど……」と原田は深刻な表情になった。「はっきり言うて、須磨組の関東進出は思うようにいかない。マスコミの非難と県警の締めつけはきつくなる一方です。二階堂組《うち》かて、島田組との戦争が、泥仕合《どろじあい》うか、どないにもならんほど縺《もつ》れてしもてます」

「いうたら、ベトナム戦争よ」

「宇宙の和こそすべて、宇宙にいる者みな兄弟という標語は、泥沼の中にいる大親分の頭を掠《かす》めた幻想ですよ。一片のリアリティーをぼくが感じるのは、そこですね」

「どこや?」

私にはまだ、しかとはわからなかった。

その時、電話がけたたましく鳴った。

——哲か?

きき覚えのある嗄《しやが》れ声がややうわずっていた。

——へえ。

——うちの娘な、輝子——知っとるやろ。

——へ。

忘れようはずはなかった。あの銭箱娘……。

——ゆうべから帰っとらんのや。大阪の友達のとこへ行く言うとったから、べつにびっくりもせなんだのやが……。

——なんぞ、事故でも?

——落ちついてきいてくれ。攫《さら》われたんじゃ。

——なんですて?

私の唇から煙草が落ちた。

——相手は?

——ミナミの不良らしい。宗右衛門《そえもん》町のクラブに二人で入っていくとこを目撃、いや、第一種接近遭遇したいう証人がおるんじゃ。

——まさか?

——まちがいない。

——それやったら、不良いうても大したことはおまへんな。

私はゆっくりと答えた。

——大親分のお嬢はんと知って誘拐するど阿呆《あほ》は、大阪のチンピラにはおらんでしょう。

——まあ、きけ。わしが誘拐というのは、それなりの考えがあるからや。その不良の兄貴が島田組の若頭補佐なんじゃ。

——ほんまだっか?

私は呆然《ぼうぜん》とした。

——奥山いう名前、知っとるか。

——へぇ。

——そいつの弟でな。そのクラブの名前やが……うむ、「シャルマン」とかいうた。知っとるか？

——名前だけは……。

——相手が悪いの、黒田。

——いや、これだけうかがえれば、わたしが自分で出かけます。

私は溜息をついた。〈相手が悪い〉のは確かだった。

——うまいこと奪回でけるか？

ミナミを根城にした㊔、すなわち青少年不良グループは約三十五団体あるが、それらに当るまでもなく、「シャルマン」の経営者から奥山の住所はすぐに割れた。日本橋《にっぽんばし》東の中古のマンションの五階隅の一室がそれだった。よれよれのレインコートを着たダークが、ブザーを押し、NHKの集金人です、と声をかけると、何の警戒もなく、ドアがあけられた。

私は拳銃を右手に、ドアを強く蹴とばした。ダークと二人、同時に踏み込むと、鼻をおさえた若僧が、パジャマを鼻血だらけにして、ごきぶり風に仰向《あおむ》けに倒れている。

1DK。奥のベッドでは、あの不細工な娘が、いちおう型通りにシーツで胸までをおおい隠している。

「なにすんのよ！」

なけなしの眼を、目一杯にひらいて叫ぶ娘の黒みがかった項《うなじ》に、私は、初めての体験を終えて、その余情に酔っていた醜女《ぶす》の、醜女《ぶす》にさえ在る、いや、醜女《ぶす》だからこそより深いのかも知れぬ、女の性《さが》の哀《かな》しさを見た。

「……服を着て貰えまっか」

他にだれもいないのを確かめてから、私は拳銃を上着の下のホルスターにおさめた。

「冗談やったら、ここまでですわ。この男の兄貴が島田組の若頭補佐やいうこと、ご存じおまへんやろ」

「知ってたわよ、そんなこと！」

娘は叩きつけるように言った。

「あたしたち、ロミオとジュリエットなのねえって話し合ってたところよ。どうせ許されない恋なんだから、この人の出身地の富田林《とんだばやし》に帰って、ひっそり暮そうって……」

「そやけど、ゆうべ、知りおうたばっかりとちがいまっか？」

拳銃をベルトにはさんだダークが娘に近寄ってたずねた。

「そうよ……」

「……やったら、トルコに売りとばされなんだのが、まだひろいもんでっせ」

「ダーク、もうええ」

私は目くばせした。

奥山にどういう魂胆があったのか、当人が失神しているので判然としないが、すけこましだったら、女をホテルに連れ込むのではないか？

少くとも須磨義輝の娘と知っての上で、自分のマンションに連れ帰るのは、無警戒、むちゃである。

もう一つ考えられるのは、奥山（なかなか二枚目だが――）が、本当の恋におちいっていた可能性だ。あまりに二枚目だと、おのれの美貌と正反対の存在に心を惹かれるのではないか。ひょっとすると、醜女《ぶす》好きの変質者という線も考えられる。

私がドアの方を気にしていると、ダークが、ぎゃあ、と叫んだ。ふり向くと、ダークは右手をおさえており、拳銃は娘の手に移行していた。

「空手はパパゆずりなんだから」

娘は私の胸板に狙いをつけていた。

「動かないで。あたし、射撃訓練を受けてるし、人さし指が異常に敏感なの」

「わしら、大親分の命令で……」

「わかってるのよ、黒田さん。上着を脱いで、ホルスターを床に落すの。拳銃には触らないでね。……そうそう、それで二人とも出てってちょうだい。アン、ドゥ、トロワ。三歩目からは、アン、ドゥ、トロワ……」

三

坂津市の須磨組本部事務所は異様な熱気に包まれていた。

大親分は二階の指令室にいるとかで、私たちは狭い応接室に通された。

私は輸入物らしい小ぶりのソファーに腰をおろした。ダークと原田は、おのおの、模造皮革の椅子をえらんだ。

「島田組は、ほんまに、お嬢はんを人質にしたらしいですわ」

と原田が吐息をした。

「いや、むしろ、女の情念の炎《ほむら》の赴くがままに、みずから島田組のふところに翔《と》んだというべきでしょうか」

「わいの責任や。わいの油断が、ことをこじらせてもた」

ダークも珍しく沈んで、

「おやっさん、奪《と》られた拳銃《はじき》二丁は、必要経費でおとせましゃろか？」

（醜女《しこめ》の深情けは、おっとろしい……）

私は心の中で呟く。

（どないしたら、ええんかいの？）

その時、「スター・ウォーズのテーマ」を広沢虎造風に口ずさみながら、大親分が入ってきた。宇宙船や怪物がカラフルに描かれた着物は三波春夫を想わせ、大親分の入れ込みようが充分にうかがえた。

「共和国の危機じゃ」

そう宣言して、安楽椅子に腰をおろした。

「異星人が姫を攫《さら》いおった。これが唐獅子共和国にとってどないな意味を持つか、わかっとるやろな？」

大げさな、と私は思った。

男に無縁だった娘が初めて男を知って逆上した——それだけのことではないか。大親分がそれを宇宙的規模に拡大して考えるのは、当人の勝手だが、私たちまで巻き添えにされては、たまらない。

「肚括《はらくく》ったか、黒田？」

「お気持は、よう、わかりま」

私は大親分の眼を見て、

「……そやけど、もう一日だけ、わたしに任して貰えまへんやろか。島田組と話し合う余地はまだ残っとると思います」

「銀河系全宇宙を支配する独裁者相手に法を説くつもりか」

大親分の眼が狂的な光を放った。

「姫を奪い返してから、戦いあるのみよ」

「へえ……」

これでは話にならない。例によって、熱狂がゆきつくところまで行くのを、待つしかあるまい。

「黒田、たのむぞ。伜《せがれ》を男にしてやってくれ……」

「安輝さんを……」

私は二の句が継げなかった。あのシティボーイを血腥《ちなまぐさ》い抗争に巻き込むつもりだろうか。

「まさか……」

「いな、姫を奪い返すには、ヒーローがいる。そのヒーローは、わしの跡目を継ぐ者でなければならん」

大親分は強引に言った。そして、インタフォンのスイッチを入れて、「ルーク・スカイウォーカーを呼べ」と命じた。

やがて入ってきた安輝さんは、柔道衣に黒帯といういでたちで、当惑した様子だった。

「妹のためなら、なんでもやるけど、ルークと呼ぶのはやめて欲しいなあ」

「見よ、この謙虚さ」

大親分は誇るように笑って、

「みんな、ルークのために尽してくれ」

私たちはあいまいに頷いた。

「スカイウォーカーいうのは、どうも、呼びづろおますな」とダークが発言した。

「スカイは空、ウォーカーは歩行者やさかい、大空あゆむちゅうのは、どないでっしゃろ」

「東京の漫才さんみたいですよ」

原田が反対した。

「これからあとの方策は、共和国のもっとも偉大な戦士に任せよう。この戦士は、いまは隠者として、この町の片隅に逼塞《ひっそく》しておる」

大親分はしずかに金泉寺の方角を指さした。

「父は完全に『スター・ウォーズ』にいかれてしまったんですよ」

安輝さんは複雑な表情でぼやいた。

「ぼくだって、こんな柔道衣着るのはいやだもん」

安輝さん、私、ダーク、原田の四人は、金泉寺の暗い本堂のはしに正坐していた。

「こわいもんですなあ」と私は首をひねった。「とり憑かれたちゅう雰囲気でっしゃろ」

「とても考えられないことですよ。アメリカから、『スター・ウォーズ』の海賊版フィルムをとり寄せて、毎晩、寝るまえに、二時間も観ているんですもの。頭の中は、あればっかりです」

「わいも七へん観たさかいに、あれこれ言えた義理やないのやが、毎晩いうのは、ちょっとねえ……」

ダークが、さりげなく、分別を示した。

「重症ちゅうことか」と私。

「ですけど、東京のインテリさえ回数を競っとりますよ」

原田が口をはさんだ。

「十回観た、十二回観たいう競争で、スター・ウォーズ評論家たらいう人たちも現れたようです」

「どないなっとるんじゃ、十二へんも観たいうのは？」

私にはよくわからなかった。

「ロサンゼルスとか、ハワイまで観に行ってたんです。とにかく、日本封切は世界の文明国の中で最後なんですから」

「なんや、匂《にお》うの……」

私は三人を見まわした。

「安輝はん、たしか去年の夏にハワイへ行かはりましたな」

「ええ」

「その時、どないでした。『スター・ウォーズ』は？」

「混んでましたがね。二回ぐらい観ましたかな。しかし、日本みたいな騒ぎじゃない」

「ははあ、例の手やな……」

私は思わず笑いかけた。

「何ですか、意味ありげに？」

安輝さんは眼を丸くした。

「これは、わたしの邪推ですけどねえ」と私はしずかに言った。

「むかし、闇市が盛んやった時分の話やが、銀シャリや牛肉が出るいう情報を先に流すんですわ。噂をきいただけで、相場が暴騰しよる。そないして、待たすだけ待たすんですわ。ぎりぎり待たして、闇商人どもが怒り出したところで、品物を放出する……。『スター・ウォーズ』も、この手とちがいまっしゃろか？」

「なるほど」

安輝さんは頷いた。

「情報をあたえにあたえて、大衆を一種の飢餓状態におとしいれる。待たせるほど、収穫が大きいわけですね」

「ま、邪推ですけど」

「たしかに、おかしいんです」と原田が言った。「あないな大ヒット作品の封切が、一年以上遅れるいうのは。こら、周到な戦略にもとづいとりますねえ」

「アメさんはえげつないで」ダークも奇妙な眼つきになった。「国粋主義の大親分が、ころっといかれてもた」

不意に、「スター・ウォーズのテーマ」が本堂じゅうに鳴り響いた。

ご本尊の左手の幕が上り、鼻が欠けたマンモスのような動物に乗って、学然和尚が姿を現した。黒いTシャツの上に、白の麻の着物を着て、見るからに老師という雰囲気である。

「ハロー、フォークス！」

動物がのろのろとしゃがむと、和尚はゆっくりと降り立った。

「おまえら四人で島田組と戦えるか？……だが、やらねばなるまいて」

小坊主が二人入っているらしい怪獣は、のたのたと縁側の方に逃げて行った。

「少数よく多勢を制するとすれば、そこに必要なのは、〈理力《ザ・フォース》〉じゃ。奇蹟をおこない得る唯一の無じゃ。唯一にして無限、無限にして唯一……」

「こんにゃく問答やんけ、ええかげんにさらせ」

ダークがまぜっ返した。

「ロボット風情《ふぜい》に何がわかろうぞ」

と和尚は無視して、

「姫をとりかえすために必要なものは〈理力《ザ・フォース》〉じゃ。〈理力《ザ・フォース》〉が汝《なんじ》らとともにあらんことを！」

「むちゃ言いよる」

ダークが嘆いた。

「ちっとも治っとらへんがな。お次は、縁側で例のサーフイン音頭とちゃうか」

「〈理力《ザ・フォース》〉のもとは、これじゃ」

和尚は短い竿《さお》のようなものを出した。

「これを、ルークにさずけよう」

「どうするんですか、これ？」

安輝さんはきょとんとしている。

「ひと振りしてみよ」

「こうですか？」

安輝さんが右手に握った竿をふると、それは四、五倍の長さになった。

「そうじゃ……」

「これ、ただの釣竿みたいに見えますが」

「それだけでは何もおこらぬ。心を楽にする……自由に、自由に……。そして呪文をとなえる」

「呪文ですて？」

私はきき返した。

「さよう……」

和尚は大きく頷いた。

「〈フォア・フリーダム、田中釣具店に栄光あれ〉とな」

四

「待って下さいよ」

原田が言った。

「田中釣具店いうたら、元キャンディーズのスーちゃんの実家の名とちがいますか」

「これは、わしとしたことが……」と和尚は狼狽を抑えて、「つい私情を迸《ほとばし》らせてしもうた。許してたもれ」

「いや、スーやったら、ぼくも好きですから」

「原田の趣味は、あの娘《こ》やったんか」とダークが冷やかした。「わいは、断然、伊藤蘭や。どうしたらええのやろ？」

「ええかげんにせい、おまえら」

私は頭にきて、

「和尚はんも、真面目にやって貰えまへんやろか」

「釣竿の握りの部分のボタンを押すと、その先端から光が出る。どうじゃ？」

安輝さんは言われた通りにした。驚いたことに竿の先端からオレンジ色の光が宙を走った。

「こ、これは……」

「その光ある限り、〈理力《ザ・フォース》〉はおまえらのものじゃ」

「光が失われたら？」

「握りの乾電池を入れ代えることじゃ」

「なんじゃい、有難み、飛んでもた」

ダークが呟いた。

「尊い帽子をさずけよう、これで〈理力《ザ・フォース》〉が倍になる」

なにやら英語の書かれた黒い帽子をかぶせられた安輝さんは、「この英語を呟けばいいのですか」ときいた。

「さすがじゃ。わかりが早い」

和尚は莞爾《かんじ》とほほ笑んで、

「さて、原田とダークには、これをかぶって貰う」

ロボットのマスクを二つとり出した。

「またや、またや！」

ダークが悲鳴をあげる。

「よいか、原田はC－3PO、ダークはR2－D2になるのじゃ。この二つのロボットがルークを救《たす》けて活躍する……」

「わしには、どうもわからん」と私はおもむろに言った。

「お嬢はんをとり返すのに、なんで、こないけったいなお面が要るんかいの」

「これをかぶっとったら、県警の目につかん」

「よけい目につきますわ。柔道衣着て釣竿持った男と、けったいなロボットが、そこらうろついとったら、目立たんはずがない」

「やむをえん……おまえらにも尊い帽子をさずけよう」

和尚はふところから黒い帽子を二つ出した。

――お客さんにお電話でっけど……。

小坊主の声がきこえた。

「原田、出てくれや」

「ええ」

原田は帽子を片手に、廊下に消えた。

私はダークの帽子を眺めた。その正面には赤い文字で
――

May the Force be with you

と書いてある。

「どないな意味じゃ、これは？」

「あ、英語やったら、安輝さんに……」

ダークは中腰になりかかる。

「安輝はんは瞑想に耽っとる。おまえ、訳してみんかい」

「いちおう、英和辞典、持ってきましたけど。この寺では、前例があるさかい……」

「訳せや」

「ふーむ、むつかしゅおまんな、この英語」

「なんや呪文たらいうとったよ」

「へえ……頭のとこは、五月いう意味でんな。メイ・デイ

のメイで……」

「五月がどないしたちゅうんじゃ」

「急《せ》かさんといて下さい。わい、急かされると、小便《しょんべ》も出んようになるたちでねえ」

「おまえ、英語、強いはずやったやろ」

「次のザーでんな、こら、〈例の〉とか〈問題の〉いう意味だす。……で、次の単語ですが……は、は、わかった、〈暴力〉ですわ。まとめていうたら、〈五月の問題の暴力〉……」

「どの暴力や。色々あったぞ、先月は」

「待っとくなはれ。次のビーは〈残存する〉ちゅう意味だす。ウイズは〈おかげさんで〉、ユーは〈おどれら〉……」

「切れ切れやのうて、まとめて言うたらどやね」

「……〈五月の問題の暴力はおどれらのおかげで残存する〉——と、こないなとこで」

「さっぱり、わからんよ、わしには」

「平《ひら》とう言うたら、おどれらの努力にもかかわらず、島田組との暴力沙汰は五月中には解決でけなんだ——こないな意味だす」

「もう六月やぞ」

「へえ、そやさかい、六月こそ精出さなあかん、と、こうなります」

「帽子に、そない書いたぁるんか？」

「言外の含みちゅうやつですよ。大親分の十八番《おはこ》でっしゃろ」

「そらそやが、帽子に印刷してあるいうのが、わしには呑み込めんよ」

私は首をひねった。

その時、原田が戻ってきた。

「朗報ですわ、島田組がお嬢はんを返しにきたそうです。明日《あした》、この寺で新形式の手打ちをやるいうてはりました……」

「十数年もの長きにわたって大阪で抗争を繰返してきた島田組および二階堂組が、私の〈人の和こそすべて〉、いな〈宇宙の和こそすべて〉という考えに同意してくれたのを、心から嬉しく思う次第です……」

大親分の挨拶が一段落すると、いっせいに拍手が起った。

さっきまで弘法大師のサイン入りポートレートを一枚三千円で売っていた学然にいたっては、「田中釣具店ばんざい！」と叫んだほどである。

たしかに、あの娘は帰ってきた。だが、それは、島田清太郎が世論を敵にまわしてはならないと判断したためである。この和睦《わぼく》の裏で、大親分がどんなきびしい条件をつけたかは、私には知る由《よし》もない。

金泉寺の境内は、須磨組幹部と傘下の団体代表に埋めつくされ、私などは刺身のつまに近かった。私の正面で、水から出た瞬間の河馬のような顔を晒《さら》している島田清太郎の居心地の悪さは、ひとしおであろう。

「とはいえ……」と大親分は一同を睨《ね》めまわして、

「人間は弱き者、長年の怨恨憎悪が、一夜にして消えるものでもありますまい。しかるがゆえに、私は、島田組および二階堂組に、小銃用ヒットインジケーターの使用をすすめ、幸いにして両者の快諾を得ました。ご存じの向きもあるやに思いまするが、これはすでに自衛隊が使用しておるもので、小銃にレーザー光線発射器をとりつけ、相手の頭に命中しますと、ヘルメットの命中表示器にランプが点《つ》き、戦死となります。撃たれた方は、ブザー音によって、おのれの死を知るわけです。なお、このランプは、第三者によって鍵をまわして貰うまで消えません。かくて、尊き人命を失うことなしに、勝敗が決するわけです」

わかったような、わからないような理屈であった。

「ヒューマニズムと抗争の両立、ここに、私は本邦侠道《きょうどう》史上の大いなる革命を見ないわけにはまいりませぬ。これならば、かの偏見に充《み》ちたる県警といえども、口をさしはさむ余地はないのであります。……さて、この壮挙を記念いたしまして、当金泉寺の庭に、私は一つの碑を建立《こんりゅう》いたしました。ごらん下さい……」

大親分は手ずから幕の紐を引いた。

幕がとり除かれると、ダボシャツ姿の男が下腹部を押えて倒れかかっているブロンズ像があらわれた。土台の御影《みかげ》石《いし》には〈あやまちはくりかえしませぬ　須磨義輝〉と刻まれている。

沸くような拍手を大親分は両手で制して、

「この像は、私の家の物置に眠っていたものであります。作者はもと極道でありまして、名もなく貧しく死んで行った若人たちに涙しつつ、これを作り、とくに雪駄《せった》の爪先《つまさき》の反り具合に腐心したと告白しておりました」

ここで、学然の奏《かな》でるオルガンに合わせて、一同は「坂津の夜は泪色」を合唱する予定だったのだが、そうはいかなくなった。私の横でダークが、突如、〈絶対にうたってはならぬ歌〉をうたい出したのである。

〽海ゆかば
水漬《みづ》くかばね
山ゆかば
草むすかばね

島田清太郎の顔色が変った。

私がとめる間もなく、島田が、「おんどりゃあ」と迫ってきた。私の腕の下をくぐり抜けて、ダークに飛びつき、押し倒して、首を絞め始める。

それからあとは無茶苦茶であった。私は島田を羽交い締めにした。ダークは、なおも、「ばか、かば、ちんどん屋！」と、特定の職業を差別しつづけて、島田組の若頭に殴られた。どこかで銃声がした。

怯《おび》えた学然がブロンズ像に抱きついているのを認めた瞬間、私は後頭部を強打されて、意識を失った……。

五

「県警の車、まだ、ついてきよるか」

身体《からだ》を低くした私は、ハンドルを握っている原田にたずねた。

「消えました」

「四課の栗林に決っとる」

私は煙草に火をつけて、

「わしらが大阪を出ると、とたんにつきまといよる」

「なにもかも、わいの責任だす。つい、かーっとなっても
て……」

ダークは面《おもて》を伏せた。

「一ぺんやったら許されるちゅうこともおますやろが、二へんも重なってはねえ」

「くどいぞ」と私は軽くいなして、「おとついのことは、もう済んだこっちゃ」

「へえ……」

「島田清太郎は、ひとつだけ失敗をしたの」と私は頬をひきつらせて笑った。「わしを怒らせたことじゃ……」

釜寺市の標識の影が私たちの車を掠《かす》めた。この街は、大阪から坂津に向う中間地点にある一種の無法地帯である。……

「あの銀行の先に、駐車場つきのレストランがある。……あ、あれや。車、とめられるか」

「はあ」

「ダークは、レストランでビールでも飲んどれ。わしと原田は、散歩してくるさかい」

「わいも行ったらいけまへんか」

ダークは悲しげに呟いた。

「いかんちゅうこともないが」と私は冷静に答えた。「おまえは、テレビで顔が売れ過ぎとる。それだけでも刺されるちゅう場所《とこ》や。いうたら、地獄の一丁目。晩飯でも食うてて貰《もろ》た方が無難やとわしは思う」

眼が馴れてくると、私は広い酒場の内部が、三十年前とさして変っていないことに気づいた。釜寺市が焼跡だったころに出来た店で、高度成長の時代にもそのまま取り残され、寂《さ》びれていたのが、失業者の増大で、また活況をとり戻し始めたらしい。

私は汚いスタンドに近づくと、片腕の主人に声をかけた。

「ホッピーに煮込み——あいかわらず、芸がないの。親父《おやじ》、手ェはこれだけしかあらへんのか」

主人は黒眼鏡の奥から私を睨《にら》み、庖丁《ほうちょう》を片手に近づいてきた。

「この店で、手がどうのいうたら、命ないで」

「変っとらへんの、親父……」

私はくすくす笑った。

「お互いに新日本建設のために努力しようじゃないの。天皇も人間宣言しやはったことやし……」

「哲さんか……」

主人の黒眼鏡の下から涙が一筋流れ出た。

「ほんまに、哲つぁんか」

「声でわからんか」

「ウエルカム・トゥ・カマデラ・シティ。プリーズ・ギヴ・ミイ・シガレット」

「親父は進駐軍をおちょくる趣味があったの。まあ、商売繁昌でけっこうじゃ。ホッピー二つ」

「へえ。けどな、哲つぁん、店ん中でおどる（暴れる）のだけは堪忍やで」

主人はなつかしい言葉を口にした。


「社長、ホッピーて何ですか？」

原田が小声できいた。

「ビールの一種よ」と私は答えた。「知らんかったか」

「はあ」

「親父、もつ二皿じゃ」

「丁度、よう煮えたところですわ。何がよろしかな。この隅の方はネズミ、真中がトカゲ、こっちゃがヘビだす。ま、ヘビはしゅんを過ぎてまっさかい……」

「ぼく、けっこうです。遠慮します」

原田の声音が変っていた。

「からこうとるんじゃ」と私は笑った。「この親父のは、ガダルカナル煮いうて、むかしはヘビやらカエルを使《つこ》うとった」

「カエルの刺身ならおますで、ほんまに」

主人はすすめた。

「今日は、あいにく、スケソウダラの冑煮《かぶとに》を切らしとりまして……モグラの白焼ぐらいでんな……」

「ああ、ホッピーがうまい！」

原田の声が不自然に上ずっている。

「ホッピーだけで、おなか一杯ですわ。ホッピーなフィーリングや」

私は、なんとも知れぬもつを突つきながら、自分の舌や胃がこうしたものを受けつけなくなっているのを覚えた。神戸牛のステーキや鴨《かも》のオレンジ煮に馴れてしまっているのだ。

「親父……」と私は声を低くして、「密輸業者の范《はん》いう中国人、きとるか」

「范公、なんぞやらかしましたか？」

「これから、やらかして貰うのじゃ」

「ポルシェの范公でんな？」

「おう。ポルシェ930ターボを持っとるそうやな」

「へえ」と主人は声をひそめ、

「けったいな奴でっせ。無一文のじぶんから、スーパーカーに乗って自動販売機のカップヌードルを一つ買いにゆくいう夢にとり憑《つ》かれとりましてな。スーパーカーをとめて、カップヌードルを買うその瞬間に、おのれの胸を、ふと、むなしさがよぎるにちがいないさかい、その一瞬のために車を買うんや――こない言うとった気違いが、ほんまにポルシェ買いよった。どないな筋の金やら」

「どこにいよる？」

私は奥の暗闇に向って瞳をこらした。

「傷病兵士の恰好した四人組がポーカーやっとりまっしゃろ。その脇でホッピーを大ジョッキで飲んどるのが、そうだす」

「原田、おまえ、ここを動くな。まわりの人間にも眼ェ向けたらあかんぞ」

私はそう注意して、范のテーブルに向った。

よれよれになったジーンズの上下にサンダルを突っかけている范は、三十前後、孤独の翳《かげ》をしっかり滲《にじ》み出させた色白の美男だった。

「すわってもええか？」

私はたずねた。

「こら、二階堂組の組長はん」

范は不敵に笑って、

「まさか、あかんとは言えまへんやろ」

私は椅子にかけた。

「話があるのやが、この若い人は大丈夫かの」

范のとなりにいる、猿のような顔つきの大柄な青年を私は見やった。

「かましまへん」

范はえたいの知れぬ自信に充ちている。

「こいつは、わいの助手だす。宇宙船とかそないなもんばっかり出てきよる劇画本しか読まへんさかい、宇宙莫迦《ばか》、言いますねん。略してチューバッカ……」

「うう……」

大柄な青年は白い泡を唇から垂らした。

「こいつの親父が、飲み過ぎて逝《い》てまいよって、餓鬼のころから、わいの助手しとりまんね」

「ちゃうわい」とチューバッカは抗議した。「お父ちゃんは死んだんやない。お星《ほっ》さんを取りに遠いお空へ行ったんや。いつか、ほんまに、帰ってくるわい！」

「阿呆《あほ》、逝《い》てもたんじゃ！」

「うええ……」

チューバッカは泣き出した。

「二階堂の組長はんともあろうお方が、なんでまた、わいら風情に腕を貸せと……」と范は真剣な表情になった。

私は周囲を見まわしてから、

「……明日あたり、この街で、わしらと島田組が接近遭遇する」

「なんですて？」

「大阪のミナミでは、わしら、よう動けんのよ。というて、坂津市を戦場にするわけにもいかんわな。……そないな理《わ》由《け》で、警《さ》察《つ》が弱体なこの街に、須磨組系、反須磨組系、双方の団体が雪崩《なだ》れ込んどる」

「そら、わかっとりま。……で、わいにどないせいと……」

「島田組組長を……」

「殺《ばら》すねやったら、わい、お断りでっせ」

「まあきけ。そないな野蛮な真似するかい。かっさろうて欲しいんじゃ、奴を」

「誘拐だっか?」

「ポルシェでかっさろうたら、敵の追跡をぶっちぎるのは簡単やろ」

「そらもう、軽うにね」

「誘拐やない。この街の動物園に連れ込んで、河馬のプールに投げ込むんじゃ。奴が河馬といっしょに水に入っとるところをカメラで撮る——それだけや。血ィ流さんで、恥かかしたるのや」

「夜でっしゃろな、とうぜん」

「夜や」

「ネックが二つありまっせ。動物園の門がしまっとることと、河馬が夜はプールに入っとらんことと」

「わかっとる。そこらは、わしの背後におるお方が、手配するいうてはる。……どや、キャッシュで一千万?」

「乗らんわけにいきまへんな。ポルシェの支払いに困ってまんねん」

「そこらも調べておいたんじゃ」

私は笑った。

「そこのレストランまでつき合《お》うて貰おか。半金、渡さな信用せんやろ」

「この危《やば》い店で金のやりとりはでけんしね」

范は立ち上り、チューバッカを促した。

私は歩きかけて、浮浪者に変装した小柄な栗林警部補が焼酎のコップを片手にこちらを見つめているのに気づいた。

「黒田よ」と栗林は小声で言った。「おまえ何を狙《ねろ》うとるんや? 魂胆がどうも摑《つか》めんが……」

六

「際限《きり》ないのう……」

私は嘆息した。

光線銃による戦闘が始まって、すでに、一時間近い。煙草を吸いたいのだが、暗闇の中で恰好の標的になることを考えると、ぞっとしない。ヘルメットを上にずらして、敵が出てくるのを待つことにした。

確実に五人は〈殺して〉いるはずだった。道路の向い側の喫茶店に立てこもっているのは、島田清太郎を入れて六、七名なのに。

左手の草の上に置いたトランシーヴァーが鳴った。

――なんや？

――こちら、ダーク荒巻。戦況はどないだ？　どうぞ。

――島田組はヘルメットの合鍵を持っとる。

小銃の引金に指をかけたまま、私は答えた。

――なんぼ敵のヘルメットに赤ランプが点《つ》いても、合鍵で次々に解除しよる。本物の弾丸《たま》が使いとうなったで、ほんま。どうぞ。

――くそ河馬が……あの金泉寺で、どたまかち割っといたらよかったんや。どうぞ。

――原田の方はどないや？　どうぞ。

――動物園の扉をあけたいう報告が、五分前に入りました。どうぞ。

――よし、作戦Bに移ろうかいの。


私はトランシーヴァーを置いて、ベルトから花火を引き抜き、カルチェのライターで火をつけた。

「どうじゃい！」

炸裂する寸前に宙に投げあげた。

灯を消した喫茶店は深閑としている。

花火をきっかけに、チリ紙交換の車が近づいてきた。運転しているのは、二階堂組《うち》の代貸である。

車が喫茶店に近づいた瞬間、私はライターの火をつけ、ゆっくり振ってみせた。すぐに、チリ紙交換車のスピーカーから、大きな音が溢《あふ》れ出た。


〽海ゆかば……


かばという部分のヴォリュームは、特に大きかった。

「おんどれ、くそ餓鬼ァ！」

そう叫んで革ジャンパー姿の島田が飛び出してきたとき、私の背後の草むらでポルシェが凄まじい排気音を立てた。

私は小銃とヘルメットを放り出して、ポルシェに乗り込む。

ポルシェが道路に躍り出た瞬間、島田清太郎はぽかんと口をあけていた。

「やれ、チューバッカ！」

范が命じた。

チューバッカは車からとび出すと、島田組の子分二人を片手で殴《は》り倒し、清太郎を小脇に抱えた。おそるべき怪力である。

背後で銃声がつづいたが、930ターボは、あっという間にスタートし、被害を蒙《こうむ》らなかった。

私は煙草を一本抜いて、くわえ、もう一本を隣にいる島田にすすめた。

「この化物、何者《なにもん》や？」

怒るより呆然として、島田はチューバッカを見つめる。

「リハーサルより、〇・三秒遅れたで」

范は真正面を向いたまま、チューバッカを叱った。

「なんや、自分でも阿呆《あほ》をさらしてるような気ィしますなあ」

河馬とならんでプールに漬かっている島田にカメラを向け、シャッターを押しつづけている原田が呟いた。フラッシュが光るごとに、島田は無表情になる。抵抗しても無駄だと諦めたらしい。

「インテリは、それやから、あかんのじゃ」

私はポケット・ウイスキーをひとくち飲んで、

「サラリーマン社会にないロマンを求めとったのは、おまえやなかったか？」

「そら、ぼくですけど、こないな騒ぎがロマンでしょうか」

「二十枚ぐらい撮っとけや。マスコミにばらまくさかい」

私は急に事務的な口調になる。

「おどれら、無事にすむと思《おも》とったら、どえらい誤算やぞ……」

とプールの中から島田が低い声で言った。

「うちの若いのが、仰山《ぎょうさん》集ったら、どないなことになるかたのしみじゃい」

「チューバッカがおらん！」

突然、范が叫んだ。

「どこ行きよったんやろ?」

うええ、とチューバッカの声がした。

范はライトを声のした方角に向けた。

ゴリラの隣、すなわちオランウータンの檻《おり》の前でチューバッカは泣きじゃくっていた。

「お父ちゃん、やっぱり、帰ってきてくれたんやね……」

「あれも撮っとけ、原田」と私は命じた。「一種の『父帰る』や。人類やのうても人情は変らへん」

その時、数人の男が砂利を踏む音がした。五、六人か、それとも十人以上か。

「おどれら、もう、しまいや」

島田清太郎はプールから這《は》い出てきた。

「ど、どないして、ここが?」

原田は怯《おび》えた。

「わしの腹巻に超小型トランシーヴァーが入っとった。おとなしゅうプールに入ったのは、そのためじゃ。うちの者に居場所を教えて、おどれらを蜂《はち》の巣にしてまえと命令した……」

島田は頬をひきつらせた。

「玩具《おもちゃ》のレーザー光線やなしに、三十八スペシャル、使《つこ》てこましたる」

強烈なオレンジ色の光が地上にいる私たちを照し出したのは、その瞬間であった。

叩きつけるような風に私の頭髪は逆立ち、思わず、腰をかがめた。眼を細めて見上げると、どこから出現したのか、オレンジ色の大きな円盤が私たちの頭上にあった。

「なんじゃ、こりゃ?」

島田清太郎は魅入られた態《てい》である。

島田組の若い者は、七、八人いた。空からの強い光に照し出されたので、わかったのだ。

すぐに円盤の下側が開き、イルミネーションが目まぐるしく輝く階段が下ってきた。

「……宝塚か、梅《うめ》田コマのフィナーレに似てますなあ」

原田が冷静に呟いた。

「作戦Cは、ヘリコプター使うはずやったろが」

と私が囁《ささや》くと、原田は、

「たしかに大型ヘリを使《つこ》うとります。そやけど、こんなもん、ぶら下げる約束はなかったです。ダークはんのアイデアでっしゃろか」

ふちを光がくるくるまわっている階段を降りてきたのは、黒いTシャツ姿で、首に十字架、片手に数珠《じゅず》を構えた学然和尚と、水中眼鏡をかけて斧《おの》をかつぎ、穴だらけの蚊帳《かや》を身にまとったダーク荒巻であった。

階段の両側に立った二人が、さっと上方を見上げると、キリストとも瓊瓊杵尊《ににぎのみこと》ともつかぬ純白の寛衣を着て、なぜか金色の蚊取線香携帯容器を腰にさげた大親分がしずしずと降りてきた。

島田組の一人が両手で拳銃を構えた。

「やめんかい！」

島田清太郎は叱咤した。

「わからんのか。……あれは……救世主やぞ」

「な、なんでや……須磨義輝でっせ……」

「わしは円盤教の信者なんや」と島田は意外な言葉を口にした。

「ええか、宇宙人がわしらを救いにきたんじゃ」

「けど、どうみても須磨組の……」

「何吐《なん》かしとる。そこが素人《しろと》やな。宇宙人が、見るからに宇宙人らしい恰好してくると思うか？　そないなことしたら、警戒されてまうがな。そやさけ、わしらのよう知っとる人間に、ま、いうたら化けてきよった。ここが本物ちゅう証拠や」

「けど、おやっさん。化けるに、こと欠いて、須磨義輝とは……」

「いうたら、わしらを試しとるのやな。手ェ出したらあかんぞ」

私にはわかっている。流行《はやり》ものに弱い大親分は、ただ、あんな恰好がしてみたかったのである。あんな恰好で、颯《さつ》爽《そう》と空から現れたかっただけなのである。

「ピース！」

パイプオルガンの響きとともに、大親分はVサインを地上に示した。

「武器をすてるのじゃ」

島田は子分たちにそう命じて、みずから地面にひざまずいた。

円盤の脇についている唐獅子のマークが島田の眼に入らなかったのは幸いであった。それが見えなかったら、私だって、三分《さんぶ》ぐらいは宇宙人かと思ったかも知れないのである。

「やり過ぎちゅう気ィしませんか」

原田が私に囁《ささや》いた。

「行こか。ポルシェが待っとる……」

私は范のポルシェに向って歩き出した。

「黒田よ……」

闇の中からとび出してきたトレンチコート姿の栗林警部補が、私の左腕を摑んだ。

「教《おせ》てくれ。これは夢やろ。それとも、わしの頭がおかしなったのか」

「夢ちゅうことはないでしょう」

私はわらった。

「県警《わしら》、ずっと、二階堂組に密着しとったんや。……さっぱりわからんのは、弾丸《たま》の出ん小銃とヘルメットで戦《たたこ》うとったいうこっちゃ。ようよう抗争《でいり》らしゅうなったと思《おも》うたら、島田の親父が地面にひれ伏しよる。それに、UFOに乗っとるあの三人、あれはだれやね？　わし、もう、眼ェがチカチカして……」

栗林は、急に、け、け、け、と甲高く笑い出した。

「こないな莫迦《ばか》なことが……いや、夢や。さよう、ただの夢でござる。かかる悪夢に惑わされてはならぬ……」

栗林は円盤を見上げた。大親分は金ぴかの扇子を頭上に高く翳《かざ》して階段を登りつつあった。

「かようなことのあり得ようはずはござらぬ。夢じゃ、夢じゃ……夢でござる！」

私と原田は砂利の上を倒《こ》けつ転《まろ》びつしてゆく栗林を呆然と眺めていた。

唐獅子探偵群像

一

寝不足で、ふらつき気味の頭のまま、私は、紫色の絨緞《じゅうたん》を敷きつめた広い洋間に案内された。

「お待ち下さい……」

一礼して去ってゆく童顔の女中を見送り、部屋の中を見まわすと、やや、頭がすっきりしてきた。須磨組大親分《ほんけ》、須磨《すま》義輝《よしてる》に会うまえの緊張のせいだろう。

私のマンションの電話が鳴ったのは、朝の九時過ぎだった。ふつうの人からみれば、起されて、ぶつくさ言うのはおかしい時刻だろう。しかし、今日は日曜日だ。しかも、私が寝たのは、朝の六時なのだ。宿敵である大阪ミナミの島田組とのもつれを解決しようとして、盃《さかずき》外交が毎晩つづいている。トラブルのもとは、大親分が「スター・ウォーズ」という映画に、とち狂ったためだが、大親分の熱狂はひと月で醒《さ》めてしまった。そして、尻ぬぐいするのは、この私、ミナミの二階堂組組長、黒田哲夫と相場が決っているのだ。

それにしても、今朝の大親分の様子はおかしかった。息せききって「すぐ、うちに来てくれ」というだけなのだ。只事ではない、と私は直感していた。

剝製《はくせい》の牡《おす》ライオンや、鎧《よろい》の胴は、この広い部屋に戻されていた。大親分のトレード・マークである唐獅子が描かれたステレオも、むろん、ある。

ばた、ばたと、スリッパの音を立てて、茶色の甚平姿の大親分が入ってきた。眼が血走り、顔色が良くない。

「坐ってくれ。えらいことが起った」

大親分は沈んだ調子で言った。

私は黙って、椅子にかける。

「どこから話したらええのか……」

大親分のひたいに脂汗《あぶらあせ》が滲《にじ》んでいる。

「落ちついてきいてくれ、黒田。慌《あわ》てるのやないぞ」

私は少しも慌ててはいない。

「わかっとります」

「死体があったんや、死体が……」

大親分の声は上擦《うわず》っている。

「だれの死体だっか？」

と私は低くきいた。

「それがわからんのじゃ」

「わからんて？」

私はききかえした。こんなに動転している大親分を見たのは初めてだ。

「身許《みもと》がわからんのやったら、放っといたら……」

「それが、そうはいかんよって、おまえを呼んだんじゃ」

「へえ……」

私はあいまいに頷《うなず》く。

「死体のあった場所が悪い。坂津プラザ・ホテルの八階のわしのスイート・ルームなんじゃ」

ショット・ガンを耳もとでぶっ放されたほどのショックだった。

「これ以上、悪いことはないやないか。そやろ？」

「……西日本の親分衆があのホテルに集るのは、今晩でしたなあ」

私は言った。

「そや。今晩の親睦《しんぼく》会に、須磨組の今後がかかっとる。パーティー形式やけど、精神《こころ》は総動員令じゃ。ぐらついとる唐獅子の代紋の威信回復ということや」

「わかってま」

「もう少し説明しょう。きいてくれ」

大親分はひざを乗り出して、

「今度の会に備えて、わしは、ホテルの最上階のスイート・ルームを借りた。大《おお》けな続き部屋じゃ。組の者との打ち合せに使《つこ》うとる。事務所ではでけん話も、そこでなら自由やからな。意味はわかるやろ」

私は頷いた。須磨組の跡目問題が複雑化しているのだ。

「わしかて、毎日、使うわけやない。安輝《やすてる》と輝子が夏休みで帰ってきとって、東京からきた友達の宿代りに使《つこ》うとる。つまり、かち合わんようにして、親子三人で使《つこ》うとるちゅうわけや」

「ええお話だすな」

「ええのは、ここまでじゃ」

親分の眼が光った。

「キイの話をしょう。あのホテルのキイは、ポケットに入るぐらいの大きさでな。このキイを、わし、安輝、輝子が一つずつ持っとるのや」

「フロントにあずけはらんので?」

「そないな危《やば》い真似、わしがするかい。どこぞの殺し屋がフロントのキイを奪《と》って、わしを襲《おそ》てきよったら、しまいやがな」

「へえ」

私は尻がむずむずしてきた。死体はどうなっているのだ、死体は!

「おまえの考えとることは、わしにもわかっとるで。あと、二、三分の辛抱や」

私は頷いた。

「昨日、あの部屋に入ったのは、わしだけじゃ。夜の八時ごろやった。今夜のパーティーのために仕立てた白い衣裳を部屋に置きに行ったのや」

「衣裳?」

「それは、今夜になったらわかる。……ええか、ゆうべ八時には、部屋には死体ちゅうようなもんはなかった。続き部屋のどっちにもじゃ。わしは、すぐに、部屋を出た。ドアには自動的に鍵がかかる」

「へえ……で、死体《ほとけ》が見つかったのは?」

「今朝じゃ。おまえは知らんやろが、息子が大学で研究しとるリチャード・ブローティガンちゅう作家、ウエストコーストの偉いさんじゃ——、これが朝早《はよ》うに坂津に着いた」

「そら、ほんまもんで?」

「おう、息子が東京の新宿のパチンコ屋で見つけたのよ。奇遇やあ、言うとった」

「パチンコ屋で?」

「なんや知らんが、パチンコと酒が好きらしい」

「それやったら、うちのダークと変らへんがな」

私は思わず呟《つぶや》いた。

「ところが、旅館もホテルも海水浴客で一杯でな。とにかくホテルが一部屋とれることになった。正午がチェックアウト・タイムやさかい、それまで、どこぞで休んでて貰わなあかん。で、わしと息子と二人して、偉いさんを、わしのスイート・ルームへ案内したのや」

「それで？」

「キイでドアをあけたのは息子じゃ。とたんに息子の奴、真蒼《まつさお》になりよって、こらあかん、吐《ぬ》かしよる。わしも覗《のぞ》いてみた。いや、入って、よう見た。中年の男がソファーで死んどるやないか。ブランデーの瓶がテーブルにあって、グラスが床に落ちとった。そういうわけや」

「何時でした、それは？」

「八時四十分か、四十五分やったかな。……いま、わしの部屋に死体《ほとけ》があったちゅうことが他人《ひと》に知れたら大事《おおごと》や。県警はおろか、組うちにも知られとうない。幸い、掃除のおばはんがきとらなんだから、起したら承知せん、いう札をドアの把手《とつて》にぶら下げて、いま、安輝が中に入っとる」

「ふーむ……」

私は思わず唸《うな》った。

「で、アメリカの偉いさんは、死体《ほとけ》を見よったんですか？」

「それは大丈夫や。見せんようにして、ホテルの傍《わき》のパチンコ屋に連れて行った」

「店開《あ》いとりましたか？」

「わしがあけさした」

私は溜息をついた。

「……で、わたしが、その死体《ほとけ》を始末する役ちゅうわけですかいな？」

「のみ込みが早いの」

大親分はかすかに笑った。

「どいつが、どないな狙いでしたことか――それを考えるのは、あとでええ。……まず、死体《ほとけ》をホテルから持ち出すことじゃ。どや、でけるか？」

「あそこのエレヴェーターは、駐車場に続いとりましたな」と私は首をひねった。

「地下二階がそれじゃ」

「そんなら、車を地下に用意しといて貰《もろ》たら、なんとかしまっさ。死体を何《なん》ぞに入れて、廊下からエレヴェーターへ運んで……」

「わしとこに古い大きなトランクがある。英国製の頑丈なやつじゃ」

「人間が入りますかいの」

「わし、いっぺん入ったことがあるんじゃ。昭和十年ごろやったかいな、賭場《どば》から逃げ出すときやった」

「死体《ほとけ》の図体《がたい》は大きおますか？」

「中背やったな」

「そんなら、いけそうですわ」

私は落ちついてきた。

「運ぶ先が問題です。このくそ暑いさなかに、市外へ運び出すちゅうのは危険ですな」

「そら、わかっとるがな、黒田」

大親分はほっとしたのか、甚平のまえをはだけて、

「学然和尚《がくぜんおしよう》が万事、心得とる。金泉寺へ運んでから、あとのことを考えよう」

学然ときいて、私は暗い気持になった。

「よう考えてみると、これは密室の殺人ですなあ」

「よう考えんでも、そうやがな」

大親分は腕組みして、

「それにしても、死体がどこのどいつかいうことは、わしも、ぜひ知りたい。そっちの方もやって貰えんか、今日じゅうに」

「へえ」

私は腰を浮かし、出かける気配をみせた。

大親分は、突如、黒かぶとと黒マントの絵がある紺色のフリスビーをつかむと、

「なにが『スター・ウォーズ』じゃい！」

と叫んで、壁から突き出ているブルドッグの首に投げつけた。

ブルドッグの片耳がなくなっていた。私は、おのれの将来を垣間みたように思った。

二

四隅にけばが立った大きなトランクをさげた私は、把手に、〈どうぞ起さないで下さい〉という札がぶらさがっている812号室のドアをノックした。

「黒田です……」

すぐにドアがあけられた。

横文字がプリントされた黄色いTシャツを着た安輝さんが汗まみれの顔をのぞかせ、

「入って下さい」

と小声で言った。

私はすばやく中に入り、チェーンロックをかけた。

「父から電話がありました。お待ちしてたんです」

安輝さんは貧血気味に見えた。

「このおっさんだっか」

ソファーから床にずり落ちる恰好で死んでいるポロシャツ姿の貧相な男を私は眺めた。肌はすでに変色し、よだれの跡がおびただしい。

「心当りおまへんか、この顔」

私は煙草《たばこ》を一本出して、ゆっくりと火をつけた。

「まったく、わかりません」

「このブランデー、舶来物《もん》ですな」

私はブランデーの瓶とグラスを睨《にら》んだ。

「グラスは父が持ち込んだものの一つですが……」

「ブランデーの方は？」

「見たことないなあ。おととい、ぼく、ここに泊ったのですが、こんなもの、なかった」

「死人《ほとけ》の持ち込みですかいの」

私は、わけがわからなかった。かりに、これが自殺だとしても、他人の部屋にのこのこ入り込んで毒を呷《あお》る奴がいるものだろうか。しかも、この部屋は密室だったのだ。

「ブランデーに毒が入っとると考えてよろしまっしゃろな。……さて、どないして、これを調べるか」

「須磨組《うち》の若頭補佐の伊吹さんに分析してもらいます。彼は父の片腕といってもいい人ですし、もと医大生ですから」

「この件が知れても、よろしおますか？」

「死体のことは伏せておきます。変な味がするからと言って、父が、たのむぶんには、大丈夫だと思うのですが……」

「ふむ……」

私は死体に近づき、ズボンのポケットをさぐった。現金で一万八千円、札ばさみに残っていた。物取りの犯行でもなさそうだ。

「なんぞ、身許《みもと》の割れるような手がかりはないもんやろか」

「これをみて下さい」

安輝さんは男性用の小物入れを示した。黒革製で、手首にひっかけるやつだ。夏に上着を着ないとき、手帖やなにかを入れる場所がないので、堅気の男はよくこれを使う。

「鍵束と小さなアドレスブックが入ってますよ」

私は小物入れを受けとり、中を調べた。鍵は三つ、アドレスブックは頁《ページ》が一枚破られて、なくなっている。

「あずからして貰いまっせ」

と私は言った。

「名刺ちゅうようなものは持っとらんようですな」

「それは、ぼくも調べてみたんです」

「身許調べはあとまわしやな」

私は椅子にかけた。冷房がきいているせいか、死体も落ちついているようだった。

「おっさんが死によったんは、ゆうべの八時から今朝の八時四十五分のあいだと考えるしかありません。警察《さつ》が嚙《か》んでこんかぎり、死亡推定時刻なんちゅう洒落《しゃれ》たもんは出るはずがない。……そこで、だす。気ィ悪うしはると困りますけど、安輝さんのきのうの行動をお話し願えまへんか」

安輝さんは怪訝な顔をした。

「ぼくを疑ってるんですか」

「めっそうもない。ただ、この部屋のキイのことが気になっとりますんでねえ」

「昼間は、坂津ノースショアでサーフィン。夕食後は麻雀《マージャン》です。昼夜ともに、近所の友人数人がいっしょでした。ホテルのキイは身体《からだ》から離していません。夜のことは、うちの女中にきいて貰えば」

「いえ、なにも安輝さんを疑《うたご》うとるわけやおまへんのや」

私は軽く頭をさげた。

「輝子さんはどないでっしゃろ」

「妹はずっと父の税金関係の帳簿をみてたようです。夜は……そうそう、漫画の本をまとめて買うと言って、出かけました」

「何時ごろだす？」

「テレビの『大草原の小さな家』が始まるところでしたから、六時ですね。それで、七時には帰ってきました。麻雀に加わったのだから、確かです」

子供二人は関係がなさそうだと私は思った。

「もうひとつ……」

私はトランクに近寄りながら右手の人さし指を曲げて、

「安輝さん、イケる方でしたかねえ？」

「ぼく、アルコールは一滴も飲めません」

「黒田はん。あんた、正気で言うとるのか……」

薄暗い本堂の隅で学然和尚が厳《おごそ》かに言った。

「へえ」

「許可証なしに、遺体を埋葬できるか。みな、狂うとる」

学然が他人を〈狂うとる〉と批判するのは、おかしいような気がした。

「そやけど、大親分が……」

「わかっとる。須磨義輝は、おのれを日本の首領《ドン》と思うとる。坂津市を自宅の庭ぐらいにしか思うとらん。この学然、百も承知よ」

「は……」

「けどな、本当はそうではない。一寸先は闇なんよ」

と、畳の上の大型トランクに眼を向けて、

「ここだけの話じゃが、きょうび、須磨組の威光は、吉野家のカウンターにのっとる紅ショウガよ」

「え？」

「ココロは、〈色あせて、うすっぺら〉じゃ」

「うーむ」

私は頷くわけにもいかなかった。

「ま、トランクの中身をどう始末するか、二人でこれから考えるとしてじゃ。この事件は面白いのう」

学然は急に生き生きしてきた。

「わしは他人《ひと》の不幸がたのしみでならぬ性格でな。飛行機の大事故が起ったときのぞくぞくする喜び！　わしの知っとる人間が死んどったら、お赤飯炊《た》いちゃうよ、ほんと。そのくせ、わしが芯《しん》から嫌いな人間は、めったに、事故にあわん」

「はしゃいでる時やおまへん。まだ、身許がわからんのです」

「割り出したらええ。この町の者のだれかが知っとるかも知れん」

「そない言うても……」

「アドレスブックがあるじゃろ。そこに、坂津市の住人が一人でもいたら、その男に当ってみればよい」

「そやけど、死人《ほとけ》の名前がわからんのですよ」

「じれったい。アドレスブックを貸せ」

和尚は小物入れをひったくり、アドレスブックをぱらぱらと見て、

「うむ、おそらく、宮島という姓じゃ」

「へ？」

「よいか。このアドレスブックに宮島という名が溢れとるんじゃ。大方、親戚じゃろが」

「なるほど」と私は感心した。

「……で、坂津におる知り合いはと。……うむ、おるぞ。あ、こら、筋が悪い……」

「なんぞ、おましたか？」

「若月一郎——人呼んで〈クーラー屋〉……」

「〈クーラー屋〉？」

「おうよ。駅の近くのガード下で、密輸品を商《あきの》うとる男じゃ。えげつない奴での」

「わたしは平気です。けど、〈クーラー屋〉て何の意味でっか？」

「若月は、いぜんアメリカでセールスマンをしとっての。クーラーを一台売ると、どえらく儲かった時代じゃ。エスキモーに十七台売りつけたちゅう伝説がある」

「商売熱心いうわけですな」

「〈クーラー屋〉という名は、そこから出た。この男と握手したら、すぐに指を数えた方がええ。一本足らなくなっとるおそれがある」

私と握手した〈クーラー屋〉は、私が客でないとわかると露骨に失望の色をあらわし、――その瞬間、私は自分の指が五本残っているのを確認していた――次に、宮島の名を口にすると、怒り出した。

「あの餓鬼！　わいは絶交や、もう！」

「なんぞ揉め事でも……」

「ゆうべ、駅前のリルケちゅう喫茶店で、一時間待たされましたんや。八時十五分坂津着の電車で来るちゅうときながら、九時まで待っても来よらへん。あんじょう、スカ食わされましてん」

ふと、〈クーラー屋〉は、われにかえって、

「あんたはん、須磨組のお方でっか？」

私は黙って、冷ややかに笑った。

「宮島の事務所と自宅、教えてんか？」

「あいつ、なんぞ、やりよりましたか。金に詰っとったさかいな」

「早いとこ教えんかい」

「大阪の事務所しかわかりまへんけど」

〈クーラー屋〉はメモ用紙にそれを記した。

「これをご縁に、ルイ・ヴィトンの草履、カルダンの派手な褌《ふんどし》、色々ありまっさかい、ゆっくりみていとくなはれ。出血サーヴィスしとるのは、マイコン内蔵のルーム・クーラー……」

もう正午を過ぎている。私は〈クーラー屋〉を突きとばして、暗い小さな店を出た。

金泉寺から私のあとをつけている県警四課の栗林警部補が、入れちがいに、そっと〈クーラー屋〉の店に入って行った。

三

大きなビルにはさまれて、辛うじて立っているような、三階建てのくすんだビルに私は入った。いまどき、南本町《みなみほんまち》にこんな建物が残っているのがオドロキである。お化屋敷みたいに軋《きし》む階段を三階まで登ると手前に、なんとか興行という会社があり、その奥のドアに〈宮島商事株式会社〉という汚れた札がかかっていた。

私はポケットから例の鍵束を出して、鍵穴に合わせた。一つの鍵がぴたりとはまって、ドアがあいた。日曜日で幸いだった。

十畳ほどの部屋に、デスクが三つ。従業員二、三名というところだろう。残りの空間を輸入物らしいオーディオ製品、革バッグ、靴、そういったものが埋め尽している。どうやら、〈クーラー屋〉と同業らしいと私はみた。

これで、宮島の身許はほぼ割れた。お天道《てんと》さんの下を大手をふって歩ける身でもないらしい。

だが、八時過ぎに〈クーラー屋〉に会う約束をしていた宮島が、駅前から少し離れた坂津プラザ・ホテルで死体になった経緯《いきさつ》は、まったくわからない。大親分は、そこまで調べろとは言わなかったが、私にも好奇心と若干の自尊心がある。丁稚《でっち》の使いではないのだ。

宮島のものらしい、ひときわ大きなデスクに、縦長の電話番号簿があった。私の頭の上で三百ワットぐらいの明りが点滅した。死体の持っていたアドレスブック……一枚破かれていたはずだ……。

紺色の電話番号簿に手をのばしながら、私は、自分の探偵的才能に驚嘆していた。こわいのだ、自分の才能が……。

そして、私は見つけた。須磨輝子の名と電話番号。電話番号は、あの醜女《ぶす》の東京のマンションらしい。私はその部分をちぎって、背広の内ポケットにおさめた。

腕時計をみると、二時である。ダークと原田を勘助町の事務所に呼び出してあるので、急がねばならない。

その時、突然、となりの部屋から、三波春夫の歌がひびいてきた。

〽おまんたァ――
　ソレソレソレソレソレ

壁が薄いのだ。私の頭の上の明るさが三百五十ワットになった。私は部屋を出て、ドアをしめ、鍵をかけた。それから、となりのなんとか興行のドアの把手に手をかけ、いきなり、あけた。

「なんの用じゃい！」

どさまわりの歌手のポスターをべたべた壁に貼った汚い部屋の真中でぼろソファーに寝ころがったチンピラが、私を睨《にら》んだ。こいつも「スター・ウォーズ」の黒いTシャツを着ている。

「ちょっと、ものを尋ねるがの」

私は涸《か》れた声を出した。

「ノックぐらいせんかいや」

チンピラはわめいた。

「FMの名曲鑑賞の時間やで」

私は黙って、テーブルの上のトランジスター・ラジオの音を消した。

「わしは黒田哲夫ちゅうもんじゃ」

「へえ、不死身の哲つぁんけえ」

チンピラは起き上った。

「まだ、生きとったんかい」

「おまえにききたいんやが、ゆうべから宿直しとるのか？」

「それがどないしたちゅうんじゃ」

チンピラは嗤《わら》うような顔つきをした。

室内の様子から、昨夜、麻雀をしていたらしいことがわかる。コーラの瓶、ラーメンの丼《どんぶり》、山のような煙草の吸殻。

「偉そうにしさらして。不死身の哲が、なんぼやね」

私は怒る気にもならなかった。ただ、暑いので、言葉を重ねるのが面倒だった。

「な、なにしやがんね。あ、あーっ！」

私は窓をあけると、チンピラの身体を抱き上げ、両足首をつかんで、窓の外に逆さに吊るした。ポケットの中の小銭のたぐいが落下し、下の舗道で音を立てた。

「涼しいやろが」

と私は言った。

「きのう、何時から麻雀しとった？」

「よ、四時です……」

「徹夜か？」

「は、はよ、あげて下さい。何でも喋《しゃべ》ります」

「まあ、ゆっくり、涼めや。休日はええのう。人は見とらんし。……で、何時までやっとったんや？」

「朝までです」

「となりの宮島商事で、なんぞ、物音をきかなんだか？」

「宮島はんだけ、日暮れまで居《い》てました」

「ほう」

「なんや電話でボロクソに怒鳴っとりましたけど……」

「何時ごろや」

「ＦＭで、『にっぽんのメロディ』が始まるころですから……七時十五分ごろですわ」

「ボロクソて、話の中身は？」

「そら、わかりまへん。なんせ麻雀で熱うなった頭を、三波春夫で冷やそうとしとったとこで」

「三波春夫ばっかりやな、おどれは」

「あ、頭が……く、苦しい」

チンピラは失禁した。逆さになったままで失禁する奴を、私は初めて見た。


「いうたらなんやけど」

Ｔシャツに鹿撃ち帽、左手に天眼鏡という、えたいの知れぬスタイルのダーク荒巻は、私と原田を見て、

「わいの先祖は岡っ引きでっせ。曾祖父《ひいじい》さんの曾祖父さん」

「それやったら、ひひじいですな」と原田がまぜかえした。「いひひ」

二階堂組《うち》の事務所の社長室に戻った私は、ほっとしていた。いま午後三時半。夜までに、私は、このけったいな事

件を解決して、さっぱりしたいのだ。

「先輩は、探偵の血ィひいとるちゅうわけですか」

「ちゅうわけよ」

と、ダークは胸を張って、

「おやっさんのやり方はハードや。ま、ハードボイルドいうてもええやろ。その点、わいはホームズや。頭で解決するちゅうタイプやねえ」

「謎が解けるのやったら、なんでもよろし」

私はハワイ産のビールを飲んで、

「どこから手ェつけるつもりや？」

「そらもう、密室だっしゃろな」

ダークはわざわざ天眼鏡越しに私を見て、

「大親分、安輝はん、輝子はん、この三人のキイは別にして、ホテルには、スペアのキイがおまっしゃろ。マネージャーやったら、ま、使えますわ。それから掃除の婆《ば》さんかて、必ず、持っとります」

「それで？」

私は促した。


「ホテルの従業員にも、密室を作る可能性があるちゅうわけや」とダーク。

「ぼくは反対です」

と原田が言った。

「先輩は、出来の悪い推理小説を読み過ぎたンとちがいますか」

「なんやて、われ？」

ダークは顔色を変えた。

「ぼくの考えでは……」と原田は続けた。「密室殺人いうのは、たまたま、そないな状態になるもんやと思うのです。いうたら、一見、密室風というわけです。……よう考えてみて下さい。マネージャーにしろ、メイドにしろ、大親分の部屋に死体を入れて、外から鍵をかけて、どないなメリットがありますか。推理小説でも、なんで、こないに手数かけて、密室にするんや、阿呆《あほ》とちゃうか、ちゅうようなやつが、ようけあります。〈密室のための密室〉いう気ィして肚《はら》立ちますねえ。糸と針を使って内側の鍵を操作するとか、掛け金をおろすとか、そないなもんは、もう書かんといて欲しいわ」

「何をいきり立っとるんじゃ」

私はビールにシーヴァス・リーガルを優雅に注《つ》いで、

「具体的に言うてみんかい。おまえなら、どこから解く?」

「動機です」

原田は言いきった。

「ふむ」

私は頷いた。

「宮島を殺した動機やな、犯人の」

「ちょっと、わいにも喋らしとくなはれ」

ダークが口をはさんだ。

「いま、ふっと、思ったんやが、宮島は殺されたもんと決めてしもて、果してええのやろか。自殺いう線も考えられるのとちゃいまっか。……大親分にどえらい恨み持っとって、わざと、大親分の部屋で自殺する、こないな推理は、どうだっしゃろ?」

「他殺に見せかけた自殺ですか」

原田は首をひねった。

「ダークの努力は、わからんでもない」

私は思いやり深げに答えた。

「そやけど、今のところ、大親分と宮島をつなぐ線はないよ。さっきも言うたように、宮島とつながっとるのは、輝子はんだけじゃ。宮島と輝子はんの間には、なんや知らんがいやな雲がある」

四

「輝子はんやったら、わい、こないだ、心斎橋筋でばったり会いましたがな」

ダークはズボンのポケットから出した新品のマドロス・パイプをくわえて、

「いま流行《はや》っとりまっしゃろ、野良着によう似たけったいな服。あいつを着とった。とんと、もんぺのお化けや」

「ハーレムパンツでしょう」

原田が知的な微笑を漂わせた。

「戦争中の案山子《かかし》を思い出したで、わいは。まあ、あの通りのギョロ眼で、唇から口紅が大幅にはみ出とる。せめて、髪の毛でもふつうにまとめてくれはったらええのに、左右をちりちり、パプア島の原住民風にしたはるのや。わいに向って、にたーっと笑いはるさかい、寒気しましたで。納涼大会の余興やがな、ほんま」

「このまえの詫び、言うてはらなんだか」と私。

「詫びどころかいな」とダークはパイプを口から離して、「『ダークじゃないの。どう、あたし、いい女になったでしょ』——と、まあ、こうや」

「ええ女?」

私は思わず、ビールを吹き出した。

「どないな意味じゃ」

「わいにもわかりまへんがな。こっちは、もう、ぽかーと、口あけてるだけや。ま、ほんらいやったら、口が曲《まが》っても言える言葉やおまへん」

「〈いい女〉いうのは流行《はやり》言葉ですねん」

原田が苦笑して、

「とびきり美人ではないけど、趣味が洗練されて、都会的で、魅力的で、おとないう雰囲気を湛《たた》えている女——若い女の子たちの理想ですよ」

「それやったら、わいにかて理想じゃい」

ダークは乗り出した。

「たとえば、だれやね。役者でいうたら」

「十年前なら、ジャンヌ・モロー。きょうびは……フェイ・ダナウェイでしょうか」

「あれはええよ」とダークは異様な笑いを浮べて、「テレビの女プロデューサーになった映画で、女上位でファックしてよった。髪をさんばらに振り乱して、よう励んどったで」

「やめんかい」

私は言った。

「最近なら、ジェーン・フォンダです」と原田がつづける。

「彼女も四十になって、ぐっと、いい女になりました」

「ジェーン・フォンダなら、わしかて、知っとる」

私は原田の顔を見た。

「ジャンヌ・モローも、若いころ、よう観たけどな、どっちも、もともと美人やったよ。美人が中年になると、いい女ちゅうのになるのとちがうか」

「そう言われてみるとそうですね」

「そやろ」

「美人が草臥《くたび》れてきて、人生の気怠《けだる》さを三つ四つと身につけた姿、佇《たたず》まい——これですわ」

「あたりまえや。ど醜女《ぶす》がいっぺんにいい女になれるか」

とダークがテーブルを叩いた。「醜女《ぶす》がいい女を僭称《せんしょう》しても許されると思《おも》とるのか。僭越至極や。醜女《ぶす》はどない努力しても醜女《ぶす》じゃ。顔の土台が悪いんやから、草臥れてみい、気怠さどころか、がたがたや」

「それは言い過ぎじゃないですか、先輩。顔は悪くても心が美しければ……」

「原田よ、ひとむかしまえの女性週刊誌の真似はせんとけ」

ダークはパイプをくわえて、思慮深げに、「おまえの言うとるんは、週刊誌をど醜女《ぶす》に売りつけるための策略よ。醜女《ぶす》ちゅうもんは僻《ひが》んどる。僻んで、ブスッとしとるさけ、醜女《ぶす》と呼ばれるんじゃ。〈心が美しければ……〉——そないな記事がようあったよ。醜女《ぶす》に束の間の安堵をくれてやる記事が。そやけど、きょうびは、醜女《ぶす》かて、そんなもん、信じとらへんぞ」

「あ、そうか……」

原田は笑った。

「〈いい女〉いうキャッチフレーズは、その次の手ですね」

「決っとるやんけ。醜女《ぶす》に化粧品や洋服を売りつけるためじゃ」

「醜女《ぶす》はどない化粧しても無駄ちゅうもんよ。乾燥芋が粉《こ》をふいたようになるだけよ」

私はそう言って結論を下したつもりだったが、ダークは、まだ、やめない。

「醜女《ぶす》が草臥れたら、ただの肉塊じゃ。あないなもんに幸せになる権利があってたまるかい。そやさけ、僻みに僻んで、人を殺しよる。……新聞を見てみい。女の被害者いうたら、五十代でも〈美貌の〉と上に付くやんか。そんで、女の加害者いうたら、こらもう、判で突いたように醜女《ぶす》ぞろいや。……わいの言うとる意味がわかるか？」

「だれぞが犯人や、言いたいのやろ」

私はずばりと言った。

「へ……まあ……」

ダークは首をすくめる。

「遠慮せんと、はっきり言うたら、どやね。輝子はんは派手にしてはったの、装身具やドレス、靴」

「へえ、こないだも、豪勢なネックレスしてはりましたわ」

「宮島から、いろいろ、買《こ》うてはったと考えてええ。それも、市価より安うにな」

私は原田を見つめて、

「宮島の家庭は、どないなっとった？」

「日曜日ですから、こまかいところまではわかりませんけど、二年前に女房に逃げられて、独身です。昭和五年生れ……」

「なにと出来とったんやないか。醜女《ぶす》は肉欲に生きるちゅうさかい」とダーク。

「まさか」

原田は気色悪そうに言った。

「宮島がなんぼ物好きでも……」

「そやった」と私は思い出した。「坂津の〈クーラー屋〉は、宮島が金に詰っとった言うてたぞ」

「宮島が輝子はんから金を借りとるいうケースが考えられますなあ。品物の代金を先に受けとるとか……」とダークは眼を光らせる。

「あり得るよ」と私。

「金詰りで、その金を他所《よそ》の支払いにまわしてしまう。輝子はんは、金返せえ言わはる。そこで、泣く泣く身を許すちゅう筋書きもおますな」

「身を許すて、だれが？」

「宮島でンがな。堅い肢《あし》をふるわせながら開き、醜女《ぶす》の肉欲に身を委《ゆだ》ねる」

「肉欲はよせや、ダーク」

「けど、醜女《ぶす》の肉欲は陰にこもってまっせ。醜女《ぶす》は肉欲のかたまり、醜女《ぶす》マイナス肉欲・イコール・ゼロ……」

「やめんかい」

「宮島は逃げますわな。醜女《ぶす》は、かっとなって、男をいてまう」

ダークの声には、輝子に空手でやられた屈辱がこめられていた。

「宮島がぐったりしたあと、身体検査すると、アドレスブックが出てきよった。須磨輝子の名前が出とる。Sの頁《ページ》が破られとるのは、そのせいだすな」

「輝子はんが破りはったのですね」

原田が念を押した。

「肉欲の件は別にしても、ダークの憶測には一理ある」

と私は頷いた。

「けどな。残念いうか、幸いいうか、輝子はんのアリバイは鉄壁や。……ええか。宮島が事務所を出たのは、ゆうべの午後七時十五分以降じゃ。七時十五分には、宮島は電話でボロクソに怒鳴っとったさかい、その足で梅田駅にかけつけたとしても、当然、七時十五分の電車には間に合わん。あの電車は三十分間隔やさかい。七時四十五分の電車がせいぜいじゃ。……そやけど、わしは、この電車にも、宮島は間に合わなんだと見る。次の電車は、八時十五分発で、坂津着は九時十五分じゃ。〈クーラー屋〉は、駅前の喫茶店で八時から九時まで待って、スカ食わされた言うて煮えとる。宮島が坂津に着いたのは、たぶん九時過ぎや。そのあとはわからんのう」

「で、輝子はんは?」

「夕方六時から七時まで外出。七時から夜中まで麻雀や」

「確かですやろか?」

「大親分とこに若い女中を世話したのは学然じゃ。学然が女中から確認をとってくれた」

「はあ……」

原田は妙に沈み込んだ。

「うわっはっは」

突然、ダークがパイプを片手に笑い出した。

「どうしたのです、先輩？　大丈夫ですか？」

「原田よ、いや、ワトソン君。初歩的なこっちゃがな。推理の初歩を誤ると、こないな袋小路に入っちゃうんだよ」

ダークは急に東京言葉を使った。

「なんじゃ、偉そうにしくさって」

私は叱ったが、ダークの反論もきいてみたかった。

「おやっさん、チンピラがきいたとなりの部屋の声ちゅうのを、除《の》けてみたら、どないだす？　あてにならん証言でっせ。宮島はもっと早《はよ》うに事務所を出て、六時十五分に坂津に着き、七時までにはホテルの一室で輝子はんに殺されてしもとる。こないに考えたら、アリバイ崩れますけどなあ」

ダークは、なんとしてでも、輝子を犯人に仕立てたいらしい。その気持はわからぬでもないが――。

「ちいっと冷静にならんかい」

私は余裕のある態度で応じた。

「わしは、この件に関してだけは、大親分が嘘ついてはるとは思わん。ええか。大親分が午後八時にホテルの部屋に入った時は、宮島の死体はなかったのや。ということは、おまえの推理は成り立たんちゅうわけじゃ」

五

午後四時半。電話が鳴った。

送受器をとった原田は、「は、いてます」と答え、「社長……」と私に声をかけた。

「だれやね？」

「安輝はんです」

私は右手をのばして、グレイの送受器を握った。

――黒田です。

――毒物がわかりました。

安輝さんの声は不安げだった。

――えらい早《はよ》うおますな。

――伊吹さんは、インテリですからね。医大の秀才が、途中から、この業界に入ったので……。

——業界ちゅうようなもんでっしゃろか。

私はペンを持つ手つきをしてみせた。原田はすぐにボールペンとメモ用紙を私に差し出した。

——へ、どうぞ……。

——テップという農薬です。非常に危険なので、七年ほどまえに製造中止になっているそうです。

——そないなもん、まだ、残っとるんですか？

——ええ。現実に使われたのですから。

——ふーむ……。

と私は唸って、

——どないな味がするもんでっしゃろ。

——ワインの味に似てるそうです。

——そんなら、ブランデーに仕込んどいても、わかりまへんな。

——舌にぴりっとくるとか苦《にが》いとか、そういうものではないそうで……。

私はボールペンを動かしつづけた。

——発汗、よだれ、下痢などがあって、呼吸麻痺で死ぬんです。

——……よう、わかりました。おおきに。

安輝さんが切るのを待って、私は送受器を置いた。

「原田よ、テップいう農薬、きいたことがあるか」

「いえ」

「調べてくれ。七年まえに製造中止になっとるそうな」

「友人に薬剤師がいてます。すぐきいてみますわ」

原田はもう一つの電話のそばへ行った。

「けったいやな」とダークがソファーの隅で呟いた。「毒殺したんやったら、それで充分やないか。密室にする必要、なんであるのやろ」

「わしも、そないに思うよ」

私はわからなくなった。

脇の電話がけたたましく鳴った。ゆっくり右腕をのばした私は、

——唐獅子通信社だす。

——黒田やな。

電話の向うの声は、暗く野太かった。

——わしだ。日比野だ……。

私は息を呑んだ。

須磨組の若頭として采配をふるっている日比野組組長は、七百人の組員を擁する大勢力である。人望もあり、集金能力が抜群だ。つい、このあいだまで、須磨組の跡目を継ぐ人材は、この人をおいて他にはいないと、私たちはみていたのだが……。

——安輝はんが伊吹の家にブランデー持ち込んだそうやな。

——へ？……。

私はとぼけようとした。

——しゃっきり答えんかい。

怒り出したようだ。私はあわてて、

——へえ、まあ。

——農薬が入っとったそうやな。

相手はずばと言った。

——は、あ……。

——わしの眼ェは、どこにでも光っとるぞ。

乾いた笑い声を立てたが、力がなかった。

——まあ、ええやろ。おまえの苦しい立場も分っとるつもりや。……けどな、どないにも我慢でけんこともあるで。そら、大親分《おやじ》とわしが、ややこしなっとるのは確かや。大《お》親分《やじ》は、わしの力が大きゅうなり過ぎたのを警戒しとる。このままやったら、わし、跡目を継ぐどころか、絶縁処分になる。

——ほんまだっか！

私はびっくりした。事態がそこまでこじれているとは思わなかったのだ。

——わしをおとしいれようとしとる者がおる。

日比野組組長の声は重かった。

——あのブランデーやがな。

——へえ。

——わしが暑中見舞に、大親分《おやじ》に贈ったもんじゃ。カミュのバカラいうてな、十万もしよった。

私は大きなショックを受けた。

――警察《さつ》が調べ始めたら、じきに、わかることじゃ。坂津のデパートで買《こ》うて、若い者《もん》に届けさした。

――ほな、途中で、だれかが……？

――須磨組の事務所あてに送ったんじゃ。だれぞが毒を入れたとしか思われん。

――計画通り運んだら、大親分《おやじ》は殺され、犯人はそちらいうことになりまんなあ。

――一石二鳥よ。二人がおらんようになって、笑うのはだれや？

若頭補佐、伊吹秀也の蒼白い横顔が、私の脳裡《のうり》を掠めた。

――わたしに、どないせい言わはるんで？

私はゆっくりたずねた。

――とくにどないちゅうことはない。わしの話を頭に入れといてくれたら、それでええ。

電話が切れた。

「厄介なことになりよったわい」

私は大きく息を吐き、首筋をまわした。ぼきぼきと音がする。

私は事のしだいを二人に話してきかせた。

「事件が二つに割れたわけでっか。けど、須磨組の内紛ちゅうのは、わしらにはねえ……」

ダークは元気がなくなってきた。

（おかしいのう）と私は考えた。（いまのままでも、跡目を継げるはずの伊吹が、なんで、危《やば》い橋を渡るんかいの？）

「テップのことは調べがつきました」

原田が落ちついた口調で報告して、

「……ぼくには事件の輪郭が見えてきたような気がするんです」

私は原田を直視した。

「ほんまか？」

「どうしても、ひっかかることが一つあるんです。これが解けたら、ぼくなりの推理が成立するんやけど……」

「なんじゃい、言うてみい」

「南本町のオフィスで、チンピラが耳にしたいう電話の声です。麻雀しながらＦＭ放送をきくちゅう器用な奴や、空耳とは思えまへん。宮島が怒鳴っとった声いうのは、嘘やないと思います」

「先走るな、ワトソン君よ」

とダークが口をはさむ。

「わいがホームズ、おまえはワトソン。わいがネロ・ウルフ、おまえはアーチーじゃ。序列崩したらあかんやんけ」

「すんまへん」

原田は詫びた。

「でも、ぼくの推理は、先輩のあのすばらしい推理――輝子はん犯人説から導き出されたものです。先輩の灰色の脳細胞に敬意を表します」

「遅い、遅い」とダークは浮かれた。「わいの脳細胞は桃色じゃい」

「もういっぺん、宮島の事務所、調べてみたろか」

私は宮島の小物入れを片手に立ち上った。


タクシーが南本町に入ったのは五時半だった。あたりはまだ明るい。

私は小物入れから鍵束を出して、〈宮島商事〉のドアをあけた。

「なんや、闇屋の倉庫やんけ」

ダークが感想を述べた。

「どこかにタイム・スイッチの付いたテープレコーダーがあるはずです」

原田は鋭く辺りを見まわした。

「テープレコーダーいうても、ぎょうさんあるで」とダーク。

「あ、これや」

原田は小型テープレコーダーを持ち上げ、下部のボタンを押した。かすかな音がして、カセットが迫《せ》り上った。

「ほんま、初歩の問題やった……」

呟いた原田はカセットテープを戻して、音を出した。

十秒ほど、ざーっという低い音がし、急に、電話のベルが鳴り響いた。もしもし、という声につづいて、宮島のひどい罵言《ばげん》、最低の悪口雑言が部屋に溢れた。

私たちが坂津に着いたのは、七時五分過ぎだった。

駅を一歩出て、私はその場に釘づけになった。大きな唐草模様の風呂敷包みを背負った栗林警部補がそこにいたのだ。

「奥さん、お元気だっか?」

仕方なく私は愛想笑いを浮べた。

「ふむ、ダークに、原田までいよる。須磨組になんぞ新しい動きがあるな」

栗林はじろりと私たちを睨《にら》んだ。

「それとも、今晩のパーティーに出るだけか。おまえら、どうも怪しいぞ」

「えらい荷物でゝな。若い奥さんへのお土産だっか?」

「クーラーや。値引きさしたった」

「クーラー? 夏はもう終りでっせ」

「黒田は知らんやろ。マイコン内蔵のクーラーちゅうもんが出来《でけ》たんやで」

栗林は誇らしげに風呂敷包みをゆすってみせた。

六

七時半――。

坂津プラザ・ホテルの812号室の入口に近い部屋には、須磨義輝、安輝、輝子の親子に、学然和尚がいた。私が集めたメンバーである。

「なんのつもりじゃ、黒田……」

大親分は苛立たしげに言った。

「わしが頼んだのは死体がだれかちゅう調べだけや。それをなんじゃ、原田やダークを連れてきよってからに。わしのパーティー、あと三十分で始まるねやぞ」

「死体の身許《みもと》を説明するのに、みなさんのご協力を必要としとります」

私は低い声で、嚇《おど》かすように、

「県警の栗林も異変を嗅ぎつけたようだす。わたしも命がけで揉み消しまっさかい、真実《ほんま》のことを話して貰えまへんか。そうしたら、十五分で方《かた》がつきます」

「ええやろ、まあ」

大親分は安楽椅子にかけて、葉巻をくわえた。すかさず、ダークが金ぴかのライターをさし出す。

「あとは、原田に任します」

私は身をひき、ソファーに腰をおろした。カーテンがしめてあるので、海は見えなかった。

「僭越ながら……」

原田は一礼して、

「この奇っ怪な事件の特質は、関係した人が、だれも、殺意を持ってなかったということです」と切り出した。「死んだ宮島という男を除いては……」

「宮島？」

大親分の太い眉がふるえた。

「大阪の密輸物専門の商人です。まあ、小物ですわ」

「わしは知らんぞ……」

「お嬢はんは知ってはります」

と原田は冷静に言った。

「宮島の事務所の帳簿に金額が書いてありました。……七十万円、お嬢はんから振り込まれとります」

「なんじゃ、それは？」

大親分はちりちり髪で日焼けした娘の顔を見た。

「買物なのよ。香港の宝石が安く買えるからって……」

「そう言って受けとった金を、宮島は借金の穴埋めに当てとったようです。初めから悪意があったかどうかわかりませんけど、不景気で金に苦しんどって……」

「そない悪いことしたら、あかんやないか」

大親分は親莫迦《おやばか》らしく首を横にふった。

「ようあるこっちゃ。輝子、小さな胸を痛めんと、わしに言うたら、よかったのじゃ」

「宮島に言ってやったのよ、パパに言いつけてやるって！」

娘はヒステリックに叫んだ。

「いくら催促しても、のらりくらり逃げるだけなんだもの」

「そこです」と原田は人さし指を立てた。「宮島は怯《おび》えたんです。大親分の耳に入ったらどえらいことになる——そうして、お嬢はんの口をふさぐ計画を立てよった」

「悪い奴ちゃのう、黒田」

「宮島の計画はこうです」と私は迎合的に言った。——まず、坂津市にいる友人と夜八時過ぎに会う約束をします。それから、事務所のテープレコーダーに自分の声を入れて、七時十五分に辺りに響くようにタイム・スイッチをセットします。奴の事務所のとなりには小さな興行会社がおまして、土曜の晩には若い社員が麻雀をしよる。そいつらにきかせる肚《はら》です。こうしといたら、七時十五分には、事務所におったちゅう存在証明になります。ぼくらも、その罠にはまって、宮島の坂津到着は、早くて九時十五分と考えました。しかも、坂津市の友人というのは、すっぽかされて煮えとる。これなら、ふつう、いやでも、宮島の計画通りに考えますわ」

「そんなに計画的だったのか、ちきしょう！」

輝子はかっとなって口走った。

「あいつは六時十五分着の電車で坂津にきてたのよ！　土曜日は他の社員が休みだから、時間はどうにでもなるんだ。それでさ、宝石を見せるからって言うから、この部屋に呼んだのよ。まさか、喫茶店《さてん》やバーは使えないじゃない。と、ころが、ここにきたら、実は宝石は持ってない、と、こうよ。あたしが、かーっとなって怒鳴りかえして、すぐにパパに電話すると言ったら、首をしめてきたの」

「悪魔じゃ、輝子、ファイト、ファイト」

腰を浮かした大親分は左右の腕を動かし、横にいたダークを殴《は》り飛ばした。

「そないな悪魔、いてまうのじゃ！」

「もう、くたばっとりますよ」と、ダークは床を這《は》いながらぼやいた。

「空手でやっつけたわよ！」

輝子は得意そうに言った。

「つまり、結果としての被害者がアリバイを用意していたために、輝子はんのアリバイが自然成立したわけです」と原田。

「立派な正当防衛じゃ、神に誓える」

大親分は莞爾《かんじ》とほほえみ、

「そのあとは、どないなったんじゃ、輝子?」

私は息をつめた。私たちの間でも、これからあとは、まったくの推測だったのだ。

「ぐったりしたんで、死んじゃったと思ったの。人のいない隙を見て、廊下にひっぱり出して、エレヴェーターに乗せたわ。あたしは、そのまま、家に帰ったのよ」

私たち三人の推理は当っていた。

「その時、宮島は死んでなかったと思います」と原田がつづける。「エレヴェーターの中で、意識をとり戻して、小物入れを812号室のどこかに置き忘れたのに気づいた。……けど、キイがなくては部屋に入れません。困惑して、一時間ほど、あたりをうろついてたと思いますね、ぼくは」

「なるほど」と大親分は感心して、「で、八時ごろに、わしが行ったわけや」

「その時、ドアをあけて、すぐしめましたか?」

「待ってくれや。……ドアをあけて……いや、しめなんだぞ。衣裳を奥のベッドルームの洋服箪笥に入れるだけやったから。まあ、一、二分やったろ。すぐに、出てもた」

「その隙に、宮島は入ってきて、この部屋の戸棚《クロゼット》に隠れたんです。大人でも、三人ぐらい、入れる広さです」

「わしが出る時、そこに、人が隠れとったのか!」

大親分は眼を丸くした。

「あの小物入れがないと、宮島は自分のアパートにさえ入れないのです」と原田は死者の鍵束を示して、「小物入れはソファーの下にでもあったのでしょう。戸棚《クロゼット》から出てきた宮島は、ほっとしました。そのまま、出て行ったらよろしかったのに、ま、酒飲みいうのは、意地が汚い。つい、棚のブランデーに手をのばした。まさか毒入りとは知らずに……」

「南無……」

学然が両手を合わせた。

「わしの代りに死によったか」

大親分も粛然とした。

「まあ、密室なんちゅうのは、タネ明かしたら、こないなもんで……」

と、ダークは原田の言葉を横取りして、

「ディクソン・カーも、H・H・ホームズも、時代遅れでンなあ」

「宮島のアドレスブックのSの頁《ページ》を破いたのは、安輝さんでしょう」

原田は鋭くきいた。

「今朝、ここで破ったのとちがいまっか？」

「そ、そうです」と安輝さんは蒼ざめた。「妹の名があったもので、びっくりして……」

「ほんま、心を打たれる」ダークは嘘泣きをした。「こないな兄妹《きょうだい》愛、松竹新喜劇にも、めったにあらへんわ」

「世話になったの、黒田……」

奥の部屋で二人きりになった時、大親分はかすかに笑った。

「けったいな話ですな」と私は呟くように言った。「日比野組組長から届いたブランデーに毒が入っとりました」

「もう、ええやないか」

「かりに、わたしが、わたしの組のナンバー2をおとしいれるつもりやったら……」私は勝手につづけた。「そいつに貰《もろ》うた酒にこっちで毒を仕込んで、飲んでみせますな。それも、御一党さんの見とる前で。これやったら、ナンバー2が犯人と、たいがいの人は思いますやろ」

「けど、毒を飲んだら、しまいやないか」

「解毒剤いうもんがおますようで……」と私は静かに言った。「原田に調べさしました。テップいう農薬の解毒剤は、プラリドキシムとかいうて静脈注射です。わざと毒を飲んで、ぐるの人間に注射打たすいう手ェがあります。ぐるになるのが元医大生やったら、こら完璧ですわ」

大親分はじっと私を見つめていた。その眼光の鋭さに私が居たたまれなくなった時、不意に、にやりと笑った。

「わかったか？」

「安輝さんは、あのブランデーが、おとといはなかった言うたはりました。そうやとすると、ゆうべ八時ごろにここに届けられたとしか思えまへん。つまり、衣裳といっしょに運び込まれた……もう毒は入っとったんとちがいまっしゃろか」

大親分は答えなかった。

「今朝、アメリカの偉いさんをこの部屋に案内するのは、安輝さんひとりですむはずだす。そやのに、大親分《おやっさん》も付いてきやはった。なんでやろな、思いました。いまでは、解けましたけど。……安輝さんおひとりやったらアルコール飲まはらんさかい安心やが、偉いさんは酒好きや。うっかり、ブランデーに手ェ出さんとも限らん。――そないな心配しやはったんとちがいますか、どないです?」

「今晩のパーティーのあと、ここで日比野たちと内輪の会をするつもりやった」と大親分は奇妙な笑いをみせた。

「とりやめにしたがの。……おまえ、どこからからくりに気づいた?」

「安輝さんが伊吹組組長に問合さはった。それはけっこうです。それにしても返事の戻るのが、ちょっと、早過ぎましたな」

私は鋭い笑いを見せてやった。

七

〈緊張の夏、日本の夏　学然〉と太い筆で黒々と記された白い布が、紫色のライトに照し出された。とたんにパーティー会場には、ディスコ・サウンド風の「坂津の夜は泪《なみだ》色《いろ》」が、ずし、ずし、と響いた。騒々しくて、私は頭がふらふらする。

ライトを浴びてあらわれた大親分は、純白の三つ揃いで、黒いシャツのまえをはだけ、金のネックレスと胸毛を見せて、派手に踊り出した。

「黒田よ」

私の近くまできた大親分は、腰をふりながら声をかけてきた。

「どや、おまえも一発、フィーバーせんかい」

「ご注意しときまっけど」と私は言った。「向うのテーブルのローストビーフ風のあの肉、あれだけは避けとくなはれ。金泉寺からの持ち込みでっさかい」

大親分の全身が凍りついたようになった。熱《フィーバー》が必要なのは大親分の方ではないかと思いながら、私は、むかし覚えたジルバを踊り出した。

唐獅子暗殺指令

一

長い石段を登りきった私は、立ち止り、息をしずめた。

須磨組大親分《ほんけ》、須磨義輝《すまよしてる》の宏大《こうだい》な屋敷の石垣の上には有刺鉄線が張りめぐらされ、何千ボルトだかの電流が通されている。日本の首領《ドン》と呼ばれる人物だから、これくらいの防禦《ぼうぎょ》は、まあ、当然であろう。

私がたじろいだのは、鉄線にひっかかった黒猫の死骸を目撃したからである。いや、厳密にいえば、黒猫ではなく、黒焦《くろこ》げになった猫であって、もとが何色だったかは判然としないのだ。

(危《やば》いのう……)

私は白い息を吐き、門の脇のインタフォンのボタンを押した。

——どなたですか？

女中の声である。

——黒田だす……。

私は答えた。

——じきに、あけます。お待ち下さい。

女中の声が切れ、大親分の歌声のテープが流れた。

〽わしのひとみは10000ボルト
地上に降りた最後の天使ィ……

私は紫色の絨緞《じゅうたん》を敷きつめた広い洋間に通された。

剝製《はくせい》の牡《おす》ライオン、唐獅子を描いた鎧《よろい》の胴、唐獅子マーク入りの特製ステレオといった品々が飾ってあるのは、あい変らずだが、さすが流行に敏感な大親分らしく、弱電機メーカーの〈凝縮の思想〉を体現したマイクロ・コンポが棚に加わり、その上に、例のブルドッグの首がのっている。残された片耳も、ちょん切られて、いまや、目鼻口を残すのみの四角い乾物《ひもの》の観がある。

大親分の突然の呼び出しが、私にとって迷惑この上ないことは、いうまでもない。

大阪ミナミの情勢は、私が二階堂組組長になっていらいの最悪、戦争勃発直前である。うちの若い者と、島田組の跳ね上り分子とが、のべつ、拳銃を撃ち合って、府警を苛立たせている。この私、黒田哲夫の力をもってしても、末端の抗争を抑制できるものではない。

須磨義輝が健康を害した噂、須磨組内部の跡目相続問題などが、関西一円で起っている抗争の根源と、マスコミは報じている。それは、たしかにそうだろう。……だが、私に言わせれば、根本は、大親分の〈乗り易《やす》さ〉にあるのだ。この夏の水上スキーとディスコ狂いで大親分の顔色は生気を失った。坂津市唯一のディスコ・ハウスで、十代の餓鬼とフィーバー競争をするなど、正気の沙汰ではない。秋には、来日したオリヴィア・ニュートン＝ジョンを坂津市に招いて、二人で華麗に踊りたいなどと言い出し、周囲の者をはらはらさせた。これでは、内部の者でも動揺するではないか。

和服姿の大親分は静かに入ってきた。いつものテーマ曲「坂津の夜は泪色《なみだいろ》」が鳴り響くこともなく、きわめて尋常な雰囲気である。

「坐ってくれ」

と私に言い、小さなグラスを二つ、棚から出した。

「極上のシェリーを飲ませよう」

「へえ」

私はソファーに腰をおろした。

大親分はシェリーをみたしたグラスを私の前に置き、自分も手に持った。

「……どないな御用です？」

私はたずねざるを得なかった。

「長《など》うはかからん」

大親分は答えた。どうも、いつもと勝手がちがうようだ。

「なんぞ、お祝いごとでも？」

「祝いごとやったら嬉しいのやけどな、黒田。逆のケースや。こないでもせんと、どうにも、やりきれん話でな」

私は緊張した。なにかの責任をとれ、と私に言うのではないか……。

「わしは間もなく死ぬ……」

大親分は唐突に言った。

「医者どもも、長《なご》うはない、言うとる。おまえにだけ話しときたかったんでな」

シェリーのグラスを持ち上げて、静かに眺め、やがて、ひとくち飲んだ。

「蓮《はす》の台《うてな》で、先に死んだ連中と、こないして酒を汲み交すのがたのしみじゃ……」

私の右手がふるえ出した。シェリーがテーブルに零《こぼ》れた。

「……誤診、ちゅうことはおまへんか？……そや、きっと、誤診でっせ……」

「嬉しいことを言うてくれるのう」

大親分は俯《うつむ》いて、

「ほんま、おまえに話してよかった」

私はなんと言ったらよいかわからなかった。

「学然《がくぜん》にさえ話しとらんのじゃ。……さて、あとを、どないするかちゅうことやが」

「待っとくなはれ、なんぼ医者がそない言うたかて……」

「医者どもと言うたつもりやけどな」

大親分は私の眼を凝視して、

「そこらは、とことん、考えたぁる。間違いないとわかったからこそ、おまえを呼んだのじゃ」

私は呆然《ぼうぜん》とした。

なんと言おうと、須磨義輝あっての須磨組である。二階堂組はもちろん、傘下の各組も、大親分の人柄——流行への〈乗り易さ〉という弱点はあるにしてもだ——に惹かれて、親子の関係を結んでいるのである。……その大親分が……よりによって、この時期に……。

「おまえの考えてることは、手にとるようにわかるよ。……わしかて、不様な真似は見せとうない。悟りすました顔をした高僧が、病名をきかされたとたんに、とり乱したちゅう有名な話があるやろ」

私は深く項垂《うなだ》れた。

「おまえにきてもろたのも、そこよ。わしの最後の戦略じゃ」

「戦略？」

「おうよ」

「戦略、といいますと？」

「須磨組系の結束を引きしめる手があるのじゃ」

私はシェリー酒に口をつけた。

「哲よ、おまえ、流れ者《もん》の殺し屋にコネクションがあるやろ」

大親分の蒼ざめた顔がかすかな笑いに歪《ゆが》んだ。

「そらまあ、ない言うたら、嘘になりまっしゃろな」

私の声は低かった。

「思《おも》た通りや……」

「へ？」

「不死身の哲という渾名《あだな》は伊達《だて》やないのう」

大親分はシェリーを私のグラスに注《つ》いで、

「二、三人は必要やろな」

「え？」

「なんせ、ここは、一万ボルト近い電流に、県警の張り込みや。うちの組の命知らずどもも、ぎょうさん待ち構えとる。須磨義輝の守りは鉄壁じゃ」

「そら、よう、わかってま……」

私はシェリーを飲んだ。飲まずにはいられない気持だった。

「その守りも……はかないもんですなあ、おやっさん」

「泣き声出す奴があるかい」

大親分はからかうように私を見て、

「この鉄壁の中におるわしを標的《まと》にできる者がおるか、謎をかけとるんじゃ」

「標的《まと》？　おやっさんをでっか？」

「驚くことはないぞ、黒田」

大親分は声を低めた。

「わしは最後の戦略やと言うたやろ。わしが撃たれてみい、こっちの結束は完全になる。それに、反須磨組系の団体には世論の風当りが強うなる。わしは俠道《きょうどう》に生きる男として人生をまっとうでける……」

「けど、それは……」

「生きたところで、ひと月、と医者は言うとった。わしも生き身の人間じゃ。ほんま言うたら、死の時がくるのがこわい。――というて、自殺する勇気もない。それに、やりそこのうたら、天下の嗤《わら》いもんや。東條英機が、そやったやないか？」

「えらい古い譬《たと》えでッな」

「古い男やからな、わしは……」

大親分は自嘲した。私には、そんなに〈古い男〉とも思えなかった。

「わしが傭《やと》うた殺し屋がわしを撃てば、自殺といっしょや。――多少、苦しい理屈やけど、そないに考えたんじゃ。……それも、一人やったら失敗ちゅうこともある。腕の立つ殺し屋が三人は要るな。……どや、わかるか？」

「へえ……」

私は釈然としなかった。

「ええか、哲、親がこないしてたのんどるのじゃ」

「へ……」

「どないやねん？」

「親殺しに手ェ貸すいうのは、わたしは……」

「悩む時やないよ、もう。わしは死ねる、味方は結束できる――いうたら、一石二鳥や。……そのためには、あっ、と思う間もなく、わしを殺せる男が必要なんじゃ」

「話の筋はわかりました」と私は答えた。「けど、わたし、そないにドライにはなれまへん……」

「一日、二日を争うわけやない。一週間したら、おまえとこの口座に三千万円ふり込む。殺し屋一人あたま、一千万ちゅうわけや。どや？」

「さいきんの相場は知りまへんけど」と私はためらった。「相手がおやっさんちゅうたら、二の足踏むでしょうなあ、どいつも……」

「焦《あせ》ることはない」と大親分は言った。「それからな、間《ま》違《ちご》うても、他言は無用やで。知っとるのは、おまえだけや。ええな？……」

二

ミナミにある〈アメリカ村〉を私に教えたのは、ウエストコースト狂の原田である。

〈アメリカ村〉――正確にいうなら大阪市南区炭屋町だ。心斎橋の大丸デパートから御堂筋を西に渡った辺りだが、ここ一年ほどで、奇妙な街並みができた。アメリカからの輸入衣料店、サーフショップ〈坂津市の学然和尚《おしょう》愛用の店〉、コーヒー店、ライヴ・ハウス、といった片仮名で書く店が約二十軒かたまっている。

もっとも、〈アメリカ村〉と呼ぶのは、原田のような若者であって、ダーク荒巻などは、〈リトル原宿〉とか〈スモール・コザ〉と侮蔑的に呼んでいる。

私？　私に言わせれば、〈闇市〉、または、〈GIブルース〉よ。

この〈アメリカ村〉の外れにあるヘンリー食堂ちゅう店にきとくなはれ、と私に言ったのは、西成の情報屋の左右《そう》田《だ》であった。

ヘンリー食堂のドアがあいて、二人の男が入ってきた。カウンターに向って腰かけた。「なんにしまっか？」とマスターがたずねた。

「さて」と一人の男が言った。「左右田、われ、なに食う？」

「さあ、どないしょう」と左右田が言った。「わし、なにが食いたいのやろな」

表は暗くなりかけている。窓の外の外灯がついた。カウンターの前の二人の男はメニューを読んでいる。私は二人を見守っていた。私がマスターに話しかけているところに、二人が入ってきたのだ。

「わいはローストポーク、リンゴ・ソースとマッシュ・ポテトをつけたやっちゃ」と第一の若い男が言った。髪が赤く、肌がミルク色だ。混血児《おまじり》だ、と私はみた。

「それは、まだ、でけまへんねや」

「なんでや？　でけんのやったら、メニューにのせるな」

「それはディナーでっさ」とマスターは弁解した。「六時になったら、でけます」

マスターはカウンターのうしろの壁の鳩時計に眼をやった。

「まだ五時ですよって」

「その時計、五時二十分やないか」と左右田が言った。

「二十分すすんでまんねん」

「あほくさ、そないな時計、叩《たた》っこわしたる」と第一の男が言った。「なにがでけるんじゃい、この店は？」

「かやく飯《めし》に鰤《ぶり》の粕汁《かすじる》」とマスターは言った。「あと、焼魚がいろいろ」

「グリーンピースにクリーム・ソース、それにマッシュ・ポテトをつけたチキン・コロッケ、これじゃ」

「それもディナーですねん」

「なんや、わしらの食いたい物《もん》いうたら、みな、ディナーやんけ」

「かやく飯やったら、じき出せますよ。粕汁、嫌いでっか？」

「土着的なめしやったら、わしは要らん」と左右田が言った。「ウエストコースト風の食い物《もん》しか受けつけんのや、わしの胃ィは」

「左右田、われ、どこの生れじゃ」と第一の若い男が嗤《わら》った。

「泉大津。カリフォルニアの風土といっしょのとこや」

「ほう、カリフォルニアに住んだことあるのんか、われ？十日間のパック旅行とちゃうか？」

「…………」

左右田は息をのみ、逃げ腰で立ち上った。

「わいは、かやく飯でええ」

第一の若い男が言った。黒の革ジャンパーにジーンズという、皮膚と髪の色を別にすれば、ありふれた服装だ。

左右田は私に向って目配せすると、そっと店を出て行った。

「わし、ジョッキのビール」

と私も短く言った。

「ビールはあんねやろ？」

「へえ」

ジョッキが私の前に置かれた。

私は間《ま》をはかってから、ジョッキを青年の方に滑らせた。

カウンターの上をまっすぐに走ったジョッキを青年は右手

で軽く止めた。

青年はしばらく俯《うつむ》いていたが、やがて、細い眼で私を見ると、人さし指で挨拶した。

「ジョッキ、もう一つじゃ」

私はマスターに言った。


「正気でっか、黒田はん?」

高速道路下のうす暗闇だが、青年の顔が蒼ざめるのが私にはわかった。

「冗談で言えることとやと思うか?」

私は捩《ね》じ込むように言った。

「信じられん……」

青年は呟《つぶや》いた。

「なんや、罠みたいな気ィがしますわ」

「わしかて、いまだに信じられん気持や。……けど、起ったことは起ったことじゃ。あれこれ、思い患《わずろ》うても、しゃアない。善は急げじゃ」

「善、ねえ……」

「信じられんやろな」

「かっとしはると困りますけど、常識では考えられんことですよ、これは。……島田組の陰謀と考えても、なんや、辻褄合わんし。わいら——いや、ぼくら、公平に見とって、いま、須磨義輝が殺されて、得する者《もん》がどこにいてます?」

「やる気ィなかったら、忘れてくれ。無理な注文やいうことは、ようわかっとる」

「かりに、やるとなったら、どないします?」

「銀行の口座に五百万ふり込まれたら、とりかかってくれ。方法は、そっち任せじゃ。成功したら、あと五百万ふり込む。パスポートは持っとるか?」

「三つ、四つ、持っとります。そやけど、伊丹まで行きつけるかどうか」

「アメリカまではわしがなんとかする……」

私はあいまいな口調で言った。

「けど、須磨組の追手はアメリカぐらいきよりまっさな」

「南米へ逃げるか。それとも、メキシコあたりでぼやぼやしとったら、どや?」

「一千万円でっしゃろ。きょうび、使いでないなあ」

「円高やから、国外ではそうでもなかろ」

私は自信がなかった。

「ゼニでは追いつめられとるんです……」と青年は告白した。「三十万ばかりの金で、命狙われとるんですわ。ふつうの標的《まと》やったら、二つ返事で引き受けなならん立場です。十二月三十一日が、借金の期限で……」

私は答えなかった。

「ものは相談ですけど、半金で半死半生というところで、手ェ打てまへんか」

「見損《みそこ》のうたわい」

私は言ってやった。

「その程度のアタマか、われは。……相手は日本の首領《ドン》と呼ばれるおひとじゃ。半死半生でも、命とっても、おまえの身ィの危険は同《おんな》しこっちゃ。……ええか。これは成功か失敗かの二つしかないんじゃ。失敗したあかつきには、二階堂組が、草の根分けても、おまえを探し出して、息の根とめるで」

「たのしくない仕事やなあ」

「この不況時にたのしい仕事なんちゅうもんがあると思うな。世の中、シビアの一語よ」

青年は大きく吐息した。

「……不幸な星の下《もと》に生れたんだな、ぼく。……朝鮮戦争さえなかったら……ぼく……生れてこなかったんだ!」

(また、女の性《さが》かいの)と私は先まわりして考えた。(朝鮮戦争の蔭《かげ》に咲いた儚《はかな》い恋ひとつ。死の翳《かげ》を背負ったアメリカ兵と日本娘の束の間の、だが、それゆえにこそ、激しく燃えるセックス。やがて、くる別離《わかれ》。……そして、女は身籠《みごも》っていた。この悲しい女の性《さが》をだれが笑えようぞ。感動の人間ドラマちゅうやっちゃ……)

「生れたくなかったんだ、ぼく!」

青年はのどが張り裂けんばかりに叫んでいたが、高速道路の下なので、そう大きくは響かなかった。

「どうなん?」

と私は散文的にたずねた。

「やるのか、やらんのか――二つに一つよ」

「やらして貰いまっさ」

青年は革ジャンパーの下から古びた拳銃を出した。

「だいぶ、傷《いた》んだ拳銃《はじき》やな」

私は、すかすように眺めた。

「ぼくの肌の一部みたいなもんですわ」と青年は気障《きざ》な台詞《せりふ》を口にした。

「よし。名前をきこう」

「リック。ワンクッション撃ちのリックいいますねん」

「ワンクッション撃ち？」

「見本をお見せしまひょか」

青年はウイスキーの空瓶をひろい上げて、私に渡した。

「放《ほ》ってくれはりまっか」

と言って、斜め横を向いてしまった。

「どないした？」

「ぼくを気にせんと、適当に放って下さい」

私が瓶を投げ上げるのと、リックが私たちの横にある銹《さび》止《ど》めを塗った鉄柱に向けて拳銃を発射するのが同時だった。

鉄柱で弾丸がはじける音が強く響き、空中の瓶が粉々に砕け散った。

信じられぬ気持で、私はその場に立ち尽した。

三

「冬場は、メロン、高《たこ》うおましてな」

とサングラスをかけた男は私に言った。

身長一メートル七十ぐらい、ごく平均的な日本人である。場末を歩けば、ワンブロックごとに一人はいる、薄汚れたジャンパー姿の中年男だ。

「なんの、必要経費よ」

私は答えた。

「そこらのスーパーで売っとるやろ」

「五百万ずつ、二回……」

男はうっとりと言った。

「このさい、やらして貰いますわ。ところで……」と男は左の二の腕に注射する手つきをして、「こっちを切らしとるんです。二十万ほど、前借でけまへんか」

「…………」

私は憮然《ぶぜん》とした。

「……せめて十五万……」

男は黄色みを帯びた乾いた手を出した。

「十万ぐらいなら、持ち合せとるが」

と私は苦々《にがにが》しさをこめた。

「よろしおます」

男は頭を低くさげた。

私は財布を出すと、大きな札を十枚、テーブルにならべた。

「スーパーへ行《い》てみよか」

私は立ち上り、レジで支払いをすませた。ビールに粕汁《かすじる》のあと、コーヒー二杯だから、胃ががぼがぼしている。

私たちは近くの高級スーパーマーケットに入った。店内は蛍光灯の明りで昼間と少しも変らない。

「メロン、あるか」

と私は女子店員にきいた。

「ありますよ」

「なんぼや？」

「大きさによりますけど、七、八千円」

「西瓜《すいか》でよろしいわ」

と男はわびしく呟いて、

「お姉さん、西瓜、なんぼ？」

「二千円ぐらいやと思いますけど。いちばん奥の棚、見てください」

私たちは示された方向に歩いた。

「西瓜にしときまひょ」と男はなおも言った。「八千円なんて、気違い沙汰や」

「値段の問題やない……」と、私は、いじまし過ぎる男に言った。「あんたの腕を見るための買物じゃ。高速ライフルの標的としたら、どっちがええの？」

「西瓜でいけまっしゃろ」

男は答えた。

これが〈ミナミのジャッカル〉と呼ばれるほどの殺し屋だろうか、と思いながら、私はその男——御影池《みのいけ》という名であるが——の痩《や》せた横顔をじっと見つめた。


西瓜が宙に飛び散るのを山中で目撃した私は、六甲のホテルまで歩いて、タクシーに乗り、大阪に戻った。もう一人の殺し屋に会う約束があったのだ。

ロイヤルホテルの一室で待っていると、ノックの音がきこえ、マッサージですが、と男の声がした。

私はドアをわずかにあけ、バスルームにかくれた。

入ってきたのは、歳《とし》のころなら七十に近い、杖《つえ》にすがった小柄な老人である。私が背後からとびつくと、意外な身軽さで身をかわし、杖の先端を私に向けた。

「黒田さんときいとらんかったら、仕込み杖を抜くところじゃった……」

老人は笑いながら和服の前を合わせた。

「おたわむれが過ぎましょうぞ」

「失礼しました……」

私は一礼した。

「戸田角之進です。お見知り置きを」

「黒田哲夫です。……コーヒーを召し上りますか？」

「緑茶がよろしい」

「は……」

私はルーム・サーヴィスにダイアルして、日本茶を注文した。

「黒田さんの身体《からだ》から匂いが立ち昇っておる」と老人が言った。

「え？」

「殺気じゃよ」

「…………」

「南蛮流のな。……じゃが、飛び道具に、完全はあり得ん。早い話が、ライフル・スコープをひとたび銃から外して、改めて装置したら、試射をやり直さねば狙点《そてん》が狂う。……我田引水かも知れぬが、もっとも確実なのは、これ……」

老人は左手で相手の首を抱きかかえ、右手で深く抉《えぐ》る手

つきをして、

「で、相手の名を教えて貰いましょうか?」

いくらタフといわれる私でも、一晩に三人の殺し屋と話をしたら、疲れてしまう。

老人が帰ったあと、ホテルのベッドに横たわったまま、眠りに落ちそうになった私は、ふと、明日、落さねばならぬ手形があったのに気づいた。「唐獅子通信」の校了が近いので、原田はまだ社にいるはずだ。

私は二階堂《うち》組の代表番号をまわした。

――お、おやっさんでっか!

ダーク荒巻の声は悲鳴に近かった。

――わしじゃ。どないした?

――おやっさんの行方を探すんで、みな、火ィ吹いとりました。どこにいてはったんで?

――わけがあっての。

――とにかく、大親分に電話して下さい。じきじきの電話が、なんべん、ありましたやろか。

――騒ぐなて。わしは万事、心得とるんじゃ。……坂津には、すぐ、電話したる。

私は送受器を置き、もう一度取り上げて、須磨義輝の秘密電話の番号をまわした。

――おう……。

気難しげな声が私の鼓膜に伝わってきた。

――黒田です。

――おまえ、どこにおったんじゃ!

大親分の声は鞭《むち》のようだった。

――おまえを探して、あっちこっち電話してな。右手の指が痛《いと》うなったわい。

――へえ……。

死を間近にした人にしては元気だ、と私は思った。

――いや、つかまってよかった。……おまえは、冗談、通じんとこがあるからな。

――冗談て?

――まだ、わからんのか。……あれじゃ、「わしは間もなく死ぬ」ちゅう台詞《せりふ》よ。

——……あれが、冗談？……。

——おまえ、テレビの「マネーチェンジャーズ」いうドラマ、観なんだか？

大親分は愉快そうだった。

——いえ……。

——そんなら、わからんはずや。あのドラマから頂いたんじゃ。発端でな、大銀行の頭取が部下たちに極上のシェリーを配って、「わしは間もなく死ぬ」——ぼそっと吐《ぬ》かしよる。……わし、いっぺん、真似してみたかったんや。

私は頭がこんがらかってきた。

——そのために、わたしを？

——怒らんでくれ。おまえには、いつも迷惑をかけとるさかい、冗談言うたあとで、料亭で一杯やろう——こないに思うて、学然にも声をかけておいた。……ほたら、おまえが、もろに受けよった。わしも、ちょっと悪い気ィはしたんやけど、つい、乗ってしもてな、思いつきいうか、でたらめいうか、けったいな命令を出してしもたのや……。

私の右手が、また、ふるえ出した。

——おまえが帰ったあと、わし、急に、心配になってな。すぐに原田に電話して、おまえが帰りしだい、連絡をくれとたのんだ。こればっかりは、伝言ちゅうわけにもいかん。「あれ、冗談やってん」いう伝言は、わしとしても、恰好悪いしな。

私の全身がふるえ出した。なにか、言おうとしたが、声にならなかった。

——怒っとるのか？

大親分は探るように言った。

——わしも心配になったさかい、電話をかけつづけとったんじゃ。まあ、連絡とれて、よかった。ほんまに、殺し屋に依頼しとったら、大事《おおごと》やった。

——あの……。

——怒るな。度が過ぎたと反省はしとる。

——……冗談とは思えませんでした。

ようやく私は言った。

——そやから、反省しとるやないか……。

——問題は殺し屋です。もう、三人ほど、会いました。

――ほんまか！

大親分は狼狽《ろうばい》したようだ。

――あれだけ、焦《あせ》るな、言うといたのに。……なあ、そない、言うたやろ？

――へえ。

――すぐ取り消すのじゃ。金は払《はろ》うとらんし、取り消せるやろ？

――努力してみます。

――努力？　なんや、その言い方は？

――奴らに連絡をとってみます。

――みますちゅうのが気にくわん。

大親分はひらき直った。

――すべては、おまえの責任や。おまえが、冗談を解さなんだのがもとやぞ。

私は答えなかった。

――おまえは、だいたい、気が早過ぎる。その日のうちに、殺し屋に会うなんて無茶や！　とにかく、すぐ取り消すのじゃ！

私は御影池に十万円先払いしたのを思い出していた。

四

「洒落《しゃれ》がきつ過ぎましたなあ、大親分も……」

ダークは私の真向いに腰かけて、声を低めた。

「洒落ですむことやないと思いますよ」

と隣にならんだ原田が言う。

二階堂組《うち》の社長室の柔らかな椅子におさまった私は、黙って、ナポレオンの水割りを飲んだ。

「三人の連絡場所、わかりまっか？」

「左右田の餓鬼が知っとる……」と私。

「吐かしたら、よろしいがな」

「かみさんの話では、ついさっき、警察《さつ》にパクられよったらしい。連絡のとりようがないわい」

「うーむ」

ダークが珍しく腕を組んだ。

「わしには、とんと、わからんよ。あないな冗談が世の中にあるんかいの?」と私。

「大親分が名台詞に凝ってはるいう噂はきいてましたけど、『マネーチェンジャーズ』にはそないな一般性はない。名台詞《ぜりふ》というのとは、ちがうと思いますよ」と原田。

「名台詞てなんじゃ?」

私はききかえした。

いまは深夜である。「唐獅子通信」の仕事をやりかけにしている原田は、どこか、落ちつかない。それに、私としても、勇み足過ぎた引け目があった。

「そらもう、シェークスピアでんがな」

ダークがおもむろに口をひらいた。

「なんじゃい、それは?」

「名台詞いうたら、本場はシェークスピアに決ってま」

「シェーク?……」

「ドイツの詩人ですわ。『失楽園』いうポルノ芝居、書きよりまして、わい、むかし、OSミュージックのコントで演《や》ったことありますねん」

「ふーむ」と私は考え込んで、「とにかく、偉いさんやろ」

「まずまずやおまへんか」

「そんな偉いさんが、なんで、ポルノ芝居を書いたの?」

「先輩……」

原田がダークの肩を叩いた。

「ちょっと、先輩……」

「こそばい、さわるな」とダークは言った。「わい、肩に性感帯があるんじゃい」

「本場の名台詞て、どないなもんやね?」

私はたずねた。

「胸にぐっとくるやつですよ、おやっさん」

「言うてみんかい」と私。

ダークは立ち上った。天井の隅を見つめて、急に大きな声を出した。

「生きよか、死のか、どないしょう。どっちゃが男らしい生き方やろね? じっと身を伏せて、弾丸《たま》をよけるのと、短刀《どす》を抜いて、とどめを刺すまで一歩も退《ひ》かんのと、さあ、どっちゃや？」

「あとの方に決っとるよ」

と私は注意した。

ダークは私の言葉を無視してつづけた。

「いっそ、死んだ方がええやろか？　死ぬちゅうのは、眠《ね》るのといっしょや。たかだか、そんなもんや……」

私は思わず拍手した。

「極道の精神《こころ》そのものやないの。西洋の芝居か、それが……」

「『ハムレット』いいましてな。わい、梅《うめ》田コマで端役しとった時に覚えたんだす」

「大親分が気に入るちゅうのがわかったよ。浪花《なにわ》極道、鉄砲玉の心意気がようあらわれとる」

「いや、大親分がお好きなのが、これかどうかは知りませんよ」

「ええのう。胸にずんときた」

「つまり、気のきいた台詞ですわ。『人生は出来の悪いシナリオのようなものだ』とか、『完全な人間はいないよ』とか、ようけ、ありますわ」

「うむ、わしも、一つ、浮んだ」

私は右手のグラスを見つめて、

「ブランデー　水で割ったら　アメリカン」

ダークと原田は奇妙な表情で私を見つめている。

「どないした？」

「いや、ちょっと驚いたので……」

原田があわてて答えた。なにをあわてているのだろう？

「ぼくも、浮びました」と原田。

「コーヒーを　お湯で割っても　アメリカン」

ダークがそれにつづけた。

「大抗争《おおでいり》　どたま割ったら　もうあかん」

「なんや、胸にこんのう」

私は失望した。

「殺し屋のことを考えようかい」

「問題はないでしょう」と原田が考え深げに言った。「五百万払い込んだら動き出すいう約束でしたね。どうせ払い込まないのだから、向うも動かんでしょうが……」

「とは思うけどな」

私はグラスをテーブルに置いて、

「功を焦るいうか、突っ走らんとも限らん。なんとか連絡をとって、止めんと、わし、安心でけん」

「そら、そうや」

ダークが乗り出して、

「まあ、気違いと紙一重の奴らじゃ。なにをやるか、わからん。おまけに、二階堂組にたのまれたとでも言い触らされてみい。わしらの立場、どないなります？」

「とくに、〈ミナミのジャッカル〉いうあいつなあ……」

と私は吐息する。

「御影池だっか」

ダークは私を見つめた。

「うむ、あいつが危ない」

「幻の男や。関西で抗争が起る時、どこからともなく、影のように現れるちゅう……」

「そないに颯爽とはしとらんかったけどな」と私。「用心せんと、どえらいことになりそうな気がする」


「社長……」

原田が真剣な口調で言った。

「これは、やっぱり、社長の仕事ですよ」

「仕事？」

「ひとりずつ、つかまえて、あれはなかった話だと申し渡すのです。若干の金を渡せば、相手も納得するでしょうが。……こら、社長やないと、でけん仕事です」

「どないして見つけたらええか……」

私は途方に暮れた。

「どうでしょうか？」

原田がおそるおそる言った。

「学然和尚の知恵を借りたら……」

「おお、冷《ちべ》た」

金泉寺の暗い本堂の片隅で、ダークのずん胴の身体がふるえた。

「暖房入れるちゅう思想がないんかいな、あのくそ坊主」

「先輩、ここは神聖なお寺ですよ」

原田が眉をひそめる。

「寺の朝か。気持ええのう」

私は超然と感想を述べた。

「もう、十一時ですよ、おやっさん」

「わしには朝じゃ」

その時、テープの勤行の音声とともに、茶と黒のけったいな毛のだぶだぶなコートを着た学然が登場した。

「ハロー、フォークス！」

「かっこいい！ ラクーン・コートですね」と原田が言った。

「この寺も、ニューヨークも、寒さでは同じじよ」

和尚はにんまり笑った。

「おかしやないか」とダークが追及する。「和尚はんは、ウエストコースト派やおまへんでしたか」

「古い古い」と眼を細めた和尚はダークを見おろした。

「リンダ・ロンシュタットさえ、ニューヨークを選ぶ時代じゃぞ。彼女曰《いわ》く、『ロスは気楽なところだけど、メロウになり過ぎたわ』とな……」

「わ、名台詞」

原田は無節操に拍手した。

私たちは、古池を見おろす日当りの良い縁側に移って、話に入った。

「またまた、厄介なことよのう……」

学然はラクーン・コートのまま、あぐらをかいて、呟く。

「しかも、三人とはな」

私は不意に立ち上っていた。

「ど、どうした？……」と学然。

私は唇に人さし指を当てたまま、三人を睨《ね》め付けた。そして、ゆっくり和尚の背後にまわると、ラクーン・コートの背中に貼りつけられた黒い超小型盗聴マイクを、そっと、はがした。

「社長、それは？」

「し！」

私はマイクを口の前に持ってくると、とてつもない大声で、「わあっ！」と怒鳴った。

次の瞬間、古池の中からスキューバ・ダイヴァー姿の小柄な男が躍り出た。私が予想した通り、県警の栗林警部補であった。

「大事な苔《こけ》を踏んづけて逃げよった」

和尚は慨嘆した。

「おまえら、マークされとるんじゃ」

その時、ジョギング・スタイルの小坊主が走ってきた。和尚のそばにひざまずき、耳打ちをする。

「え!?」

和尚はラクーン・コートごと立ち上った。

「えらいこっちゃ」

私をかえりみて言った。

「須磨義輝が事務所の外から狙撃されたぞ……」

五

その時、私が受けたショックの大きさは、どんな言葉でも形容しきれるものではない。

私、ダーク、原田の三人が、坂津中央病院にかけつけた時、病院のまわりは、抗争特別配備の完全装備の警官数十人によって固められ、そのまわりで須磨組の若い者どもが罵声《ばせい》を発していた。

「ここで待っとれ」と私は二人に言った。「わしひとりやったら、入れるやろ」

私は上体でぐいぐい押しながら警官の中に割って入った。

「入ったらあかん言うとるのがきこえんか」

極道と見紛《みまが》う大入道のような私服の男が私の前に立ちふさがった。

満身の力をこめて私はその男を睨《にら》んだ。相手の眉間に穴があくほど睨んでやった。

「こわいことないぞ……そんな眼つき……そんな……」

「なんの話ですかいの？」

私はとぼけてやった。そして、大入道の肩を軽く叩いた。

「子が親の見舞をするだけですけん……」

そのまま、病院のドアを押した。もう、とめる奴はいなかった。背後で拍手がきこえたようである。

（これが名台詞いうもんかいの？）

私は首をひねった。

まっすぐ、エレヴェーターの方に向った。保安係の腕章をつけた男が、私を見ると、こそこそと姿を隠した。

大親分の個室は六階であった。エレヴェーターを降りたところに須磨組の者が四、五人いた。足を開いたまま、

「ご苦労さんだす」と頭をさげる。

「まだ、手術室だす。肩を貫通しましてな」

「命は……」

「心配おまへん。医者は、二、三週間の傷や言うとりました」

「よかったのう……」

私は、ひと息ついた。

「事務所で撃たれたときいて、眼のまえ、暗《くろ》うなったが」

「気違い沙汰ですよ」と一人が激した口調で言った。「三発、撃ちこみよったうちの一発ですわ。弾丸《たま》は警察が持って行きよりましたけど、ライフルです。サイレンサー、使《つこ》うたのと、ちがいますか」

「どこから撃ったんやろ？」

「事務所の前のマンションに空室がありましてな。そこが臭い」

「犯人は？」

「見失いました。というより、初めから、見えなんだんですわ」

〈ミナミのジャッカル〉だ、と私は直感した。

「かりに、そのオスカルが犯人としてやね」とダークが言った。

「ジャッカルじゃ」と私。

私たちは大阪の組事務所に戻っていた。うす暗い社長室が、私のもっとも寛《くつろ》げる場所だ。

電話がけたたましく鳴った。私はグレイの送受器をとり、

――おう、唐獅子通信社。

――黒田はん、いてはりますか？

――わしよ。

――ぼくです。リックです。

――丁度、よかった！

私は息を弾ませた。

――今日の狙撃、あれ、ぼくとちゃいますよ……ぼくは……。

――わかっとる。そこで話があるんじゃ。

――五百万、今朝、キャッシュで頂きました。

リックの声は明るかった。

――五百万？　キャッシュやて？

――はい……。

私は心臓が潰《つぶ》れそうになった。

――リックよ……おまえ、いま、どこにおる？

――それは、ちょっと……。

――よし、十分たったら電話してくれんか。もひとつ、話しときたいことがあるのや。

――へえ。

――きっとやで、ええな？

――はい。


電話が切れた。

「リックいう若いのが、今朝、キャッシュで五百万受けとったいうとる」と、私は原田に言った。「ちゅうことは、ジャッカルも、戸田角之進も、受けとったと考えてええやろ。ジャッカルが動き出したのは、そのためや」

「五百万ずつ、配った奴がいるわけですね」

原田は妙に冷静である。

「おかしいなあ。今度の計画を知ってるのは、大親分とこにいてる三人と左右田……」

「左右田は殺し屋を紹介しよっただけで、計画は知りよらん」

「しかし、社長が殺し屋を探してることを、島田組いうか、反須磨組陣営に漏らしたかも知れません」

私は原田が何を言おうとしているのかがわからなかった。

「五百万の件は、盗聴されたんじゃないでしょうか」と原田はつづけた。「……大親分の家の中に盗聴器があるとは思えません。となれば……」

「ここや！」

ダークが叫んだ。

「ゆんべのわしらの会話、盗聴されとったんやないか？　反対陣営のだれぞが、三人に、五百万ずつ届けたら、殺人マシンが自動的に回転し始めるちゅうわけや」

「先週、テレビのアンテナ屋がここで仕事しとったの」

私はようやく思い出した。

「だれぞ、たのんだんか？」

「それや！」

ダークが指を鳴らした。

私たちは部屋じゅうを探しまわった。やがて、電気スタンドのシェードの裏側から、小さな金具を原田がつまみ出した。

電話が鳴った。

——黒田はん……。

——おう、リック。計画に変更があっての。至急、あいたいんじゃ。

「……まさか……」


リックは信じられぬ表情だった。

「本当ですよ」と、原田がコーヒーを飲みながら言った。

角座《かどざ》近くのひとけのない喫茶店の午下《ひるさが》りである。二階への階段の脇に、手垢に汚れた裸女の像があり、天井はステンド・グラスの神々《こうごう》しさだ。

「二つ、三つ、質問がある」

ダークは、リックの脇に腰かけて、足を組んだ。

「左右田はおまえの住所を知っとんか？」

「教えられまっかいな、あないな男に」

「あないな男？」

私はリックを直視した。

「ステーキ一枚でころっと転びよる奴です。黒田はんの仕事やいうんで、ぼく、乗っただけで」

「おまえ、キャッシュで受けとった言うたな」と私。

「ええ、ヘンリー食堂を叩き起して、だれかが新聞紙に包んだ金を放《ほ》り込んで行った。おっさん、びっくりして電話してきよったんです」

「で、マスター、おまえの電話番号、知っとんのか？」

「ええ」

「その金が、リックさんあてのものやと、マスターはなぜ、わかったのですか」

原田が鋭く指摘した。

「そのマスター、臭いな。まったくの嘘で、どこぞの組とつながっとるのやないでしょうか？　左右田も、警察から帰ってきたら叩いてみんと……」

「左右田が警察に？」

リックは嗤《わら》った。

「冗談でっしゃろ、さっき、この店で……」

不意にリックが立ち上り、拳銃を両手で構えた。

「な、なにさらすねん！」

ダークは悲鳴をあげた。銃口が原田と私に向けられていたのだ。

リックは引き金を絞った。耳がおかしくなるほどの銃声とともに、二階から人間が降ってきた。拳銃を握りしめたヘンリー食堂のマスターだった。

「ああ、びっくりした」とダーク。「弾丸《たま》が向うのビーナス像の腹で弾《はじ》けよった」

次の瞬間、リックが胸を押えた。床に転がったリックの銃をひろった私は二階を見た。

サイレンサーつきの拳銃を手にした左右田がためらっている。私は奴の両手の親指を吹っ飛ばした。

「言え」

私は左右田の口を愛用の拳銃でこじあけた。

埋め立て地は海からの風が激しい。砂塵《さじん》で眼が見えなくなるほどだ。

「ヘンリー食堂の親父《おやじ》ちゅうのは、どこの組の者《もん》じゃ？」

「し、し……」

「知らんちゅう台詞は通らんぞ。わしの拳銃《はじき》は引き金がばかになっとって、暴発したがってな」

「せ、瀬戸組の……」

左右田は血の混った唾《つば》を吐いた。

「瀬戸組か」と私は念を押した。

島田組とならぶ反須磨組団体の名が出てきた。大親分の

〈冗談〉が、とんでもない波紋をひろげてゆくのに、私は呆然とした。

「盗聴器はどこが仕掛けよったんじゃ」

「……瀬戸組だす……」

　私は溜息をついた。

「戸田角之進とは話がついて、キャンセルでけた。おどれが教えた連絡方法は嘘やなかったの。……あとひとり、御影池が残っとる。さあ、洗いざらい、吐きさらせ！」

「あいつのことは、ほんまに知らんのだす」

　左右田は犬のようにふるえていた。

「向うから連絡があるだけで。……一日に二、三度いうことも、おました。……けど、今朝、瀬戸組の者《もん》が、黒田はんからやいうて五百万届けたさかい、成功するまでは連絡おまへんやろ……」

六

　喫茶店での事件は、リックと瀬戸組の一人との撃ち合いということで、方《かた》がついた。店の支配人がそう申し立てたのだ。もっとも、私が背後でおどしたからではあるが……。

　それでも警察は私を疑い、二週間ほど尾行がついた。

〈ミナミのジャッカル〉の動きは杳《よう》として知れなかった。大親分が退院し、自宅にこもっているあいだは、まず、安心だった。歳末が近づいたある日、坂津市から電話が入った。

——お加減、どないですか？

私はおそるおそるきいた。

——久々に休養でけたわい。

大親分は負け惜しみを言った。

――庭を散歩しとるだけではつまらん。来週、天王寺動物園を歩いてみるつもりだ。

――お言葉をかえすようですけど、天王寺ちゅうのは問題ですよ。

私の声はおのずと低くなる。

――なに？

――ひとり、残っとります。例の殺し屋が……。

――わかっとる。

大親分は不機嫌そうな声で、

――そやけど、わしの重態説が流れとるやろ。健在やいうことを報道陣に示さなあかん。

――報道陣？

――なにを驚いとる。マスコミ用のＰＲじゃ。インタビュウにも応じるつもりや。

――危険とちがいまっか？　御影池は変装の名人やそうで……ジャーナル屋に化けてこられたら、お手上げですよ。カメラに毒矢を仕込むとか、マイクにダイナマイトを仕掛けるとか、手ェはいろいろ。

――なに言うとる。各テレビ局にも通知ずみじゃ。ＢＫなど、泣いて喜んどったそうな……。

――ＢＫて、何だす？

――ＪＯＢＫよ。

――は？

――大阪のＮＨＫよ。

――あれ、ＪＯＢＫいうんですか？

――ジャパン・オオサカ・バンバ・カドッコの略じゃ。

――はあ……。

――おまえは殺し屋と瀬戸組の動きに注意しとったらええのじゃ。島田の河馬《かば》づらはどないしとる？

――狙撃事件いらい、ひっそりして、なんや不気味です。

――あの一発は利《き》いたのう。禍《わざわ》い転じて福と為《な》すじゃ、ぬはは。

電話が切れた。

大親分の動物園行きは、大阪府警の厳重な警戒の下で、強行された。

テレビ関係者、カメラマンの群れは、入口で腕章を渡される。動物園の周囲は須磨組傘下の団体員が二重の人垣を作っている。

「これなら、蟻《あり》の這い出る隙もないぞ」

私は原田に言った。

「入口で警察《さつ》がひとりひとりボディチェックしとる」

「ぼくも、ジャックナイフを取り上げられました」

「寒いのう」

私は背広の襟《えり》を立てた。

「早《はよ》うすまして、熱燗《あつかん》でキュッといきたいわい」

「時間、かかりますよ。大親分、一つ一つの檻《おり》の前で、名台詞、吐いてはります」

「つき合うジャーナル屋も閑《ひま》じゃの」

私たちは人混みの方へと歩いた。

大親分はライオンの檻のまえでポーズをとっている。

――白昼、このようなことが堂々とおこなわれて、よいのでしょうか？

とNHKのアナウンサーがマイクに向っていた。

――大阪という土地に暴力団の存在を許すなにかがあるのでしょうか？　市民社会の基盤が……。

私は蒼白いアナウンサーをひと睨《にら》みした。アナウンサーのズボンの前が、みるみる、濡れてきた。

――む、むろん、暴力団のみを責め得ない……戦後民主主義の負の部分を背負った彼ら……この問題を、視聴者の皆様といっしょにゆっくりと考えてみたいと思います……。

アナウンサーはふるえている。

――ライオンは百獣の王といわれますが、どう、お考えになりますか？

民放アナが大親分にマイクを突きつける。

古めかしいオーバーを着て、杖《つえ》を片手にした大親分は、ライオンをかえりみて、にやっと笑い、「わし、貫禄《かんろく》負けするがな」と言った。報道陣はどっと笑ったが、私は少しも面白くなかった。

以下――

羽根をひろげた孔雀《くじゃく》の檻のまえで、

「こないな扇子を女に買《こ》うてやらなくなって久しい」（拍

手――ばか受け）

ゴリラの檻のまえで、

「どや、うちに草鞋《わらじ》脱がんかい」（拍手少し――やや受け）

河馬の池のまえで、

「何も言わん方が無事やろ」（反応なし――私と原田のみ爆笑）

鳩のいるフライング・ケージのまえで、

「平和のシンボルです。わしの精神《こころ》といっしょや」（全員、どっ白《ちら》け）

私と原田は人混みを離れた。

「平和といえば平和やな。見渡す限り、殺し屋の構えられそうな場所はない」と私は呟く。「武器もないしな」

「ダークはんだけが持っとられましたけど」

原田は悪戯《いたずら》っ子のように笑った。

「ダークが？」

「ええ。さっき、ぼくに見せました。いや、ぼく、つい、見ちゃったんです。ジャンパーのポケットに、こんな小さい拳銃を入れてはって」

「デリンジャーか？」

「さあ？　ぼくが気にすると、ブーツの踵《かかと》に隠してきたと、笑《わろ》うてはりました」

「よう、聞くのやぞ！」

私は原田の肩をつかんだ。

「おまえは学がある、頭もええ。けど、ひとつだけ弱いとこがある。鉄砲に興味を持たんこっちゃ。……そんな小さい拳銃《はじき》、うちの事務所にあったか？　まえに、ダークが持っとるのを見たことあるか？」

「あ……」

「ほかに、なんぞ、言うとったか？」

「早《は》よう夜になるとええなあ、セックスしたいわあ、いうて……」

「そら、ダークやない。あいつやったら、セックスちゅうような上品な言葉は、使わん。おめこ、乃至《ないし》、ファックや。よし、すぐに組の者《もん》、集めてくれ。そやつはジャッカルじゃ。とにかく、動物園の外に連れ出せ」

「おんどれ、このわいの口をガムテープで塞《ふさ》ぎよって……」

ロープで縛られた御影池の腹部をダークは思いきり蹴飛ばした。

「天王寺公園の婦人便所に押し込んで、使用禁止いう札、かけさらしよって！」

「静かにせんかい」

私は制した。

「倉庫の地下室いうても、街なかや。ほどほどにせんといけんよ」

「うまい変装ですねえ」

原田は無邪気に感心した。

「ぼく、すっかり、騙《だま》された」

「洋服の下に綿が詰っとる。ダークに化けるために苦労しとるよ」

私は一服しながら、

「これで、一段落やな」

「苦労さしゃがって！」

ダークはまた蹴飛ばした。

「おまえは、そうも苦労しとらんじゃないの」

私は苦笑する。

「冗談から駒《こま》とは、このこっちゃ、大親分の冗談から、どえらい騒ぎになった。……原田よ、坂津へ報告してくれたか？」

「はい」

「どない言うてはった？」

「また、ふざけるいうか、洒落《しゃれ》てはります」

「なに？」

「こないに言うてはりました。『エンジェル諸君、ご苦労様……』」

「なんじゃい、それは」

私はけむりを大きく吐いた。

「みんな、もう少し、ふつうに喋《しゃべ》ってくれんと困るの」

「おやっさん、ジャッカルの息が止りましたで」とダーク。

「どないしま？」

「決っとるやないか。重しをつけて海に沈めるんじゃ」

私は答えた。

「大阪湾でんな？」

「いや……」

と私は思い入れよろしく、

「警察《さつ》に見つからん海へな」

「おやっさん、そらどこだす？」

私はにやりとして、言ってやった。

「ネオンの海さね」

唐獅子脱出作戦

一

「なんですか、これ？」

と原田が気味悪そうに言った。

「呪《まじな》いかの……」

途惑った私は、トレンチコートの襟《えり》を立てた。春とは名のみの、冷たい雨が音もなく降っている。

須磨組《ほんけ》大親分、須磨義輝《すまよしてる》の屋敷の門の脇に、風雨に晒《さら》されたブルドッグの首がぶら下っている。両耳はとっくにちょん切られ、目鼻口を残すのみの四角い顔が宙に浮いているのは、あまり気持のよいものではない。しかも、あごの下に〈当家に御用の方は、この首を思いきり、引っぱって下さい〉という短冊《たんざく》が下っている。

「書いたぁる通りにせんかい」

と私は低く命じた。

「気色悪いなあ」

二枚目然とした原田が当惑した表情になるのが、私はたのしかった。

「やりますか……」

原田はおそるおそる右手をのばし、ブルドッグの首を思いきり下に引いた。

とたんに、門の中のあちこちで、いーっひっひっひ、うわーっはっはっは、という気違いじみたメカニックな笑い声がおこり、いつまでもとまらなかった。

私たちは紫色の絨緞《じゆうたん》を敷きつめた、おなじみの洋間に通された。

「おお、早かったのう」

和服姿の大親分はソファーの上に胡座《あぐら》をかき、私に笑いかけた。

この〈笑い〉が曲者《くせもの》である。うっかり、気を許すと、とんでもない事件にまき込まれる。

意外に長びいた療養生活中に伸びた髪をグリースで五〇

年代風にこってり固めた大親分の横の椅子には、派手なアロハシャツ姿の学然和尚《がくぜんおしよう》がいる。いままで、何を相談していたのだろう。

「ま、坐ってくれ」

大親分は私たちに声をかけると、学然に向い、

「わしがこないに頭をさげても、いやか？」

「仏門にある身が異教徒の国へ行くというのは、どうも……」

学然は腕組みをしたまま、うつむいている。

「なんぼでも、サーフィンが、出来《でけ》るぞ」

「ひとはサーフィンのみに生くるものにあらず」

学然は答えた。

「わかった……」

大親分は複雑な表情で、考え込んだ。

女中が運んできた茶を飲みながら、私と原田は沈黙していた。なにか、厄介なことが持ち上ったのだろうか？

やがて、大親分の鋭い眼が私を射た。

「黒田よ」

「へ」

「おまえ、タロホホ王国ちゅうのを、知っとるか？」

「タロ……？」

「その顔は、知らんちゅう顔やな。……原田はどや？」

「名前だけは。……サイパンやグアムのずっと南にあるとか……」

「赤道直下じゃ。小さい島やが、国王のアンピンコ八世いうのが、えらい親日家でな。日本の経済発展を見習いたいちゅうて、学生を日本に送り込んできとる」

「はあ……」

私は狐《きつね》につままれたようであった。

「アンピンコ八世は、日本の新聞や週刊誌を、よう読んどるらしい。それでやな……まあ、わしの〈人の和こそすべて〉ちゅう考えに、心をうたれたというのだ」

「ほんまですかいの？」

私は信じられなかった。

「ほんまよ」

大親分は胸を張って、

「わしの思想の理解者が海外におった——これが、まず、嬉しい。徳、孤ならず、必ず隣組や。きのう、国王の代理でビントいう外務大臣が、ここにきた」

　私はびっくりした。

「冗談やおまへんやろな」

「冗談でないから、困っとるのさ」

　学然が脇から口をはさむ。

　大親分はにこにこして、

「用件の第一はわしを国賓としてタロホホへ招待することや。こらもう、どうあろうと、行かんならん。日本とタロホホ、つまり、〈日タロ〉親善のためじゃ」

　私はまだ信じられなかった。大親分を心から尊敬している王様が世界にいるなんてことがあるだろうか。

「タロホホでは、日本語を必修課目にして、日本語の新聞まで出とると、ビントは言うとった」

「はあ……」

「用件の第二が困るんじゃ」

　大親分は声を落した。

「……アンピンコ八世は、なんや、勘違いしとるらしい。……つまり、マスコミが〈須磨組王国〉ちゅうような表現しよるわな。アンピンコは、それを活字で見て、文字通りにとったんやな……」

「どういう意味だす？」

「わしが、日本の——いや、本土の西側を治めとる国王と思《おも》とるらしい」

「そら、むちゃくちゃですな」

「ビント外務大臣も、そない思《おも》とるらしい。タロホホ人は、北海道を日本とは別な独立国と信じとる。九州は邪馬台国いうて、なんやけったいな女王が治めとる。四国は丸亀が首都で、丸亀大王いう人物が治めとる……」

「また、冗談とちがいますか」

　私は警戒した。

「タロホホの教科書では、そない、なっとるそうな。で、本土いうたら、東日本をソニー松下いう王様が治め、名古屋から西をわしが治めとる——こないに記述してあるんや」

「ソニー松下って何ですか?」

原田がおもむろにたずねた。

「わしが知るか」

大親分が吐きすてるように言った。

「教科書を作った奴が、ええかげんに書いたんじゃ。邪馬台国一の大学は中洲《なかす》産業大学で、そのレベルはマサチューセッツ工科大学に匹敵するとか、ほんま、むちゃくちゃよ」

「正気ですかいの?」

「正気やから、困るのじゃ」

大親分は大きく溜息をついた。

「けどな……わしも反省した。わしら、中近東の国々について、何を知っとるか。国がなんぼあって、首都はどこで、国王はだれで、どないな関係になっとるか。……黒田、わかるか?」

「わかりまへん」

「そやろ。石油問題の焦点の土地についてさえ、その程度の認識じゃ。せいぜい、アラビアのローレンスが馬に乗って走っとるとか、ベリー・ダンス踊っとるとか、ハレムがあるとか、そんなイメージや。タロホホ人を笑えんぞ」

「そやけど……ねえ」

「わしも、ビントに説明はした。一時間ぐらい説明したけどな、ビントいう男は日本語がようわからん。サクラガサイタとか、ドモドモデシタとか、その程度や。通訳さしたろ思《おも》て、息子を呼んできたけど、相手は英語もでけん。タロホホ語と、ブロークン・ジャパニーズだけや」

「そんなら、向うさんの用件もわからんのとちがいますか」

「用件は英語で書いてあった。アンピンコ八世は、シンガポールか香港か、そこら辺の大学を出とるらしい」

「で、第二の用件て、何ですか?」

「大使の交換じゃ」

大親分は不機嫌になった。

「向うが大使館を坂津に置く代りに、こっちも大使を出さにゃならん。これが問題や。かりにも大使じゃ。組の若い者《もん》をひとり送り込めばすむちゅうもんやない」

「同感だす」

私は深く頷《うなず》いた。

「きょうびの若い者は、何しさらすか、わかりまへん。思慮分別のある大人やないと……」

「わしは、学然に白羽の矢を立てた。学然やったら、押し出しも悪うない」

「尊敬されますよ、タロホホ人に……」

原田が言った。

「宗旨が違うと言うのや、学然は」

大親分はいよいよ苦《にが》い顔になる。

「金泉寺を留守にするのが不安やちゅう気持は、わしにも、わかる。……相談はここからや、黒田。おまえとこのダークな、あいつ、いま、忙しいか？」

あ、と、ようやく、気づいた。必要なのは、ダーク荒巻だったのか！

「どや？」

大親分はひざを乗り出した。

「……組うちの仕事で忙しいとは言えまへん」と私は答えた。「ダークが忙しいのは、タレントとしてですわ。そやけど、あいつ、世故《せこ》に長《た》けとるんで、この原田とペアで、わたしを助けてくれます」

「ダークやったら、いかにも日本男児ちゅう感じで、この任務にぴったりや」

大親分は一方的に決めつけた。

「役者やっとったさかい、はったりもきく。大使然とでける男や。これで、決りじゃ」

「待って下さい」

「ごじゃごじゃ言うな。おまえも原田も、タロホホへ行くんじゃ！」

大親分は私を睨《ね》めつけた。

二

伊丹空港で、ハイジャック防止の身体検査を受けているとき、私は視界のすみで何かが動くのを意識した。

栗林警部補だ、と直感した。県警の栗林が私たちを見張っているのだ。

まあ、大親分、私、ダーク、原田の四人が海外へ出かけるのだから、妙な眼で見られても仕方があるまい。


窓の外が一面の雲海になり、シートベルト着用のサインが消えた。

窓ぎわに大親分、次が私、原田が通路ぎわ、と三人ならんで、ダークは背後の席にいる。

コーヒーを配りにきた美しいスチュアーデスに、ダークは大声で、

「お姐《ねえ》さん、映画、やらんの？」

ときいた。

「この便は、映画がないんです」

スチュアーデスは笑顔で答える。

「そうか。えらい小さいジェット機やな」

ダークは旅馴れた体《てい》で機内を見まわし、

「空《す》いとるな」

「タロホホ直行便は、いつも、こうです」

「これやったら、椅子の仕切りをあげて、ベッドになる。エマニエル夫人がいよったら、退屈せんのやけどな」

「ダーク……」

私は注意する。

「上品にせんかい」

「そやけど、おやっさん、エマニエルちゅう女は、飛行機の中でのおめ——いえ、ファックが好きで好きで……」

「下品な言葉はやめんか」

「ちゃんと、ファックいうとりますがな。これやったら、スチュアーデスはんも、わいが何を言うとるかわからへん」

「わかるがな」

「ファックて、わかりまっか？」

ダークはスチュアーデスにきいた。

「わかりますわ」

スチュアーデスが答えて、

「お、め、こでしょう」

ダークが椅子席に崩れる音がした。

「ちがいますか？」

美しいスチュアーデスは、しつこく、ダークに問いただした。

「……は……ずばり、ですわ」

ダークは息を弾ませている。

「おめこ、おめこ、おめこ……おめこ、おーめーこ――！」

昔の武田薬品の、タケダ、タケダ、タケダというCMの節でうたいながら、スチュアーデスは去って行った。

「先輩、やられましたな」

原田が、くっくっ、と、笑った。

「きょうびのキャリアガールは手きびしいですよ」

「あいつは、キャリアおばんじゃ」

ダークはようやく余裕をみせた。

「あーあ、コーヒ、こぼしてもた」

「静かにせんか」


大親分が嗄《しゃが》れ声で叱《しか》った。

「わしは考えごとをしとるんじゃ」

一同は沈黙した。

「哲よ……」と大親分は小声で私に囁《ささや》きかけた。「わしのタロホホ行きには、もう一つ、目的がある」

「へえ」

「いうなら、作詞のインスピレーションを得ることやな。作詞の方にも、精出さなあかん事態になってきよってな」

「作詞て、流行歌のでっか？」

「二階堂組《おまえとこ》の足元の問題やないか。……ミナミの演歌師グループが、暴力団と絶縁するいう声明、出しよった。大阪府警南署の指導やけど、これで上納金はストップじゃ。わかっとるのか？」

「身に応《こた》えてま」

私は答えた。

「わしは復讐するつもりや」

大親分はコーヒーを啜《すす》って、

「警察《さつ》はわしらの資金源を絶った。……上等や、それですむんなら。……わしは、別な手ェを考えた。音楽産業を起すのじゃ。わしらの手で、新しい音楽を作るのじゃ」

　私は、どうも、気乗りしなかった。〈産業〉という言葉の響きが、良くない。

「趣旨はわかりま」と私は頷いた。「ですけど、きょうびの音楽は、わたしには、さっぱりですわ。原田が歌《うと》うとるのは、けったいなもんでっせ」

「どないな歌じゃ？」

「『わかれはいつもついて来る／幸せの後ろをついて来る』ちゅうやつで」

「そら、『わかれうた』や。作詞作曲、中島みゆき」

「ほう……」私は感心した。「中島そのみが作曲をやるようになりましたか！」

「そのみて、おまえ、古いこと言うなあ。みゆきじゃ、中島みゆき」

「へえ」

「おまえ、ずれとるぞ。ナウなナイスミドルやったら、『わかれはいつもついて来る』、ずきんと感じるはずや」

「わたしのあとをついてくるのは県警の栗林ばかりで……」

「栗林なんか、ほっといたらええ……。ええか、これからはニュー・ミュージック、シティ・ミュージックの時代や。演歌は忘れるのじゃ」

「おやっさん、そのニューの方の作詞を、やらはるので？」

「おうよ」

　大親分の声が大きくなる。

「幾つか、試作をした。『飛んで富田林《とんだばやし》』とか、『そして坂津』とかな……」

「わたしには、わかりまへん。わたしら、『憧れのハワイ航路』の時代の子でっさかい」

「『憧れのハワイ航路』だって、ニュー・ミュージックになるよ」

　と言って、大親分は歌い出した。

〽晴れた空　そよぐ風

港出船《みなとでふね》の　心はブルー
ひとりデッキで　ウクレレ弾けば
ふとむなしさが　心をよぎる
ああ　いつまでも　すれちがいのブルー

「岡晴夫《おかっぱる》のと、ちゃいますなあ」

私はなんと評したらいいか、わからなかった。

「ええか」と大親分は念を押した。「ブルーちゅう言葉な、これと〈やさしさ〉、〈寂しさ〉、〈むなしさ〉、横文字言葉、外国の地名――こんなんを盛り込むのじゃ。さすれば、古い歌かて、ニュー・ミュージックらしゅうなる。実は、安《やす》輝《てる》に教《おせ》てもろたんや」

「……そやけど、わたしの好きな『人生劇場』や『柔《やわら》』は、どないにも、ならんのとちがいますか」

「『人生劇場』か……なんとかなるやろ……。……うむ、いけるわ、まあまあ」

「いけまっか？」

「歌詞だけやで」

大親分はサファリ・ジャケットのポケットからノートを出して、ゆっくりと書いた。

〽やると思えば　どこまでもブルー
それが男の　ソウルでしょうか
義理がすたれば　この世はブルー
なまじとめるな　夜の雨《ナイト・レイン》

「うーむ……」

「そないに感心すな、照れるがな」

なにを勘違いしたのか、そう言って、大親分はまたノートを引き寄せた。

「これは『柔』じゃ」

〽勝つと思うな　思えばブルー
負けてもともと　このハート
奥に生きてる　ドリーム・オブ・柔《やわら》
ワンス・イン・ア・ライフタイム　ワンス・イン・

ア・ライフタイム
イット・イズ・ウェイティング

「むつかしおますなあ」

「すぐ馴れるわい」と大親分は笑って、「わしも、演歌なら、そこそこいけるけど、この方面は苦労した。初めから、オリジナルいうわけにいかんしな。……名曲を、極道向きに書き直して、練習した」

「へえ」

「おまえ、大橋純子の『たそがれマイ・ラブ』、知っとるか」

「いやでも、曲名、覚えますがな。うちの若い者《もん》が、みな、歌《うと》てます」

「あれを、わし、焼き直した。『坂津マイ・ラブ』いうてな。……原田にきこえんように、小声で歌うぞ」

「は……」

　私は左側の原田を見た。原田はシートベルトを締めたまま、うとうとしている。

（「坂津マイ・ラブ」）
〽今は冬　そばにだれもおらん
網走の　白く粉雪が舞い踊る
ひきさかれ　一家ちりぢり
それでも胸に　極道の血が滾《たぎ》る
千切れた指　すべり落ちた
五郎《ごろ》八茶碗《はちぢゃわん》　砕け散って
わしはただ　坂津の夢を
言葉もなく　見つめるだけ
運命《さだめ》という　重荷背負って
どないなるやろ　この身は

「ずーん、と心にきました」

私は感動していた。

「これがシティやくざの詩《うた》よ」

大親分は自賛した。

三

「ええ歌詞やけど、なんや、気分落ち込みますな」

私はおめこスチュアーデスにコーヒーのお代りを貰いながら感想を述べた。

「手拍子で歌えるような、明るいのは、おまへんやろか」

「手拍子入りのニュー・ミュージックいうのはきかんの」

大親分は考え込んだ。

「フォーク・ソングやったら、あるかなあ。……む、あれは明るい」

「なんですか?」

「古い曲でな、吉田拓郎の『結婚しようよ』いうやっちゃ」

「知りまへんなあ」

「知らんやろ。……そこがおまえのええとこや。けどな、時代は動いとる。いつまでも浪花節《なにわぶし》オンリーやったら、世の中の動きに遅れてまう。拓郎、陽水、ユーミンな、ここらはもう古典や。わしは、そこから高く翔《と》ぼうとしとるのじゃ」

「ムーミンが翔ぶんでっか?」

「ムーミンやない、ユーミンじゃ」

「ユーミンて、何ですか?」

「まあ、ええ。話は『結婚しようよ』や。これを、わしは『トンズラしようよ』と変えた」

「えらい違いですな」

「こないな歌詞よ」

大親分は再び歌い出した。

〽警察《さつ》の手ェが　わしらにのびて
足元危《やば》くなったなら
約束通り　風をくらって
トンズラしようよ

「重みが足りまへんな」

私は首をひねった。

「重みは要らんのじゃ」

と大親分は言いきった。

「シティ・ミュージックに必要なのは、軽さと哀愁じゃ。……で、わしも、ようやっと、オリジナルの詞を創った。作曲は安輝やけどな」

「曲がでけてはるので？」

「うむ」

「多才ですな、おやっさん」

「なんの」大親分は嬉しさを噛《か》み殺して、「気分やがな、創作は……」

「気分？」

「そや。……まず暗い日常を忘れることじゃ。夜中にな、ひとりで屋上に登って呟《つぶや》くのや、わしは」

「何を？」

「そうさな……抒情いうのんか……ぽっと呟く、『お星様のばか』……」

背筋が寒くなった。これは「スター・ウォーズ」熱よりも、たちが悪い。

「『お星様のばか』――このひとことで、世界が変るんじゃ。県警も、大阪府警も、手ェ出せんわしひとりの世界がひろがる。遊園地に雪が降っとる。ピエロが泣いとる。少女が小走りに走って立ち止り、わしに『さよなら』と言う……」

「なんでだす？」と私。

「なんでて？」

「なんで、『さいなら』言いよるんで？」

「イメージやがな！」

大親分は声を荒らげた。

「『さいなら』やない、『さよなら』じゃ。『ほな、さいなら』言うのは、死んだ平和ラッパや。……わかるか？『さいなら』いうたらタコヤキの味や。で、『さよなら』いうと、マクドナルドのハンバーガーになる」

「イメージですな」

私は調子を合わせる。

「そや。そこから、生れたのが、わしのオリジナル、『想い出・からじし』よ」

「はあ……」

「安輝は、わざと曲に浪花節の味を入れてみたい言うとったが、わしは、かなり新しいつもりや」

大親分は、突然、気味の悪い声で、ご詠歌と浪花節の混ったような歌をうたい出した。

〽かわいいきみの唐獅子が拗《す》ねて
　傷ついた目でそっとぼくを見る
　その背中がとっても小さく見えたから
　ぼくはきみを愛しているんだろう
　いまのきみは吹き抜ける風のなかで
　むなしく強がっているんだね
　唐獅子なんて呼び方も悪くないけど
　ぼくはこう呼びたい
　レッド・ライオン――なんて

〽毎度みなさま　おなじみの……
もう、耐えられなくなった私は、大声でうたい出した。
〽お聞き下さる一節《ひとふし》は……
大親分も、思わず、乗って、つづけた。
〽流れも清き宮川の　ソレ
　水に漂う左近ショウ……

四

台風が過ぎたあとらしいタロホホでは、空港の屋根がめくれ、滑走路が椰子《やし》の実だらけだった。

雲の動きが怪しく、いまにもスコールがきそうだ。

「ホノルルより、ずんと落ちますな」

ダークが窓に顔を押しつけて呟いた。

「いうならば、未開の島じゃ。輸出品も何もない」

大親分は白いヘルメットをかぶり、降りる仕度をして、

「名物はサーフィンだけやて。ま、清遊やな」

「原田、先に出て、様子を見んかい」

私が命じた。

「わいのスーツケースも持つんじゃい」

ダークも原田に言う。

「大使がスーツケース持っとったら、様《さま》にならんやろ」

アロハシャツに白い背広のダークは、大使というより、ホノルルのぽん引きである。あわてて、葉巻をくわえ、例のスチュアーデスに流し眼を送って、おもむろにタラップに進み出る。

「空港の外に大勢集っとる。国王も来とるはずやけどな」

大親分が不安そうに呟いた。

「現地通訳のチャミー木村さんです！」

原田が私に向って叫んだ。

ＷＡＳＥＤＡと横書きにプリントされたＴシャツを着た男が、タラップを駈け上ってくる。顔からはみ出るようなサングラスをかけた妙な男だ。

「こにちは、チャミー、です」

（これが通訳かいの）と私も不安になった。（日本語が怪しいがな）

「みなさん、こち、こち」

「こっちへ、言うとるようです」

私は大親分に囁《ささや》いた。

税関はフリーパスである。私たちが通り抜けると、明らかに日本人とみえる男が近寄ってきて、

「私、角紅《かくべに》商事の者です。ご注意なさい。タロホホ全島に、ゆうべから戒厳令が出ています」

「え？」

私は驚いた。大親分の説明では、タロホホは〈地球最後の楽園〉であり、〈天国に近い島〉のはずである。

「私は、ホテル建設その他の下調べに来ていたのですが、命が危ない。あなた方の乗ってきたジェット機で、帰国します」

「何しとる、哲！」

大親分が叫んだ。私は急いで走り出した。

「蒸し暑いのう」

大親分は扇子を使って、

「クーラーのあるとこに行かな、しゃアない」

「儀式があるのとちがいますか」

私は空港のまえに作られた、盆踊りの屋台のようなものを見上げた。

ダークと原田は、すでに屋台に登っている。ダークは、群衆に向って片手をふり、阿波踊りの恰好をしてみせた。

「なんちゅう真似、さらすんじゃ。かりにも大使やぞ」

ぼやきながら、大親分は屋台の階段を登り始めた。

屋台の上には、ナチスの制服のようなものを着て、勲章を何十もぶら下げた、色の黒い小柄な男がいた。どう考えても、アンピンコ八世である。

アンピンコ八世は、私たち四人を油断なく眺め、やがて、

「モモエチャン！」

と叫んだ。

「王様は、日本のみなさんを心からお迎えする、こうおっしゃったのです」

チャミーが通訳した。

「信用でけん」

大親分は小声で呟いた。

「そない長《なご》う言わへんだぞ」

「モモエチャン！」

国王はまた叫んだ。

「たのしい毎日を、タロホホで過されんことを……」とチャミーは訳する。

「モモエチャン！」

「王様みずから、歓迎の意を表されます」

決りきった日本語になると、チャミーはなかなか馴れたものである。

アンピンコ八世は、部下の捧げ持つ白い大きな菓子のようなものを、右手で受けとり、次の瞬間、大親分に向って投げた。白い菓子は、大親分の顔面に炸裂した。

五

「わしは許さん！」

タロホホ・ヒルトン・ホテルの最上階にある、冷房のきいたスイート・ルームに入った大親分は怒り狂っていた。

「親にも触れさせせなんだこの顔に、泥を塗りよった」

「泥、ちゃいます。パイでっせ」

ダークが宥《なだ》めにかかる。

「あれ、タロホホ名物、タピオカのパイ」とチャミーが説明する。「タピオカのパイを顔にぶつける、これ、最高の歓迎のあいさつ……」

原田がバスルームから濡れたタオルを持ってくる。大親分はそれで顔をこすった。

「国王みずからパイをぶつけたのは、これで二人目」

「一人目は誰じゃ？」

大親分はチャミーを睨《にら》んだ。

「このあいだ、死んだミスター・ヒルトン。……やっぱり、怒ってた」

「ヒルトンて誰じゃ？」

「アメリカのホテル王です」

原田がつけ加える。

「文明人やったら怒るのが当然じゃ。国交断絶したろか」

「まだ国交が樹立されとらんのです」と原田が答える。

「断絶するためには、国交樹立が必要です」

「これが日本やったらな」と大親分は息を弾ませる。「あの勲章の化物、いてまうのやが……」

「わい、もう、帰りとうなった」

片隅の椅子でダークがぼやいた。

「明日の大使就任パーティーかて、なにが起るかわからん」

「こわがることないです」

チャミーが片手を横にふって、

「お祝いのクイズがあるくらいで……」

「クイズて？」

ダークの顔が曇った。

「あなた、特別ゲストとして出場。あと、クイズに参加するの、タロホホの役人たち。これ、大使歓迎のしるし」

「どないなクイズや？」

「わたし、日本のテレビで観た……アップ・アンド・ダウンするクイズ……」

「『アップダウンクイズ』か」

「それ、それ」

チャミーはダークの顔を指さして、

「答え、まちがえた人、ダウンダウンして水に落ちる」

「ふむ」

「水の中に、飢えた鰐《わに》の群れがいる」

「いやや、こないな国！」

ダークは悲鳴をあげた。

「大使の居場所は、どないなるのや？」

私は事務的な話題にうつった。

「このホテルの一室が借りられるんか？」


「大使のいるところ、決ってる」

チャミーは声を低めて、

「そこの通りの外れに小屋がある。ニッパ椰子の葉が屋根になってるから、すぐ、わかる」

「そこに、わしが……!?」

ダークはうろたえた。

「乞食《こじき》やがな！」

「小屋の生水、あぶない。この半年で、よその国の大使、三人、死んだ。一人は、まだ生きているけど、もうすぐ死ぬ……」

「大阪へ帰る！」

ダークは椅子からとび上った。

「ミナミのネオンが恋しいわい！」

「もうひとつ」

チャミーの眼つきが鋭くなった。

「ホテルの前の海岸、これ安全。道の向うのジャングル、あぶない」

「危ないて？」

私はのり出した。

「革命派がかくれてる。ダイナマイト、機関銃、持ってる」

「何を狙《ねろ》とるのじゃ？」

「アンピンコ八世追放」

「わからんのう」

大親分が首をふった。

「反体制運動ちゅうやつか」

「はい、レモン・パイ派で」

「レモン・パイ派？」

「タピオカのパイに反対して、レモン・パイをぶつける人たち。宗教的な理由で、タピオカ・パイを使うのに反対している……」

「わからん」

パイときいただけで大親分は警戒の表情になる。

「わしも、帰りとなったわ……」

「では、また。……タロホホの夜をご案内にまいります」

チャミーは頭をさげた。


「待てや」と私が言った。「戒厳令が出とるのとちがうのか？」

「今夜は、あなたがたのために、二時間だけ、解除されます」

「それでも、おまえ、ダイナマイト持った奴らが……」

「だいじょぶ」とチャミーは笑った。「特別警護官《セキュリティ・ポリス》が護衛します」


「見ると聞くとは大違い、とはこの島のことや」

夕陽が沈んでゆく水平線を眺めながら、大親分はビールを飲んだ。

「小瓶一本三ドルとは、ぼりよるのう」

「そやけど、景色はよろしな」

と私。

「これやったら、白浜と変らん。おもろない」

大親分は不機嫌である。パイをぶつけられたので、気分がころっと変ってしまったらしい。

「椰子の木かて、汚い。海には鮫《さめ》がいる。なにが取柄じゃ、この島は……。それにゲリラがおったら、言うことないわい」

ノックがきこえた。

ドアをあけると、チャミー木村が、メタルフレームのサングラスをかけた背の高い軍服の男をつれて入ってきた。

男は、大親分に向って挙手の礼をして、「モモエチャン」と低く言った。

「特別警護官のノーチョン・パク大佐です」

チャミーが紹介する。

私はダークと原田の部屋に、それぞれ電話して、すぐ来るように命じた。

パク大佐は腰の拳銃に片手をかけている。これが国賓に対する態度であろうか。

私たち四人がそろうと、チャミーはにこにこして、

「ディナーは何にしますか？」ときいた。

「名物やったら、なんでもええ」

大親分が答える。

「ホロすきか、タコシャブですね」

「ホロすきて、何《なん》や？」と私。

「ホロホロ鳥のすき焼きです」

「珍しないねえ」とダーク、「タコシャブにしよか」

「タコヘビのシャブシャブですが」

「タコヘビて、きいたことないよ」

「この島にだけいる、タコを食う海ヘビです」

大親分はビールを吐き出した。

「ホロすきが無難やろ」

私は立ち上った。奇妙に神経質そうなパク大佐の存在が気になる。

「では、まず、ホロすき」とチャミーはメモ用紙に書いた。

「……そのあと、ナイトクラブはいかが？」

「おもろいショウでもあるんか」と私。

「この島の人気者で、シナトラ以上の歌手がいます。スタンダード・ナンバー、日本の歌、なんでもうたいます」

大親分の眼が輝いた。自分の商売になる可能性を嗅《か》ぎつけた時の眼だった。

「ハワイのドン・ホーみたいな存在ですか」

原田がきいた。

「ドン・ホー以上、シナトラ以上です」

「なんちゅう名前や？」

大親分の眼つきが鋭くなる。

「ワザトラ……」

チャミーが答える。

「ワザトラ？」

「はい、タロホホ最高のエンタテイナーです」

「行こやないか。ひとつ、ワザトラの歌をきいてこまそ」

サファリ・スーツの下のシャツを、ブルーミングデールス製のに着がえている大親分は、おもむろに腰をあげた。


ホロすき、ぱさぱさの飯とピクルス、それにチャモロ風特製ボンゴボンゴ・スープという変な食事を終えた一同が、クラブ「カフェ・アメリカン」に入ったのは九時過ぎだった。

ダイエット中の高見山のようなワザトラは、丁度、「タロホホは今日も雨だった」をうたっているところだった。

「あかんわ」

大親分は私に耳打ちした。

「あのタイプは、日本では受けけん」

私たちはピアノに近いテーブルに案内された。大親分はサンミゲルのビール、私はジン・トニックを注文した。

ワザトラは、私たちを意識したらしく、「イパネマの娘」のあと、「タロホホ音頭」、「タロホホ追分」、「ウナ・セラ・ディ・タロホホ」、「タロホホ月夜《つきよ》唄《うた》」、「タロホホ一代女」、「タロホホ地方の子守唄」、「タロホホ25時」、「タロホホ無情」、「タロホホだよ、お父っつぁん」などをうたったが、大親分は興味を失っていた。

六

ワザトラが舞台から消えたあとも、客席のざわめきは消えなかった。当地での人気は抜群のようである。

「どこがええのやら……」

私が呟くと、

「ローカル・スターよ」と大親分は評した。「鉄砲光三郎といっしょや」

「作詞の方はどないだす？」

「出来るかい、こないに散文的な島で」

大親分は苦々《にがにが》しげにビールを飲んだ。

「物価が高いですよ」

原田が脇から、さらに散文的な言葉を吐く。

「チャミーさんがレストランで支払った金額は、大阪あたりの三倍ですわ」

「人民が蜂起するのも無理ないのう」

大親分の言葉は、冗談か本気か、わからないが、アンピンコ八世への悪意がこもっているのは間違いなかった。

「ええ女がおらん」

ダークが大声で言った。

「この島の女は、肥《こ》え過ぎとる」

私たちのとなりのテーブルでは、パク大佐とチャミーがなにか囁《ささや》き合っている。パク大佐は、私たちを護衛するというよりも、むしろ、監視しているかのようであった。

「おやっさん……」

ダークの声が変った。

「そこにいてるピアノ弾き、日本人でっせ」

「そないなこともあるやろ」と私。

「わいの知っとる奴ですわ」

ダークは立ち上って、叫んだ。

「さぶ！　さぶやないけ！」

現地人と見まがうほど色が黒い、痩《や》せたピアノ弾きが、ダークを認めて、眼をむいた。

「奇遇やなあ！」

ダークはピアノ弾きのそばに寄った。

「兄貴……」

さぶと呼ばれた男は泣き出した。

「ダークを兄貴と慕う男がおるちゅうのが奇蹟やな」と大親分は評した。「この奇遇ちゅうのは、松竹新喜劇の定石やが」

「どこへ行っとったんじゃい。いや、どこをまわり道して、タロホホくんだりまで来たんや」

ダークは涙をこらえて、

「答えんでええ。もう一度、弾いてくれ、さぶ」

「弾くて、どの曲を？」

「決っとるやないか。わしらの想い出の曲よ。プロレスのどさまわりのころ、おまえが、よう弾いたあの曲……」

「わ、忘れてもたがな」

さぶは、なにか、あわてたようである。

「水くさいぞ」とダークはピアノにもたれて、「わいとおまえと……そや、女《すけ》がいよった……あの女《すけ》、わいを棄てて逃げよってな……」

さぶは答えずに、流行《はやり》の「コパカバーナ」を弾き始めた。

「やめんか、やめんか。……あの曲じゃ、さぶ。もう一度だけ、弾いてくれ、あの曲を。……三人の想い出の曲を……」

「へえ……」

さぶは、「コパカバーナ」をやめた。そして、「道頓堀行進曲」を弾き、かつ、うたい始めた。

〽赤い灯　青い灯　道頓堀の
　川面《かわも》にあつまる　恋の灯に
　なんで　カフェーが
　忘らりょか

「これや、これ……」

ダークが頷いた。

「十五年ぶりや、おまえの歌も」

その時、白い、ひさしの大きい帽子をかぶった女が、人々のあいだを抜けて、ピアノに近づいてきた。

「それは弾かない約束だったでしょ。さぶ」

女は鋭く言った。そして、ダークに気づき、眼を見ひらいた。

ダークも息をのんだようであった。やがて、ぎこちない笑みを浮べて、ゆっくりと言った。

「しばらくやったな、明美……」

「世界中にナイトクラブはごまんとあるのに、なんで、この店で二人が逢わにゃならんのや」

指をとめたさぶが、ぼやいた。

「ずいぶん、変ったわね、ダーク」

女は微笑《ほほえ》みかけた。

「変らいでか」とダーク、「おまえがいなくなってから、わいは酒浸りの日々や」

（恰好つけおって……）と私は思った。（どのみち、酒浸りの日々やないか）

「なにをやっとるんじゃ、あいつ」

他人のロマンスをいっさい認めない大親分は、私の腕を突ついた。

「わし、あんなん、許さんぞ」

「先輩を見直したな」と原田が乾杯する。「あの古風さが、たまりませんわ」

やがて、ダーク、女、さぶは、ピアノに合わせて、「道頓堀行進曲」を合唱し始めた。

〽酔うてくだ巻きゃ　あばずれ女
　澄まし顔すりゃ　カフェーの女王
　…………

「角座《かどざ》におるようじゃ」

大親分はげっぷをして、

「ダークいう男は、解《げ》せんのう」

私は黙って立ち上った。とにもかくにも、一国を代表する大使が、むかしの女といっしょに「道頓堀行進曲」をうたうのは好ましくない。

「ダークよ」

私は声をかけた。

「その女《ひと》といっしょに来《こ》んかい」

二人をつれて、私は隅の静かなテーブルに向った。

「おまえが再会の喜びに酔いしれとるちゅうことはわかる」

私はボーイにビールを命じた。

「それにしても、派手過ぎる」

「すんまへん」

ダークは頭をさげて、

「……わい、この女《すけ》と同棲してましてん。ミナミの灯が見える小《ち》さいアパートですわ」

「女《すけ》とは、なんやのん」と女は息巻いた。「あんた、わてについて、何を知ってるいうの。わて、人妻の身やで。女《すけ》いわれる覚えないよ」

「変らんな、おまえも……」

ダークは生き生きとして、

「おやっさん、ヒルトンに、もう一部屋、とれまっしゃろか？」

「厚かまし」女はかっとなって、「人の妻やいうてるやろ」

「ひとのものは、わいのもんじゃい」

ダークが浮かれる。

「明美……こんなところで、なにをしているんだね？」

私の頭の上で声がした。鮮かな日本語である。

ゆっくりふり向くと、垢抜けた背広姿の男が立っていた。

「失礼……私、明美の夫のペドロ・サンチェスです」

「いかがですか、おすわりになったら」

と私は椅子をすすめた。

「けっこうです。すぐ、ジャングルに戻らなければならない」

「ジャングル？」

私は訝《いぶか》しく思った。

「それやったら、革命派とちがいますか」

「この島の革命は、やがて、成功するでしょう」

サンチェスは白い歯を見せた。

「可能性ではなく、必然です。それだけに、政府は私を捕えて、処刑しようとしている。……しかし、国際的理論指導者である私を処刑する口実を探すのはむずかしい。唯一のチャンスは、私が国外に出ようとする時です。不法出国――これで、つかまえられる」

「ジャングルに隠れとったら、よろしがな」とダーク。

「次の予定がありましてね。ジャングルを出て、別な島へ行くのです」

「あて、これが厭《いや》やねん」と女はダークに訴えた。「食べ物《もん》が、がらっとかわるやろ」

「出国カードを、日本の皆様はお持ちでしょうね」とサンチェスは愛想よく、私に笑いかけた。「……こんなことを申し上げるのはぶしつけですが、二枚、拝借できませんでしょうか」

「贋《にせ》のパスポートは、あてが、もう、用意したぁるやんか！」

女は不用意に叫んだ。

私はフロアの中央に近いテーブルに眼をやった。パク大佐はこちらをじっと見ている。

「一時間後に空港を出る最終便があります。グアム行きのプロペラ機です。……実は、今夜、それに乗りたい」

「出国カード、日本への入国カード、それぞれ、一枚はありまっせ」とダークが切り出した。「こう見えても、わいは歩く大使館じゃ。一人ぶんの便宜は計りますわ」

「ほんなら、あてが、残る……」

女は、ダークに気があるのか、わりに嬉しそうに言う。

「そうはいかない」

サンチェスは雄々しく言った。

「おまえが盲腸で苦しんだ時も、脱腸でのたうちまわった時も、私はそばにいた。そのためにゲシュタポにつかまったが、私は幸せだった……」

「ゲシュタポて、そないなとしか、おっさん？」とダーク。

「あて、どないしょう？」

二人の男に愛されている喜びにうっとりしながら、女はダークを見つめ、首をかしげた。

七

頭が混乱してきた私は、原田のいるテーブルの方に戻りかけた。

原田に近づこうとすると、パク大佐が通路に立ちふさがった。

「ペドロ・サンチェスは、あなたの友達か？」

「なんや。日本語、喋《しゃべ》れるんやないか」

私は苦笑して、

「チャミーよりましなくらいや」

「サンチェス、あなたになにか言ったか?」

「待たんかい、大佐」

パク大佐を制した私は、大親分と原田の横に腰をかがめて、簡単に事情を話した。

「原田よ」と私は言う。「わしは、むつかしことは判《わか》らんのよ。テレビ観《み》とっても、人物を善《え》え方、悪い方に分けて、善《え》え方に応援する人間や。このさい、どっちが善《え》え方なんじゃ?」

「現実の人間は、そない単純に割りきれませんよ」

原田は困惑の体《てい》である。

「国王の側にも、サンチェスの側にも、それぞれ、理があります」

「悪いのはアンピンコじゃ」

大親分は決めてしまっている。

「わしにパイをぶつけよった。……原田、やろやないか。サンチェスいう男を助けんと、侠道《きょうどう》が廃《すた》るぞ。窮鳥懐《ふところ》に入らば猟師もこれを殺さず、と旧約聖書にある」

「厄介ですよ、あとが」

「アンピンコの鼻を明かしたろやないか、哲!」

「わかりま」

私はようやく決意した。

おもむろに立ち上ると、私はパクの傍へ行った。

「サンチェスはグアムへ飛ぼうとしとる」

「わかっている」パク大佐は冷笑する。「それが、いつなのか、知りたい」

「今夜じゃ」

パク大佐の顔色が変った。

「手柄を立てとうないか?」と私は言った。「わしら、サンチェスの逃亡を手伝う。あんたは自動車のトランクに隠れとれ。……サンチェスが飛行機に乗ろうとしたら、うしろから撃ち殺せ。どや、それが初めからの狙いやろ?」

「話が早いな」

パク大佐は笑った。

「報酬はキャッシュで一万ドル欲しい。どや?」

「日本のヤクザは、はっきりしている。一万ドル、ＯＫだ」

「空港への道をあける指令を出してくれ。そうしたら、わしは動く」


パク大佐の車を運転しているのはサンチェス、横にいるのは明美だった。ダークと私はリアシートにいた。

「そら、殺生や」

ダークは小声で言った。

「明美はわいのもんじゃ」

「男になるかどうかの瀬戸際やぞ」と私はダークを睨《にら》んだ。

「愛想尽かしの言葉が、いまのおまえに似合うのや」

「つらいなあ」

「甘えるな。男らしゅう、恰好よう別れたれや。ええな?」

私はバックミラーに眼をやった。大親分と原田を乗せたタクシーがぴったり付いてきている。

「空港の手前で、止めるんじゃ」と私はサンチェスに言った。

車が停止すると、私は外に飛び出し、トランクの蓋《ふた》をあけた。

いきなり這い出ようとするパク大佐の首に空手チョップを叩きつけた。大佐は草むらに倒れる。私は大佐の腰のルガーを抜きとり、弾丸を改めた。

「こんなことだと思って、次の手を打っておいた」

大佐は息もたえだえだった。

「もうすぐ、特別狙撃隊がくる。ざまみろ」

私は念のためにパクの腹と胸を強く蹴って失神させた。

それから、空港ロビーに走った。

「……もし飛行機が飛び立って、おまえがサンチェスといっしょやなかったら、おまえ、きっと悔やむで」

明るいロビー中央で、ダークが明美に言いきかせている。

「そんなこと、あらへんよ」

「今日やないやろ。明日でもないやろ。けど、じきに——いや一生、悔やむことになる」

「そしたら、わたしたちは、どうなるのん？」

「わいらには道頓堀の想い出がある。わいはそれを忘れとった。ついさっき、取り戻したけどな」

「あて、離れとうないわ」

「ダーク、もう、ええやろ。その女を発《た》たしてまえ」

私は苛々《いらいら》した。

「アンピンコの狙撃隊がきよるぞ」

狙撃隊ときいて、女はサンチェスの方に走って行った。

二人は闇に消え、やがて、プロペラの音がきこえた。

「ダークはきまっとったの、悲しいくらいに」

大親分は扇子を使いながら、

「わしらの計画は成功した。が、このあと、どないなる？」

「ぼくら、武器がありませんよ」

原田が私を見上げた。

「わいには、なにもないわい、あの女《すけ》も……」

「めそつくな、ダーク」

と私はたしなめて、

「狙撃隊いうのは計算外やった」

「ついに死ぬ時ですか」と原田。

「わしは死にとない！」

大親分が叫んだ。

「わしらも脱出するんじゃ、黒田。なんとかせんかい」

「こればっかりはねえ」

私は唸《うな》った。ルガー一挺《ちょう》では、はなしにならない。

「ダーク、おまえ、プロペラ機の操縦、でけんか」

「でけまっかいな」

ハイウェイの方にヘッドライトが見えてきた。二つ、六つ、十八まで数えて、私はやめた。

「とうとう、きよった」

「おかしいな……」と原田が首をひねった。「グアム島行きの便はいま出たのに、まだ、プロペラの音がきこえる」

「おかしゅうはない」

背後で声がした。私たちは、いっせいにふりかえった。

薄茶のサングラスをかけた栗林警部補がゲート脇に立っていた。

「おまえらのやるこというたら、こないなどじばっかりや」

「な、なんで、あんたが？……」

「じゃかましい。わしは、おまえらの行動を、きっちり見張っとった。……案の定や。ナイトクラブから、極道の地《じ》が出よった」

「こ、国王の狙撃隊が……」

「わかっとる。わしはタロホホの警察無線を傍受しとった。それで、飛行機のエンジンをかけたんや」

栗林は自分の拳銃を示し、私のルガーをとり上げた。

「武士の情よ。はよ、飛行機に乗れ」

「……けど、操縦は？」と私。

栗林は黙って自分を指さした。

「あんたが？」

「戦争中、航空少年団におった」と栗林は答えた。「安心せい。ライセンスも持っとる。自家用機は買えなんだけどな」

「県警に借りができたの」

タロホホの灯が遠ざかるのを眺めながら、大親分は呟いた。

「命あっての物種ですわ」

ダークは窓の外を気にしながら、

「タロホホにミサイルがのうて助かりましたな」

「一時《いっとき》でも大使になった気分はどうじゃ」

私がからかった。

「こりごりですわ。わい、この一日で、十年ぐらい生きた気分や」

「充実した生と呼ぶのですよ、それを」

原田が笑った。

「大使ごっこから、女との別離《わかれ》まで、よう、やった」と大親分は真面目に言った。「『ダークが翔《と》んだ日』いう歌が、頭の中で、まとまりかかっとる」

「一般性ない題名でんなあ」

ダークはぼやいた。

私は立ち上り、操縦席に近寄った。

「栗林はん……」

「うるさい。……わしの知らん計器が、ひとつ、あるのや」

「大丈夫でっか？」

「どないぞ、なるやろ」

私は副操縦席にすわり、夜空を眺めた。星がいっぱいだった。やがて、流れ星が光った。

私は思わず、呟いた。

「お星様のばか……」

「なんやて？」

栗林がききかえした。

私は夜空を見つめたまま、くりかえした。

「お星様のばか……」

「大丈夫か、黒田。しっかりせい。ここで発狂したら、しまいやぞ！」

私は答えなかった。だが、私の呟いた言葉で、新しい世界がひらける様子は、一向になかった。

唐獅子超人《スーパーマン》伝説

一

四月とはいえ、風の冷たい夜であった。

海からの風が強い中を、長い石段を登るのは、きつい。

私は立ち止り、漆黒の空にちりばめられた星の群れを見上げた。

「お星様のばか……」

思わず、口に出た言葉がそれだった。

くすっ、と原田が笑ったようである。

「原田よ」と私は言った。「宇宙には、惑星ちゅうやつが、仰山《ぎょうさん》、あるのやろな」

「はあ」

原田は笑いを堪《こら》えている様子だった。

「生物もいよるのやろか？」

「いる、と考えるべきでしょうねえ」

「わしらみたいな阿呆《あほ》なことやっとる生物、ほかにおるやろか？」

「さあ……」

「なんや疲れたわ、大親分の考えについてゆくのが……」

私はゆっくりと息を吐き、また石段を登り始めた。

須磨組大親分《ほんけ》、須磨義輝《すまよしてる》の屋敷の門には、来客をチェックするテレビカメラが仕掛けてある。そのほか、私には判《わか》らぬ、なんとか光線が庭を幾つも走っているらしく、私の声を確認すると、有刺鉄線の電流その他が、一時、とめられた。

玄関脇の軒下に、季節にはやや早い風鈴が下っていた。

その風鈴は、ずいぶん変っていて、目鼻口が辛うじて見られるブルドッグの干し首の下に、小さな吊鐘《つりがね》があり、〈仁俠一路《にんきょう》〉と下手な字で書かれた短冊《たんざく》が下っている。

（変り果てたの、ブル公……）

私が心の中で呟《つぶや》いたとき、女中が、「お上りください」と言った。

私たちが紫色の絨緞《じゅうたん》を敷きつめた洋間に通されるやいなや、私にとって忘れがたい音楽が響き渡った。

「あかん」と私は呟いた。「また、『スター・ウォーズ』じゃ。病気が、ぶり返したらしい」

「ちがいますよ」

原田がクールな態度で否定した。

「けど、そっくりやがな」

「これは『スーパーマン』のテーマです。作曲家が同じ人だから、似てるんです」

「スーパーマン？」

私は眉《まゆ》をひそめる。悪い予感がした。

（また、妙なものが出てきた……）

スーパーマンの意味ぐらい、英語に暗い私だって知っている。……しかし、〈日本の首領《ドン》〉と呼ばれる大親分は、すでに、スーパーマンなのである。その大親分が、南蛮渡来の方のスーパーマンにとり憑《つ》かれたら、どういうことになるのか。


和服姿の大親分は静かに入ってきた。

「そのままでええ」

私たちを制すると、椅子にかけた。なにか思いつめている表情である。

お茶が運ばれてきても、大親分の沈黙はつづいている。

「なにか？……」

私は促した。

「のう、哲」

大親分はためらいがちに言った。

「人間には、だれしも秘密がある。……わしは、その一端を、おまえに打ち明けようと思う」

「は……」

私は背筋をのばした。

「わしの父親やが……いままでは四国の樵《きこり》ちゅうことになっとった」

「へえ」

「実は、ちがうのじゃ。樵ではない。――〈革命児〉や。あるときは〈波止場〉の〈乱暴者《あばれもん》〉といわれ、博徒でもあった。なんせ、病気になると、体温が何度まで上るか、ひとと賭ける。窓ガラスを伝う雨のしずくが二つに別れるかどうかも賭ける……」

「賭けそのものがお好きやったのですな」と私。

「救世軍の女と結婚して、のちに〈片目のジャック〉と呼ばれた。五十に近くなって、自他ともに〈ゴッドファーザー〉と認めとったようだ」

「仁侠一直線ですな。……四国の、どちらだす？」

「さ、そこじゃて」

大親分は声を低めた。

「信じられんやろが、わしの父親は地球人ではない」

「え？」

私は愕然《がくぜん》とした。

「銀河のかなたに、リプトンちゅう惑星があった……」

「リプトンて、紅茶に、ありますな」

大親分は怒りも笑いもしなかった。

「わしの父は、古風な侠客やった」

「あの……」と原田が口をはさむ。「そんな遠い惑星にも、侠客がいるのでしょうか」

「古風な侠客だけに、あこぎな真似ができんかった。そこに現れたのが、暴力の新興勢力や。中心人物は、色がこんがりと黒いので、〈恐怖のトースト男〉と呼ばれた悪人じゃ。こやつが、わしの両親を炙《あぶ》り殺したばかりか、リプトン全体を破滅に追い込んだ。〈トースト男〉の黒さに、原子炉が拒絶反応を起して、爆発したのだ」

なにがなんだか、わからない話だった。

「またまた、例の冗談でっしゃろ」

私は笑った。

「あとで、あれは冗談じゃ、いう電話がかかってきて……」

「冗談やない！」

大親分は声を荒らげた。

「けど、辻褄《つじつま》合いませんよ」

と私が言った。

「リプトンちゅう惑星は、もうあかんのとちがいますか？」

「おうよ。宇宙の果てで、飛び散った」

「それやったら、おやっさんが、ここで生きたはるのが、腑《ふ》に落ちまへん……」

大親分は憐《あわ》れむような眼で私を見た。

「そないに思うのが素人《しろうと》や」

「お言葉をかえすようですけど、素人・玄人《くろうと》ちゅう問題でっしゃろか」

「そこじゃ」と大親分は初めて鋭い眼つきになり、「〈トースト男〉に殺《や》られる直前に、わしの父親は、赤ん坊のわしを宇宙に送り出した。目標は、太陽系第三惑星——地球じゃ」

「待って下さい」と原田がさえぎった。「そういう経緯《いきさつ》が、どうして、わかるのですか?」

「ど素人めが……」

大親分は怒りをおさえて、

「これや、これ……」

ふところから短刀ほどの長さの緑色のガラスの棒を出した。

「文鎮でっか?」と私。

「おまえの眼ェは節穴か」

大親分は緑色の棒を、名月赤城山ふうに構えて、

「強《つえ》え味方よ。グリーン・クリスタルいうて、親父《おやじ》の超能力と意志と知識とをわしに伝えるしろものじゃ」

「知識を?」

「うむ、宇宙の成り立ち、森羅万象、神社仏閣をわしの頭脳に叩き込み、あやまちを犯さぬよう、導いてくれる」

そのわりに、大親分は、あやまちを犯すようだが、と私は考えた。霊験《れいげん》あらたかそうな〈グリーン・クリスタル〉とやらが、どうみても、安物の文鎮にしか、私には見えない。

「わしは、正義と真実を守るために、スペース乳母車で、地球に送られてきたのだ」と大親分は、とんでもないことを言い出した。「……わしは、それを忘れたわけではないが、どうも、自己流、極道流の生き方をし過ぎた。父の声に逆らうために、あえて悪い生き方に固執したともいえる」

ものは言いようだ、と私は驚いた。大親分ほど、〈悪い生き方に固執した〉人は、あまり、いないだろう。さいきん、私にも、それが、はっきりと見えてきたのだ。

「ゆうべ、亡《な》き父が夢枕に立った……」

大親分は声をふるわせた。

「正義と真実を守れ、と叫ぶ声が、まだ、この耳に残っておるぞ。……哲、わしは、組長の座を去る。一市民として、正義と真実のために戦うのだ」

「おやっさん……」

私は、どう答えたらいいか、わからなかった。

「安心せい。わしの跡目は、とりあえず、うちの伊吹秀也にまかせる。問題は起らん。……わしは一市民として……」

「一市民が正義と真実を貫くちゅうのは、不可能だす」と私はまじめに言った。「須磨組組長として、正義の道に生きる方が賢明やおまへんか」

「須磨組は市民に迷惑をかけとる」と、大親分は明快に断定した。「わしは、坂津日報の一記者として、正義の側に生きることにした」

大親分は名刺を出してみせた。〈坂津日報　社会部　高倉健人《けんと》〉と刷り込んである。

「高倉健人って何だす？」

「ぐはは、わしの仮の姿よ」

大親分は、すっく、と立ち上った。

「本当の姿は——これじゃ！」

和服が、はらり、と床に落ちた。大親分が身にまとうのは、赤いマントに赤いブーツ、そして空色のシャツの胸の部分には、〈仁〉という朱色の文字が輝いていた。

二

ことを穏便にすませるのが第一だと私は判断した。組長の座をゆずるとなると波紋が大きくなり過ぎるから、とりあえず、大親分は海外旅行に出たことにし、伊吹秀也若頭補佐が組長代行ではどうか、と案を出した。

「仕方ないか」

大親分は、しぶしぶ頷《うなず》いた。さっそく若い者を大親分に見せかけて、伊丹空港から海外へ発《た》たせることに話が決った。

私たちが長い石段を降りきると、

「黒田さん」

と近くで声がした。囚人服を着た安輝《やすてる》さんが立っていた。

「どないしやはったんです、その恰好《なり》は？」

私はびっくりした。

「ジョギング・ウエアですよ」と原田が笑う。

「申しわけありません。父が、また、むちゃを言い出して……」

「スーパーマンになりたい、いう気持は、よう、わかります」と私は答えた。「いま、原田とも話してたのですが、いったいきっかけは何ですか？　評判の映画いうても、まだ、日本では上映しとらんでしょう」

「いや、それが……」

安輝さんは苦笑した。

「こないだ、タロホホのアンピンコ八世と、ハワイで会談したでしょう。改めて平和条約を結ぶとかいって」

「へえ」

「あの旅行のときに、ワイキキの映画館で観たんです。五回ぐらい……」

「学然和尚《がくぜんおしよう》がつきそってたはずですがねえ」

原田が首をかしげる。

「学然さんは七回観たそうです」

「阿呆《あほ》んだらめが」私は舌打ちした。「サーフィンだけかと思《おも》とったら、『スーパーマン』を七回。異教徒の国で、坊主が、なにしとったんじゃ」

「ぼくがついて行けば、よかったんです」

「けど、今度は、大親分、こないせいちゅう指令を出さはるわけやなし、大事《だん》ないのとちがいますか？　ま、一週間も、新聞記者やらはったら、飽きはりますやろ」

「そうだと良いのですが……」

安輝さんは肩を落した。

翌々日の午後、私が大阪の二階堂組《う ち》の事務所にいると、栗林警部補から電話が入った。

——黒田よ、坂津へこられんか。さしで話したいんやが。

——こらまた、県警の偉いさんが、なんで？

——ゆうべ、伊丹を出発した須磨義輝は偽者《がせ》やちゅう密告《たれこみ》が入っとる。

私は、ぎくりとした。

——どや？　いっぺん、会えんか？

「須磨義輝は何を計画しとるんだ？」

栗林警部補はテーブルの向う側で声をひそめた。小柄だが、ほどよく草臥《くたび》れたトレンチコートが似合う男だ。

「何をて？」

私は、改めて、店内を見まわした。坂津の駅前喫茶「リルケ」の二階の隅で、県警代表と私が懇談するとなると、話は穏かでない。

「おかしな噂がある。須磨義輝が赤いマントを着て、新幹線の脇を走ってたいうのやが」

「そんな、阿呆《あほ》な……」

私は口をあけた。

「わしも、初めは、信じられなんだ。新幹線と競走する人間がおるはずはない。しかも、ほかならん須磨義輝や。赤と青のな、いうたら七味唐辛子売りのいでたちで、そらもう、必死で走っとったと、目撃者は言うとるよ」

「だれですか、目撃者ちゅうのは？」

私は鋭くたずねた。

「それがな……」

栗林が言い淀むのをみて、私は気づいた。

「奥さんと別れはったそうですな」

「……地獄耳やな、黒田」

「栗林はんと合うおひとに見えましたけど。……わからんもんですな」

「ひと、それぞれに人生じゃ」

栗林はよくわからぬ言葉を吐いた。

「今日、東京へ発《た》って行った。出発まぎわに、今の話をきかしてくれたんや。夜中に、線路ぎわで、作詞をしていて、見かけたと言うとった」

私は頷くだけだった。

「けったいな話が、もひとつあってな。——金泉寺の学然和尚が、坂津日報に通い始めた。こら、あり得んこっちゃない。けったいないうのは、学然の下で働いとる新聞記者が、須磨義輝に瓜《うり》二つ、兄弟やないかちゅう噂まで流れとる……」

栗林が知っている噂なら、島田組をはじめとする反須磨組勢力の耳にも入っていると考えねばならなかった。

「リルケ」を出た私は、その足で、坂津日報を訪れた。

坂津日報の建物は、昭和の初めにできた三階建てのビルである。十年ほどまえに、大親分が社の株の大半を握ったが、表面的には中道公正の報道をモットーとしている。

「学然和尚にあいたい」

と私は受付の女の子に言った。

「社会部長ですね？」

女の子は念を押す。

「学然が……社会部長？」

私は絶句した。女の子は、さっと電話をかけ、私に、どうぞ三階の応接間へ、と、にっこりする。

汚いが、壁だけは厚い部屋の古びたソファーに、お座敷パンダのような学然が、胡座《あぐら》をかいていた。

「社会部長ですて？」

私はバネがとび出しかけている椅子に腰をおろした。

学然は黙って、覗《のぞ》き窓を指さした。

「え？」

私は意味がわからない。

「覗いてみい」

和尚は笑っている。

私は腰をあげ、覗き窓に眼を近づける。

ひどく、ごちゃごちゃした部屋が見え、十数人の男女が働いている。男はすべてノー・ネクタイ、女だって今様の軽装だ。

その中に、ただひとり、ネクタイを締め、ごつい黒ぶち眼鏡をかけた、背の高い男がいる。いかに変装したつもりでも、炯々《けいけい》たる眼光はおおうべくもない。

「一発で、わかりまんな」

私は学然に言った。

「わかるとも」と学然は失笑し、「気がつかぬはずがない。みな、びくびくしとるよ。社会部長は、下話《したばなし》をきいただけで辞表を出した。それを収めるために、わしが担《かつ》ぎ出されてのう。部長は一時、休職にして、わしが、形だけ、部長の役をつとめとる。わしだって、好き好んでやっとるわけではない」

「実は、県警の栗林が嗅《か》ぎつけとります」

私は椅子に戻った。

「なんでも、大親分が新幹線と競走したはるのを見た者がおって……」

「本当じゃよ、それは」

さすがの学然も、憂《うれ》い顔になり、

「スーパーマンは汽車よりも速く走らねばならぬ。その練習をしとるんじゃ」

「練習て、そんな……なんぼなんでも無理ですわ」

「まあ、あの気性じゃ。いきつくとこまでいかせるよりあるまいて。昼は会社づとめ、夜は肉体のトレーニングとシェープアップ。まったく、よう、やるよ」

「新聞記者としては、どないだす?」

「箸《はし》にも棒にもかからん」

学然は胸毛をひっぱりながら、

「いちおう、入社試験の真似事をやってみた。できないのがおかしいような問題じゃ」

そう言って、手を叩き、女の子を呼んだ。新聞社というより小料理屋である。

女の子が顔を出して、

「へーい」

「入社試験のあれ、持ってきてちょうだい」

「へーい」

すぐに、大きな紙きれがきた。

「黒田はん、できるじゃろ」

学然は、私の手に紙きれを渡した。
〈問題A　大阪の三菱銀行北畠支店を襲った犯人の名は――
1　梅川
2　忠兵衛
3　百川《ももかわ》
「梅川ちゅう男でしたな」と私。

「決っとるがな。それをじゃ、須磨義輝は3に丸をつけおった」

「ふーむ……」

私は答えようがなかった。大親分は、あの事件を知らないのだろうか。

〈問題B　その犯人は、銀行員たちに、〈……の市〉を見せてやると言ったが、その〈市〉とは――
1　蚤《のみ》の市
2　座頭市
3　ソドムの市
4　虚栄の市
5　歳《とし》の市
「ソドムの市や」

と私は言った。

「須磨義輝は、それも間違えた。〈蚤の市〉に丸をつけた。なんで、殺人犯が銀行の中で、〈蚤の市〉を開くのじゃ。一般常識に欠けること、おびただしいわい。このレヴェルで、正義と真実のために戦うとなると、問題だぞ、黒田はん」

三

時代錯誤の茶色の革鞄をぶらさげて取材に出かける大親分のあとを、私はつけてみることにした。黒ぶち眼鏡に紺のスーツとはいえ、足のひろげ方、歩き方が、まったく堅気の人とはちがう。どこかの組の手練《てだ》れが狙いをつけたら、一発で、あの世行きだ。

大親分は、さほど取材熱心とは見えなかった。

坂津プラザ・ホテルでコーヒーを飲み、メイン・ストリートを散歩して、港通りに出、「軽茶亜《カルチャア》」で、また、コーヒーを飲んだ。

もちろん、コーヒーを飲んでいただけではない。何本か電話を入れ、メモ用紙に何か書きつけた。

「軽茶亜」を出た大親分は、狭い道の両側に商店がひしめく坂津銀座に入った。ここは、今様のブティックからチーズケーキ専門店、ライヴ・スポット（二年まえには「安《アン》穏《ノン》」一軒だったのが、いまでは「ヘルハウス」、「ブラディ・メリー」を加えて三軒になっている）、ディスコハウス「ビッチ」、トルコ「海老責め」、その他、古本屋、靴屋、それから競争が激しいので有名な五軒の洋服屋（「ブルックス・ブラザーズ」「マルクス・ブラザーズ」「ブルース・ブラザーズ」「ドゥービー・ブラザーズ」「カラマーゾフ・ブラザーズ」）等々が軒を連ねている。

大親分は、あちこちのショウ・ウィンドウを覗いたり、道を行く人を眺めたりしていたが、やがて、カフェテラスの椅子にすわり、通りを流れる若者たちを興味深げに観察し始めた。

ちょうらん、ぼんたん姿の四人の学生が、人々を見下すように歩いてくるのが見えた。このタイプを大親分はよく知らぬはずであった。案の定、宇宙人でも眺めるような眼つきで、四人をじろじろと見た。

——おんどりゃ！

ちょうらんの一人が大親分に近づいた。

——面《めん》きってくれたやんけ、ああん？

もう一人が大親分のネクタイを摑《つか》んだ。

その気になると、大親分は強いのである。それも、なみの強さではない。としをとったとはいえ、いざとなれば、かなりのものだ。

だが、なぜか、大親分は抵抗しなかった。きょうび、そこらのサラリーマンだって、大声のひとつは立てるだろう。「暴力はよせ」ぐらい叫ぶだろう。

しかるに、大親分は小突きまわされっ放しである。二つばかり胃を殴られ、いま飲んだばかりのトマト・ジュースを吐き出した。そして、吐いたものがちょうらんにひっかかったという理由で、また、七つ八つ、殴られた。

私は出て行こうかと思った。〈日本の首領《ドン》〉がチンピラに殴られて、無抵抗のままでいる。こんなことがあっていいはずはない！

私が右足を踏み出しかけたとき、肩をだれかが摑んだ。むっとして、ふりかえる。トレンチコート姿の栗林警部補だった。

「やめとけ……」

栗林は淋しげに笑った。

「なんでだす？」

「ま、きけや」

「けど、あんた……」

栗林はマクドナルドの店を指さした。

「チンピラやったら、もう、行ってしもた。……事態が、いまひとつ、変ったよ」

私たちはマクドナルドに入り、カウンターでオレンジ・ジュースを受けとった。

紙コップを片手に固い椅子にかけると、栗林が口をきった。

「おまえと別れて、県警本部に戻ると、須磨義輝が帰ったばかりいうとこやった。いや、高倉健人やったな。——県《う》警《ち》の者《もん》かて、じきに、須磨組の大将と見破った。けど、当人は、高倉健人に変身したつもりや。で、県警でも、坂津日報記者として扱《あつこ》うたよ、あくまでも」

「すんまへん」

「おまえがあやまる筋やない。わしのきいた話やと、健人は、坂津から暴力団を追放したいいうてな、暴力排除のキャンペーンをやるつもりらしい。ついては、県警のお世話になるので、まず、挨拶にきた、と、こないなわけだ」

「おたくでも、びっくりしやはったでしょうなあ」

「初めはな、つまらん悪戯《てんご》、ぐらいに思《おも》とった。……そやけど、取材メモやいうて、須磨組の内幕をバラしよったさかい、こら、本気やと気ィついた。それが、まあ、くわしいのなんの……」

「あたりまえやがな、大親分でっせ」

「高倉健人や」

と栗林は念を押した。

「とくに、麻薬追放に力を入れたい、言うとったそうな」

「大親分は、個人的に麻薬が嫌いなんですわ」

「わしは、本気やと思《おも》た。いまの無抵抗主義を見て、いよいよ、その確信を深めた。……話はちがうが、須磨義輝は、わしの別れた女房に惚れとったんやて？」

「へえ、まあ」

「趣味がええやないか、女の……」

栗林は、ひとり、頷き、

「わしには、須磨義輝の気持はようわかる。——けど、県警《う》の上部《え》の連中《ち》は、大混乱や。本部長は神経科の病院に入院してしもた」

「入院？」

「おう。幻覚を見た、いうとる。須磨義輝が、みずから県警本部にくるはずがない、と泡《あわ》をふいとった」

「そやけど、そら、高倉健人でっしゃろ？」

「健人や。健人には違いないが、一面、須磨義輝でもある」

「ふーむ」

「この境い目がわからんのや、わしには。おまえ、わかるか？」

「わかりまっかいな。で、県警《そちら》のご返事は？」

「暴力追放キャンペーンとは願ってもないことやけど、慎重に検討して、ご返事します、と……」

「えらい冷《つめ》とおますな」

「なんちゅうても、須磨義輝や。うっかり、手のうちは見せられんちゅう、上層部の肚《はら》や」

「ふーむ」

「ほんまの話、わしには、あの人間がわからん。セクシー・ロックンローラーやろ、タロホホ行きやろ——これが一つの線にまとまらんのや。悪《あく》なら悪でまとまっとるなら、わかる。けどやな、須磨義輝は、ころっと変るやろ。〈悪に強きは善にも〉ちゅう言葉があるが、さっきは、正義と真実とアメリカン・ウエイを守るために戦う、言うとったそうや」

「待って下さい。正義と真実を守る、ちゅうのは、大親分からきいとります。そやけど、その……もう一つありましたな……」

「アメリカン・ウエイや」

「そら、初耳ですな。何だす、それ？」

「アメリカン・ウエイとはな……」

栗林は考え込む様子だった。

（こんなとき、ダークがいてくれたら……）と私は思った。（英語に強いあのダークが……）

「アメリカの道、やろ」

栗林は自信なげに言った。

「道て、道路だっか？」と私。

「ま、そんなところやね」

「なんで、日本人がアメリカの道路を守らなあかんので？」

「そこまで言われたら、わしかて困る」

栗林は腕組みをして、

「勉強しておくよ。女房がおったら、じきに、わかるのやが、歌手として成功してみせるたらいうて、東京へ……東京へな……」

「泣かんといとくなはれ」

私は真白なハンカチを胸から出して、栗林の手に握らせた。

浪速《なにわ》区勘助町の事務所に戻ると、「唐獅子通信」の校正の二人を残して、ダークや原田たちは引き揚げたあとだった。

社長室に入ると、上着を脱ぎ、冷蔵庫のビールを出した。私の数少い憩《いこ》いのひとときが始まろうとしていた。

不意に、電話が鳴った。

私は送受器を摑むようにして、

——唐獅子通信社だす。

——黒田か？

きき覚えのある声だった。

——どちらさんで？

——わしじゃ。島田清太郎じゃ。

——おう！

私は椅子にかけた。

——なんじゃい、いまじぶん？

——かっかすな。ききたいことがあるのや。

——言うてみんかい。

——須磨義輝が、正義と真実のために戦ういうて県警に乗り込んだちゅう話は、ほんまか？

——さあ、どやろね。

——ま、ええ。ことに、麻薬追放に力を入れるのやそうな。

——ほうかい。

——二階堂組は関係ないんか、麻薬追放に？

——あほくさ。

——おかしな？

島田の太い鼻息がきこえた。

——覚醒剤《シャブ》の売《ばい》やっとる、うちの若い者《もん》が二人、赤マントの男に攫《さら》われよってな。しかも、南署の庭に、二人とも放《ほ》り込まれたちゅうおまけがついとる。どえらい力《りき》や。

……わしは、てっきり、黒田哲夫の仕事やと思《おも》たんやが……。

四

電話が切れたあと、ハワイ産のビールを飲みながら、私は物思いに沈んだ。

島田組組長の言った〈赤マントの男〉というのは、まず、大親分に間違いないだろう。不肖、不死身の哲に匹敵する怪力の持主といえば、日比野組組長と大親分しか、思い当らない。

大親分が、ひとりで、スーパーマンごっこをやっているぶんには、あまり実害はない。しかし、島田組に手を出したとなると、まずい。明らかに、まずいのである。

その時、窓ガラスを叩く音がした。

思わず、私は床に身を伏せる。

——わしじゃ、わしじゃよ！

窓ガラスの外で声がした。

テーブルの脚の間から顔をのぞかせると、窓の外側に空色のシャツに赤マントの大親分が張りついていた。

あわてて、私は、鍵をあけ、サッシュの窓を横に引いた。大親分は、マントもろとも、部屋の中に転げ落ちた。

「大丈夫でっか？」

私は抱き起した。

「このブーツがあかんのじゃ……」

大親分はひざをさすりながら、

「マレリに特別注文して、作らせたんやが、滑り易《やす》い。けど、このベルト、ええやろ、グッチやで……」

「どこから飛んできやはったんで？」

私は不思議に思った。ここは二階なのである。

「電柱からとび移ったのじゃ」

大親分は私の椅子に腰をおろした。

「ブランデー、出さんかい！」

スーパーマンのわりに、態度がでかい。これが〈正義と真実の人〉だろうか。

私は棚からレミー・マルタンのルイ十三世を出して、グラスに注《つ》いだ。

「飛行中に飲んでもええんでっか？」

「少々はええんじゃ」

「そげなもんですかいの」

大ざっぱなスーパーマンだと私は思った。

「夜空を飛んだあとの一杯は格別よ」

大親分は満悦の体《てい》である。

「島田清太郎からおかしな電話がおましたで」

「はは、河馬《かば》公めが……」

と大親分は意に介さない。

「適当に、正義を見繕ってみたが、どうも、悪がこまいのう。どーんとした悪役が出てこんと、スーパーマンのドラマは盛り上りを欠く。超悪役が必要じゃ」

「悪い奴なら、東京の永田町辺に、仰山《ぎょうさん》、いよりまっせ」

と私は新聞を指さした。

「おまえの言わんとするところは、よう、わかる。……けどな、わしは活躍の舞台を坂津に限定しとる。坂津で、超悪役が欲しいのじゃ。世間のだれもが納得するような……」

坂津市で、〈世間のだれもが納得するような〉悪役、といえば、ひとりしかいない。そのひとりは、現在、不遇の新聞記者、高倉健人であり、また、スーパーマンでもある。いかに知性が欠けた私とはいえ、この大矛盾ぐらいは判るのだ。

「どやろ、哲……」

スーパーマンはマントの端で唇をぬぐいながら、

「ダーク荒巻に、悪役をやらすちゅう案は？　ダークに坂津市を支配させる。もちろん、須磨組は小さくなっとってな。ダークは悪逆《あくぎゃく》の限りを尽す。老人を蹴《け》殺すわ、女を犯すわで、悪名を轟《とどろ》かす」

「後の方なら、そらもう、やりたがる思いますけど」

「しまいには坂津に火をつける。火事を眺めながら、ダークはハープを奏《かな》でる」

「ハープ、そら何だす？」

「まあ、ええわい。……阿鼻叫喚のさなか、このわしが空の一角にあらわれる。民衆はこない言うやろ——〈あっ、鳥や〉〈ちゃうわい、ジェット機や〉〈うわっ、スーパーマンや、スーパーマンのおっちゃんやで！〉」

「そないなこと言いよりますかのう」

「言うとも。いや、言わしてみせたる」

「けど、空の一角に、どないして現れはるんで？」

「ハンググライダーちゅう凧《たこ》のお化けみたいなもんがある。これを使《つこ》たら、空から颯爽《さっそう》と登場でけるのや」

「はあ……」

私は納得できなかった。大親分の妄想と自己満足のために、坂津を火の海にするというのは、正気の沙汰ではない。

「もう少し、小規模なドラマやったら、ダークを説得でける気もしますけど。あれもタレントですけん、ギャラを多くして、ＫＨＫの特別番組で中継するとか、立ててやらんと、むつかしいでしょうなあ」

「またや、またや！」

ダーク荒巻は悲鳴をあげた。

ミナミの夜景を見おろせる小さなクラブの片隅に、私、ダーク、原田がいた。ダークが愛人に経営させている店だが、ピアノを弾いているのが二人目の愛人だった。

そもそもは、プレイボーイ・クラブの真似をして、女の子たちはバニー・スタイルだったのだが、大阪に本物のプレイボーイ・クラブが進出してきたために、今では、全員が狸《バジャー》スタイルという、しまらぬ眺めになった。その狸《バジャー》ガールの新入りが、ダークの三人目の愛人である。

「悪役は、いつぞやの映画撮影で、もう懲《こ》り懲《ご》りや。生傷の絶え間があらへん。しかも、今度は、超悪役やて、いてまうこと、間違いなしや」

「大親分の気まぐれじゃ。辛抱せんかい」と私。

「島田組や瀬戸組が動いてますよ。大親分も、遊んではる時やありません」

原田がバーボンの水割りを片手に言った。

「おまえに言われんかて、よう、わかっとる」と私は苦《にが》い顔をして、「下手したら、また、大阪戦争、再燃じゃ」

「どうして、突然、〈正義と真実〉なんて言い始めたのでしょう？」

「学然が言うにはな……」私は言葉を切って、「たんに映画の影響だけではない。俠道《きょうどう》の正義と真実を信じて死んで行った若い極道の霊魂が大親分にとり憑《つ》いたんやないか、と……」

「考えられまんな」

ダークは渋い顔をして、

「大親分のためや、言うて、玉砕した何十、何百の英霊が、成仏でけんまま、虚空《こくう》を彷徨《さまよ》うとるはずでっさ」

「それを成仏させなければ、ぼくら、落ちつきませんねえ」

「学然は悪魔払いの儀式を知っとるいうとったよ」と私。

「おかしいですよ、社長」

「なにがじゃ？」

「和尚はわかってないですよ。正義と真実を信じてる霊魂と、悪魔払いの儀式とは、まったく関係ないんです」

「そう言われてみると、そうじゃ。……ふむ、学然め、また頭《ぺてん》がとち狂うたな」

「坂津のノースショアで、大きな洗濯板を抱えて、海を見つめていたそうですよ。『十二年ぶりの大波がくる』とか呟きながら」

「輪廻の波やろ」

ダークが自棄《やけ》気味に呟いた。

「わいは、それどころやない。坂津に火をつけて、ゆうゆうとハープを弾くて、なんのこっちゃ？」

「さあ」

原田が考え込む。

「……ハーポ・マルクスの真似でしょうか」

「えらい損《どじ》な役まわりや。それも、亀の恰好《なり》した悪役やて」

「大親分の発案やから、しゃアないやないか。独特のイメージでな、亀の甲羅を背負《せたろ》うた悪党がええ、と断言してはったよ」

「笑うな、原田。なにがおもろい」

ダークは苛立って、

「思《おも》てもみい。とこぎり冴えん悪党や。亀の甲羅かついで歩きまわるてかい。なんや、浦島太郎にふられたちゅう雰囲気、ただようわい」

「で、その超悪役の名は？」

「亀甲《きっこう》マン」と私。

「噛《か》んだろか、原田。笑《わろ》てばっかりいよってからに」

ダークが怒鳴った。

「大親分はええ役やなあ。〈空を見ろ！　鳥だ！　ジェット機だ！　いや、スーパーマンだ！〉――恰好よろしわ。一方、わいときたら、〈おっ、地べたを見てみ、なんぞ動《いの》きよるで。なんやろな？　ゴキブリかァ？　もぐらかァ？ちゃう、あら亀や。亀男や。そや、キッコーマンや〉てなとこや」

「卑屈になるのやない」

私はなぐさめにかかる。

「放火いうても形だけや。おまえも知っとるやろ、金泉寺は大親分の持ち物じゃ。あれに火をつける」

「学然和尚はどうなるんです？」と原田。

「和尚の役は飽いたらしい。坂津の市長選挙に立候補するちゅう評判や」

「須磨組が支持団体ですか」

「当然やないけ」とダークはあっさり言い、「あの坊主が市長になりよったら、この世は闇じゃい」

私たちは沈黙した。全員の破滅が近い予感がした。


やがて、電話のベルがけたたましく鳴った。

——哲か？

嗄《しゃが》れた声が送話孔から響いてきた。

——キッコーマンはやめじゃ。至急、坂津にきてくれんか。

五

坂津駅から遠からぬ須磨組本部事務所は、深夜にもかかわらず、明りが煌々《こうこう》としている。

「警察《さつ》が、よう、黙っとるもんじゃのう」

私は、ハンドルを握っている原田に言った。

「ただならぬ気配ですね」

そう応じた原田は、車を、本部事務所脇の駐車場に入れた。

「なんやろ？」

有名人のしるしであるかのようにサングラスをかけたダークは、素早く、ドアをあける。

事務所内には、手持ち無沙汰の若い衆が数人、いるだけだった。私たちは、すぐに、狭い応接間に通された。

「キッコーマンがやめになって、わいは万々歳じゃ」

アロハシャツの上に黒背広といういでたちのダークは、足を開き気味にして、模造皮革の椅子にかけた。

「サングラス、外さんかい」

私が注意する。

「あ……」

ダークは慌《あわ》てて、サングラスを外し、

「こいつ、なんや、顔の一部みたいになりよって、眼鏡かけとるちゅう気ィが……」

「静かにせんかい」

私は苦《にが》りきった表情になる。

大親分が流行物《はやりもん》に憑かれたようになるのに、私は、いわば、馴《な》れっこになっている。それじたいに、仰天したりはしない。

私の困惑は、別なところにある。

私が信じていたような〈俠道〉が、まったく、なくなっている事実を、認めないわけにいかなくなっているからだ。

……ごくさいきん、極道はラクだと信じて二階堂組《うち》に入ってきた大学新卒の若者が、残業手当てがないと言って警察に保護を求めた事件があった。

私がいかに世事に疎《うと》いからといって、これが筋違いな〈駈け込み訴え〉であることぐらいはわかる。ほんらい、労働基準局とか、そんな所へ行くべきだろう。

それはともかく――である。大学を出て〈ラクをしたい〉から極道になる、という発想そのものに問題がある、と私は思う。

極道になるのは、世を拗《す》ねて、とか、世の中から爪弾《つまはじ》きされて、というのが、私の発想である。家が貧しく、勉強ができなかった私は、文字通り、石をぶつけられ、家族にさえ嫌われて、この道に入ったのである。

ダークはプロレス上りの(下りの、と、いうべきだろうか)半端者《はんぱもん》だが、原田は堂々たる大学出である。当人は〈ビートルズ世代〉などと称しているが、なにを好んで、こんな世界にいるのか、私にはまったく理解できない。私でさえ、かっとなるような無理な仕事を押しつけられて、「この不条理がたまりませんわ」などと笑っている。

それでも、原田はまだ、〈苦労をともにするたのしみ〉を知っているようだ。大学新卒も、もし仕事がきつかったら、脱落すればいいので、そんな餓鬼を、私は、いためつけたりはしない。勝手にさらせ、と冷笑するだけだ。

なにも、警察に駈け込むことはない。警察だって、処置に困って、おたおたしたくらいだ。

こうなっては、〈俠道〉も、蜂《はち》のあたまも、ありゃせんのよ。

古典的な抗争《でいり》を繰り返しているのは、私ら下部組織だけで、極道は、いまや、拗ね者の歩く裏街道ではなく、れっきとした近代企業なのである。話し合いは待合の一室でではなく、ゴルフ場でボールを飛ばしながらおこなわれ、抗争のための戦力はコンピュータで計算され、流血の代りに、無限につづく会議がある。新しいやくざ映画を作ると張りきって取材にきた脚本家が、あまりに味気ないので、執筆を諦《あきら》めたほどだ。

——これじゃ、ふつうの会社と変らないや。要するに、株式会社なんだ。

酔った脚本家はそう言った。

その言葉は、古い俠道の幻影を棄てきれずにいる私にとって、大きなショックだった。そう言われてみれば、思い当ることばかりだからだ。

大親分の〈奇行〉の原因も、私なりに考えられる気がしてきた。

組織の頂点に立つ大親分は、もはや、何もしてはいけないのだ。かりに大親分が東京へ旅でもしたら、日本中が大騒ぎになり、県警の締めつけがきびしくなる。

だから、大親分は、この坂津で自由にふるまうしかないのだ、と私は思う。身勝手な人ではあるが、その意味では、お気の毒と思わぬでもない。だが——このような〈株式会社〉を作り上げたのは、ほかならぬ大親分自身なのである。

「わいが亀やったらな」とダークは原田に言った。「浦島はんに、こない、言うたるわい。『ちょっと、兄《あん》さん、ええ娘《こ》がいてまっせ！』」

「あいかわらず、陽気だの……」

大親分が入ってきた。私たちは、いっせいに立ち上る。

「行こか、哲」

大親分は私を見た。着流し姿だが、殺気がみなぎっている。

「どこへだす？」

「とんでもない悪党が、地元に、いよった。それこそ、超悪役や」

「何者だす？」

「名前がわからんのじゃ。こやつが、大阪周辺をはじめ、関西のあっちこっちの土地を買い漁《あさ》っとる。地価が高騰し、庶民が苦しむ一方じゃ」

「ちゅうと、不動産屋で？」

「いうたらな」

私は返答に窮した。スーパーマンの相手が悪徳不動産屋程度では、なんだか、弱い者いじめのような気がしないでもない。

「坂津市内にいよるので？」

「駅や、坂津駅の地下や」

「地下？」

坂津の駅に地下街はないはずである。

「あの駅には、だれも使わん古い地下室がある。駅の便所の壁が抜け穴になっとって、そこにつづいとるのじゃ。うちの若い者《もん》が、不動産屋のひとりを尾行して、見つけた……」

「どないな理由で、そんなとこにいよるんだす？」

「脱税とか、ま、理由はいろいろあるやろ。釜寺市にわしが持っとる土地を、売れえ、いうて、しつこう言うてくる不動産屋がいよる。なんでやろ、思《おも》て、追跡調査したら、地下の狐《きつね》の名が出よった。ミスター・フォックスいうのが、その悪党の名前じゃ」

「ミスター・フォックス――悪役らしい名前ですねえ」

と原田が言った。

「ですけど、土地の買い占めだけやったら、いためつけるのはねえ……」

私はためらった。

「まだ、先があるのじゃ」

大親分はスーパーマンの服装を身につけながら、苛々《いらいら》した。

「その狐はな、陰謀を企《たくら》んどる。日本海の島の幾つか――ほれ、韓国のもんやとか、いや、日本のもんやとか揉めとる島があるやろ――あれらを、まとめて買いとって、独立国をつくる。独立宣言をした上で、軍事協定をソ連と結ぶちゅうんじゃ。島には、大陸間弾道弾、中距離弾道弾、準中距離弾道弾が持ち込まれる。原子力潜水艦の基地になる。

ミサイル発射台もくるやろ」

「大変です、それは！」

原田が叫んだ。

「世界の危機です」

「それぐらい、わかるがな」と私は言った。「……けど、そないな秘密が、よう分りましたなあ、おやっさん」

「蛇《じゃ》の道は蛇《へび》よ」

大親分はにっこりして、

「かつて、わしも、そないしたら、ごっつう儲かるのやないかと、ちらと、考えた。東洋永遠の平和のために、やめたんじゃ。〈人の和こそすべて〉やからな。……ええか、フォックスは、島を三つ、買いよった。それからやな、フォックスは、やたらにモスクワに電話を入れとる。証拠はこれだけやが、わしには、ぴんとくるものがある。フォックスを攫《さろ》うてきて、吐かしたる」

「よろしおま……」

私はポケットの中の細いブラック・ジャックを握りしめた。

「ダーク、原田――おまえらは、ここにおれ。三十分たって、連絡がなかったら、須磨組の若い者《もん》といっしょにきてくれ」

「ぼ、ぼくら、単なる事務員です……」

天井の低い、狭い部屋の中央で、若い男が二人、ふるえていた。電話が数本、テレビ・モニターが五台、それにテレックスが忙しく動いている。

「ぼ、暴力はやめて……」

赤いマントがひるがえり、大親分の右拳《みぎこぶし》が突き出される。骨折するような音がして、一人がその場に崩れた。

「島の買い占めは、どないなっとるんじゃ？」

私は声を低めた。

「たしかに、やりました。でも……ぼくらは上からの指令で動いているので、事務手続きをするだけです」

蒼白《そうはく》になった男はふるえながら、失禁と脱糞を繰り返していた。

「ミスター・フォックスは、どこに、いよるんじゃい？」

大親分が凄《すご》んだ。

「そ、その名前を、ここで口にしてはいけないのです！」

「なんでや？」

「ミスター・フォックスは、ここの経営者より、ずっと上の存在です」

「コンピュータに、きいてみんかい」

大親分は男のネクタイを摑んで、捩《ね》じ上げた。

「でけんのか？」

「……やろうと思えば……」

「やれ、早《は》よ！」

男は失神寸前だった。意志を失ったかのように、ふらふらと部屋の奥に向った。

やがて、私は、近くのモニターに現れる文字を読んだ。

――ミスター　フオツクス　ハ　スマヨシテル　デス

六

大親分が失踪したのは翌日であった。

なぜ、どこへ消えたのか、理由を説明できる者は、須磨組にはいなかった。能吏タイプの伊吹秀也はそつなく組の運営につとめていたが、伊吹にしても、大親分失踪の真の理由は知らぬはずであった。ミスター・フォックスに誘拐されたという説が、いちおうの説得力を持っていた。

失踪の原因を知っているのは、私、ダーク、原田の三人だけだった。

「追いつめた超悪役が自分やったいうショック、わかりまんな」

ダークが、珍しく、しみじみとした口調で言った。中古の色あせたアロハシャツに半ズボンのダークは、原田に言わせると、〈老《ふ》けたジョン・ベルーシみたい〉なのだそうだ。

「そやけど、大親分が出さんかった指令が、なんで、実行されたんやろね？」

「その点、ぼくは考えがあります」と原田が答えた。「大親分は、〈ちらと、考えた〉と言ってましたね。……あとは、ぼくの推測ですが、指令は出ていた、あるいは、出かかっていたのじゃないかと思うのです」

「なんやて？」

「つまり、一度、指令が出て、大親分はそれにストップをかけた。だが、計画は、すでに、コンピュータに組み込まれていたのですね。……コンピュータは決して完全なものやありませんから、何かの事故で、死んだはずの指令が生きかえった。そんなとこやないでしょうか」

「わからんの」

私は窓の外の五月雨《さみだれ》を眺めながら呟いた。

「なんぼなんでも、ひど過ぎる計画じゃ」

「大親分の中では、善と悪がせめぎ合っているのですよ。たとえば、ドストエフスキーの……」

「わいの中でも、責め合《お》うとるよ」

ダークは沈んだ表情で、

「そやけど、ソ連と軍事協定なんて、むちゃくちゃやがな。そこらへんが、よう、わからん」

「考えるだけ、無駄じゃ。島田組との平和協定の問題に移ろうかい」

社長室のドアをだれかがノックした。

「おう！」

ダークが吼《ほ》える。

女子社員が電報を持って入ってきた。

「横文字やぞ」

私はダークに電報を渡した。

「読んでくれ」

「こ、こら、ベトナムからだす。発信人は……スマ・ヨシテル」

「おやっさんか！」

私は椅子から腰を浮かした。

「電文はローマ字ですわ。……ええと――チュウエツニグンノセンジョウココカ……」

「どこの言語じゃ、それは？　タロホホ語か？」

「日本語やないですか」とダーク。

「日本語でしょう」と原田。

「暗号かいの？」

　私は首をかしげた。

「チュウエツニグンノセンジョウココカ――なんや、きいたことあるで……」

　ダークは腕組みして考えていたが、急に、ひざを叩《たた》いて、

「うむ、歌だすわ。ほれ、川中島合戦の……」

「歌？」

「おやっさん、覚えたはるはずやけどねえ。――〈千曲《ちくま》、犀川《さいかわ》、二川《にせん》のあいだ／甲越《こうえつ》二軍の戦場、ここか〉ちゅうやつ、小学校で習わはりましたやろ」

「そら、習《なろ》たわい。けど、電報は、チュウエツやろ。コウエツとちゃうよ」

「替え歌だすがな。〈中越二軍の戦場、ここか〉――大親分、中越戦争のあった場所にいたはるのとちがいまっか」

「なんで、そないなところにいたはるんじゃ」

　私は解せなかった。

「わかりますよ、社長」と原田が言った。「『ビルマの竪琴』の線ですよ、これは」

「いよいよ、わからん」

　私は首をひねり、

「わかり易《やす》う言うたら、どや？」

「つまり、大親分は、あのショックで、平和主義者に徹することに心を決めたのです。おそらく、お遍路さんの姿で、戦跡を巡礼しているのとちがいますか」

「それや！」

　ダークが指を鳴らした。

「〈中越二軍の戦場、ここか〉――この一行には大親分の無限の感慨がこめられとります」

　原田は学校の教師のように、

「中国とベトナムの戦争があったのは、ここだったのか。悠々たる大自然の変らぬことにくらべて、人間の営み、争いの、なんとまあ儚《はかな》いことであろうか。――こないな気持

がこもってます。もと暴力主義者の償いの旅ですよ、これは」

「ふむ、恰好《かっこ》はええな」と私は答えた。「そやけど、本音は何やろ？　そないな旅をして得るメリットは？」

「そういう考え方をしてはいけません」原田は幼稚園の先生の口調になる。「純粋な願いですよ」

「純粋、のう……」

私は椅子に沈んだ。


夏の始まるころ、私はミナミの〈アメリカ村〉にあるコーヒー店で、学然と落ち合った。

近くのサーフショップ〈ビッグ・スウェル〉にきた学然が、私を呼び出したのである。

「伊良湖《いらご》は台風シーズンになると、三、四メートルの波が立つぞ」

学然は私には興味のない話題をつづけた。

「ちと遠いが、わしらサーファーには良いフィールドじゃや」

「大親分の消息、なんぞ、聞かはりましたか？」

私は、ずばりときいた。

学然は、一瞬、奇妙な眼つきで私を見た。

「黒田はん……きいとらんのか、あの話」

和尚は声を低める。

「あの話？」

「わしも、ゆうべ、きいたばかりじゃ。眠れんかったよ、怖《こお》うて」

「こわい？」

「こわいよ。……信じられんわい、須磨義輝がノーベル平和賞の候補なんて」

「ノーベル……」

私は声がかすれた。

「ほんまだっか？」

「ほんまもほんま。世の中、おとろしいのう」

「どないな加減で、そこまで行ったんです？　その……いうたら……」

「からくり、やろ」

「まあね……」

「まえまえから、手をまわしとったんじゃ。中央の政治家、外交官な、こいつらが根まわしをしとる。……人間、富と権力を掴むと、次に欲しがるのは、社会的地位と尊敬じゃな」

「……そやけど……平和賞いうのがねえ……」

「わしも、そこが気になった。しかし、ノーベルちゅう男かて、べつに、飴《あめ》を発明したわけではない。ダイナマイトを発明したんじゃ」

「物騒な賞でンな」

「候補になった理由も、不可思議だな。世界中のさまざまな紛争、とくに中越問題解決に努力したというのだ」

「ははあ……」

私にも少し読めてきた。

「明後日《あさって》、帰国するようじゃ。世界中の暗黒街の勢力が根まわしに協力し始めたときいたよ」

学然の表情は暗かった。

七

数日後、〈唐獅子通信社〉と曇りガラスに金文字で書かれたドアを私が押すと、原田がとび出してきた。

「大親分から何度もお電話がありました」

私は頷き、無言のまま、二階へ上った。社長室に入ると、ホットラインの電話機に手をのばした。

——おう、黒田か？

いつもの嗄《しゃが》れた声がきこえた。

——へえ。

——空港への出迎え、ご苦労やった。

——へ……。

——ときに、島田組が、また、ごてとるそうやな。

——………。

——仕方ない。わし個人は暴力には絶対反対じゃが、このさい、島田清太郎の首を取るのやな。ひとつ、ゆっくり、打ち合せしょうかい……。

私は答えなかった。身体《からだ》のなかで怒りがふくれ上り、制御できなくなりそうだった。

——実は、別なたのみもあるのや。

と大親分は急に猫撫《ねこな》で声を出した。

——おまえにしか言えん変ったたのみごとや。どや？ 今晩、原田といっしょにきてくれんか？

唐獅子源氏物語

唐獅子選手争奪《ストーヴリーグ》

まず、自己紹介が必要であろう。

〈不死身の哲〉こと黒田哲夫が私の名前だ。

軽薄なるマスコミが〈仁義なき戦い〉と名づけた、いわゆる広島抗争の数少い生き残りでもある。いや、生き残った者は大勢いるが、大半は〈現場〉を離れ、偉くなるか死ぬかのどちらかになった。いまだに〈現場〉で突っ張っている、私のような阿呆《あほ》は、数が少いのである。

さて、現在の私は、大阪ミナミの二階堂組組長という立場だ。

ひとことで言うなら、二階堂組《うち》は、西日本を支配せんと志しているあの須磨組の傘下にある無数の組の一つに過ぎない。私たちの当面の敵は、同じミナミの島田組であるが、今のところ、硝煙は、なんとか、しずまっている。（つけ加えておくが、島田組は反須磨組を旗印とする団体の一つであるが、事情《わけ》あって、このところ、鳴りを潜めているのだ。）

では、おまえは暇だろう、と言われる向きがあるかも知れない。

言いわけではなく、わし、いや、私は暇がないのである。

理由の一つは、二階堂組《うち》が、本家・須磨組の社内報の編集を引き受けていることにある。この社内報「唐獅子通信」は、須磨組傘下の全団体に配布されるものであり、徒《あだ》やおろそかに作れるものではない。

もう一つの理由は——言いにくいことではあるが、須磨組大親分《ほんけ》、須磨義輝《すまよしてる》の一風変った性格にある。西日本はおろか、日本中を制覇しようと考えながら、なかなか野望を果せない理由は、案外、大親分の内部《なか》にあるのではないか、と、ひそかに私は考えている。その性格のおかげで、私がいかに忙しくなるか……いや、こんなことは説明するまでもない。以下の物語を読んでいただければ、容易に理解されるはずである……。

一

師走《しわす》に入って間もなく、私は、坂津市に住む大親分から電話を受けた。たのみたいことがあるから、すぐ、きてくれ、というのだ。

――ダーク荒巻を連れてくるのじゃ。

大親分は、そう、つけ加えた。

(またかいの……)

私はうんざりした表情で送受器を置いた。どうせ、ろくでもない用件に違いないと心の中で呟《つぶや》きながら、私はインタフォンのスイッチを入れて、ダークを呼べと命じた。

「お呼びでっか?」

もとプロレスラー、現在はテレビ・タレント、という風変りな極道のダーク荒巻が、揉み上げを長くしたいかつい顔で、社長室に入ってきた。

「おまえ、また、グリーンの背広、作ったのか」

水玉模様の蝶ネクタイを締めた緑色の四角い身体《からだ》を見た私は、またまた、うんざりした。

「へえ」

「坂津へ行くんじゃ。大親分は、おまえを連れてこい、言うたはる」

「外は木枯しでっせ」

ダークは一人前に寒そうな顔をする。

「車、用意さしまほか」

「電車の方が早いやろ。梅田から、正味一時間や」

私たちが通されたのは、紫色の高級絨緞《じゆうたん》を敷きつめた、三十畳はゆうにある洋間だった。

ここは大親分の書斎であり、壁にかけられた数々の表彰状、飾り棚の上の金ぴかのトロフィー群や楯が、主人の偉大さを、いやが上にも盛り上げている。黄色い牙《きば》をむいて声もなく吼えている剝製《はくせい》の牡《おす》ライオンや、ステレオのスピーカーに描かれたシンボル・マークの唐獅子は、いつもと、まったく変らない。

いや、少しは変っているところもあった。牡ライオンの頭に小さな野球帽がかぶせてあるのだ。そして、野球帽が滑り落ちないように、その上に、ブルドッグの干し首が乗せてあった。大親分を怒らせて撲殺された、あのブルドッグの首である。

突然、スピーカーから、ややずっこけ気味のコンバット・マーチが鳴り響いた。

私は野球にはほとんど関心のない男である。しかし、今年の夏は、耳にたこができるほど、こいつを聞かされた。一時、阪神が優勝するかも知れないと噂されたころ、私は、大阪、神戸、坂津——いたるところで、この騒音に襲われた。あるいは、私の被害妄想だったのかも知れないが……。

「待たせたの」

和服姿の大親分が悠然と姿を現した。

「そのままでええ。堅苦しい挨拶は抜きだ」

「は……」

大親分が椅子に腰をおろすのを待って、私とダークはソファーに腰かけた。

「哲よ」

大親分は不気味に笑って、

「年末で忙しいことは、よう、わかっとる。そない苦《にが》い顔をすな」

「いえ……わたしが参っとるのは、この音で……」

「お、これか」

大親分は卓上のリモコン操作で、コンバット・マーチを止めた。

「どや、落ちついたか?」

「へえ」

私は頭をさげる。

若い女中がビールを運んできた。暖房のきいた部屋でビールを飲むのは悪くない。

「乾杯といくか」と大親分は微笑した。

「遅ればせながら、広島カープの日本一達成を祝して」

あれ、と私は思った。私の記憶する限りでは、大親分が野球に関心を抱いていたことは一度もなかったはずである。

無関心、というよりも、むしろ、野球嫌いであったと思う。

それも、むかし、近畿《きんき》グレート・リングの選手に愛人のホステスを奪われた、といった生臭い理由からであった。

「そうか、哲は野球に興味がなかったんやな」

　大親分はそう呟くと、顔をダークに向けて、

「わしは、こう、思うのや。――そら、江夏は最高級のプロや。三村も、まあ、ええとしよう。けどな、わしら極道サイドから見て、心を打たれるのは、なんちゅうても、高橋慶彦《よしひこ》のあの若さとガッツや。あれこそ鉄砲玉の心意気じゃや。わしは高橋の活躍で、野球の魅力いうもんが分った。大衆が野球場に詰めかけ、テレビにかじりつくのが、よう分った……」

（なんじゃい）と私は肚《はら》の中で呟いた。

（要するに、野球の面白さが分ったいうことか。つぎは、高橋慶彦の銅像でも作りたいいうんかいの）

「わしがハッスルするぐらいやさかい、広島方面の極道どもは狂喜乱舞やろ。ゆんべ、遊びにきた広島の宇野組組長な。哲、覚えとるやろ、おとぼけのウーやん」

「へ……」

「あのウーやんが言うとった。カープに狂うだけやのうて、敵味方あちこちの極道が独自の野球チームを作っとるらしい。宇野組は、広島オイスターズいうチームを作って、フロリダでトレーニングやるとか言うとったよ」

「本格的ですなあ」

　ダークは感心してみせる。

「そないなムードがあるんで？」と私は憮然として言った。

「それで、わかった……」

「なにが？」

　大親分は鋭い眼光を私に向けた。

「ミナミの島田組ですわ。組長みずから監督になって、サザン・アイランダースたらいうチームを作るときききました」

　大親分は軽薄に指を鳴らした。

「それ、それなんじゃや。……おんどれ、島田清太郎に先を越されたか！」

「サザン・アイランダースて、なんや、ハワイアンのバン

ドみたいやな」

英語に強いダークは、ぶつぶつ呟いていたが、

「あっ、そうか！」

「なんじゃ？　はよ言わんかい」

大親分は不機嫌そうに催促する。

「〈ミナミの〉が、サザンですわ。つまり、島だあ――〈アイランダース〉は、島の人々の意味です。つまり、島田組いうわけです」

「先を越されたぞ、英語でも」

大親分は口惜《くや》しげに叫んだ。

「こうなったら、意地でも、最高のチームを作らな、わしの名が廃《すた》るわい。……ええか、黒田、これは至上命令じゃ。アマチュアで最高最強の野球チームを作るんじゃ。幸い、ドラフトなんちゅうもんは関係ないさかい、金に糸目はつけん。さっそく、メンバーを集めい」

「待って下さい」

私は慌《あわ》てた。

「お気持は、わかります。けど、わたし、野球いうたら、皆目、見当がつきまへん。メンバー集めるいうても……」

「ダークがおるやないか」と大親分は平然としている。

「それに、おまえとこには、知識人の原田もおる。ええか、これは親の命令じゃ」

「けど、監督の問題もありまっしゃろ」

私は浮かぬ口調で呟いた。

「それやったら、プロ野球の某大物を呼ぶ準備をしておる。おまえが心配することはない。チームの名前かて、もう決っとる」

「え？」

ダークと私は、びっくりした。

「坂津レッド・ライオンズや。どや、強そうな名前やろ」

大親分は得意顔である。

「〈唐獅子〉の直訳ですな」

唖然としていたダークが、ようやく、それだけ言った。

「もう一つ、話がある。『唐獅子通信』に野球のページを作るのじゃ」

私は頷《うなず》いた。こっちの方は、容易《たやす》いことに思えた。

「くりかえすようだが、軍資金は充分にあると考えてええ。億単位の金が用意してあると思《おも》てくれ。……しかしだ、大切なのは野球を心で把握することや。野球賭博の発展・向上のためにも必要やぞ」

「そこです」と私は力なく応じた。「心で把握するいうのが、私には……」

「師匠がおるよ、その方面の」

大親分はにんまりして、

「帰りに、そこの金泉寺に寄ってくれ。学然和尚《がくぜんおしょう》が野球の精神《こころ》を説くと言うておる。戦前に、アメリカにおったころ、本場の野球をよう見たらしい。あの和尚、今度は、本気になっておる」

二

「おやっさん……」

ダーク荒巻に突つかれて、私は眼を覚ました。

なにしろ金泉寺の縁側は陽当りがいいのである。厚い座布団にすわって、和尚の〈野球哲学〉とやらを拝聴しているうちに、うとうとしてしまったのだ。

（もう、一時間、たっとる）

こっそり腕時計をみて、私はひそかに呟く。

「……いま、述べた通り……」

学然和尚は、私の顔をじろりとみて、

「野球に必要なのは、〈機〉じゃ。〈機〉をとらまえることじゃ。きいとるのか、黒田はん？」

「きいとりま」

「ご存じの通り、わしはサーフィンの天才とうたわれておる。サーフィンで良い波をつかまえる直感——これも〈機〉じゃな。〈機〉は、野球にも、サーフィンにも、必要じゃ。つまり、野球とサーフィンは、一つのものなのだ……」

「はあ」

どこか、おかしい気がした。この和尚の理屈は、いつも、疑わしい。

「そんなら、わしらの喧嘩《でいり》も〈機〉に左右されまっせ」

ダークが、そこを突いた。

「女子《おなご》を口説いて押し倒すのも、〈機〉ですわな。ほな、喧嘩《でいり》も、女子《おなご》も、野球も、サーフィンも、いっしょやいう、けったいなことになる」

「俗人めが」

学然は超然としたままで言葉を続ける。

「志を高く持て。わしらはスポーツの話をしとるんじゃ」

「すけこましもスポーツでっけど」

「ダーク、控えい」

われながら奇妙にきこえる言葉で、私はダークに牽制球を投げた。

「わしら、むつかしい説法は要らんのです。どないしたら、最強のチームを作れるかいうことが、問題なんや」

と、ダークは強調する。

「ふ、ふ……」

学然は法衣のままで、ご本尊の前の供え物である白い饅《まん》頭《じゅう》を一つ、つかみ上げた。そして、宙に投げ上げると、

「その点を、わしが考えとらんと思うのか。ああ?」

ダークは気圧《けお》されて沈黙した。

「はっきり言うてな、広島オイスターズ、尾道《おのみち》ラスカルズ、因島《いんのしま》パイレーツ、丸亀タートルズ、天狗森《てんぐがもり》マザーファッカーズ、猿川モンキーズ、さらに大阪のサザン・アイランダースも、打撃力は、そう大きな差はないと、わしは睨《にら》んどる。須磨義輝がいかに金を積んでも、そこらは変らんと思う。……さすればじゃ。勝敗を決めるのは、投手と考えるべきではないか」

私は頷いた。いかに素人《しろうと》の私でも、投手戦という言葉ぐらいは、ききかじっている。

「しかも、あんたらは時間がないときている。選手の育成など、とても間に合わん。出来合いの選手を集めるしかない。……ま、これは、わしの一案だが、こういう投手を探すのじゃな」

学然は妙な手つきで饅頭をつかんだ。

「わかるか?」

私はぼんやりしていた。

「あ、あれや。ナックルボールや」

ダークが、けたたましく言う。

「さよう。……しかし、日本で、通常、ナックルボールと称されておるものとはちがう。大リーグのナックルじゃ。たとえば、フィル・ニークロな。さきごろ、来日したろう」

「テレビで観ましたで。四十歳ときいて、びっくりしてもた」

「わしの言うとるのは、かつてのホイト・ウィルヘルム投手が切り札にしとったナックルボールとか、フィル・ニークロ投手の何段階にも変化するナックルボールのことじゃ。このナックル道を究めた投手がいれば、坂津レッド・ライオンズは百戦して危うからず、だな」

「お言葉でっけど」と私は口をはさんだ。

「そんな天才が、そこらへんに、うろうろしとるとは思えまへんな」

「なに、磨かざる珠《たま》がおれば、わしが教えてつかわす。ホイト・ウィルヘルム直伝のナックルをな……」

「失礼でっけど、ほんまに、野球を？」

「黒田はんに説明しても、わかるかどうか。しかし、ダークはわかるはずじゃ」

学然は饅頭をつかんだ指をダークの前に突き出した。

「ほれ、手首は絶対に曲げない。関節で投げるのじゃ。球が手から離れる瞬間に、指先で球にまったく回転をあたえないように押し出す。あとは、空気の流れと湿度によって、球はおのずと変化する。よいか。球を三本指で支えるのだ。手が大きくないと、これはむずかしい」

「大きくても、むつかしいわあ」

ダークは招き猫のような手つきをした。

「ナックル道はきびしいぞ」

学然はきびしい顔つきで言った。

「なんせ、投げとる本人さえその行方をつかめんという、『素人うなぎ』的魔球じゃ。……そうそう、黒田はん、もうひとつ、ききたいことがあるという話でしたな」

「はあ」

私は頭を軽くさげて、

「大親分は『唐獅子通信』に身内の野球のページを作れ、言うてはります。場合によっては、半分以上を野球に割けと……」

「そら、むちゃだ。社内報の半分を、野球記事で埋めるなど」

「なんなら、プロ野球の記事も入れろとおっしゃって」

「病《やまい》、膏肓《こうこう》に入《い》る、とは、これじゃな」

「初めは簡単やと思いましたけど、よう考えてみたら、これも、むつかしゅうて」

「むずかしいな、それは。ある意味では、野球チームを作るよりも、難儀だぞ」

「は?……」

「チーム編成の方は、まあ、須磨義輝のいつもの気まぐれと思う。かっとなっても、いずれは冷めるだろう」

「…………」

そうですとも、と言えないところが辛いのだ。

「しかし、社内報を野球雑誌にしてしもうたら、あとが大変だぞ、黒田はん。すべて、あんたの責任になる。あんた、いったい、どういう誌面づくりを考えとる?」

「誌面づくりも、なにも、ついさっき言いつかったばっかりで、まとまってまへん。……ま、あたりさわりのないところで、長嶋監督の悩み、とか、そこらへんを……」

「いかん、いかん!」

学然は左手を大きく振って、

「あんた、どこで生きとるんや? 大阪やろ? 大阪のスポーツ紙というものを、じっくり、見てみんしゃい。長嶋?——とんでもない。すべて、阪神中心の記事、見出しじゃ。たとえ、阪神が負けても、掛布《かけふ》がホームランさえ打っておれば、歯ぐきをむき出しにした掛布がにっこり笑った写真が第一面でな。真赤《まっか》な文字で〈掛布××号〉——どこが勝ったのか、わからんようになっておる。阪神ファンの心を傷つけんような配慮じゃな。ここらを、よう、掘り下げて考えねばいかぬ。……そうそう、いつだったか、広島と阪神のナイトゲームがあった晩にな、わしは大阪のホテルプラザに泊った。ホテルに戻ったのが夜中でのう、フロントの男に、どっちが勝ったのか、きいてみた。フロントは、ためらってな。十秒ぐらい考えとったが、お客様、広島のお方ですか、ときくんじゃ。え？——と、ききかえすと、失礼しました、広島のお方のように思えましたので……で、あの、カープ、タイガース、どちらがごひいきで？——と、こうじゃ。あとできくと、その夜はカープが圧勝したんじゃが……たかがナイトゲームの結果を答えるのに、相手が大阪人か、広島人か、これだけ気を使《つこ》うとる。ホテルのフロントが、ここまで、やっとるんじゃ。大阪中心の社内報やったら、もっと、阪神ファンに気がねせにゃいかん。……黒田はん、えらい役を仰せつかったのう」

首を横に振った学然は、右手の饅頭を広い本堂の奥に向って投げた。

奇妙な按配《あんばい》だった。

饅頭は、まるで紐かなにかつけてあるように、ふわっと浮きあがり、ひょいと沈み、すっと流れた。

ダークは信じがたいものを見たかのようであった。

「むむ……」

学然は虚空を見つめてから、呟いた。

「ウィルヘルム直伝のナックル道、ただいま、成りましたぞ」

三

翌日の午後、浪速《なにわ》区の勘助町にある二階堂組《うち》の事務所の前までくると、ドアの前でダークが若い者を相手にピッチング練習をしていた。学然の悪影響がもう現れた、と私は嘆息した。

「ダークよ」

と私は声をかけた。

「ええかげんにせいよ。ドアのガラスでも割られたら、かなわん」

「へ……」

ダークは私の顔をちらと見て、

「フィル・ニークロがなんぼやね。わいの魔球、受けてみんかい」

おんどりゃー、と叫んで球を投げる。若い者はひっくりかえった。

ドアを押すと、アロハシャツにブレザーコートという不思議な扮装《いでたち》の原田が、長髪をかき上げながら、

「むかし、スカウトをやってはった方が、応接室でお待ちです」

と私に言った。

若いとはいえ、やはり、原田の方がたよりになる。

「早手回しやな」と私は言った。「それはええが……おまえの服装な、それ、なんとかならんのか。アロハシャツにネクタイ締めて、その上にブレザーいうのは、けったいやないか」

「社長の批判的な視線は、意識しとります」と、原田は女の子をうっとりさせる優しげな眼つきで答えた。

「けど、この服装《なり》は、ぼくのコダワリの表現です。ぼくって、意外と、コダワリ人間なんですよ」

「そないなもんかいの」私は呟き、「スカウトの人に会おうか」

応接室のドアをあけると、大胆なチェック柄の上着を着た、白髪の男がいた。初老というべき年齢なのに、どうして、なかなかのダンディで、立ち上ると、私より背が高かった。百八十五センチはあるだろう。

「二階堂組《こちら》さんには、十年まえにお世話になりました」

男は愛想よく言った。

「ほうですか。わしは、そのころ、遠くへ行っておって」

私はすわるようにすすめて、

「ご縁ですな」

「大阪の夕刊にあることないこと書き立てられたのが原因で、スカウトをやめました」

私は答えなかった。

猫背気味の男は、シガレット・ケースを開きながら、

「いま、原田さんにお話ししてたのですが、この道ばかりは、何十年やっても……むずかしいものです」

私は頷き、ライターをつけてやった。

「こういうもんが、あるのでしょうな」

私は、かまをかける。

男は洋モクの煙をゆっくり吐いてから、

「つぼの押え方ですな。ケース・バイ・ケースで、つぼがちがうわけで。……選手と話をしようとすると、父親が出てきます。父親で話がつけばいい方で、息子を育ててくれた監督さんに任せたいとくる場合があります。その監督で話がつくかと思うと、監督の師匠とか、監督の育ての親という人物が出てきます。その育ての親を育てた親とか、選手の伯父さんの義理の弟の父親とかが、次々に接触してきます。選手の学校での先輩とか、先輩の父親で土地の名士とか、もう、きりがないです。この混乱の中で、だれが本当の中心なのかを見きわめるのが、私の言うつぼです。名前をあげれば、みなさん、ご存じの某天才ピッチャーの場合、キャスティング・ボートを握っていた有力者がマゾヒストでしてね。昭和三十年代としては入手しにくかったグッチ社特製の太目の鞭《むち》をプレゼントして、一夜にして解決いたしました。まあ、相手が女装マニアとか、褌《ふんどし》愛好症、糞尿愛好症、爬虫類友之会役員、安来《やすき》節《ぶし》普及会会長あたりですと、攻め方がはっきりしていていいのですが、保守党の大物なんかですと、把《つか》みどころがなくて苦労いたしました……」

「なるほど」

私は原田をかえりみた。原田はメモをとっている。

「この――レッド・ライオンズですか――この場合、むずかしいのは、やはり……なんというか……」

「極道のチームですからな」

私は、ずばり、と言った。

「好き好んで、極道のチームに入る者はおらんですけん、この世界の中でスカウトするほかない」

「けど、ちんぴらで、野球やっとった奴らは、片っぱしから、サザン・アイランダースに入っております」

原田が報告する。

「ま、残りものでも、ひろおうじゃないの」

私は冷ややかに笑った。

元スカウトが帰り、私が社長室に入ると、電話が鳴った。

——哲か。進行具合はどないなっとる？

坂津の大親分の声だった。

——へえ、ぼちぼち……。

——なに？

——なにぶん、昨日の今日でっさかい……。

——早《はよ》せんかい！

大親分は〈苛《いら》ち〉の本性をあらわして、

——サザン・アイランダースや八尾《やお》市の河内《かわち》コイサンズは、もう、練習を始めたいう情報が入っとる。こいつら、いずれ、わしとこに喧嘩状よこすぞ。

——喧嘩状？

——おうよ。野球で須磨組をいてもたると言うとるそうじゃや。

——わかりました。

私は仕方なく答えた。

——急いで選手をそろえます。

——ええな、哲。ガッツ、ガッツじゃや。

大親分は叫んだ。コンバット・マーチが鳴っているのがきこえた。

組織外のはみ出し者、前科者の消息に強いのも、ダーク荒巻の取柄である。

数年前に、某刑務所の塀を飛びこえたこと（もちろん、二人の仲間が踏み台になったのだが）で知られた男を連れてきたのもダークである。

私は六甲山中に連れてゆき、男の足元めがけて拳銃を発射した。すかさず、ジャンプした男は、片手で柿の木にぶら下った。ダークは、外野手の素質ありと認めた。

置き引きの天才といわれる青年を連れてきたのも、ダークである。一度も警察につかまったことがないというので、テストしてみると、信じがたい駿足であった。しかも、野球の心得があるという。

「盗塁王は確実や」とダークは保証した。「それに、フクモトいう名前がええ」

強い肩とすばやい動き、正確な状況把握で知られるおかまがいるというのも、ダークの情報だった。難波《なんば》駅の近くでお茶漬け屋をやっているのだが、野球狂の父親によって子供のころから鍛えられ、あまりの辛さにドロップアウトしたとわかった。

「身体つきはいいです」と原田が言った。「しかし、いまでも送球ができるかどうか」

「試したらええ」

ダークはおかまを夜の街路に誘い出し、遠くからからかった。

「こら、おかま。かまめし屋に転業したら、どやね！」

とたんに、コンクリートの小片がダークの胸ではねかえった。セーターの下に支《し》那《な》鍋《なべ》を入れていなかったら、怪我をしたところである。

こうして捕手が決った。

「ミナミのちんぴらで、ゴロの捕球のうまいのがいよりまっせ」

ダークの次の情報だった。

「身のこなしも早いわ。草野球の二塁手やっとった奴で、即、戦力になるんやけど……」

「けど、どないしたんじゃ」と私。

「サザン・アイランダースが手をつけてます」と原田が説明した。「あそこの練習をスパイしたのですけど、いまの二塁手は弱い。島田組の組長みずから、ちんぴらの親父《おやじ》に交渉してます」

「親父に？」

「そいつの家は文鎮製造業です。ガラスの中に昆虫が入っている文鎮があるでしょう。あれを作ってるんですけど、この暮にきて、不渡りを出しそうで。親不孝な息子も、さすがに、家業を手《て》伝《つと》うとるんです」

「不渡りて、なんぼやね？」

「一千万と少しです」

「よろし、その手形は、こっちで落したる。残っとる文鎮は買い占めて、『唐獅子通信』の読者に配れ」

島田組の鼻先を掠《かす》めて、私は、みごと、二塁手を獲得した。

ガラスの文鎮は、ひどい代物だった。ふつうなら、テント虫などが入っているはずだが、この家のは、ゴキブリ、ムカデ、ゲジゲジが封じ込めてあるのだ。これでは売れないのが当然である。

大親分は、汚いものを配るんやない、と怒りの電話をよこした。あちこちの組からも苦情が殺到した。

四

「ふむ、まあ、こんなとこか」

大親分は選手のリストに眼を通して、

「ピッチャーが弱いのやないか?」

私はぎくりとした。大親分の眼力は、意外に鋭いのである。

「へ、その点は、たしかに……」

「どや、トレードをやったら」

「はあ……」

私は困惑して、

「お言葉をかえすようでっけど、チームが出来る前にトレードいう例がありますかいの」

「なかったら、作ればよろしい」

大親分はびくともしない。

「わしとこに入った情報では、広島オイスターズに、どえらいピッチャーがおるいうはなしや。これと交換したらええ」

「どないなもんでっしゃろ……オイスターズが承知するかどうか」

「ウーやんには貸しがあるさかい、いやとは言わさん」

「待っとくなはれ」

私は慌てた。須磨組をめぐる内外の動きは、やっと、鎮まったところだ。ウーやんは味方とはいえ、ピッチャー一人のことで、ごたごたしないでもないだろう。

「いま、ダークが必死でピッチャーを探しとります。もうしばらく、辛抱して頂けまへんやろか」

「わかった……」

オーナーの貫禄をみせて大親分は頷いた。

「おまえの顔を立てよう。……ところで、キャンプの件やが……」

「キャンプ？」

「おう。せこいチームかて、アメリカへ遠征しよる世の中じゃ。坂津レッド・ライオンズが宮崎あたりでキャンプいうたら、笑いものやぞ。どーんと、派手にやったろやないか」

　私はぴんとこなかった。チームが結成されていないのに、キャンプの話とは、気が早過ぎるのではないか。

「わしの考えでは、ウエストコーストのどこかか、ジャマイカがええと思う。一、二軍ともに連れて行こ。……で、そのキャンプ地に行くまえに、一週間、ラスヴェガスに寄る。飲む打つ買うの大騒ぎはもちろんのこと、カラオケの道具一式、持って行って、金髪女に『与作』をうたわせる……」

「…………」

「おまえの気持はわかる。選手どもが弛《たる》むのを心配しとるのやろ。……わしの十八番はここや。そもそも、わしのチームいうのは、わしのセオリー、〈人の和こそすべて〉の実践の一つじゃ。選手にきびしゅうせんのが、わしのやり方でな。いうたら〈ファミリー・ベースボール〉——選手の自主性を大切にして、楽しく野球をやろうちゅう主義や。……ラスヴェガスで歓楽の限りを尽したあとは、ディズニーランドへ繰り込んで童心にかえる。心を無垢《むく》にしてキャンプ地に入る。こないな趣向じゃ」

　ディズニーランドへ繰り込んで、というのもともかく、前科者、アル中、ようやく覚醒剤《シャブ》漬けから立ち直った者、そんな連中を連れて、ラスヴェガスへ行くとは、正気の沙汰とも思えない。

「安心せい。わしも同行する」

　大親分は言いきった。私は、ますます、安心できなくなった。

　須磨組の事務所を出て、タクシーに乗る。坂津駅までは、ほんの五分だ。私は、奇妙な車につけられているのに気づいた。

私はゆっくり車を降りた。うしろの車から、トレンチコートを着た小柄な男が飛び出してくるのが見えた。県警四課の栗林警部補である。

「黒田よ……」

栗林は凄《すご》んで言った。

「待っとったぞ。大阪府警の報告では、なにが起っとるのか、さっぱり、わからん」

「なにも起ってまへんで」

私は答えた。

「ほう、それが、わしに対する挨拶か。ごっつい身体した、けったいな奴らを集めて、なにを企んどる。島田組との戦争か」

「わしらが戦争でける身ィかどうか、栗林はん、わかったはるでしょうが……」

「さあ、おまえの肚《はら》の中はわからん。何べんも裏切られとるさかい」

「県警と府警に締めつけられて、わしら、身動きでけんのですよ。血の気の多い若い者《もん》をどないして押えたらええちゆうんです？……野球が、正解とちがいまっか？」

「え？」

栗林は狐《きつね》につままれたような顔をする。

「おまえらが野球チームつくるという情報、あれ、ほんまの話か？　わしは、偽装と睨《にら》んどったんやが」

「お疑いやったら……」と私は言った。「うちの事務所、覗《のぞ》いてみなはれ」

「むむ……」

勘助町の二階堂《うち》組の応接室で、進行中の「唐獅子通信」のゲラ刷りに眼をやった栗林は、のめり込むように読みだした。

それは島田清太郎と私が、ミナミのあるサウナですれ違ったことを記した記事である。時間にして、わずかに三十秒。

これだけのことが、原田の〈スポーツ新聞的表現〉によると、次のようにダイナミック、かつ劇的なものになる。

〈ジングルベルの鳴りひびく町、ミナミの光の中でひとときわ明るいのが高級サウナ「六本木」のネオンだ。サウナ室では二階堂組組長が玉のような汗を流しながら明日からの戦略を練っていた。〝恐怖の黒豹《くろひょう》〟〝不死身の哲〟といえば、アントニオ猪木だって最敬礼するほどだ。速射砲のようなパンチと怪力の栄光に包まれた黒田哲夫にとって、敗北の文字はない。が、大きなタオルを腰に巻いたまま、サウナ室を出ようとした時、奇《く》しくも、島田清太郎が入ってきたのだ。〝ミナミの猪《いのしし》〟といわれるあの島田組組長。〝黒豹〟と〝猪〟は宿命のライバルなのだ。「あっ」と、〝猪〟は心の中で叫んだだろう。二人の視線が合い、火花が飛び散った。しかし、二人がただ憎み合ってるなんて考えるのは凡人の発想である。「やっ、よく汗が出ていますね」と声をかけたのは〝ミナミの猪〟だった。「さ、こちらにどうぞ」席をあけたのは〝恐怖の黒豹〟だ。武蔵と小次郎いらいのこの大ライバルの交した言葉には千鈞《せんきん》の重みがある。「これからも、大いにやろうじゃないですか」「いやいや、もう、トシですからね」「なにをおっしゃいます。とにかく、力いっぱいやりましょう」この間《かん》、二人はずっと握手したまま。会話は短い。あとは「ワッハッハ」という高笑いだ。「やってやるぞ」の気持が通じ合う。ミナミの明日は、こうこうたるネオンよりも明るい……〉

「明るうないわい」

栗林はゲラ刷りをテーブルに投げて、

「わしら、資料として、『唐獅子通信』を、よう読んどるけど、なんや文章が変ったやないか」

「へえ」

「文体ちゅうんか……劇画風やな」

「スポーツ新聞の真似ですわ」

私は苦々《にがにが》しげに言った。

「ええやないの」

栗林は煙草《たばこ》をくわえて、

「きょうび、ドラマちゅうもんは、スポーツ紙の中にしかないで。ほんま、ドラマチックよ」

「わしは好かんのですが……」

私はナポレオンをグラスに注《つ》いで、栗林にすすめた。

「抗争《でいり》で若い者《もん》が二人死んだとき、〈二死〉と書きよる。

あないな発想にはついていけまへん」

「〈二死〉か。……須磨義輝は、本物の野球狂になったらしいな」

栗林の眼が輝いた。

「ここだけのはなしやけど、わし、疲れてますねん」

「ガッツ、ガッツや」

栗林は大親分と同じ言葉を口にした。

「栗林はんも、野球、お好きだっか？」

「やっとったからな、敗戦後すぐのころ」

妙に屈折した眼つきになる。

「中学で選手してはったので？」

「関係ないやろ、そないなこと！」

かっとしたようだった。

「失礼しました。いかがですか、ブランデー」

「悪いけど、立場上、遠慮するわ」

栗林はおもむろに立ち上った。

「黒田、野球に精出せや。商売にせん限り、ええものや。……これで、少し、安心でけたわ」


栗林警部補が帰ったあと、私は社長室でブランデーを飲んでいた。私以外の人間は、すべて野球が好きなようだ。

だが、私の好きなスポーツはボクシングだけなのである。

やがて、原田から電話が入った。

――ピッチャーが見つかりました。本当の大物です。

――大物いう言葉には飽きたわい。なんとか、使えそうなンか？

――プロ野球選手だった男です。名前を変えていたので、今まで、わからなくて。

――どこの者《もん》じゃ？

私は問いかえした。

――うちの人間ですよ、社長。

――二階堂組の？

――はい。素性を隠しとったのです。

――それやったら、都合《ぐつ》がええ。

――良くないんです。どうやら、サザン・アイランダースと契約したらしくて……。

——なんやて？

——いま、ダークはんが査問してはります。

——どこでや？

——炭屋町のアメリカ村にある古本屋の倉庫です。ウエストコースト風の赤く塗った大きな店、ご存じですか？

——おう、前を、よう通るよ。

——あの裏手です。すぐ、こられますか？

——いや、事務所に連れてこい。

私はそう命じた。

五

翌朝、二階堂組《う ち》の応接間は満員になった。

坂津からきた大親分、学然、私、ダーク、原田の五人が、図体《ずうたい》のでかい男を囲んでいたのである。

その男、金森は、私が二度目の刑務所《む し よ》入りのあいだに組に入った者で、これといった取柄がなく、「唐獅子通信」の編集には、まったくタッチしていない。極道が抗争に明け暮れたころならともかく、組長同士がゴルフ場のグリーンの上で勝ち負けを決めるご時世になっては、この手の男は、出る幕がないのである。

「わからんのう……」

私は皮肉ではなく、心から言った。

「どない考えても、了見でけん。わしらがチーム作るいうことを知っとって、なんで、島田組のチームに入る気ィになったんじゃ」

「こいつ、むかし、ピッチャーとして鳴らした男でっせ」

ダークが強調した。

改めて眺めると、大きな男であった。とくに手が大きかった。

「黒田……」

大親分は射るように私を見て、

「島田組には言うてやったのか？」

「へえ。ついさっき」

「ざまあかんかん」

大親分は唇を歪《ゆが》めて笑った。

「契約いうても、金を貰《もろ》てなかったですけん、話をつけるのは簡単でした」

私は説明した。

「わかった」

大親分は頷いて、

「けど、親を裏切った理由《わけ》は、まだ、はっきりせん。肚《はら》に落ちるまで、とっくりと説明して貰おうか」

大親分はしずかに帯を解く。

和服が床《ゆか》に落ちた。大親分はRed Lionsと赤く記した純白のユニホームで身を包んでおり、風呂敷を巻いた中から真紅のバットを取り出した。

「わしの精神棒、受けてみるか」

「暴力はいけませぬ」

学然は金メッキの十字架を取り出して、大親分に向けた。

「たしかに、裏切り者ではありますが、わしは、この男の左手が気になる。大きさといい、傷《いた》み具合といい、わしの眼に狂いがなければ、これ、正しく、ナックルの……」

金森はにわかに床に膝《ひざ》を突き、学然和尚に向って平伏した。

「お、おそれいりました！」

「はて、どうしたことか」

学然は、やや嬉しそうに、

「愚僧には、とんと見当がつかぬわい」

「わし……ナックルボール投手を志しとったのです」

金森は学然を仰ぎ見た。

「大リーグのウッド、フィッシャー、ニークロが神様でした。ウィルヘルムは、この眼で見たのです。そんとき、四十五過ぎやったけど、上手《うわて》から投げるナックルは、まだまだ威力がありました……」

「ほほう、そこまで進んどった者が、なぜ、ナックル道を棄てて、六道《りくどう》の辻《つじ》に迷うたのじゃ？」

「いわずと知れた花札《はな》の道」

「球界の花形《はな》から花札《はな》へとな？」

「へへーっ」

「花は花でも、徒花《あだばな》か。実《み》の一つだに……」

「無きぞ悲しき……」

金森は泣き出した。

「どないな漫才じゃ、これは？」とダークが途方に暮れた。

「泣いてすむことやないぞ」

私は短刀《どす》をテーブルに置いた。

「わかっとるやろ？」

「へ……」

金森は短刀《どす》を抜き、刃を左の小指に当てた。

「待たんかい」

大親分の声は重かった。

「島田組へ移籍しようとした理由《わけ》を、まだ、きいとらんぞ」

「よう説明した方がええですよ」

原田が促した。

「……それやったら、専門的なはなしになります」と金森は言った。「……ナックルボールちゅうのは、体力の問題やありまへん。〈感じ〉をつかむのが、こつです。そのために は、キャッチャーを相手に、毎日、五十球から七十球、練習せなあかんのです。だいいち、ナックルは、どう変化するかわからんし、ぎりぎりの低目をつかんと、ホームラン・ボールになりよる。たいがい、ワンバウンドの球になるんで、キャッチャーの身体は、もう、痣《あざ》だらけですわ。ま、たいがいのキャッチャーは嫌がります。これがトラブルの原因《もと》になるのは、わし、とことん、経験しとります」

「わかる……」

学然だけが頷いた。

「ところが、サザン・アイランダースのキャッチャーは、了解してくれましてて、練習の相手をしたると言わはって……それで、わしも、つい……」

みなまで言わず、金森は短刀《どす》を斜めにした。

「待て待て！」

学然は片手で制した。

「小指はやめい。詰めるのは、人差し指と中指じゃ……」

六

私たち俠道《きょうどう》に生きる者にとって恒例の事始式《ことはじめしき》が終ると、新年である。

この間《かん》に何が起ったかを示すのは、「唐獅子通信」の巻頭を飾った大親分の〈年頭に想う〉という文章であろう。以下、一部を引用してみよう。

〈……マスコミ雀どもは、あいかわらず、俠道界における私たちの平和思想を理解せず、差別意識をむき出しにしております。あわれな人たちです。各種の弾圧にもめげず、七九年を乗りきった私たちは、八〇年代に突入します。……一九八〇年、私の新年は、初詣《はつもう》でで始まりました。坂津神社に詣でた私を待ち受けていたのは、新生球団「坂津レッド・ライオンズ」の面々です。監督こそ決定していないものの、意欲に充ちた顔、顔、顔。中でも目立つのは、ナックルボールを得意とする金森投手です。（かつて西映ボトラーズのエースとして鳴らした村井投手の変身した姿ですが。）左腕に「一球入魂」の刺青《いれずみ》をした金森投手は、学然和尚によって開眼《かいげん》した秘球を神前で披露いたしました。ああ、こんな球が、この世の中に、あったのでしょうか！そのボールは、途中から、ぐらぐら揺れながら本塁に達し、それからまた変化するのです。金森投手は、子供のころ、事故で左手の人差し指と中指を失い、それがナックルボールに幸いしたとのことです。（この秘球完成のかげに、女房役《キャッチャー》をつとめたダーク荒巻の功績があったのも事実です。肉体疲労と心労で、ダーク荒巻は、目下、入院中ときかされました。）……わが新生球団を意識して、俠道界には続々、球団が生れつつあります。中でも、大阪ミナミの「サザン・アイランダース」は、かつてマスコミ雀が名づけた〝黒い霧事件〟で引退したプロの選手たちを集めて、猛練習をおこなっているやにきいております。これらの球団の動きは、八〇年代の俠道界の〝新しい波〟といえましょう。……〉

「社長……」

ノックもせずに、原田が私の部屋に入ってきた。

「なんじゃ？」

「えらいことです」

原田は蒼ざめていた。スパイ活動も楽ではなかろう。

「新年や。一杯、やらんかい」

「それどころやありません。金森のナックルは、うちの決め手でなくなりました」

「なんやて!?」

「そこに腰かけて、説明せんかい」

私はぽかんとした。

「はあ……」

原田は椅子にかけた。

「どないした？　ええ？」

「いやあ、ショックです。胸がどきどきして……」

私は答えなかった。

「社長、島田組がハワイのダウンタウンに進出しとるのをおききでしょう」

「ああ……」

「奴ら、ハワイの二世で凄い投手をスカウトしてきたんです。さっき、双眼鏡で見たんですけど、こら、もう、むちゃくちゃなスーパー・ナックルです。あんな球やったら、掛布、浩二もお手あげですよ」

「うちの打線では……」

「戦争《いくさ》にならんです。金森のボールをもっと変幻自在にしたやつですから」

「うーむ、悩みが増えたの」

長嶋監督の〈これは、もう、技術の問題だ〉という言葉を私は心から理解した。

七

「なんやて!?」

栗林警部補はコーヒーを吹き出した。

「わしにバッティング・コーチたのむて、黒田、おまえ、正気か？」

「正気ですがな」

端正でどこかニヒルな面影を宿す栗林の顔を私は見つめた。

「冗談も、ほどほどにせいよ」

「冗談で坂津まで来ますかいな」

坂津駅前の喫茶「リルケ」の暗い片隅に私たちはいた。

「栗林はんが県警の野球部でバッティング・コーチしてはるのも調べがついとります」

「だから、どうした？　県警四課に属するわしが、なんで、極道にコーチせなあかんのや」

「野球に精出せや言うてはったの、どなただす？」

私は開き直った。

「わしらが野球に狂うとって、斬ったはったの勝負も野球《たま》でつけるいう風潮——県警にとって、こないにええもんはないのとちがいますか？　そのためには、レッド・ライオンズが強《つよ》うないとあきまへんのや。レッド・ライオンズ打倒を合言葉に、極道リーグが燃え盛るいう寸法だす。つまり、栗林はんがレッド・ライオンズに腕を貸すことが俠道界の平和につながり、ひいては、県警のプラスになるちゅうわけです」

「なんや正しいような、騙されとるような、おかしな気分やぞ」

「失礼でっけど、栗林はん、甲子園の土を踏まはったんやおまへんか？」

私は、ずばり、ときいた。

「踏みそこないや」

栗林はかすかな笑みを漂わせて、

「昭和二十二年八月の全国中等学校野球大会には出られなんだ。その前の年は、わしの学校も大会に出られてな、平《ひら》古場《こば》のひきいる浪商と対戦して、敗《ま》けたんや。甲子園は米軍が接収しとって、場所は西宮球場やった。……わし、内野の補欠やったけど、あの年はまだ二年生でな、食糧の現地調達、洗濯、薪《まき》運びといった裏方や。選手のために、東海道線の急行券を手に入れるとか、仕事は仰山《ぎょうさん》あった。浪商に優勝されて、わしは翌年に希望をつないどった……」

「野球の強い学校やったんですな」

「いや、昭和二十二年には、もう、あかんのや。昭和二十一年、敗戦の翌年だけ輝いた、けったいな学校や。……東京の外れのしょうむない中学やけど、大東亜戦争のさいちゅうでも野球部があって、練習を続けとった」

「ベースボールいうたら、敵性のスポーツでしたな」

「そうや。まあ、ある種、自由主義の気風があってな、戦時下に野球をやっとった。そやから、昭和二十一年だけ、べらぼうに強かった。わしの学校が強かったんやのうて、よそが練習不足やったと、翌年わかったよ。慶普・早実・慶商・日大二中、東京では、ここらが強かった。甲子園は夢のまた夢になった……」

「わしも、そのころ、中学生やったけど、学制が変りましたな」

「六三三制になったんや」

「それで、中等野球が高校野球に名前が変ったんやないですか」

「そや」

「高校ではどないでした？」

「わし、高校へ行けんかったのや」

　栗林は淋しそうに言った。

「中学が三年で終るなら、やめて働けと親父が言うてな。……ま、わしが働かなんだら、家の者が餓死するいう状況やった。東京の本所いう辺りの町工場で働き出したとき、わしは野球とのつながりが切れた思《おも》てな、グラブを隅田川に捨てた……」

「そこらが分れ目ですな」

「なんや、それ？」

「わしも、中学でやめい言われて、かっとなって、極道入りですわ。おたくは警察に入る。わしはこの道や。人生の分れ道はそこですわ」

「おまえも野球部か」

「わし、柔道部です」

「ふむ……」

栗林はコーヒー・カップをテーブルに置いて、

「甲子園の近くに住むようになったのは偶然や。いや、無意識のうちに、そうなったのかも知れんけどな」

「思いが残っとるんですなあ」と私は感心した。「コーチの件、ぜひ、おたのもうします。不肖、黒田哲夫が……」

頭をさげるのを栗林は制した。

「やめんか。生きる道が違《ちご》とるんや」

つと腕時計を見て、立ち上った。

「コーヒー代、借りとくで」

私に笑いかけて、トレンチコートの栗林はドアの方に歩き出した。

向うの窓際にいた、見なれない二人の男が、そっとテーブルを離れ、レジに千円札を投げて、栗林のあとをつけ始めるのを私は認めた。大方、流れ者だろう。私も立ち上り、レジの女の子に五千円札を渡した。釣りはとっとけや、と言いそえて。

外は暗くなっている。

二人の男が須磨組に雇われたのでないことは察しがついた。須磨組が地元で四課の男を狙うはずはない。反須磨組連合のどこかの組が、須磨組をトラブルに巻き込もうとして絵図を描いたのだ、と私は直感した。

栗林はガード下の暗闇に向って歩いてゆく。私は上着の内ポケットから、ジャックナイフを出し、刃を起こした。

一人が短刀《どす》を構えて、栗林の真うしろから走り寄った。栗林の反応は、驚くほど、すばやかった。身体をひねって、短刀《どす》を宙に泳がせた。

数メートル離れた位置で、もう一人の男が、両手で拳銃を構えた。二段構えの攻撃だが、私の右手を離れたナイフは、次の瞬間、拳銃を持つ男の左手首に突き刺さった。う、と声をあげて、男はよろめく。

拳銃を奪いとった私が、振り向くと、栗林は男を叩き伏せ、短刀《どす》をとりあげていた。

「もうひとつ、借りが出来たの、黒田……」

栗林は低く言った。

親の心、子知らず、とは、よく言ったものである。

これだけのお膳立てをしたにもかかわらず、レッド・ライオンズの選手たちは、県警四課の人間をコーチとして受け入れるわけにはいかない、と突っ張った。

「県警いうても、栗林はんは別なんじゃ」

私は説得にかかった。

「とにかく、筋が通りまへんわ。わしら、脛《すね》に傷持つ身ィでっさかい、桜の代紋背負《せたろ》うたお方とはつき合えまへん」

選手会長の金森が言った。その言葉に、一理も二理もあるのは、だれよりも私が知っている。

「栗林さんは、無料で、しかも影の存在として、つとめてくれるんですよ」

原田も、きっとなった。

「只ほど高いもんはない、といいますで」

金森が反論する。

私は、むかつくのを抑えて、

「こないしたら、どうじゃ。……栗林はんにバッターボックスに立って貰う。おまえは、例のナックルを投げる。栗林はんが打てなんだら、話を白紙に戻す……」

「よろしおま」

金森は首をすくめて笑った。

次は、栗林警部補を説得する番であった。

彼の条件は、ただ一つ――

「甲子園で対決したい」

これだった。

須磨義輝の力をもってすれば、甲子園球場の借用はわけがない。退院したばかりのダークだけが協力を渋ったが、
結局、捕手役を引き受けた。

「好きにせい、金森。なんとか身体で止めてみるわい！」

寒風吹きすさぶ球場でダークは大声で叫んだ。

天気は良いが、風が強かった。大親分、学然、原田と、無人のスタンドにすわりながら、私は自信がなかった。いきがかり上、こんなことになったが、私は栗林がバットを持つ姿を見るのは、まったく初めてなのである。

（三振でもしよったら、わしの立場が無《の》うなってしまう……）

金森はチューインガムをふくらませながら余裕綽々《しゃくしゃく》のリラックスぶりだった。

じじつ、調子も良かった。最初の球は本塁まで一直線にきて、ふわっと浮き上り、ストライク・ゾーンから急に落ちた。栗林は空振りした。

「あないな小兵《こひょう》で野球ができるんか」

大親分は首をひねった。

次のナックルはゆらゆらと不安定な軌道を描いて小刻みに変化し、栗林のバットは虚《むな》しく空を切った。

私は片手をあげた。

なんとかしなければ収拾がつかなくなると思いながら、私は走り出した。走りながら考えた。あの夜の栗林の反応のすばやさはどこへ行ったのだ？　あんなに真うしろから襲われて……真うしろから……

私は栗林のそばに駆け寄り、話しかけた。ネクスト・バッターズ・サークルに退くまで、時間にして三十秒とかからなかったと思う。

栗林は急に投手に背中を向け、バットをかつぐような恰好をした。

金森は私の様子をうかがった。かまわず、思いきり投げろ、と私は眼で合図した。

一瞬、金森は戸惑ったようだった。だが、自分に背中を向けている小男を見て、猛然と怒りを覚えたらしく、蠅《はえ》のとまりそうな、思いきった超低速ナックルを投げた。

栗林のバットの動きは眼にも止らず、球は白い弧をえがいて、鮮やかに左翼場外に消えた。

唐獅子渋味《シブミ》闘争

その瞬間から、ニコライの人生の最終目標は〈シブミ〉のある人間、動かし難い平静さを具《そな》えた人間になることであった。

（トレヴェニアン「シブミ」より）

一

坂津市の住宅地域の中でも最高の場所に位置する須磨組《ほんけ》大親分、須磨義輝《すまよしてる》の宏大《こうだい》な屋敷へ行くには、長い石段を登らねばならない。

「裏日本は豪雪でも、瀬戸内は暖《ぬく》いの」

私は、私の横で息を切らせている若い知識人の原田に声をかけた。

「海からの風が冷たいですよ」

原田は悲鳴に近い声をあげる。

「もう少し、ゆっくり登りませんか」

「なんじゃ、若い身空で」

私は軽く笑って、歩みをゆるめた。

大親分からの電話では、ぜひ原田を連れてくるように、とのことだった。（なにか、あるぞ）と私は直感した。

一年ほどまえに野球に狂っていらい、大親分はしずかに暮していた。としということもあるだろう。野球熱が冷めていらい、なにかに狂うこともなく、市内の金泉寺で参禅しているときいた。もっとも、寺の和尚《おしょう》が、舶来の般若湯《はんにゃとう》を真昼間からくらう男だから、なにをやっているか知れたものではないが……。

私たちが通されたのは大親分の書斎——紫色の高級絨《じゅう》緞《たん》を敷きつめた、三十畳はゆうにある洋間だった。

私が驚いたのは、剝製《はくせい》の牡《おす》ライオンや唐獅子を描いた鎧《よろい》の胴、唐獅子マーク入りの特製ステレオなどが、すべて無くなっていたことである。

いや、それだけではない。ソファー、椅子、テーブルも片づけられている。

あるものは文机《ふづくえ》一つと座布団が少々。そして、文机の隅には、私だけが辛うじて判別できる、小さく縮んだブルドッグの干し首が、文鎮代りに置かれている。あたかも、大親分の執念深さを象徴するかのように。

どこからともなく、音楽がきこえてくる。想い出すだにおぞましい「スター・ウォーズ」でもなく、コンバット・マーチでもない。外人の歌だ。

「なんやね、あれ？」

私は原田にたずねた。

「ジョン・レノンの『スターティング・オーヴァー』です。遺作といってもいいでしょう」

「ジョンか」

よくわからぬまま、私は頷《うなず》く。

「一昨日《おとつい》、殺されたでしょう、ニューヨークで」

「おお……」

想い出した。ナウい私としたことが。

「あの男の歌か。どないな意味じゃ？」

「『やり直し』というか、『一から出直し』と申しますか」

「仕切直し、やな」

私は、うすうす大親分の心の方向がわかる気がした。

（いままでの自分は間違《まちご》うとったということや。反省して出直し、という……）

そのとき、ごく地味な和服を着た大親分が入ってきた。いかにさりげなくふるまおうとも、日本の首領《ドン》の凄みは隠すべくもなく、炯々《けいけい》たる眼光が私を射た。

女中が改めて座布団を私たちにすすめる。別な女中がお茶を運んでくる。

「のう、哲……」

大親分は口を開いた。

「わしは八〇年代の俠道《きょうどう》はいかにあるべきかという点について、いろいろ考えてきた。七〇年代は〈人の和こそすべて〉で良かったけどな、八〇年代は激動の十年になるで。ホメイニ師とレーガンな、それから、漫才ブーム——これをつなぐと、八〇年代いうものが、おのずと浮び上ってくる」

「そがいなものですか」

「そがいなものよ。はは、方言ちゅうのは面白いのう」

私は少しも面白くない。

「社内報も、〈人の和こそすべて〉だけではあかんよ。わしは新しい方針を考えた。ふ、ふ、わかるか、哲？」

「いえ」

わかるはずがないではないか。

「ヒントは意外なところからきた。大学を出て、ニューヨークで遊んどった息子の土産やが」

「安輝《やすてる》さん……」

「うむ。いま、日本《こっち》に帰ってきとる。息子の話やと、向うは、えらい日本ブームなんやて。それもやな、テレビやたら電卓やたらの物質ブームや無《の》うて、精神的なもんや。日本人の精神を学ぼうちゅう動きがあるらしい」

「ほんまだっか？」

私は動揺して、

「大和魂《やまとだましい》を……」

「大和魂やない。シブミや。『シブミ』たらいう本が大ベストセラーになったらしい」

「まさか……」

私は信じられなかった。

「本当ですよ」

と脇から原田が言った。

「もう日本語の翻訳が出ています。ぼくは翻訳で読みました」

「そんなら話が早い」

大親分はにこりともせずに、

「哲もそれを読むがええ。シブミの精神《こころ》が具体的に書いたある」

「シブミて、よう派手とか渋いとかいうときの、あの渋味のことか？」

私は原田にきいた。

「そうです」

「なんで、アメリカ人にシブミを教《おせ》て貰わなあかんのかいのう」

「進駐軍への反感はすてるのじゃ」と大親分はきびしく言った。「きょうび、進駐軍いうても、ヤングには通じんわい。——そらな、わしかて、初めは、おまえと同《おんな》しこと思《おも》た。毛唐がなんぼじゃ、とな。そやけど、息子の説明をきいて、ようわかった。得心でけた。その小説を書いたアメリカ人は、シブミを体得しとるよ……」

「小説？」

私は意外だった。もっと堅い本かと思っていたのだ。

「ベストセラー小説です」

原田が急いで説明する。

「トレヴェニアンという覆面作家が書いたもので、えらい評判になりました。戦後の日本でシブミを身につけた一匹狼の暗殺者が巨大な組織と対決する話ですが、日本人が非常によく書けています」

「待て待て」

私は納得がいかなかった。

「渋味なら、わしにも、わかっとるつもりや。殺し屋も、まあ、知っとる。そやけど、渋味を身につけた殺し屋っちゅうと、なんのこっちゃわからんやないか」

「勉強じゃ、哲！」

大親分の声は鞭《むち》のようだった。

「そないな殺し屋になれ、いうとるわけやない。この〈シブミ〉をわしらの精神にしょう、ちゅうことじゃ。社内報を通じて、須磨組傘下の諸団体に呼びかける。〈人の和こそすべて〉〈そしてシブミを！〉——わかるか？」

「へえ」

私はあいまいに答える。どうやら、これは新しい流行らしい。サーフィンや「スター・ウォーズ」のたぐいではないか。

「アメリカではな……」

大親分は咳払《せきばら》いをして、

「テレビの『将軍』ブーム以後、日本の良さが見直されとるらしい。日本レストランに入ると、サムライ、ゲイシャ、ショーグン、ニンジャいう定食コースがあってな、さいきんは〈シブミ〉ちゅうコースもでけとるらしい」

「はあ……」

やっぱり、流行物《はやり》だった、と私は合点がいった。

（大親分のいうシブミと、わしがイメージする渋味とは、どこか食い違《ちご》うとる。どこいうことはわからんけど）

「外人に言われて気ィつくいうのも、なんやけどな。シブミは、盲点やった」

大親分はひたいに片手を当てて、

「……浮世絵や茶の湯の良さを認めたのも、外人やったな。わしら、身近過ぎて、日本の生活の中にある良さをつい見過してしまう。……哲よ、八〇年代は、これでいこやないか」

「へえ……」

私は軽く頷いて、

「お気持は、よう、わかります。……ですけど……」

「ですけど——なんじゃ？」

「二階堂組《うち》と島田組のあいだがキナ臭《くそ》うなっとります。いずれ、抗争《でいり》があるかと思いますけど、そのさい、シブミいうもんを、どう加味するかですな。下手して、若い者《もん》の動きを押えると……」

「そらあかん！　島田組は一兵たりとも残さんように叩き潰すのじゃ！」

〈人の和〉理論など無視して大親分は叫んだ。

「ええか、皆殺しにしても——や、そらあかんな。なんちゅうか、ほれ……」

つい本音を口にしてしまった大親分は、歌でごまかした。

〽海は死にますか　山は死にますか
「どうも、もひとつ、わかりまへん。わたし、頭悪うて……」

「わしの説明も下手やった」

大親分は初めて、かすかに笑った。

「身のまわりも、こないに渋うしたんやが、これだけではわかるまい。シブミの在り方を教えるのは、あそこに居《い》てる……」

大親分は右手をあげ、おもむろに金泉寺の方角を指さした。

二

「底冷えがしますねえ」

原田は寺の庭に眼を向けながら呟《つぶや》く。

「薄暗《うすぐろ》うなってきよったの」

そう言う私と原田は、金泉寺の暗い本堂のはしに坐って、学然和尚《がくぜんおしょう》の現れるのを待っていた。

学然は過去の不明な男で、戦前のサンフランシスコにいた放浪者、関東のテキ屋、往年の大陸馬賊、等々、さまざまな説があり、現在は金泉寺の住職、かつ、坂津市きってのシティ・サーファーとして知られている。

渋柿色の袈裟《けさ》を肩からかけた学然は、松田聖子の新曲にのって登場した。みるからに生臭い、脂《あぶら》ぎった顔と、松田聖子のたよりない歌声が、なんとも、ちぐはぐである。

「ハロー、フォークス！」

和尚はにっこり笑って、

「ホワット・キャン・アイ・ドゥ・フォア・ユウ？」

「それはないでしょう」

と原田は馴れ馴れしく言った。

「ぼくらの目的は、とっくに、ご存じでしょうが……」

「オオ、イヤー」

学然はにたにたした。

「久々に始まったのう。今度は、シブミたら言うとった。須磨義輝は伜《せがれ》に甘くてな。あの伜の言うことは、もろに信じおる」

「へえ」

私はあいまいに答える。いっしょに大親分の悪口を言うわけにはいかない。

「まあ、わしもな。シブミを身につけようという須磨義輝の気持がわからんでもない。いままでが、デーハー、いや、派手過ぎた。シブミをめざすのは結構じゃ。だがな、困ったのは、めざしとるのが、わしらのいう〈渋味〉ではないことじゃよ。アメリカ経由の、ローマ字で綴《つづ》るSHIBUMI

なのだ」

「だいぶ、ちがうんだっか？」と私。

「まあ、ききなさい。いま、トレヴェニアンの〈シブミ定義〉を朗読してあげよう。木魚をとってくれ」

原田が木魚を運んでくると、学然はふところから半紙を綴《と》じたものをとり出して、おもむろにひろげた。それから、木魚を思いきり一撃して、

〽イー、リャン、サン、スー、ウー、リュー、チー、パー
姑娘《クーニャン》　フローム　イパネマ　ゴーズ　ウォーキン
それ　シブミとは　知識というよりはむしろ理解をさす
雄弁なる沈黙　慎み深さ
シブミの精神が〈寂《サビ》〉の形をとる芸術においては
サビの部分をワンスモア
それはまた　なかなかのものだ
なかなかに風雅な素朴さ　恋の風雅　整然とした明確さ
B地点を通らずに　A地点からC地点へ直行する簡潔さ
シブミが〈侘《ワビ》〉として捉えられる哲学においては
消極性のない静かな精神状態
生成の苦悩を伴わない存在
そして　人の性格の場合には――
支配力を伴わない権威

ポコ、ポコ、と木魚を叩いた学然は、急に、ひとりで会話を始めた。

――人はどのようにして、そのシブチン、いや、シブミを達成できるのですか？

――達成するもんやないて。発見するのや、発見。それにな、発見でけるのは、ほんの、少数の人や。

――ちょっと待って下さい。ということは、非常に多くのことを学ばなければ、シブミには到達できない、というんですか？

――それもある。けど、正味の話が、知識を通り抜けて、単純素朴な境地に到達せい、いうこっちゃ。

学然は、私たちににっこり笑って、

「おわかりかな?」

「阿呆陀羅経《あほだらきよう》と古い漫才を混ぜたようなものですね」

原田が感想を述べた。阿呆陀羅経はともかく、漫才に似ているという点は、私も同感だった。

「黒田はん、あんた、どう考える?」

「わかり易《やす》いとこと、えらいむつかしいとこがおますなあ」

私は首をひねった。

「支配力を伴わない権威いう部分は、わかりま。けどね、わたしが、そんなゝめざしたら、大阪はむちゃむちゃになりよりまっせ。支配力なかったら、もう、わやですがな」

学然は頷き、小僧の運んできた灘《なだ》の般若湯を私たちにすすめた。

「ぐっとやりなさい。はらわたから温まる」

「いいんですか、お寺で?」

原田がききかえすと、

「ブランデーのほうが良いかな。一本十五万円のがあるが……」

「めっそうもない。これを頂きます」

と、私は茶碗酒を飲んだ。

学然も茶碗酒を呷《あお》って、

「おお、甘露、甘露」

「……くどいようでっけど、英語のシブミちゅうやつ、見当つきまへんな。極道と縁の遠いもんとちがうんですかいの」

「黒田はんの言うことは、ようわかる」

学然は、ジャーの中の酒を茶碗に注《つ》いで、

「わしも、これには頭をひねった。……しかし、じっくり考えればわからんでもないと思う」

「え?」

「つまりじゃ。このダルタニアンが……」

「トレヴェニアンです」

原田が訂正する。

「そのアンがいわんとしとるのは、ひとことでいうたら、おのれの力を誇示したらあかん、さりげなくしとれ——こんなことだと思う」

「なるほど」

「たとえばのはなし、このわしじゃ。西日本きってのサーファーであるわしが、サーフボードを抱えて歩いとるのは、いやらしく見えるかも知れん。おのれの能力を誇示しとるように人は受けとるかも知れん。ましてや、わしがボードごと水に入っとったら、他人にプレッシャーをあたえようぞ。わしのその姿が他人を支配するのです」

「そがい——そないなもんですか」

「わしはサーフィンの権威じゃ。権威という存在《もの》は、それだけで、他人に強い支配力を及ぼす。……だから、わしは、もう、海にあまり入《い》らぬ。ボードも持たぬ。〈海に入れない超人サーファー〉、これこそ、〈支配力を伴わない権威〉ではないか」

「うーむ……」

　私は答えられなかった。

　サーフィンはおろか、学然はまったく泳げないという説がある。私もそんな気がしてならないのだ。だから、原田たちは、学然を、シティ・サーファー、歩く「ポパイ」と、せせら笑っているのだが……。

「そら、ま、サーファーやったら、それでええでしょう。わしらの方は、島田組と長い戦争《いくさ》やっとるわけで……」

「そこじゃて」

　学然はひざを叩いて、

「島田組にもシブミ精神を吹き込んだら、どうじゃ。島田清太郎も乗り易いからの。双方がシブミに徹したら、もう戦争は起らんだろうが」

「島田の河馬《かば》公は必ず、裏切りよりますわ。わしらだけシブミに徹して、島田組がハデミに転じたら、ぼろぼろに敗《ま》けまっせ、これは」

「ハデミという日本語はない」

　学然は厳《おごそ》かに腕を組んだ。

「大親分の命令は絶対ですから、表面的に渋くふるまったら、どうでしょう？」

　原田が折衷案を出す。

「知識人のはしくれが、なんちゅうこと吐《ぬ》かすのや」

私は苦《にが》りきった。

「ええか。社内報の『唐獅子通信』を経て、シブミ精神は、日本の果てまで、ひろがるのやぞ。九州、北海道と進攻作戦をひろげようちゅう大切《だいじ》な時に、戦《いくさ》は渋うせえと呼びかけてみい。拳銃《ハジキ》を千枚通しに持ちかえる者が出よるぞ。鉄砲玉の動きとシブミ精神は、どないしたかて折り合わん」

「矛盾です、それはわかってます」

原田は頷いた。

「迷惑な本が出たもんじゃの。しかも、シブミを身につけた殺し屋が主人公いうのが阿呆《あほ》くさい」と私。

「いわば、吉川英治の『宮本武蔵』みたいなものではないか」

学然はチキンの足に食らいつきながら、とっぴなことを言い出した。

「佐々木小次郎の派手さに対して、武蔵は、終始、地味じゃ。つまり、シブミだ。お通さんが追いかけても、気を動かさん。劣情を押えとる」

「シブミですね」

原田は急に笑いだした。

「不自然いう気がして、おもろい。ぼくはそう思いますけど」

「なるほど、シブミ道の追究か。こら、えらいこっちゃぞ」と私。

「さしずめ、渋道《じゆうどう》――ヘイ、ジュードーじゃな」

学然は無責任に笑って、

「渋道《じゆうどう》一代――これは良い。しかし、若い衆《し》が理解できるかの?」

三

「だれが村田英雄やねん……」

昔はプロレスラー、のちにテレビのお笑いタレントでもあったダーク荒巻は、揉み上げを長くした四角い顔をあげた。

私がいやがっているのに、ダークは水玉模様の赤い蝶ネクタイを外さない。ダブルの背広はグリーン一色で、いまどき、気のきいた漫才師ならこんな服は着ないだろう。

「おやっさんの説明きいても、わい、シブミがどないなもんか、とんと、わかりまへん」

「そやろ。言うとるわしかて、わからんのや」

そう答えて、私はペッパー・ステーキにナイフを入れた。

ミナミのネオンを見おろすこのフランス料理屋は、極道の足を洗った私の古い友達《だち》が経営している。ここでフランス料理を味わってから、ダークが愛人に経営させているクラブへ足を向けるのが常なのだ。

「むむ、こら、いける」

ダークはフォークで魚を示してみせて、

「おやっさん、これ、注文したら、どないだ？」

「なんじゃい、それは？」

「舌平目のムニエル島之内風ちゅうやつだす」

「わし、その黄色いたれが好かん。そやけど、舌平目の島之内風て、けったいな気ィせえへんか」

「わい、うまいもんなら、なんでもよろし。さっきの〈富《とん》田林《だばやし》郊外でとれた野菜のコンソメスープ〉も、いけましたで。ブーローニュの森ちゅう味で」

「ブーローニュて、なんや？」

「フランスの田舎でんがな。森が名物で」

「物知りやの」

私は生焼きの肉を一切れ、口に入れた。とろけるように柔らかだった。

「お風呂で覚えたんですわ。待合室に、ブーローニュの大《おお》けな油絵がおましてな。わい、かちあげてきて、マンションに飾ったぁります」

「おかしな真似すなや」

私は注意をあたえて、

「うむ、椎茸の大蒜《にんにく》焼きもうまいよ」

「朝鮮焼きみたいに言うたら、あきまへんがな、おやっさん。ガーリック焼きと上品に言うて下さい」

「そない言うたら、上品になるんか」

「イメージでんがな。わい、ともすれば、中流生活者を意識する今日このごろだす」

「しゃんとせい、と言いたいとこやけど、わしにも、その気《け》ェがある。女連れでホテルに泊って、朝、キャッシャーで金払うとき、つい眼ェが一ドルがなんぼいう数字に行くよ。よう、壁に出とるやろ。円が高いと安心する」

「近代企業の経営者なら、当然でっしゃろ」

ダークはしたり顔で頷き、

「わしら、もう、生活、落せまへんで」

「いえるぞ、それは」

「こら、わいの誤解かも知れまへんけど、シブミがモットーいわれて、どきっとするのは、禁欲的な生活、押しつけられるのんとちゃうやろか、いうことだす。日の丸弁当や脱脂粉乳は、いやや……」

「そら、ちがう。生活レベルの問題やない。心や、心……」

「まさか茶の湯や生け花を押しつけられたりしまへんやろな。茶の湯が、わい、ほんま、嫌いですねや。しぶーい茶を飲まされて、菓子いうたら、ちょびっとしかあらへん」

「茶の湯は菓子食うためにやるのやないぞ」

「シブミいわれて、ぴーんとくるのは、あの茶の渋味や。あないな胃ィに悪いもん、よう、年寄りが飲みよるわ」

ぶつぶつ言いながら、ダークは島之内風を平げて、首をかしげている。足りるか足りないか考えているのだろう。

そこにボーイがきて、マネージャーと二人で、ワゴンの上のものを、もう一度、火であぶる。

「はい、こちら、キューバ産伊勢海老のグラタンでございます」

ボーイは黄色くなった海老をのせた皿をダークの前に置いた。

「これや、これ」

ダークはナイフとフォークをこすり合わせた。ついこのあいだまで、ラーメン屋で箸《はし》を割って、こすり合わせていたくせが抜けないのであろう。

「ダークよ」

と私は笑った。

「おまえ、おかしいと思わんか」

「なにがでんねん？」

「伊勢でとれるから伊勢海老やろ。キューバ産の伊勢海老て、ええかげんなこと言うなあ」

ダークは答えなかった。海老の身を殻からはがすのに精一杯なのだ。


レストランを出た私は、いつものクラブへ向うわけにはいかなかった。〈シブミ〉研究のための資料を集めた原田が、浪速《なにわ》区勘助町の二階堂《うち》組のオフィスで待っているのだ。

「ま、ま、二十分だけ……」

ダークはスエードのオーバーを着ながら言った。

「ハイヤーがきとります。近所におもろい店がおましてなあ」

「おもろい？」

私はきつい眼つきになる。

「島田組の縄張《しま》のSMクラブとちがうやろな」

「SMちゃいます。わいのれこがやっとる店で……」

「れこて？」

「三人目の子でっさ。気立てがよろし。親の手助け、弟《おとと》を世話し……」

「なんや、割り木、背負《せたろ》うて、本でも読みそうな子やないか」

道が混んでいるのに十分とかからなかった。

ハイヤーを降り、ダークと歩き出すと、ちんぴらが私たちを避けてゆく。

「あこだす。黄色いネオンがまわっとりまっしゃろ」

〈ファッション喫茶「芽留変《めるへん》」〉という文字が読めた。

「なんちゅう名前や」と私は言った。「リルケとかウェルテルとか、ふつうの名前にせんかい」

あ、と私は気づいた。

コーヒー、ジュース、なんでも一品一五〇〇円という貼紙がある。これで、ぴんとこなかったら、阿呆《あほ》ではないか。

「ノーパン喫茶やな」

「あたり！」

ダークは片手をあげた。

（しょうむないもんを……）

私はひそかに舌打ちする。京都から始まったノーパン喫茶は、大阪中に蔓延《まんえん》しているのだ。〈ミナミの暴力団、ノーパン喫茶を資金源に!!〉という夕刊の見出しが、私の頭のなかで、くるくるまわった。

紫色のガラスの自動ドアがあく。

少々のことにはびくともせぬ不肖、不死身の哲も、思わず、たじろぐ光景が、その中にあった。

小さなバタフライをつけただけの、全裸に近いウエイトレスが十人以上、店内を動きまわっているのだ。二十卓近いテーブルは一杯で、若者、中年サラリーマンが、照れたような、あえて気にしないような顔でコーヒーを飲んでいる。

壁には、〈店員との私語はご遠慮ください〉〈店員のからだに触らないで下さい〉の貼札があり、そのくせ、床のあちこちに鏡が張ってあって、ウエイトレスを煽情的に映すようになっている。

——おっ、ダーク荒巻ちゃうか？

——横山アウト、まだ生きとったんか？

客の囁《ささや》き声に、

「だれが横山アウトじゃ」

と、ダークは凄んだ。

「ほんま、紳《しん》助・竜介《りゅう》のおかげで、わい、過去の人になってもた」

「おまえ、こんなン、警《さつ》察がなんにも言うてこんのか」

私は心配する。

「いまのとこ、大事《だん》ないですよ。風俗営業ちゃいまっさかい」

「そがいなもんかいの」

私は憮然とした。

「ママ呼んできて」

ダークは、ひときわ胸の大きい女の子に命じて、

「ブラジャー外さしたン、わいのアイデアだしてな」

「アイデア、ねえ」

私は椅子に腰をおろした。いまにも警《さつ》察が踏み込んできそうな気がした。

「三分の二は女子大生ですわ」

椅子にかけたダークは足を組んだ。

「ぴちぴちした肌だっしゃろ。安上りの回春ちゅう意味で、人助けや思《おも》てます」

「ふむ……」

私は口のなかが渇いてきた。

コーヒーがきた。ウエイトレスが腰をかがめると、薄紅《うすべに》色《いろ》の乳首が私の眼の前にきた。

「なんぼ、わいかて、頭《ぺてん》に血ィ登ります。そやけど、商品には手ェつけん方針やから……」

そう呟いたダークは、指を鳴らして、

「わかった、これや！」

「なんじゃい」

「これですわ、シブミちゅうのは」と、ダークは唸《うな》るように言った。「早乗りのダークの忍耐こそ、シブミそのものです。そや、わい、もう、とうに、シブミの境地におったのや！」

四

須磨組《ほんけ》の〈事始式《ことはじめしき》〉は、毎年、十二月十三日におこなわれる。

今年の会場は坂津プラザ・ホテルである。あまり広くない前庭は、様々な高級車で一杯だった。

万一の事態にそなえて、ホテルはまるごと借り切っている。海側も正面玄関も、須磨組のボディガードたちがかためており、その外側を県警が包囲している。〈市民の保護〉という面もあるが、事始式には、手配中の者、潜行中の者が顔を出すことがあるので、それをつかまえたい肚《はら》があるようだ。

「あいかわらず、盛大なもんやね、おやっさん」

ダークが私に言った。

直系の親分衆の式だから、私はともかく、ダークはほんとうは筋違いなのである。例年はうちの車の中で待機しているのだが、今回は、なぜか、大親分じきじきの指名で、ダークも出席できることになった。ありがたいような、気味が悪いようなものである。

黒の礼服にシルバータイの一同は、その名も〈須磨の間〉なる和室大広間に吸い込まれてゆく。

正面の金屏風の前には鏡餅と屠蘇《とそ》が飾られ、唐獅子の紋入りの大座布団が一つ。その横には須磨組の幹部連中が紋付袴《はかま》で居流れる。私やダーク（珍しくシルバータイを締めている）が控えるのは、下座のほうだ。壁のスローガンは〈昭和五十六年度指針　シブミを身につけ任侠《にんきよう》ハイウェイ、ドント・ルック・バック!!〉とあり、私にはよく分らないが、例年よりシブいとは、とても思えない。とくに、ハイウェイの文字は、いつぞやの〈アメリカン・ウエイ・オブ・ライフ〉（「唐獅子生活革命」参照）を思わせて、どうにも落ちつかぬ。

やがて、大親分の入場となる。純白の紋付はいつもと変らないが、袴はメタリック・カラーである。シブミを志したのかも知れぬが、かえって派手、大派手になり、昔のカラー映画の市川右太衛門みたいに私の眼にはうつった。

「五十六年度の事始式を開会する」

と、司会役がきびしい声で言った。

「最初に、服役者の健康を祈って、一分間の黙禱《もくとう》をします」

「待てい」

大親分が片手で制した。

「ジョン・レノンのためにも祈ろやないか」

——ジョンて何や？

私の横で囁《ささや》きがきこえた。

——大親分のかわいがっとった犬とちゃうか？

——あのブルドッグか？

「では……」

出鼻を挫《くじ》かれた司会役は自尊心を傷つけられた声で、

「服役者の健康とジョン・レノンの健康を祈って……」

大親分は、一瞬、眼玉をむいたが、注意はしなかった。いままでなら、「ジョンは主の御許《みもと》に行きよったのじゃ。

ジョンの魂のために、と言わんかい！」と一喝したところだ。

（シブミやな、ここが……）と私は感じ入った。大親分の忍《にん》の教えは、可憐である。

「全員起立！」

　この後、型通りの綱領唱和、組員代表の新年度への決意表明、大親分の答辞、服役者代理への大親分からのお年玉わたし、会計報告（組本部にプールした金は服役者の留守家族の生活保護に使われている由）、幹部級服役者の出所予定日告知があって、式はつつがなく終った。

　式のあとは、場所を移してパーティーである。三階のパーティー会場には、大阪、神戸のホステスどもがすでに詰めかけている。

「水割りですか、ビールですか？」

　マネージャー姿の男が私にたずねた。その声で、私はにやりとした。小柄な、くたびれた二枚目風のマネージャーは、県警四課の栗林警部補であった。

「水割り……」

　と答えて、グラスを受けとると、私は栗林を会場の隅に連れて行った。

「な、なにするのや！」

「むちゃくちゃしますな、栗林はん」と私は辺りを見まわして、「早《はよ》う去《い》になはれ。おたくのためです」

「須磨義輝はなにを考えとるんじゃ、黒田」

　と栗林はしつこくたずねる。

「昨日は東京から碁の名人を自宅に呼びよった。わしらの観察しとるところでは、金泉寺で茶の湯の日々じゃ。いよいよ隠居しよるのかと期待しとったら、その気配はない。いったい、どないなっとるんだ？」

「……わかりまへんか？」

　私は神秘的に笑った。

「わからんから、探りにきとるのじゃ」

　栗林の答えは筋が通っている。

「碁、茶の湯と、この生臭いパーティーの関係がわからん。本心はどうなんや？」

「シブミですがな」

さらに神秘的に笑ってやった。

「……シブミ?」

「ええですか」

私は両掌を合わせてみせた。栗林は反射的に手錠をとり出し、あわててポケットにしまった。

大きく柏手《かしわで》を打って、

「これですわ」と私。

「な、なんじゃ、それは?」

「右の掌《てのひら》が鳴ったか、左の掌が鳴ったか、おわかりかな、お立ち合い」

「うーむ……」

栗林は考え込んでいる。

私にも、わからないのに……。


ダークが呼ばれたのは、パーティーの進行役のためとわかった。

司会役の幹部が、「では本職に……」とダークにマイクを渡すと、いつの間にか、赤い蝶ネクタイにとりかえたダークがすすみ出て、

「若手の漫才師連中大はしゃぎで、わい、閉口しとりますねん」

と、ぼやき始めた。

——ふんばらんかい、われ!

という野次に、

「ありがとうございます。わいも、オール阪神・巨人の芸を見習《みなろ》うて……」

情ないはなしになった。

大親分の手による鏡開き、幹部の挨拶などあって、世間より一足早い新年気分になる。テーブルの料理も、坂津プラザ・ホテルとしては最高のもので、肉が何種類も運び込まれてくる。

「どや、哲……」

大親分が近づいてきた。

「ちっとはシブミがわかったか?」

「へ、ぼちぼち」

私はあいまいに答えた。

「そうか」

大親分は満足そうである。

「パーティーのほうも、シブミでいく。そやけど、せっかく、生バンド用意したのに、だれも歌いよらん」

「おかしいですな。いつもやったら、『人生劇場』とか『大阪しぐれ』とか、もう、マイクの取り合いですが」

「演歌は、いっさいあかんと、わしが言うたのじゃ。あないなものを歌《うと》とったら、近代企業に脱皮でけん」

大親分は、かっ、かっ、と笑って、

「ニュー・ミュージック以外は演奏せんようにバンドに言うてある。わしがニュー・ミュージックにめざめたのは三年まえやった。作詞をするようになって、二年たつか」

「早いもんでンな」

「あとで、わしが歌う。真打ちや。『人を殺《い》てまうのなら九月』ちゅうのやが」

「物騒な歌だすな」

「おまえ、ズレとるぞ。みゆきの『船を出すのなら九月』のもじりと、すぐにわからなあかん」

「みゆきて、桑野みゆきでっか？」

「おまえとは話がでけん……」

大親分は呆《あき》れたように去って行った。なにか、まずいことを言っただろうか。

「ぬはは」

と笑いながら私の横に立ったのは、渋柿色の袈裟をまとった学然和尚である。片手には、船来般若湯《はんにゃとう》の水割りを手にしている。

「どうじゃな。シブミの心が見えてきたか」

「さっぱりですわ」

と私は答える。

「シブミの精神《こころ》、親心。まさかのときには火の用心」

学然は、もっともらしく呟いて、

「わしには、ほぼ、読めたぞ」

「さすがでンな」と私は感心する。

「地味に生きて、忍耐せいうこっちゃ」

「そんなんやったら、昔から言われとることですがな」

私は唖然とした。

「なにも、外人に教《おせ》て貰わんかて、肝に銘じとりま」

「そこじゃて。須磨義輝は、新しいもん好きの上に、伜《せがれ》に弱い。だから、わしらにとっては、なにも珍しくないことを〈シブミ〉などと表現して騒いどるんじゃ。放っといたらええ。だいたい、あんたの生き方そのものがシブミじゃ。あわてることはない」

「見えてきました……」

私は学然の眼を見つめた。

「いまのままでええわけですな。こら、いちばん、楽だ」

五

年が改まってからしばらくは、島田組との抗争が下火になっていた。

たった一度、私の住むマンションに銃弾が発射されたことがあるが、玄関の柱に弾痕を残しただけで終った。


二月に入って間もない、寒気のやや弛《ゆる》んだ夜である。

私、ダーク、原田の三人は、二階堂組《うち》の事務所の社長室で、税金の季節にふさわしい会話を交していた。

「ひとむかしまえは、鬼の税務署員かて、極道のオフィスには近づかなんだ」

とダークが嘆いた。

「ええ時代やったね、おやっさん」

「時の流れよ。近代企業やさかい、税金払わなしゃあないんじゃ」

私はナポレオンの水割りを飲んだ。

「オナシスというギリシャの金持ちが、こう言うてます」

と原田が言った。

「どうしたら金持ちになれるかと新聞記者に質問されて、たったひとこと、『税金をはらわないようにすること……』」

「言えとるわい」

ダークはテーブルを叩いて、

「税金はらうのやめまひょ、おやっさん」

「好きではらうのやない」

私は苦《にが》りきった。

そのとき、けたたましく電話が鳴った。

グレイの送受器をとった原田は、「は？……」と怪訝な様子で、「社長」と眼で合図した。なにか妙な気配らしい。

私は送受器を受けとりながら、原田に、「だれやね？」ときく。

原田は首をひねってみせた。

——……黒田です。

——黒田哲夫か？

電話線の向うの相手《やつ》は大きく出た。

私はシブミを忘れるほど、かっとなって、

——だれじゃい？

と怒鳴った。

——名前なんか言う必要ない。いま、おまえとこの事務所に何人居《い》てる？

——なに、なんの用があるちゅうんじゃ！

——事務所はあと十五分で爆発する。

——なんやて？

私は全身を硬くした。

——冗談やないで。はよ、逃げんと、人死にが出るよ。

——ほんまか？

——こんなン、冗談で言えるか。

——あと十五分なら、まだ、時間あるぞ。

私は腕時計に眼をやって、

——うちが爆発するて、どないしてわかった？

——どうでもええやんけ！　はよ、逃げんかい！

相手の声は悲鳴に近くなった。

——吐《ぬ》かせ。おんどれ、どこの者《もん》じゃ？

——察してェな、もう！

——島田組やな。

私はずばりと言った。

——…………。

——よし、わかった。まだ、十三分ある。うちのどこにダイナマイトを仕掛けたんじゃ？

――…………。

――ダイナマイトやろ？

――そ、そや。はよ、逃げんかい！

――まだまだ。ひとつ、きくけどな、なんで、わざわざ知らせてきた？

――こ、今晩、事務所に、だれも居《い》てへんと思《おも》たからや。これで読めた。

私たちを威嚇するために、無人の事務所を爆破しようと試みた。ところが、今夜に限って――税務署対策のために――何人かが社にいる。人死にが出るのと出ないのでは大違いだから、（たぶん）島田組では大いに慌《あわ》てたのだろう。

――どこに仕掛けた、叶《ぬ》かさんかい。

突然、電話が切れ、私はその場に立ち尽した。

「社長……」

原田の顔も蒼白《そうはく》になっている。ダークの姿はすでにない。さっさと逃げてしまったのだろう。

「……島田と話そう。ホットラインじゃ」

私はもう一つの真赤《まっか》な送受器に手をかけようとした。が、それより早く、送受器は、文字通り、火がついたように鳴り出した。

私は送受器を鷲摑《わしづか》みにして、

――黒田や。

――わ、わしじゃ。島田清太郎じゃ。

――おう！　ダイナマイト、仕掛けてくれたそうやな。

――とにかく、線を切ってくれ。タイマーが十二時にセットしてある。

島田は動転しているようだった。

――待たんかい、どこに仕掛けたんや？

――おまえとこの便所や。女性用のほうで、使用禁止の札が貼ってあるとこじゃ。

（そんなとこ、あったかの？）

と私は思ったが、原田に伝えた。

――黒田、たのむ、逃げてくれ。

――あと、九分ある。

私は左手で、ひたいの冷や汗をぬぐった。

――ドカンときたら、わしは死ぬ。けど、われが死ぬのも時間の問題やぞ。おのれの首に賞金かけたもいっしょや。

――まあ、きけ。信用でけんやろが、これは、わしの知らん計画や。

――そら、おかしやないか。ダイナマイトのありかを言うたのはおまえや。

原田が飛び込んできた。

「ありました。線を切って、ダイナマイトを外しました」

次に、ダイナマイトを数本抱えたダークが入ってきて、

「おやっさん、こら、生ゴミだっしゃろか、それとも分別ゴミ……」

――ダイナマイトは外したぞ。

私は島田に言った。

――……眩暈《めまい》がする……。

島田の溜息がきこえてきた。

――逃げるのやないぞ。

と、私はつづけた。

――おのれは知らんかったと言いたいンやろが。

――ほんまに知らなんだんや。信じてもらえんやろけど。

――辻褄合わんの。

私は低い声で脅かした。

――子供かて納得せんよ、そんなもん。

――びっくりするなよ、黒田。

島田は思いきったように言った。

――わしはな、島田組本部《うち》の中の電話を盗聴しとったんや。

――盗聴？

――だれも信用でけん。案の定、若い者《もん》があないな電話をかけとった。わしがしばきあげて、ダイナマイトのありかを吐かしたのじゃ。

――どないなっとるんや、島田組《そっち》は？

私は呆然《ぼうぜん》とした。

――若い衆《し》が暴走しとるのか。

――それやったら、わしも、こない神経衰弱にはならん。いつものこっちゃからな。このところ、ちょっと、おかしなっとるのや、一部の若い者《もん》が。

――はっきり言うて、どやね？

——黒田よ、わしら、じっくり話し合わんとあかんぞ。

島田の言葉には妙な力があった。

——ええか。二階堂組の事務所を爆破して、島田組《うち》に、どないな利益があるいうんじゃ。人死にが出んでも、警察と世論の猛攻撃にさらされる。この島田清太郎が、そないな算盤《そろばん》に合わん真似すると思うか？

——うーむ……。

私は考え込んだ。

——……言いたいことはわかる。どこぞの筋が、島田組《おまえとこ》の若い衆《し》を使《つこ》うて、うちにダイナマイトを仕掛けさした……。

——それや！

島田は叫んだ。

——そやから、わし、慌てたんじゃ。

——陰険な奴がおるのう。

——まだ、わからんのか、黒田？　二階堂組の事務所が何時ごろ無人《ぶにん》になるか心得とるのはだれや？　仕掛人は、おまえを殺すつもりはなかったんやぞ。

——む？

（まさか……いや、そんなことはあり得ない……）

——わし、ショックで、頭ボケてしもて。

と、私はとぼけた。

——どこの筋や？

——坂津、とちゃうか。

島田清太郎はうんざりしたように言った。

大親分から私のマンションに電話が入ったのは、夜中の二時だった。

——命びろいしたの、哲。

大親分の声は、思いなしか、不安定だった。

——ようご存じで……。

——地獄耳やがな。

暗い笑い声がきこえた。

——爆破を未然に防いだとはいえ、島田組の仕業や。きっちり決着《おとしまえ》つけささんとあかんぞ。

——はあ……。

——ええか、島田清太郎を締め上げるのじゃ。

六

大親分がダイナマイトを仕掛けさせた疑いはかなり濃かった。

そういえば、思い当るふしがないでもない。

午前中に坂津に出かけたとき、大親分は、「今晩、どこにおる？　急用がでけるかも知れんのや」と、私に夜の所在をきいたのだ。そのとき、私は行きつけのクラブの名を口にした。

書類の整理を税理士にせかされたのは夕刻である。久しぶりにテレビのお笑い番組のリハーサルがあるのにとボヤくダークを足どめし、原田と私の三人で、書類の区分けをしたのだ。だから、私たちが事務所にいたことを大親分は知らない。

もう一つ、いかに〈地獄耳〉とはいえ、私たち三人しか知らないトラブルを、大親分がすぐに知ったのはおかしい。島田組の中に、清太郎がつかまえた男以外の通報者がいると考えるべきであろう。

思えば、危険なはなしである。間一髪で、私、ダーク、原田は、あの世へ行くところだったのだ。

私はこの疑いを口にしなかった。二階堂組の内部を動揺させてはならない。ダークはもちろん、原田にも話さなかった。

というのは——

私の勘以外に証拠がないことだからだ。

それに、島田清太郎は老獪《ろうかい》な男だから、あのような小細工で、私と須磨組を切り離そうとしたのかも知れなかった。その可能性が、そう、三十五パーセントはあるだろう。

私が島田清太郎に〈第八種接近遭遇〉（「唐獅子惑星戦争」参照）したのは、二日後の夜だった。

庭のある料亭の座敷で、私たちは差し向いになった。ことがことだけに、ダーク、原田、島田組のボディガードたちは別室に控えさせたのだ。

「何から話そうかいの」

風の音をききながら私が言った。

「寒さがぶりかえしよった」

島田は杯を眼の高さにあげて、

「ほな、ま」

「身体《からだ》が悪いいうのは、ほんまか？」

と私はたずねた。

「膵臓《すいぞう》をやられてな、酒はこれ一杯だけや」

「膵臓て、どこにあるもんや？」

「病気の話はおいとこ」

島田は溜息をついて、

「須磨組の大親分はくるんか」

「止《と》めたんやがの。きたいいうてはった、こっそりとな。これもシブミやたらいうて……」

「シブミ？」

「お忍びいう意味や」


「あ、シノビか」

島田はまるでわかっていない。

「おたくにダイナマイト仕掛けた奴やけど、今朝、ベルトで首吊《くびつ》っとった。地下室に閉じこめといたんやが」

「きいた。ベルト外しとかなんだのは、ちょんぼやないか」

私は批判した。

「なに言われても、しゃあない」

島田はさっぱり元気がない。

「島田組《うち》に入って二年ぐらいの奴やけど、ベルトで首吊るようなタイプやなかった。油断やった」

「ベルトで首吊るタイプの極道いうのが、あるんか」

そう言って、私は河豚《ふぐ》をつまんだ。

「決着《おとしまえ》の件やけど。きっちりさしてもらうで」

「そうくると思うたよ」

島田は眼を伏せる。

「要求言うたれや」

「驚いたらあかんよ」

と私は前置きして、

「島田組の縄張《しま》うちで、演歌のレコードおよび演奏、歌を禁じる。ナイトクラブ、赤提灯《あかちょうちん》、ジューク・ボックス、すべて、ニュー・ミュージックのみにする」

島田は団栗眼《どんぐりまなこ》を全開にし、厚い唇をあけた。

「……なんやて？」

「演歌はあかんいうこっちゃ、わかり易《やす》う言うたら」と私は説明した。「ニュー・ミュージック一色にするのや」

「ニュー・ミュージック、そら、なんや？」

島田清太郎は無知をさらけだした。

「わし、歌道に暗いんや！」

「たとえていうたら、『恋人よ』ちゅう歌よ」

私は大親分に言われた通りの言葉を口にした。

「五輪真弓が歌《うと》うとる」

「あ、あれなら知ってるで。うちの娘も歌《うと》うとる」

島田は頷いて、

「武田鉄矢の歌やろ」

「阿呆《あほ》ぬかせ」

「いや、わし、テレビで見たで。長髪で、顔の平たい男が歌《うと》うとった。あれが武田鉄矢じゃ」

「そう見えたとしても、あれは女や」

私はうんざりして、

「一見、武田鉄矢——じつは、五輪真弓いう女よ」

「ほんまかいな」

島田はまだ疑わしそうに、

「わしは武田鉄矢と睨《にら》んだがの。まあ、ええわ。……けど、『恋人よ』ちゅうのは、演歌やないとしても、歌謡曲やろ。歌謡曲はかめへんのか？」

私はわからなくなった。たしかに、歌謡曲といわれれば、そういう気がしないでもない。

「とにかく、五輪真弓はかめへんのじゃ」

私はごまかした。

「そんなら、武田鉄矢もええわけやな、同一人物やから」

と、島田は勝手に決めて、

「『贈る言葉』ちゅう歌があるやろ、あの男の。極道の足を洗う連中のために、わしら、よう歌《うと》たるのや」

「ほう」

私は困惑した。その歌は知らないのだ。

「二百三高地の歌はどないだ？」

島田は古いことを持ち出した。

「海は死にますか、いうやつ……」

「あれはかめへん」

私はあわててつけ加えた。

「そやけど、あれ、二百三高地の歌か？」

「『防人《さきもり》の詩《うた》』いうてな、さだまさしいう男が歌《うと》うとる」

島田は意外にくわしかった。

「わしらが北の守りを考えるとき、必要な歌じゃ」

「ふむ……」

私はあいまいな相槌《あいづち》を打つ。

「新しい軍歌や。まあ、いうなら国民歌謡よ」

と島田は力んだ。

私は白けた気分だった。軟弱な歌を島田に押しつけて、反撥《はんぱつ》させ、さらに苛酷な条件を持ち出す、という大親分の作戦が、これでは、うまくいかないではないか。


「なにがニューか、わしは知らんけどな」と島田は言った。

「いままでの三つは、失恋の歌と、感動の歌と、愛国の歌や。この条件なら、わし、呑めんでもないわ。もう、『王将』やら『妻恋道中』の時代やない。黒田は子供がおらんから、わからんやろが、わしとこは子供五人や。こいつらが歌《うと》うとる歌はオール英語なんやぞ。少々のニューでは驚かんわい」

「よし、もうひとつの話にいこか」

と私は杯を置いた。

「大親分は島田組にシブミの道を守って欲しい言うてはるのじゃ」

「シブミの道？」

「おう、シブミよ」

「なんやね、また」

「これが、説明しにくいもんでな」

私は島田の眼を見つめて、

「だれぞ、わしのマンションに発砲しよったろが」

「すまん、あないな阿呆《あほ》がいよってな」

「責めとるんやない。あれは極道として派手過ぎる、いうとるんよ。一般市民に迷惑かかるやないか。派手好き、目立ちたがり——これらはシブミの敵や。……ええか、大親分はシブミの道を歩き始めはったんや。二階堂組《わしら》も、子として、その道を往《ゆ》く……」

「……気分は、わかる。……地道とか、裏街道いうこっちゃな？」

「わかってくれたか」

「わかった……けどな……」

そのとき、庭のほうで人の動く気配がした。

私はすばやく庭に面した障子をあけた。庭の奥の白梅の木の下に、般若の面をかぶり、薄桃色の被衣《かずき》をかぶった着流しの男がいた。

「なにやつ？……」

島田清太郎が息をのむ。島田組のボディガード二人がとび出してきて、拳銃を構えた。

男は般若の面を投げすてた。眼光鋭い大親分の顔があらわれる。

「桃から生れた——ぶはははは！　桃太郎……」

大親分が見得を切ると、ボディガードたちは凍りついたようになった。

「桃太郎、天に代って、鬼退治いたす！……」

「黒田よ、教《おせ》てくれ」と島田清太郎は私の耳に囁《ささや》いた。

「これが、その、シブミちゅうやつか？」

私は答えられなかった。だれが、この問いに答えられるであろう。

唐獅子異人対策

一

私は石段の途中で立ち止り、須磨組《ほんけ》大親分の屋敷を見上げた。坂津市でも、もっとも見晴しがきく、地価も高い場所である。

「氷水が欲しいの」

私は知識人の原田に声をかけた。黒ずくめの私とちがって、薄いグレイの涼しそうな背広を着た原田はさほど汗をかいていない。

「そうですか」

原田はひとごとのように言う。

「おまえ、暑《あつ》うないんか」

「このスーツ、風を通すのです」

と原田はコマーシャルもどきの口調で言った。

「このまえ、社長と東京へ出張したとき、買《こ》うたんですよ」

「どこでや？」

「表参道のポール・スチュアートです。忘れたんですか？社長も、靴下を買《こ》うたやないですか」

「そやったか」

「いやだなあ。ほら、石造りの建物があったでしょう」

「おう、巌窟王《がんくつおう》のいそうな建物……」

「巌窟王はないでしょう」

「えらい空《す》いとった。大阪には、あないに垢抜《あかぬ》けた店はないの」

「ポール・スチュアートのスーツは、すぐれものと言っていいでしょう」

「すぐれもの？　なんちゅう日本語じゃ。質が良いとか、ほかに言い方ないのか」

「はは、そういえば、ダーク先輩が、スポーツ小僧いう言葉を使って、社長に怒られた言うてはりました」

「スポーツ小僧いう日本語はない。野球小僧ちゅうのはあった。灰田勝彦が歌《うと》うとった……」

「そんな——戦前の話をされても」

「戦後じゃ、『野球小僧』は……」

「はあ……」

原田は沈黙した。気の良い若者だが、なんせ、戦後史を知らんのだ。

（何の用だろう？）

大親分からの呼び出しは、ろくなことがない。

（あまり大事《おおごと》でなければよいが。早く大阪の事務所に戻って、阪神・巨人戦でも観ていたい）

私たちが通されたのは、いつもの書斎だった。紫色の高級絨緞《じゅうたん》を敷きつめた、三十畳はある部屋で、剝製《はくせい》の牡《おす》ライオンや唐獅子を描いた鎧《よろい》の胴、唐獅子マーク入りのステレオ、カラオケセットなどが置かれている。

壁には阪神の岡田彰布《あきのぶ》選手の大きなパネルがあり、鼻のあたまにダーツが刺さっている。阪神ファンになった大親分は、どうやら、チームの不甲斐なさに怒り狂ったらしい。

急に騒々しい音楽が流れ出た。変な日本語で、〽愛のコリーダ、コリャサノサ、とかいっている。

「なんやね、あれ？」

私は原田にきいた。原田は音曲《おんぎょく》に強く、〈サルサからサノサまで〉という標語をかかげている。

「クインシー・ジョーンズです」

原田はおもむろに答える。

「愛のコリーダ、いうとらんか？」

「いうてます。『愛のコリーダ』という曲です」

「おかしいな。『愛のコリーダ』は大島渚とちがうか」

「大島渚の映画ですけど、この場合は、クインシー・ジョーンズなのです」

私にはよくわからない。

そのとき、グリーンの甚平を着た大親分が現れた。八月十五日が近づくと、大親分はグリーンの迷彩服を着るときいたことがあるが……。

大親分が首にかけているペンダントに気づいた。小さく縮んだ、例のブルドッグの干し首である。これでは、タロホホ王国の野蛮さを笑えないだろう。

「坐ってくれ」

炯々《けいけい》たる眼光に射すくめられて、私たちはソファーに腰をおろした。

すぐに女中がビールを運んでくる。大親分好みのバドワイザーだ。

「この感覚《センス》の良さがわかるか、哲」

大親分は真面目に言った。

甚平の下はピンクのTシャツである。私には、むしろ、悪趣味に思われたが、そうもいえずに、

「へ……」

と頷《うなず》いた。

「いま、アメリカで流行のプレッピー・ファッションよ」

大親分は胸を張った。

「気分はプレッピー、じゃ」

「はあ」

私は警戒した。こんな恰好を、組のみんなに強制されたらたまったものではない。

「哲よ」

大親分はしみじみとした口調になり、

「わしら、侠道《きょうどう》の確立のために苦しんできた。マスコミや県警と戦いながら道を伐《き》りひらいてきた。無明《むみょう》の闇に迷うたこともあった……」

「へ」

警戒しつつも、私は胸が熱くなった。

「よう、わかってま」

「〈人の和こそすべて〉――祈りにも似たわしの気持が、毛唐、いや、外人にも通じたのじゃ。わかるか、今のわしの気持が……わしの胸のうちが……」

「外人はんに？」

「おうよ」

大親分は気味悪く笑って、

「徳、孤ならず、必ず隣あり。とんとんとんからりと隣組、じゃ」

なんのことやら、さっぱりわからぬ。

「すると、外人はんが……」

「むむ、わしをたずねてきた」

「マフィアかなにかで？」

私が口を滑らすと、大親分は顔色を変えた。

「そないな筋やない！　堅気のおひとじゃ！」

「へへっ」

私は叩頭《こうとう》した。

「ラリー・ブラッケンちゅう若い学者でな。これもニューヨークで遊んどった息子の土産の一つよ」

「そのお名前、きいたことがあります」

原田が乗り出した。

「日本人の精神の研究家でしょう。『真珠湾とソニー』という本が出てますよ」

「さすがだの、原田」

大親分は、ひざを叩いた。

「その本が売れたので、二冊目の本の下調べをしておる」

「へえ、すると、もう日本に……」

「坂津プラザ・ホテルに泊っとる。数日うちに、わしに長時間インタビュウをするいうて、勉強しとる」

「どないな本を書くんでしょう？」

私は心配になってきた。

「ずばり、『ヤクザ・スピリット』」

大親分は誇らしげに笑って、

「ヤクザの精神を掘りさげようとしとるのだ。ヤクザの精神の中に日本人の原点をさぐるのが狙いじゃ。日本人の原点——これが、ぴりりと響いたよ、わしの子宮に」

「は？」

「いやさ、子宮があったら響くやろ、ちゅう冗談よ。冗談、わからんのか、冗談が……」

「へえ、わかりま」

私は頷いてみせた。

「たんに本を出すだけやないで」

大親分は念を押した。

「ニューヨークに、アメリカ自然史博物館ちゅうのがあるそうな。そこに日本人セクションちゅう部屋がある」

「七十九丁目です。セントラル・パークの西側ですよ」

行ったことがないはずなのに、原田はやたらにくわしい。

「うむ、世界貿易センターの脇や」

と、大親分は怪しげに呟《つぶや》き、

「歴史のある、由緒正しい博物館でな、シェークスピア展、やっとる言うとった。そこで、〈ジャパニーズ・ヤクザ展〉ちゅうのをひらくそうだ。そのための資料を貸してくれと言うとるのや」

「信用でけるのでしょうか」

私はいよいよ心配である。

「信用でける。……わしの眼に狂いはない」

大親分は胸をはだけた。ピンクのTシャツには、I LOVE NEW YORK、私でさえ知っているお決りの文字がプリントしてある。

大親分の〈眼に狂いがない〉かどうか、大いに疑問である。いままでに起った騒ぎの数々からみて、むしろ、まったく疑わしい、というべきであろう。

「アメリカで、その……サリーはんでっか?」

「ラリーじゃ」

大親分は不機嫌になる。

「ラリパッパのラリーと覚えといたらよろし」

「そのラリーはんは……坂津プラザ・ホテルにいてはって……」

私は言い淀《よど》んだ。

要するに、私——二階堂組組長、黒田哲夫が、そのアメ公と、どういう関係があるのか、と、たずねたかったのである。

「まあ、急《せ》くなて」

大親分はビールを口に含み、

「そのラリーに、ちょっと問題があるのじゃ」

二

「問題?」

私は声をひそめた。

「そら、何だっか」

「ホモセクシュアルですよ、きっと」

と原田が先まわりする。

「アメリカのインテリには、ホモが多いのです」

「そないなことやない」

大親分は苦笑をして、

「ラリーはまともな男じゃ。日本にきて、例の風呂に感動したと言うとった。向うのマッサージ・パーラーは技術水準が低い、ともな」

「ほう」

私は安心した。

「それやったら、まともだすな」

「問題は、もっとメンタルな部分よ」

大親分は毛脛《けずね》を組み合せて、首の骨をポキポキ鳴らした。

「ヤクザの研究はええのやが、思い違いしとる部分があってな。まあ、眼の色の違う人間やさかい、しゃあないといえばいえるが……」

「思い違い？」

「ひとことで言うたら、ヤクザをサムライの末裔と思《おも》とる。ヤクザとサムライの区別がついとらんのじゃ」

「ほよっ？」

と原田が奇妙な声を出した。

「むちゃむちゃですな」

私は感想を述べた。

「サムライちゅうのは、どないな意味ですか」

「武士じゃ」

大親分は毅然として答える。

「ヤクザと武士が、ひとつものと思《おも》とるのじゃ」

「……それ、わかります」

原田はひとり頷いている。

「ずいぶんまえに『ザ・ヤクザ』というアメリカ映画を観たのですが、やはり、そんな風でした。京都に引きこもった若いヤクザが、剣道の道場をひらいて、弟子を集めるのです。その映画だって、日本通と称するアメリカのシナリオライターが書いたのですよ」

「ま、そないな程度《もの》よ」

と、大親分は大きく構えた。

「ラリー・ブラッケンの認識も、おんなしやった。わしの家にきて、まず、道場はどこですか、と、ききおった」

「で、どない答えはったので？」

「わしも、あわ食うたがな。とりあえず、改造中でお見せでけ申さん、と答えた」

「サムライが現在《いま》の日本にいると思《おも》とるのがおかしい」

私はうんざりした。タロホホ王国の教科書以下ではないか。少くとも、日本研究家を自称する男がこれでは、話にならない。

「哲の気持はわかる」

大親分は懐の広いところを見せて、

「けどな。武士道と仁侠道の違いを説明してきかせるのは難儀やで。息子の通訳つきでも、でけんで、これは。なんせ、ラリーは、独特の日本史を頭に入れとって、他人《ひと》の言うことに耳を貸さんのや」

「頑固なのですか」

「頑固ちゅうのかな」

大親分はさすがに眉をぴくぴくさせて、

「ラリーは、こないに言うとる。――明治維新によって、サムライ勢力は打倒された。勝ったのは商人や。明治から昭和にかけて、日本を支配してきたのは、アカイ、サンスイ、ソニー、マツシタの四大財閥で……」

「テープレコーダー屋ばっかりでんな」と私。

「まあ、きけ。辛《かろ》うじて生きのびたサムライたちは、社会の陽のあたらぬ場所に住み、ヤクザと名乗った。サムライの精神は、いまではヤクザに継承されている――と、こないな筋道よ」

「どげな発想ですかいのう」

私は大きく溜息をつく。

「そら、日本史を教《おせ》てやらんとあきまへんな、天の岩戸のはじめから」

「わしも、一時は、そう思《おも》たぞ」

大親分は抜け目のない眼つきをして、

「けど、〈サムライの後継者〉ちゅうイメージは、悪《わる》うない、いや、大いにええ、と思い始めた。息子の話やと、アメリカ人はサムライを尊敬しとるそうな。そのサムライがヤクザになり、この須磨義輝が日本中のヤクザの統率者ちゆうことになると、わしのイメージも、ずんと良うなる。ラリーは、ベストセラーまちがいなし言うとったから、一躍、世界的な人物になれるかも知れん。本のカバーに関しては、意見が一致しとるのじゃ。蒼空《あおぞら》をバックにして、わしが日本刀をかまえ、天の一角を凝然と睨《にら》んどる。最高のイメージや。想《おも》ただけでも、痺れてくるわい」

私は一向に痺れなかった。

ひとりで盛り上っている大親分を眺めながら、私はビールを一息で飲んだ。要するに、何の用なのか。

「のう、哲」

と、大親分は声を低めて、

「このイメージで世界を攻めたろやないか。ぐいぐい攻めて、よがり声あげさせたろやないか。……ええか、親が世界一になるちゅうことは、おまえら、子ォも世界一になるちゅうことや」

「よう、わかりま」

私は頭をさげた。

「わたしでお役に立てることがありまっか」

「あるとも」

大親分は寄り眼ぎみになって、

「親のたのみ、きいてくれるか」

「そら、もう」

「いまもいうた通り、ラリーは、わしらがサムライの生活をしとると信じとる。写真を、ぎょうさん、撮りたい言うとった。……けどな、須磨組の事務所にきよったら、奴の夢はこわれる。コンピュータが組の雑務を処理しとるし、喧嘩《でいり》かて、テレビゲームで片づける今日このごろや。精神《こころ》は仁侠でも、表面《うわべ》は商社に似とる」

「世の流れですわ。二階堂組《うち》も、コンピュータ、導入することに決めました」

私は苦々《にがにが》しげに言った。

大阪ミナミのうちの事務所も、トラブルつづきである。暴走族出身のエリートとして、この春、入社した連中の質の悪さが、私の計算外だった。新人には、まず、電話番からやらせるのだが、二十四時間の電話番がきついと文句を言う。私が撲《は》りとばすと、大阪府警の暴力相談センターに駈け込み訴えをした。理由は〈暴力をふるわれた〉で、府警のほうもびっくりして、応対のしようがなかったらしい。残った新入社員どもも、週休二日制やら、喧嘩《でいり》のときはガードマンをやとえ、といった要求をつきつけてくる。交渉に当ったダーク荒巻が一喝すると、奴ら、母親をつれてきた。子供よりも始末が悪いのだ。

「そこで、だ。わしは、すべてを大阪で処理しようと思う。ラリーのインタビューは、古い料亭でやってもらうことにした。丁度、天満《てんま》天神の祭りの日でな、地方色がよう出て、盛り上ると思う」

「そら、もう、最高だすな」

私は納得した。

「ラリーの興味は、エレクトロニクスとザ・ヤクザが共存しとる日本にある。そやさかい、わしらからみて前近代的な風景を、次々と、奴に見せたらなあかん。……その中には、サムライの姿——いや、サムライの溜《たま》り場も含まれるちゅうわけよ。わかるか？」

「まあ……」

と私は答えた。

「京都の映画村に連れて行くのがええでしょう」

「……わかっとらんのう」

大親分は苛々《いらいら》した。

「二階堂組の事務所を、サムライの溜り場らしく見せるのじゃ。みな、鎧兜《よろいかぶと》に身を固め、刀を持つ。さすれば、武士道ヤクザが出来上る。ラリーは理想郷を発見して、欣喜雀躍《きんきじゃくやく》しよるやろ」

「お言葉だすけど……」

私はおそるおそる言った。

「サムライの溜り場ちゅうようなもんがありましたかいの？」

「溜り場がいやなら、詰め所でも、屯所《とんしょ》でもええわい」

大親分は、かっとなった。

「どうせ、毛唐には、こまかい部分《とこ》はわからん。篝火《かがりび》たいて、盛大にやれ」

「篝火て——天神祭り《てんじんさん》の晩は、毎年、猛暑で……」

「ええい、適当にやらんかい！　それから——金に糸目つけるなよ。馬でも槍でも揃えろ。ぜんぶわしが負担するさかい」

「へ」

もう仕方がない。

「これがスケジュール表じゃ」

大親分はサイドテーブルから一枚のコピーをとって、私に渡した。

「そこにある通り、昼間の大阪案内はおまえらに任そ。ダークなら通訳でけるやろ」

「あの、安輝《やすてる》さんは……」

「息子はアラスカへ遊びに行っとる」

「……ダークの英語、通じまっしゃろか」

「大丈夫やろ。ラリーもな、かたことの日本語は話せる」

「は……」

私は頭《こうべ》を垂れた。

「大阪案内がすんでから、サムライを見学する。それから大川（旧淀川《よどがわ》）べりの料亭——わっはっは、わしの出番よ」

三

かなりの量の刀剣が金泉寺にあると大親分が示唆したので、私と原田は寺に足を向けた。

境内に入ると、異様な光景にぶつかった。錦の袈裟《けさ》で頭を包み、僧衣をまとった男が、薙刀《なぎなた》をかまえて、きえーっ、と叫んでいるのだ。むかし、教科書に絵が出ていた〈僧兵〉というやつだ。もっとも、へっぴり腰のところは、〈僧兵〉よりも、戦争末期の竹槍訓練に似ている。

「学然和尚《がくぜんおしよう》ですよ」

原田が囁《ささや》いた。

さては、サーフィン坊主め、また気が狂ったか！

私たちに気づいた学然は、薙刀を投げすてて、

「ハロー、フォークス！」

と、片手をあげた。

「んちゃ」

原田が応じた。

「暑いのう。――いや、なにも言うな。言わんでも、あんたらの顔に書いてある。大親分の気まぐれが始まった、とな」

「サムライに化けろいうたはります」

私はゆううつそうに言う。

「そうじゃ。おかげで、わしも、この始末じゃ。修行のできたわしでも、暑くて眼がまわりそうじゃ」

学然は、大きく息を吐いた。

「このように似合わぬなりをしてな」

そうだろうか、と私は思った。すくなくとも、サーファールックより、はるかに似合うのではないか。

「ラリー・ブラッケンがきとるのよ。いま、石庭《せきてい》を見ておる。須磨組のオフィスから連絡があったので、あわてて、こんな服装《なり》をした」

「はあ……」

この寺にあるにせ石庭はひどいものである。そのくせ、拝観料を二千円もとっている。

「どんな男か、ちょっと覗《のぞ》いてみるかの？」

学然は先に立って、縁側の方へ歩いた。

「あれじゃ」

金髪で小柄な、アロハシャツを着た男が、縁側のはしにあぐらをかいて、にせの石庭を凝視している。碧眼《へきがん》をかっと見開いて、悟りをひらく寸前といったおももちだ。

「あと、三十分は、ああしとるじゃろう。〈見つめていると右側の石が竜に見えてきます〉などと英語の立て札が出とるからな。はは、見えるはずがない」

ひどいものである。

学然は衣を脱ぎすて、Makaha Beach の名入りのTシャツに縮みのステテコ姿で歩き出した。

「わしは寺の裏手で副業をやっとる。そこなら涼しいし、話もできようぞ」

墓地の外れの掘っ建て小屋に案内された。

これでは、お化け屋敷にもなるまい、と思ったが、意外に、外まで客が溢《あふ》れている。夏休みで暇をもて余した学生どもらしい。

薄暗い店内には、冷房が入っているが、妙な熱気がある。入ってすぐの正面に自動販売機があり、千五百円と二千円のチケットを売っている。前者はドリンクのみ、後者はドリンクにサンドイッチがつく。ドリンクを運ぶのは、Tシャツ姿の小坊主たちだ。

店の奥には逆三角形の水槽があって、薄いビキニを身につけた女が立ち泳ぎしている。二人ぐらいは泳げる広さだが、現在、泳いでいるのは、一人だけだった。水槽のまわりがカウンターになっていて、客はコーヒーを啜《すす》りながら、泳ぐ女を見上げる形になる。

「一日の客数は延べ二百人じゃ」

学然はにこりともせずに、

「悪くないよ。これも仏恩じゃて」

「そんな、あこぎな」と私。

「あこぎなものか。無常心《むじょうごころ》を大衆に植えつけるためのおこないの一つよ」

学然は水槽の底を指さした。そこには髑髏《どくろ》がひとつ。片方の眼窩《がんか》から小さな蟹《かに》が這《は》い出してきた。

「水着の美女も、夕べには、あのような姿になるかも知れん。裸女と髑髏――そこに無常心を感じとって欲しいのじゃ。これも仏につかえる道の一つよ」

「……で、刀の件だすけど……」

私が言いかけたとき、客の何人かが学然の姿に気づいた。ただちに――

が、く、ぜん、が、く、ぜん、という学然コールが湧《わ》きおこる。

「失礼して……一曲、うたわねばすまなくなった」

学然はTシャツにステテコのまま、小坊主がさし出したマイクを受けとった。そして、身体《からだ》を斜めにして、右手を突き出し、

――みんな、ハッピーかい？

と客に呼びかけた。

――イエー!!

若者どもは、いっせいに叫ぶ。

――ビーチ・ボーイズなんて古いと思わないかい？

学然は煽動《せんどう》する。

――イエー、イエー!!

――八〇年代は、このわし、ビーチ坊主の時代だと思わないかい？

――オオ、イエー!!

拍手がおこった。

音楽が鳴り始める。小坊主の一人がカラオケをセットしたのだろう。

――じゃ、いくぜ！「恋のビーチ坊主」！

割れんばかりの拍手である。学然は、どうやら、教祖的性格を帯びてきたようだ。

――ロンリー、ロンリー
ロンリー、ロンリー坊主
ロンリー、ロンリー
ロンリー、ビーチ坊主
今朝はもう袈裟を脱ぎすて
マカハで裸《ダカハ》になりたい
Waiting good vibrations,
Feeling excitations,
But, Oh!
それは記憶のフォトグラフ
いちどだけの眩《まぶ》しさ
Oh, my!
ビーチ坊主の過ぎた夏
ビーチ坊主の遠い夢……

――アンコール、アンコール！

若者どもは熱狂した。

「そう、サービスできるか。矢沢（永吉）じゃあるまいし」

学然はぶつぶつ呟き、

「黒田はん、ビールを飲まぬか。おつまみも、特別に作らせよう」

「そいつは、どうも……。けど、まあ、用件の方を片づけて……」

「刀じゃろ。蔵に、ぎょうさん、あるよ」

学然は、こともなげに言う。

「え？」

「秀吉が天正十六年に全国的な刀狩をおこなったとき、隠したものじゃ」

「えらい古いはなしですな」

私はびっくりした。

「約四百年まえだ。しかし、手入れは怠っておらん。いつでも役に立つ」

「役に立つちゅうてもねえ」と私はためらい、「一日お借りすれば、すむと思うのですけど……」

「県警に気をつけてくれや。栗林警部補に気づかれたら、うるさいことになる」

私たちは客をかきわけて、カウンターの奥に腰かけた。私がひと睨《にら》みするだけで、席が自然にできるのだ。

「アボカドの鴫焼《しぎや》きはどうかな？」

学然は私にきいた。

「アボカドて、なんだす？」と私。

「英和辞典に〈鰐梨《わになし》〉と出てるやつですよ」

原田が説明した。

「そないなおそろしいもの、わし、よう食わん」

「若い人は、カリフォルニア巻きを好むようじゃ。原田君、どうじゃ」

「いただきます」

「なんや、それ？」と私。

「とろ巻きの、とろの代りに、アボカドを海苔で巻くのです。とろとアボカドは味が似てるんですね」

「何吐《なん》かしとる」と私。

「冷やしサーファーはどうかな」と学然。

「それ、知りません」

原田が首をひねる。

「カマボコの板の上にサーモンをのせて、海草をふりかける。それをかき氷で冷やすのじゃ。……板はサーフボード、サーモンは人間の象徴じゃ。つまり、棺入りサーファーだな。サーファーの死体だから、海草がまつわりついたまま冷えきっとる」

「ぼく、ビールだけで結構です」

と原田は急に言った。

「わたしも、ビールだけで」と私。

「問題は、あのラリーを早く、発《た》たせることじゃ。いつまでも、こんな阿呆《あほ》な芝居はできん。天神さんの祭りがすんだら、すぐに追い出すようにせんとな」

学然はきびしい表情になる。

「追い出すて、あんじょう、いきまっしゃろか」

私は心もとない。

「いくともさ」

学然は、一見してマリワナとわかる煙草《たばこ》をつまみ出して、

「これを奴のバッグに入れておいて、警察に密告すればよろしい。ただちに逮捕されて、国外退去となろうが……」

学然はにんまり笑った。

四

「ラリーちゅう餓鬼ァ、どないな頭、しとるんじゃい？」

お笑いタレントとしての仕事がなくなって、社内報の編集に精を出しているダーク荒巻は、四角い顔を歪《ゆが》めた。あごが斜め左に突き出るから五角形になる。

私がやかましく言ったので、グリーンのダブルだけはやめている。黒のダブルに、水玉模様の赤い蝶ネクタイという服装で、痙攣《けいれん》している海老《えび》を口に運ぶ。

「踊りちゅうのは、残酷なもんじゃのう」

と私は呟いた。

「なんや、くらーい気持するけん」

「はねよるところがええのやおまへんか、おやっさん」

ダークは二匹目の海老を両手で押え、真っ二つに千切った。それでも、シッポの側の肉はぴくぴく動いている。

ミナミの二階堂組《うち》の事務所のそばに新規にできた小料理屋のカウンターに私たちはいた。精力増強㊙料理なる怪しげな看板に、私は気がすすまなかったが、ダークが妙に乗り気だったのである。

「いけまっせ、これ」

「わしは堪忍《かに》してもらうわ」

「ほな、失礼して……」

ダークは私の前の小皿でぐったりしている海老をつかんだ。

「おまえ、中流生活者の意識はどないした？　もう、捨てたんか？」

と私はからかった。

「へ？」

ダークの金壺眼《かなつぼまなこ》が私を見つめる。

「地中海料理しか口にせん、いうとったのは、だれやったかのう」

「ひぇーっ！」

ダークは右掌をあげて、

「それ、言わんといてください。わい、フランス料理とケーキの食い過ぎで、五キロも増えましてねえ。上半身が重たなり過ぎて、ギックリ腰だすわ」

「おえんのう。どないしとる」

「鍼《はり》やってまんね。やっと、自力で椅子から立てるようになりました」

「情ないやっちゃ」

「美食はあかん。こない思いまして、庶民的な店に足を運ぶ今日このごろだす」

「ガッツ足らんのう」

私は酒を注《つ》いでやって、

「そんなら、鎧兜は無理か」

「鎧はどうもねえ……」

「極道がそないひ弱でどないする。足腰をきたえなあかんぞ。走り込まんかい」

「歩くのがようようですわ」

「おまえがパテを食うとるときいて、心配しとったんや。あれは窓ガラスの水漏れを防ぐもんで、食い物《もん》やない。なんぼ、悪食《あくじき》いうても、限度があるで」

「そら、ちゃいまっせ」

とダークはごまかそうとした。

「パテちゅうのは、フランス料理ですわ。肉のかたまりだす。いうたら、オードブルやねえ」

「オードブルて、白いねばねばやろ。牛乳をかけて食う

「……」

「あれはオートミルでんがな。わいの言うのはオードブル――前菜や」

「ぜんざいまで食《く》とるのか」

「ちゃいます！　前菜いうのは、食事のまえに食うもんだす」

「ほな、おまえ、あのパテを、食事のまえに胃ィに入れとるんか」

「あのパテ、て……」

「言い逃れはやめんかい。パテはパテや。――ええか、二度と、あないなもんを口にするのやないぞ。組長のわしが笑いもんになる」

　カウンターの向うでは、職人が、スッポンの首を断っていた。首を断られたスッポンは、なおも手足を動かしている。

「ラリーに見せてやったらよろし。アメリカへ逃げて去《い》によりまっしゃろ」

　ダークは首のないスッポンを眺めながら私に言った。

　スッポンの生き血を入れた酒が、ぐい飲み一杯ずつ、私たちの前に置かれた。

「効きまっせ、これ」

　ダークは一息にあおって、

「大親分も、むちゃ言わはる」

　と溜息をついた。

「業界のイメージアップのためじゃ」と私は言った。「アメリカで株が上るのやぞ。それに、天神さんの日までのしんぼうじゃ」

「けど、ちょんまげの鬘《ずら》つけたら、わい、倒《こ》けてまいまっせ。なんで、一年でいちばん暑い日に、侍の恰好せなあかんのやろ」

「これもPRの一つよ」

　私は答えた。

　気分を変えるために、私たちはダークの三人目の愛人が経営するファッション喫茶「芽留変《めるへん》」に立ち寄った。

　ノーパンティで売った「芽留変」は警察の手入れを受け、

いまではトップレス喫茶になっている。コーヒー、ジュースは千八百円に値上げをし、そのせいかどうか知らないが、客の入りは良くない。女の子も、以前より不細工になって、胸を眺めるだけで千八百円は高いと思う。

「蒸すのう」

私は奥の椅子にかけながら言う。

「こりゃ何のつもりじゃ？　省エネか」

「すんまへん」

ダークは私の横にすわって、

「わいも、辛抱《しんぼ》たまらんのでっけど、クーラー入れられんのですわ。女の子が、冷房病やァ、生理不順やァ、て、騒ぎよって」

「なんにするのん？」

乳頭を私に向けながらウエイトレスがきいた。

「ブランデーのミルク割りや。われのおっぱい、絞ってこんかい」

ダークが月並みな冗談を言う。

「処女に向ってなんちゅう台詞《せりふ》やねん。ど突《づ》かれるで」

ウエイトレスはダークを怒鳴りつけた。

「冷《れい》コー」

と、私はおもむろに言い、ウエイトレスが立ち去るのを待って、

「きつい女子《おなご》やな、ダーク」

「浪花《なにわ》千栄子《ちえこ》とミヤコ蝶々の霊が乗りうつってまんねや」

ダークはぼやいた。

「エクソシストのおっさん、呼ばなあかん」

「ミヤコ蝶々は生きとるのやないか」

私は自信なさそうに言う。

「生きとったで、たしか」

「生きたはりまんがな」

ダークは妙なところに力を入れ、

「そやけど、ぼちぼち、化け物《もん》や」

私たちの横には、会社員らしい男たちがいて、半裸の女の子たちと平和な会話を交している。

――ミナミいう語感が良うない。なんや、もっちゃりしとるやないか。

ど近眼の青年が力説した。

――ぼくら、〈サザン〉いうことに決めたんや。〈サザン〉いうと、トロピカル・ドリンクの香りがするやろ。

――そしたら……。

胸の大きなウエイトレスがたずねた。

――ミナミに住んでる人間は、どないなるのん？

――〈サザン・ピープル〉やな。ええ響きやろ。

――ええ感じやね。

ウエイトレスは胸をゆすった。

「ダークよ」

と、私は小声で囁《ささや》いた。

「きょうびの若い男は気概がないのう」

「……気概、て？」

「おっぱい小僧みたいな女と、あないおとなしい喋《しゃべ》っとったらあかん。もっとすることがあるやろ、ほかに」

「おやっさんのお気持はわかりま。わいも、むかついとるとこや。――けど、〈おっぱい小僧〉ちゅうのも古いねぇ」

「そうかのう」

軽く応じながら、私は紫色のガラスの自動ドアがあくのを見逃さなかった。

ブルーのボタンダウンシャツにマドラスチェックの上着、野暮ったい銀メタの眼鏡、そして若干のアデランス――若いのか中年か決めかねる小柄な二枚目である。……そう、もちろん、県警四課の栗林警部補だ。

「栗林はんよ……」

私の声はどすがきき過ぎていた。ウエイトレスたちは怯《おび》え、栗林は思わずアデランスを押えてよろけた。

「大阪までご出張ですかいの」

変装を見破られた栗林は、ひらき直って、私のテーブルに近づいてきた。

「黒田よ、おまえ、なにを企んどる」

洋モクをくわえて、フランス製の使いすてライターで火をつけると、けむりを私の耳の辺りに吹きつけた。

「友達甲斐《がい》がないぞ、黒田。おまえとわしは、ボガートとクロード・レインズの仲やろが」

わけのわからないことを言っている。

「なんのはなしだす？」

「とぼけよってからに。ライトバン一台分の日本刀が坂津から大阪のどこぞに運ばれたちゅう噂がある」

「刀？……」

「ふむ。ぼちぼち、島田組と始まるのやないか、ドンパチが」

五

日本三大祭りの一つと謳《うた》われる天神祭りの日――。

私はまず、浪速《なにわ》区勘助町にある二階堂組《うち》の事務所に顔を出した。

事務所入口の脇には馬が三頭つないである。その上に、二階堂組の代紋入りの大きな旗がひらめき、黒塗りの床几《しょうぎ》がアスファルトの地面に置かれている。

原田は時代劇の知識がまったくないので、ダークの知恵を借りたらしいが、どうも怪しいものである。もっとも、私だって、どこがどう怪しいと具体的に指摘はできない。

ぼんやり考えていると、原田がとび出してきた。気軽なポロシャツ姿である。

「お早うございます。暑くなりそうですね」

「うむ……」

と、私は頷き、

「おまえ、そんな服装《なり》でええのんか」

「ぼくは勘弁してもらいます。芝居のほうはダークはん任せで」

「けどな……」

「これを見てください」

原田はポロシャツの胸を指さして、

「鰐《わに》のマークを外して、組の代紋に代えました」

「ふーむ」

と、私はやり過して、

「サムライ風ちゅうのは、こげなもんでええんかいのう」

「武家屋敷をちゃんと作るとなると大変ですわ」

原田は説明する。

「濠《ほり》をめぐらす必要があります。これは、もう、無理です。鰭板《はたいた》を使った板塀に櫓門《やぐらもん》をめぐらしたり、厩《うまや》を作ったりしなければなりません。ここらは、すべて、カットしました。らしく見せようというのが、ダークはんの方針です」

「それはええ」と私はまた頷いた。「……けど、入口に暖《の》簾《れん》があるのが気になる。あれ、商人《あきんど》のもんとちゃうか」

「ぼくもおかしい思うのですが、なにぶんにも先輩の決めたことで」

「うむ、ダークの顔も立ててやらんとな」

私は納得して、暖簾をくぐった。

オフィスの土間には、陣笠、舞台用の槍、烏帽子《えぼし》、胴丸《どうまる》、旗指物《はたさしもの》などがまとめてあり、劇場の楽屋のようである。

「原田さん」

若い社員が声をかけてくる。

「兵庫代表の報徳学園のハンデ、3・6でええんですか」

「3・6よ。まちがいない」

原田はけなげに答える。部下の成長した姿を見るのはたのもしいものだ。

ボディガードをつれずに、私はタクシーで北区の天満宮《てんまんぐう》へ向った。いまお参りしておかないと、今日は動きがとれないと思ったからだ。

「道が混みよるなあ」

運転手が不満の色を示すのを私は無視した。

「行けるとこまででええ」

私はサングラスをかけた。

「天神橋から北は交通規制ちゃいますかな」

と、運転手はなおもぼやく。

「行けるとこまででええ、言うたやろが」

私は自分を抑制した。むかしだったら、こいつの首筋に煙草の火を押しつけてやるところだ。

ずいぶん、時間がかかり、天神橋の北の大きな交差点でお巡りが交通を規制するのが見えた。

私はタクシーを降りて、反対側にわたり、商店街に入った。

露店でカブトムシを売っている。雄が五百円、雌が三百円とは高い。クワガタムシにいたっては、雄が千円、ちっこいので六百円もする。

大阪城の天守閣西側の西の丸庭園に入ってゆくと、着流しの男が五人と、金髪のラリーがいた。

私にはかなり奇妙な眺めだった。当節、着流しが五人そろうのは珍しい。いちばん大きな顔をしているのがダーク荒巻で、あとの三人はうちの若い衆、一人は学生アルバイトの通訳である。

アロハ姿のラリーは、小型テープレコーダーをまわしながら、カメラで着流しの男たちを撮りまくっている。どうやら、無事に進行しているらしい。

「オオ……」

私を見つけたダークは大声で叫んだ。

「ヒア・カムズ・アワ・ボス！」

ラリーは私のほうを見て、低く一礼し、それから、柏手《かしわで》を打った。

「ハロー……」

私はあいまいな笑いを浮べながら、そう言った。

「おやっさんは大名ちゅうことになっとりま」とダークが説明する。「大親分は将軍《ショーグン》だす。そない言わんと、わかりよらんのじゃ、この毛唐」

「まあ、ええ。で、城の見学はすんだのか」

「へえ。これから、わいが、大阪城の成り立ちを解説してやるところだす。こら、通訳、きっちり訳せや」

「はい」

着流しが板につかない学生アルバイトは、なんだか怯えている。

ラリーはテープレコーダーのカセットを裏返して、

「OK、ドウゾ……」

と、録音のボタンを押した。

ダークはとてつもない胴間声《どうまごえ》を張りあげて、

「ころはいつなんめりや、織田信長、憤死ののち、豊臣秀吉、相続税抜きで城を継ぐ。秀吉、諸大名に命じて人夫の

……」

「ちょっ、ちょっと、待ってください」

とアルバイト学生が言った。

「だいたいのことは英文のパンフレットに出てるそうです。ブラッケン氏は、エレヴェーターがついたのは、いつごろかと質問してます」

「信長がつけたんじゃ、ど阿呆《あほ》！」

講釈の腰を折られたダークは、かっとなった。学生は仕方なくラリーに話しかけ、ラリーがなにか言いかえした。

「四百年以上まえに、エレヴェーターが日本にあったのかときいてますけど……」

「日本人をなめとるな、ジャパン・アズ・ナンバーワンじゃ」

ダークは、また、かっとなって、

「信長は鉄砲やワインを愛用した男や。エレヴェーターの一つや二つ、屁《へ》ェでもないわい。オランダから直輸入したんじゃ」

「ええかげんにせんかい」

私は苦笑した。

「城の歴史はパンフレットに出とるんやろ。でたらめ言うても、わかるで」

「洒落《しゃれ》や、洒落……」

ダークは学生に言った。

「そう言うたってや」

「冗談、ワカリマス」

ラリーはにっこり笑った。

「アナタノハナシ、ゼンブ、冗談ト思ッテマス。日本人ガ冗談ウマイカドウカ、私、タメシテイルノデス……」

勘助町のサムライ・オフィスはラリーを熱狂させた。殿様風から潮来《いたこ》の伊太郎風まで、組の者、アルバイト学生をとり混ぜて、六十人ほどの時代風俗がならんだのである。潮来の伊太郎がサムライかどうかという疑問は残るが、まあ、堅いことは言わないで頂きたい。

なんといおうと、金泉寺提供の本身《ほんみ》がものをいったのである。ここにいたって、ダークはようやく本領を発揮し、むかし覚えた居合い抜きの美技を披露した。ラリーは、一瞬、呆然《ぼうぜん》とし、つぎにカメラを構えて、もう一度、とたのんだ。

「否《いな》、居合いは一度だけのもの……」

ダークはもっともらしく拒んでみせ、その謙虚さにラリーは感動した。

私に理解できなかったのは、そのあとで、ふらりと現れた虚無僧《こむそう》である。尺八で「椰子《やし》の実」を吹いてきかせ、「椰子の実」など知る由もないラリーは、古式ゆかしげにきこえる〈日本古来の旋律〉に、またしても感動した。

これは、私だけが気づいたのだが、あの虚無僧は、たしかに、島田組組長、島田清太郎の変装であった。島田清太郎が、敵対する、うちの行事に、なぜ、姿を現したのか？その理由は、いまだに不明である。


日暮れを待って、私、ダーク、原田の三人は、ラリー・ブラッケンを、大川に面した料亭に案内した。

天神祭りの目玉は、なんといおうと、夜にある。

陸渡御《りくとぎょ》で市中を練り歩いた催し太鼓が、天神橋から船に乗り移る。楽人《がくじん》が雅楽を奏でる御鳳輦船《ごほうれんせん》、鯛船《たいぶね》、加藤清正と虎をのせたお迎え人形船などが、そのあとにつづく。いわゆる船渡御《ふなとぎょ》である。この船渡御を眺めてから、インタビュウに入ろうというのだが……。

私たちが座敷に入ったとき、須磨組の五人のボディガードたちが窓ぎわに立ち尽していた。

「どないした……？」

私はたずねた。

「別の車で坂津を出やはった大親分が、そのまま、消えてしもたんで……へい……」

六

私たちの動揺をよそに、水上でのページェントが始まった。

何十万という人波を押しわけて、天神橋のたもとに到着した催し太鼓、山車《だんじり》、神輿《みこし》の一行が次々に船に乗る。大きな船の舳先《へさき》近くに、無数の提灯《ちょうちん》が帆の形を作っているのが、人眼をひく。すでに日は暮れかけ、提灯には灯がともった。

「わしも心配になってきたな」

冷えた麦茶を口にしながら私は呟く。

大親分にも様々な事情があるだろうし、用足しをしているとも考えられる。「スター・ウォーズ」や「スーパーマン」に狂ったころとちがって、思慮分別が深くなった、と噂される昨今である。

「警察に届けるいうのも、ねえ……」

ダークが首をひねる。ボディガードたちも沈み込んでいる。

ただひとり張り切っているのはラリーで、手摺《てす》りにもたれたまま、カメラを構え、「ワンダフル」を連発している。

提灯をともした船は、一艘《そう》、また一艘、と増えつつある。花火が、はらわたに響くような音を立てた。祭りのクライマックスが近づいていた。

「なんや、あれ？」

ダークがすっ頓狂《とんきょう》な声をあげた。

「おやっさん、あ、あれ……」

「なんじゃ、やかましい」

私は川面《かわも》を眺めた。

クリスマス・ツリーばりの電飾をつけて走ってくるモーターボートがあった。ボートのうしろでは、赤褌《あかふん》一つの男が、水上スキーをあやつっている。物好きな、目立ちたがり屋がいるものである。

「須磨組の大親分《ほんけ》ですよ！」

原田が叫んだ。

「うーむ……」

私は唸《うな》った。大親分の派手好きは、まだ直っていなかったのか。

いつ、どこで習ったのか、大親分の水上スキーは見事なものであった。私たちの眼の下を通り過ぎるときは、片手をふってみせるゆとりさえあり、やがてUターンした。同時に、近くの水から赤い火が燃え上り、船と陸の人々が拍手をした。

「水から花火が出るちゅうのは、どないな仕掛けだっか、おやっさん？」

ダークが言った。

「ザッツ・エスター・ウィリアムズ・スタイル！」

と、ラリーはわけのわからぬことを叫ぶ。

赤い火だけではなかった。大親分の行くところ、黄、グリーン、紫、ブルーの火が燃えあがり、派手というか、絢《けん》爛《らん》というか、船渡御もかすむほどである。

「アワ・ビッグ・ボスや、あれ！」

ダークはラリーに誇った。

そのとき、ヘリコプターの音がした。唐獅子のマーク入りのヘリコプターが空からおりてくる。

ヘリコプターから真赤《まつか》に塗った縄梯子《なわばしご》をおろしているのは学然和尚であった。学然も、紫色の褌《ふんどし》一丁で、決して美的とはいえない。大親分は両手で縄梯子にぶら下り、水上スキーを脱ぎすてた。

「大丈夫かいの」

私は動転していた。久々に強烈な一発をくらったという気がしたのだ。

大親分はそのまま、こちらの窓ぎわに近づいてきた。ヘリの音で、なにもきこえなくなり、一同は身をひいた。

前後にはずみをつけた大親分は、縄梯子を手放した。

次の瞬間、どーん、という音がして、全裸に近い大親分は、私たちの前の畳にひっくりかえっていた。

ボディガードたちが抱き上げようとすると、

「寄るな！」

と一喝して、起きあがり、

「……さて、インタビュウに応じようやないか」

翌日の夕方、二階堂組《うち》の事務所に、大親分から電話が入った。

――昨日は、ご苦労やったの、哲。

――お役に立てませんで……。

私は答えた。

――ラリーの奴、喜んどった。本はでけたも同然やいうてな。

——はあ。

——つまらんわけがあって、いま、警察に行っとる。マリワナ持っとったらしい。

——ほう！

学然、やったのか。

——ひとつ、たのみがある。きいてくれるか。

——そら、もう。

——〈ジャパニーズ・ヤクザ展〉の飾りつけに、本職の指導が欲しい言うとる。……で、わし、考えたんやが、ダークは暇やったな、たしか。

——暇いうても……。

——あいつやったら、英語もでける。あの男をニューヨークへ行かせよう。ええな？

七

それから三週間たったが、ニューヨークのダークからは、電話も手紙もこなかった。

ラリー・ブラッケンのアパートに原田が電話を入れると、留守番電話が「著作のため、コロラドの山中におります。九月二十日には戻ります」と答えたという。

「進駐軍は無責任でいかん」

と私は原田に言った。

「わしらで探さんと、あかんぞ」

「大親分に話してみたらどうでしょう」

原田が私の様子をうかがう。

「どうせ忘れてはるよ。わしらで解決せな、らちあくまい」

「博物館に手紙を出してみたらどうでしょう」

「じかに乗り込んだほうが早い。原田、おまえ、ニューヨークへ飛べ」

「え？……本当《ほんま》ですか」

「いや、おまえひとりでは、たよりない。わしも行こう。一度行っとるから、なんぞの役に立つやろ」

「夢みたいな気持ですわ」

「ダークは攫《さら》われたのかも知れん。とにかく、拳銃《ハジキ》をスーツケースに入れとけ」

私は苦《にが》りきって、幸せそうな原田の顔を眺めた。


ニューヨークまでは、十四、五時間で行けるが、日本を昼近くに発って、機内食を二度食い、酒を飲みたいだけ飲んで、ニューヨークに着くのが同じ日の昼近くというのは、不思議なものだ。

黄色く塗ったタクシーには冷房がないし、ホテルに着くと、まだチェックインできないから昼めしでも食うとれ、と、木戸を突かれた。アルゴンキンとかいう、陰金田虫の薬みたいな名前のホテルで、入口に白い猫がいた。私がその猫を蹴とばすと、仁丹の広告みたいな服装のドアボーイが私に文句を言った。

ようやく、チェックインしたが、ツインの部屋はひどく狭い。大阪の旅行社の奴には、一流ホテルにしろと命じたのに、三流ホテルに入れおった。極道とみて、莫迦《ばか》にしたのだろう。

ハリケーンが近づいているとかで、ひどくむしあつかった。

シャワーをあびた私は、スーツケースから拳銃を出して、ショルダーホルスターに収め、上着を着た。うまくできたもので、こうすると、拳銃のふくらみがまったく隠れてしまうのだ。


黄色いタクシーには、またしても、冷房がなかった。

アメリカ自然史博物館までは、すぐに行けた。入口の段々の下にアイスクリーム売りがいて、私たちに好意的な笑顔をみせた。一瞬、なんだろうと思ったが、建物の外の垂れ幕を見て、わかった。〈Japanese Yakuza : The Samurai of

に変ります）

1981〉――このくらいは、私だって読める。

切符を買って、中に入る。

「ここは、恐竜の骨があるので有名なんですよ」と原田が説明した。

「恐竜やない。ダークの骨をひろたるのじゃ」

日本人セクションはすぐにわかった。笙《しょう》ひちりきのテープが鳴り響いていたからだ。

まず、富士山の絵と小型の金色の大仏が眼についた。つぎに、成吉思汗《ジンギスカン》が用いていたような、不思議な鎧《よろい》を着た人形があった。――いや、人形ではない。生きた人間だ。人間も人間、ダーク荒巻ではないか！

ダークがなぜガラスの囲いの中にいるのか、私にはわからなかった。私はガラスを叩いたが、眼を伏せたダークは、まぶたを動かそうともしない。ひどく窶《やつ》れているようだ。

ガラスの外には、英文の掲示が出ていた。原田に訳してもらうと、それは、ほぼ、次のような意味だった。

――〈指つめ《フィンガー・カッティング》〉の実演＝毎日、11時、1時、3時。（ただし八月末まで。九月一日からはハラキリの実演

唐獅子電撃隊員《レイダーズ》

一

怪鳥《けちょう》の鋭い叫びに、思わず、足をとめた。ジャングルの中は暗く、五、六メートル先が、辛《かろ》うじて見えるだけだ。

「蛭《ひる》が多うて、かなわんの」

私は汗をぬぐい、ズボンをまくって、脛《すね》にくらいついている三匹の蛭を、片手で、むしりとった。どいつも、私の血を吸って、丸々と肥《こ》えている。蛭をはがした跡は血が滲《にじ》み、かすかな痛みがあった。

「なんや知らん、降ってきますね」

二枚目で知識人の原田は、しずかにヘルメットを脱ぎ、ヘルメットの外側に黒く貼りついている十数匹の蛭を見て、

「ぎゃっ！」と叫んだ。

「はは……」

ゲートル姿で、ヘルメットをかぶり、とんと戦時中の昭《シン》南島占領中《ガポール》の日本軍といった姿のダーク荒巻が、後輩の醜態を笑った。

「日本の蛭の三倍はあるでえ。ライターで焼かんと、ちっとやそっとでは離れよらん」

「それにしても……」

原田は大きなナイフで蛭どもを削《そ》ぎ落しながら言った。

「暗いですね、ここは」

「ほんま」とダークが応じた。「あやめも見えず、雲もなく」

「なんですか、それは」

どうやら、原田は、けむりも見えず、雲もなく、という歌を知らないらしい。

「ほたえとる時やないぞ、ダーク」

と私は注意をあたえる。

「すんまへん」

と言ったダークは、すぐに、

「あやめも見えず、かきつばた」

と続けた。

「おまえの芸が受けんようになった理由《わけ》が、ようわかった。古いぞ、ギャグが」

私は苦笑を浮べようとして、はっと気づいた。緑色の蛇が、ダークのゲートルを這《は》い上っている。

「動くのやないぞ、ダーク！」

私はそう叫ぶと、腰のナイフを抜いて、蛇に投げた。ナイフは、蛇のしっぽを地面に縫いつけた。

ダークは蒼白《そうはく》になっている。私は原田のナイフを借りて、蛇の首を斬り落した。

「毒蛇じゃ。おまえの脛《すね》ぇ食らいつこうとしとった。牙《きば》が鋭いさかい、ゲートル越しでも、がぶっとくるで」

「それで、蛇のことを、脛ぇ食う言うのかいな」

「なんやと」と私。

「古いギャグですわ、先輩」

冷や汗をぬぐいながら原田が評した。

「ダイマル・ラケット以前です。先輩のキャリアの古さが、よう、わかります」

「わい、古いギャグを大事にするタイプの芸人でな」


「おまえら、なにを、しょむないこと言い合《お》うとるんじゃ」

私はナイフを腰の革ケースに収めながら言った。

「ちっと、黙っとったら、どやね」

「先輩とぼくの仲は、いわば、グラッグとオットーでしょう」

そう言って、原田はヘルメットをかぶり直した。

「なんじゃい、それ？」

片かな名前が出てくると、私はうんざりする。

「キャプテン・フューチャーです」

「ふむ」

私は了解したふりをした。与太話に、いちいち付き合ってはいられない。

「おやっさん、どこぞで一服しまひょか」

ダークは情ない声を出した。

「わいの腰の水筒に、河内《かわち》ワインのデラックス・ゴールドが残ってまんねん。ま、冷えとるちゅうわけにはいかんけど」

「辛抱せんかい。歩くんじゃ」

私は非情な言葉を発し、前方の木の上で身構えている毒蜘蛛を、鞭《むち》のひとふりで、叩き潰した。

「あれに刺されてみい、いちころよ」

ダークと原田は私を尊敬の眼差《まなざ》しで見た。

「問題の洞窟は、どこにあるんかいの？」

「なんや、あれは？」

ダークが怯《おび》えた声を発した。

「あこの木ィの根元に、黒い生き物《もん》がいてよる。熊に似とるな」

「白っぽい部分もあります」

と原田。

「それやったら、パンダか」

「南の島にパンダがいるでしょうか」

「ごじゃごじゃ言うな」と私は二人を制した。「……む、たしかに動いとる。わしが鞭でおどかすから、飛び出したところを撃て。ダーク、撃鉄を起したか」

「へえ」

かちり、と音がした。

「いくで！」

私の長い鞭の先端が、数メートル先の木の幹で弾《はじ》けた。

黒い生物は転げ出た。

銃声がジャングルの空気をふるわせる。どうやら、弾丸《たま》は逸《そ》れたらしい。

——なんという真似をする！　み仏《ほとけ》につかえるわしを殺す気か！

黒い生物が立ち上って叫んだ。

「学然和尚《がくぜんおしょう》やないか」

私は呆然《ぼうぜん》とした。

「おかしいのう、とうに脱落した者が前方にいるとは」

「そうとう、おかしいですよ、社長」

原田が思慮深げに言った。

「つまり、われわれは同じ道を歩いてきたんじゃないですか。ぐるっと、ひとまわりして……」

「こんだけの密林じゃ。そういうこともあり得るな」

「おまえさん方、六道《りくどう》の辻《つじ》に迷うたな」

米軍払い下げの迷彩服にブーツといういでたちの学然が、こちらに近寄ってきた。

「いや、無理もない。この道は、迷うようにできておるのじゃ。わしが、ふと、草むらの奥を見ると、三体の人骨があった。いずれも、探険にきて、力尽きたものらしい」

「参ったのう」

私は溜息をついた。どうやら、迷路に踏み込んでしまったらしいのだ。

四人は、バルサンを焚《た》いてから、枯葉の上に坐り込んだ。

「そろそろ夕方じゃな」

学然は腕時計の明りのボタンを押して、時刻を読んだ。

「人食い人種でもいいから、出てきて欲しいわい」

「食糧が、もう、無《の》うなりました」

ダークが心細げに言った。

「乾パンなら少しありまっけど、おやつにもならへんしな」

その時――である。一条の光が木々の間からさし込むのが見えた。光は、少しずつ、こちらに移動してくる。


「原田、あの鏡を出せ」

とっさに、私は立ち上っていた。

「は？」

「早《はよ》うせんか。光線が行ってしまうで」

「はい」

大親分からあずかったグリーンの鏡を原田はナップザックから取り出した。

「和尚さん、白骨があったのは、どこです？」

「そ、そこじゃ」

学然も立ち上る。

「その傍《そば》の木に、この鏡が入るぐらいの穴があるはずですわ」と私は言った。「〈髑髏《どくろ》の樹木に光さす十六時〉の謎が、やっと、解けた！　いま、午後四時やろ？」

「うむ！」

力強く叫んだ学然は、山刀をふるって、大きな一本の木にまつわりつく蔓《つる》のたぐいを、めった切りした。

「む、ある、ある」

ダークが、眼より少し高いところにある、古傷のような穴を指さした。

私が鏡を穴に埋め込むのと、陽光がさしたのは、殆《ほと》ど同時だった。陽光を受けた鏡から、グリーンの光が走り、反対側の崖下《がけした》の岩の一部を照らした。

「あそこじゃ！」

学然は叫んだ。

「すぐに、あの岩を砕くのじゃ」

「待ってください」

私は学然を制した。

「みんな、うしろに下るんじゃ。もっと、もっと……」

私は岩の横にへばりついた。グリーンの光が当っている部分は、砕くまでもなく、小さな穴があいている。この穴が曲者《くせもの》なのだ。

私はナイフを抜いて、穴の入口にかざした。とたんに、数本の矢が飛び出して、その一本は例の鏡をこなごなにした。おそるべき、自動装置だった。原始的ではあるが、それだけに危険でもあった。

私はもう一度、ナイフを穴の入口にかざした。

「こんなん、まえに観たことあるで」

ダークが呟《つぶや》く声がする。

「『王家の谷』たらいう映画やった。エリナー・パーカーが出とったな」

「静かにせんかい」

私は左手で制した。

陽光はすでに遠ざかりつつある。やがて、ジャングルは闇にとざされるはずだ。白骨になった連中も、ここまで辿りついて、毒矢にやられたのだ。

二

「間違いない」

と私は三人に言った。

「この穴の奥に、例の地図がある」

「ダイナマイトで岩を吹きとばしたら、どないだっしゃろ?」

ダークが言った。

「ど阿呆《あほ》。地図まで飛んでまうやないか」

「それも、そや」

「頭、使わんかい」

私は胸ポケットから嚙《か》み煙草《たばこ》を出した。

「地図を守るために、昔の人間が、ぎょうさん仕掛けをしよったらしい。この島の者もな、死の森いうて、近づかんちゅうとったやろ」

「ぼく、蛭が嫌いです」

と原田が言った。

「夜までに、なんとか、ジャングルから出たいですね」

「大親分のおかげで、えらい目に遭うわ」

ダークが、ぼそっと言った。


……私たちは、須磨組大親分の書斎《ほんけ》にいた。私たち、というのは、私と原田だ。紫色の高級絨緞《じゅうたん》を敷きつめた、三十畳はある書斎には、剝製《はくせい》の牡《おす》ライオンや唐獅子を描いた鎧《よろい》の胴、唐獅子マーク入りのビデオディスク・プレイヤー、カラオケセットなどが置かれてある。

急に、おそろしい音楽が湧《わ》き起った。今年が戌年《いぬどし》だからであろう、飾り棚の上には今戸焼の犬と例のブルドッグの干し首があり、その両脇にスピーカーがある。音楽は、二つのスピーカーから流れ出るのだった。

「あかん。また、『スター・ウォーズ』や」

「ちがいます」

原田が囁《ささや》いた。

「そうか。『スーパーマン』やな」

「『スーパーマン』ともちがいます。『レイダース』いう映画のテーマ曲ですよ」

「また、妙なもんが出てきよったの。けど、似とるで、この曲は」

「作曲家が同じ人ですから」

「ややこしいのう」

私は嘆いた。いくら同じ作曲家とはいえ、少しは趣向を変えてみたらどうだ。

和服姿の大親分は、同じ曲を村田英雄風に口ずさみながら入ってきた。

「ま、楽にせいや」

大親分は、ゆっくり、椅子にかけた。

そういわれても、落ちつくわけにはいかない。大親分もまた、落ちついていない。

「哲よ」

大親分の眼光が私を射た。

「わしの話をきいて、びっくりすなよ」

「へ……」

私は怯える。なにが出てくるか、胸が圧迫されるようだ。

「おまえも知っとるように、わしは、タロホホのアンピンコ八世と平和条約をとり結んだ」

「へえ」

私は頷《うなず》いた。

タロホホ王国は、赤道直下にある島で、国王のアンピンコ八世は、なぜか、大親分を、一方的に尊敬している。そのために、奇妙なトラブルが起ったこともあった（「唐獅子脱出作戦」参照）。いまでは、しごく、穏かな関係を保っているはずなのだが……。

「おまえ、現地通訳をしとったチャミー木村いう男を覚えとるか」

「覚えてま」

「あのチャミーやが、出世しよってな。タロホホ国立大学の考古学の教授になった」

「Tシャツ着とったあのおっさんが――教授、ですて？」

「おう。新年の挨拶にきよった。そのときに、アンピンコ八世からのメッセージをたずさえてきた」

「はあ」

「話せば長いことや。つまり、ヤマタイ国が……おまえ、ヤマタイ国、知っとるか？」

「わたし、予防注射のアレルギーがありまして、東南アジア方面の旅行はあかんのです」

「こら、あかん。原田に話そう」

大親分は原田に向って、

「ヤマタイ国、知っとるな？」

「はい」

「あの国は、北九州にあったとか、大和にあったとか、いろんな説がある。タロホホ人は、いっとき、九州即《そく》ヤマタイ国と思《おも》とったこともあった。——ところで、チャミー木村は、ずっと、ヤマタイ国の謎を研究しとっての……発見しよったんじゃ」

「何をですか」

「ヤマタイ国のあった場所よ。タロホホ王国の領土内に島が八つほどある。どうやら、その中の一つが噂のヤマタイ国らしい」

「はあ……」

原田は狐《きつね》につままれたような顔をしている。

「チャミー木村は、〈魏志倭人伝〉を解読しよった。あの中の記述を仔細にみると、まちがいなく、ヤマタイ国は、タロホホ領土内だと言うのよ」

「けど、それだけでは……」

原田が言いかえそうとすると、

「わかっとる。一方——アンピンコ王家に伝わる秘密がある。アンピンコ八世からのメッセージちゅうのは、これじゃ。はるかむかしに死滅したある国が、タロホホ領土内にある。その国は、神秘的な女王によって支配されておったという」

「ほう！」

原田は驚いた。

「ヤマタイ国風ですね」

「ヤマタイ国そのものなんじゃ」

大親分は勝手に決めつける。

「ただ、八つある島のどれがヤマタイ国かはわからん。それがわかりしだい、アンピンコ八世は、島をわしにくれるというんじゃよ」

「島を……くれる？……」

私は訝《いぶか》しんだ。ヤマタイ国がどういうものか、私にはわからないが、領土の一つをくれるとは、只事ではない。

「倭人のものは倭人にかえす。しかし、いまの日本政府に渡す気はない。——これがアンピンコ八世の考えでな。ビント外務大臣も、賛成しとるそうな」

大親分は咳払《せきばら》いをして、

「人格・識見のそなわった指導者に渡したい――となれば、この須磨義輝《すまよしてる》の名が浮び上るのは、当然だろうが。……まあこれは、先のはなしやが――わしは、その島を日本から独立させる。ヤマタイ国ちゅう独立国にする。観光名所になることは間違いない。それから、別な名所も作る。ギャンブル、売春、ポルノ産業、なんでも自由の一大レジャーランドだな。こら、ごっつう儲かるで」

私も原田も、あっけにとられている。〈人格・識見〉と〈ギャンブル、売春〉というのが矛盾しているように思えた。

「その島を探すについては、チャミー木村がええ策を持っておった。タロホホのとなりに、アクリクリちゅう島がある。独立国で、タロホホとは仲が良うない。この島の南部のジャングルに、ヤマタイ国の位置を示す地図が隠されとる、いうてな……」

「くるのではなかった」

学然は迷彩服にとびついてくる蛭を数珠《じゅず》で払った。

このまえは、宗旨が違うとかいって、タロホへゆくのを拒んだ学然が、いっしょにきたのは、冒険のあとで、ウインドサーフィンをたのしむためだった。いや、そう称してはいるが、実は、将来の〈ヤマタイ国〉における、売春の利権を確保しておきたいらしい。まったく、度し難い生臭坊主である。

「莫迦《ばか》なはなしよ」

と呟いて、学然は、小さな岩に腰をおろした。

いかなるメカニズムによるのかは知らぬが、次の瞬間、私の脇の岩が、ゆっくりと右に動いた。いってみれば、自動ドアのようなものである。

「怪我の功名ですな」

私は学然を眺めて笑った。

「腰かけた岩が押しボタンになっとったんですわ」

私たちの前には、洞窟が暗い口を開いていた。

「原田、ライトを出さんかいや」

ダークはしたりげに言って、百円ライターの火をともした。

原田は懐中電灯を出して、光の輪を洞窟の奥に向けた。

「あじゃーっ！」

学然が叫んだ。

無数の蛇が、天井から壁、壁から床にかけて、うごめいている。

「やばいのぅ」

私は溜息をついた。

二十メートルほど奥に、祭壇の跡がある。チャミー木村教授の説が正しければ、祭壇の下に、秘密の地図が埋まっているはずなのだ。

「ぼく、駄目なんです、こういうの」

と原田が呟いた。

「愚僧も、蛇は、いかぬ」

と学然は諦めの態《てい》である。

「わしも、あかんのよ」

私は腕組みをした。

「ライトを貸せ」

と、ダークが、雄々しく言った。

「それから、枯枝に火ィつけてくれ。わいが乗り込んだる」

「ダーク、おまえ、平気か？」

と私はたずねた。

「おやっさん、わいなァ、プロレスラーのまえは、蛇使いの芸人やったんだす」

ダークは、にやりとした。

「おうおう、キングコブラまで居《い》てよる。ひとつ、可愛がってこまそか」

三

ダークが羊皮紙に描かれた地図を盗み出し、私たちがジャングルを抜け出た瞬間、背後で鬨《とき》の声が起った。数本の槍が私たちの脇の草むらに突き刺さった。

「こら、あかん！」

さすがのダークも悲鳴をあげる。

「土人の大群や。わいらの運命、もう、決ってもた」

「黙って走らんかい！」

私は叱咤《しった》した。

「そこの崖の下に、チャミーの潜水艦がきとるはずだ」

「崖から海に飛ぶのか」

学然は走りながら悲鳴をあげた。それは、サーフィン狂にあるまじき悲鳴だった。

「わし、泳げんのじゃ！」


「これ、間違いない」

振動音がつづく潜水艦の中で、片眼鏡《モノクル》をかけたチャミー木村は、三年まえにくらべると、だいぶ解り易《やす》い日本語で言った。

「よろしか。ここ、タロホホ本島ね。この、三つめの島——これ、ヤマタイ国ね。あなた方、一刻も早く上陸するよろし」

「ちょっと、質問してください」

原田が右手をあげた。

「はい、どぞ、どぞ」

「その島は無人島なのですか」

「むじんと？」

チャミーは首をかしげる。

「その島には、原住民、つまり、ネーティーヴズはいないのですか」

「ネーティーヴズ？」

「いるとすると、問題が起ると思うのです。それでなくても、日本人の経済的侵略が批難されているご時世ですから」

「ネーティーヴズはいない」

ＷＡＳＥＤＡというローマ字がやたらに入ったアロハシャツを着たチャミーは、片眼鏡《モノクル》を外しながら、首を横にふった。

「安心しなさい」

「原田よ」とダークが早口に言った。「土人はおらんでも、猛獣や毒蛇がおったら同《おん》しこっちゃ。慌《あわ》てて上陸する手ェはないぞ」

「猛獣、蛇、しんぱいない」

チャミーは押え込むように言った。

「しんぱいなのは密輸業者。タロホホに共産主義の本、持ち込む連中ね。この連中、いるかも知れない」

「共産主義の本？」

原田は怪訝な表情になる。

「そう。タロホホは、台湾やシンガポールと同じね。共産主義を認めるの本や新聞、だめね。だから、日本の新聞も検閲にひっかかるのことよ」

「へえ！」

原田は恐れ入っている。

「日本の新聞、共産主義ですか」

「共産主義、多いね」

チャミーはあっさりと決めつけた。

「そういう新聞や本を密輸する連中が多いのですか？」

「そう多くもない。五、六人ね」

「ちょっと」

と私は原田を眼で呼んだ。

「なんですか」

「密輸業者いうとるけど、革命家とちがうのか？　わしはの、今度の話、どうも、得心でけんのじゃ」

「といわはると？」

「はっきりいうたら――アンピンコ八世は、わしらを使《つこ》うて、革命勢力をいたぶろうとしとるのやないか。そないな疑いがあるのやったら、いっぺん、日本に帰ったほうが上策やぞ」

「とにかく、島を見ておこうではないか」

欲がからんだ学然が主張する。

「いちおう見ておかんと、須磨義輝に報告できんじゃろが」

「そら、理屈や。じっくり見て、風景写真もとっとかなあかん」

とダークが賛成する。

「社長の抱かれる危惧はごもっともです」

チャミーにきかれぬように原田も早口になった。

「しかし、三年まえとちがって、タロホホ本島内の革命派は鎮圧されているはずです。いまのところ、アンピンコ八世の座は安泰です。ノーチョン・パクのひきいる秘密警察が強力なのです」

「大佐やったな、あの餓鬼」

思わず、私は血が頭にのぼった。

「しーっ、いまや、ノーチョン・パクは陸軍大将で内務大臣です。彼を批判しただけで、鰐《わに》の餌食《えじき》になります」

「野蛮な国じゃのう」

私はぼやく。

「そないな状態ですから、ぼくらを利用して革命勢力を一掃する肚《はら》ではないと思います」

「おまえがそう判断するのやったら、まあ、大丈夫《だんない》やろ」

私は頷いた。

「チャミーとの打合せを続けよか」

「その密輸業者ですけど……」

と原田はチャミーに言った。

「ぼくらに危害を加えへんでしょうか」

「なんちゅうこと言うのや」

ダークは壁にもたれて呟いた。

「密輸業者ちゅうのは、たいがい、拳銃《チャカ》を持っとるがな。平和主義の密輸業者なんて、おるかいな」

「さよう、矛盾しとる」

学然はペンダントの十字架にキスしながら同意した。

「北方領土は日本晴れだった、という表現と同じくらいの矛盾じゃ」

「そですね。ま、ちょっと、危険あるね。ピストル、ブラックジャック、もてるよ」

チャミーは真顔《まがお》で答える。

「困りますな、それは……」

「困るないよ。私たち、すこし、武器、用意してきたよ」

チャミーが指を鳴らすと、乗組員のひとりが長方形の箱をあけた。

私たちは箱のそばに寄った。箱の中には、機関銃、ライフル銃から、華奢な拳銃まで、よりどりみどりの火器があった。

「わしは機関銃を借りようか」

学然は眼を輝かせる。殺生戒《せっしょうかい》をなんと思っているのだろう。

「わいはトミーガンでいこ」

と、ダークも張りきる。

「密輸業者て何人《なにじん》やね？」

「アメリカ人が三人……」

チャミーが答えるや否や、ダークは、

「よっしゃ、アメ公は任しとけ。ニューヨークで晒《さら》し者《もん》にされたおとしまえ、しっかり、つけたる」

「妙なとこで息張るのやない」と、私はたしなめる。「ニューヨークの博物館と関係あるか」

鋼鉄の洞窟の中では、空気が濁ってくるのがたまらなかった。それに、ひどく暑苦しい。

「クーラーもないんか。ま、安物のUボートちゅうとこやな」

とダークは言いたい放題を言う。

ヤマタイ国への上陸は、夜陰に乗じて決行することになった。

上陸時刻が近づき、潜水艦は浮上した。空気をフレッシュにするために、ブリッジ・デッキと前後のハッチを開け放した。

私はマグナムと若干の弾丸を借りただけだが、学然とダークは、いまにも戦争を始めそうな恰好で、まるでメキシコの山賊だった。武器を好まぬ原田は手ぶらであった。

島に上陸するまで私の心を圧していた不安が何であるか、自分でも、うまくいえなかった。

いいかいいいか、なにかがおかしかった。

私は大親分と連絡をとりたかったが、潜水艦の無線室に入ろうとすると、通信装置が故障中だと断られた。原田が通訳したのだから、間違いはあるまい。

お調子者の学然は別格として、上陸したダークが妙に勇み立っているのが、私には気味悪かった。ニューヨークの仇《かたき》をヤマタイ国で討つ、という気持はわからぬでもないが、なんとも悪乗りが過ぎる。

「ダークめ、やたら気張っとる。相手が密輸業者やから撃ってええちゅうこともないのやが」

山道に入りながら、私は原田に言った。

「先輩は、大東亜戦争のおとしまえ、きっちりつけさしてもらう、言うたはります」

「寝言ぬかしよってからに。戦争のじぶん、ダークは子供やないか」

私は呆《あき》れた。

「大親分の妄想も、国際的になってきやはった。南洋一郎《みなみよういちろう》とか山中峯太郎《やまなかみねたろう》の世界やがな」

「南洋一郎て、だれです？」

「お、知らんかったか」

説明するのは面倒くさかった。

「わし、小便《しょんべ》するさかい、先へ行ってくれ」

「はい」

原田が去ってゆく。

私はズボンの前をあけて放尿した。実に気持が良い。

ファスナーをあげて、歩き出そうとしたとき、後頭部に固いものがあたった。痛いというより先に、もともと暗い眼のまえが真暗になり、小さな光が輪を描いた。なにが起ったのかわからないまま、私は光の輪を眺めた。一秒もたたないうちに、光が消え、私は意識を失った……。

四

鳥の声が遠くできこえた。それも一羽ではない。数羽である。

眼をあけると、大親分のいかつい顔があった。頭がおかしくなったのだと思い、私は眼を閉じた。

「しっかりせんかい、哲」

たしかに大親分の声であった。

「不死身の哲といわれた男やないか」

私の身体《からだ》は左右に揺れていた。地面が揺れるとは思えないから、私の身体がおかしくなったのだろう。

「なんや知らん、身体がふわふわして」

「あたりまえじゃ、ヨットの上やからの」

私は眼をあけた。

大親分の眼は血走っていた。

「おまえはゴムボートに倒れたまま、海に漂うとったそうな。もうじき鮫《さめ》にやられるところやった。アンピンコ八世のヨットに助けあげられて、よかったの」

「ゴムボート？」

私はヘルメットをかぶった大親分を見つめた。サファリ・スタイルで身をかためた大親分は、胸に勲章をつけていた。大方、アンピンコに貰ったのだろう。

「そら、おかしおますな。わたしはヤマタイ国に上陸しとりました。立ち小便をして、両手を使えんところを、背後《うしろ》からどつかれて……」

「そうか。そんなら、倒れたおまえをゴムボートに乗せたのやろ。鮫に処分させようちゅう肚《はら》でな」

私は舷窓《げんそう》の外を見た。エメラルド色の海がまぶしかった。

「すると、学然たちは、あの島に上陸したのだな」

「へえ。けども、だれが、わたしをどつきよったんでっしゃろ」

「察するところ、チャミーの手下やの。おまえらを島まで送り届けたのはチャミーやろ」

「そら、そうですが……」

その時、ナチスの制服のようなものを着た、色の黒い小柄な男が船室に入ってきた。勲章を何十もぶらさげて、頭と両肩に鸚鵡《おうむ》をとまらせている。忘れもしない、アンピンコ八世だ。さっきの鳥の声はこれだったらしい。

「モモエチャン！」

アンピンコ八世はそう叫んで出て行った。

「おまえが無事でよかった、いうとるのじゃ」

大親分が怪しい通訳をする。

「とにかく、あやつのおかげで救《たす》かったのじゃ」

「けど……わかりまへんな」

「なにが？」

「大親分が……なんで、このヨットに？」

「そこや、黒田」

大親分は金色の扇子をひらいて、自分の胸に風を送りながら、

「わしの息子な。あの安輝《やすてる》が、わが子ながら、ええ勘しとってな。例のヤマタイ国の話、おかしいいうんだ。うむ、スキーから帰ってきて、すぐ、そないに言いよった」

「はあ……」

私の頭はまだぼんやりしている。

「わしの心にも、怪しんどる部分はあった」

と大親分は、朝令暮改の伏線を張った。

「ときには、かなり怪しい気もした。がやな、大阪でのトラブルがなかったら、おまえに連絡しょうちゅう気持にはならなかったろう」

「大阪て――二階堂組《うち》ででっか？」

「おう。島田清太郎が狙撃されたんじゃ。不幸にも、怪我はせなんだ」

「どこの者《もん》が、やりよったんですか？」

「わからんのじゃ。二階堂組の者《おまえとこ》やない。……そらもう、ミナミはひっくりかえるような騒ぎじゃ。で、おまえに連絡しょうとして、息子に電話をかけさした。アンピンコとのホットラインでな」

おかしなことに、何の意味もないのに、大親分とアンピンコ国王とのあいだには、ホットラインがある。過去に使われたのは、たった一度、大親分が歳暮として送ったカズノコの食べ方を、アンピンコが問い合せてきた例があるだけだ。

「息子の英語はアメリカ人なみでのう」

と大親分はつづけた。

「ヤマタイ国の話をすると、アンピンコめ、びっくらこきよってな。自分は関知しないで、いいかげんでたらめだと言うのじゃ」

「えっ！」

「あのチャミー木村な、タロホホ国立大学を追放されたらしい。それどころか、ＣＩＡの一員やったそうな」

「ＣＩＡ？」

「アメリカの中央情報局いうてな。早《はよ》ういうたら、スパイ

じゃよ」

　また頭が痛くなってきた。むちゃくちゃな話ではないか。

「アンピンコは、あないなひょうきん者に見えるが、頭は冴えとる。チャミーの意図を見破ったのじゃ」

「待ってください」

　と私は半ば起き上った。

「……すると、国王のメッセージを持ってきたとか、王家に伝わる秘密とか、みな、嘘だしたんか？」

「真赤《まつか》な嘘、それも、意図的なものだ」

「意図？」

「そや。ＣＩＡいうたら、小さな国の一つ、二つ、転覆さすぐらい屁《へ》ェでもない。国王暗殺さえ、軽《かる》うにやってのけよる」

「ほんなら、チャミーも、その一味だすか？」

「おうよ。ＣＩＡの中でも偉い方らしいぞ」

「あのチャミーが！」

「阿呆《あほ》に見せとったのじゃ。芝居や、すべて。わしら、お人善しやもんで、ころっと騙《だま》されとったのだ……」

　なにかおかしい、と思った私の勘は間違っていなかったのだ。

「けど、秘密の地図はありましたよ。蛇がぎょうさん居《い》よる洞窟の奥に」

「チャミーの細工よ。もっともらしゅう、おまえらを誘導したのじゃ」

「あの潜水艦は何ですかいな」

　私は考え込んだ。

　大親分は壁のブザーを押した。こにちは、と通訳らしい男が現れた。

「タロホホ国に、潜水艦あるか？」

　大親分は、とりようによってはかなり失礼な質問をする。

「いいえ、ありません。タロホホ、海軍、ない」

「わかった」

　大親分は頷いて、

「贋物《がせ》じゃよ。たぶん、アメリカのものやろ」

「ふーむ……」

　私にも少しわかってきた。

潜水艦の無線室に入ろうとして断られたのは、私が大親分に連絡をとるのが、チャミーにとって具合悪かったからである。そして、すべてをなんとなく胡散臭く見ていた私を、チャミーは殺《け》してしまいたかったのだ。

「驚くなよ、哲」

大親分は念を押してから、

「チャミーがヤマタイ国だと指定した島は、タロホホの領土やない。アメリカの領土だったのじゃ」

念を押されたにもかかわらず、私は愕然とした。

「やばい！　ダークも、学然も、武装しとるんです！」

「ＣＩＡちゅうのは、おっとろしいのう」

さすがの大親分も嘆息した。

「アンピンコの推測やが、島にはアメリカ兵がおるのやないか、という。そこに武装した日本人がくる。どないなると思う？」

「さあ？　どないなるんで？」

「戦争じゃよ。第二次太平洋戦争になるのやないか、と、アンピンコは言うとる」

「そんな仰山《ぎょうさん》な。ダーク、原田、学然の三人だけでっせ」

「それだけやない。いま、あの島には、日本の海上自衛隊の船が行っとる。このまえの戦争の遺骨収集団を乗せてな」

「それだけで、戦争になるんですか？」

「ダークが一発でも発砲しよったら、もう、しまいや。アメリカ側は、戦争が目的やない。ギヴアップ——つまり、降参よ」

「降参？」

「うむ。アンピンコの話では、そないな説がアメリカ側にあるそうな。日本を叩きのめして、三十六年たったものの、負けた日本は経済大国になっとる。一方、勝ったアメリカは、どうや？　不況とインフレで苦しんどる。こんなことなら、戦争に勝つのやなかったちゅう、まあ、反省かな」

「反省？」

「これは、なんぼなんでも阿呆《あほ》らしい。もういっぺん、戦争して、日本にアメリカを占領して貰おう、ちゅうわけや。アメリカの憲法は改正されて、戦争を放棄する。軍は解体され、日本が軍事力の傘でアメリカを守ってくれる……」

「冗談、きつうおますな」

「冗談やと、わしも思う。けどな、CIAちゅうのは、その手のことを本気にとる奴ちゃ。……ほんま、阿呆《あほ》くさい研究をまじでやっとる。カストロ首相の髭《ひげ》を溶かしてしまう薬とか、正気の沙汰とは思えんがな。そんなこっちゃから、ダークが発砲でもしてみい。アメリカ兵は白旗かざして出てくるぞ。で、日本の勝ち、ちゅうことになって、アメリカに経済援助せにゃならん。……そこまで行かんでもじゃ。アメリカの核戦略に積極的に協力さされるわな。アンピンコも、ほんまの狙いはそこらやないか、言うとった……」

五

大親分がジェット機でタロホホに飛んできただけのことはある、と私は思った。

　雲をつかむような話だが、まさか、と笑いとばすことができないのだった。

　そのような危険がある以上、私は三人を止めなければならなかった。とくに、電撃隊（古い言葉だ）かなにかのつもりで張り切っているダークをつかまえねばならぬ。アメリカ人を怨《うら》んでいるダークに発砲されたら、おおごとだ。もし、そんなことがあれば、国際問題になるだろうし、日本国内のマスコミにも袋叩きにされるだろう。二階堂組が解散に追い込まれるのは眼に見えている。おそらく、大親分にまで、心ない批難が及ぶであろう。

「哲よ。このさい、インディアナ・ジョーンズになったつもりで、事件が起るのを防がなあかんぞ」

　大親分は私の知らぬ歴史上の人物の名を引用した。

「へえ。このさい、インデアンにでもなんでもなりまっさ」

　私は答えた。

「このヨットで島の近くまでは行ける。上陸してからが問題やな」

大親分は海図を眺めながら、

「おまえ、武器はどないする?」

「マグナムを持っとったのですけど、盗《と》られまして。まあ、鞭《むち》ひとつで、なんとかなりまっしゃろ」

その島——もちろん、名前はわかっているが、ここに明記するのは遠慮しておく——に上陸してからの私の冒険を、こまかく書けば、ゆうに一冊の本ができてしまうだろう。それらの大半を省略するのは、あまりにも子供っぽい冒険(たとえば、巨大な鰐との格闘、カヌーごと滝壺に落ちかかったこと)が多過ぎるからである。

滝壺に落ちかかったとき、私は素早く、長い鞭の先を木の枝にまきつけて、宙吊《ちゅうづ》りになった。カヌーが滝壺に呑み込まれるのを見おろしながら、私は自分の強運に感謝した。ただし、木の枝がみしみし鳴り始めると、そう感謝してばかりもいられなくなった。

「は、は。粋《いき》やねえ、黒田……」

私は声がきこえた方向を見た。

「こないな島にまで進出しとるのか、極道が」

ストローハットをかぶった、白いポロシャツに白ズボンの小柄な男がいた。濃いサングラスをかけていても、県警の栗林警部補であるのは、すぐにわかった。

「どや、ひとつ、敵に塩を送ったろか」

「早《は》よ助けてください」

私は悲鳴をあげた。

「しゃあないか」

栗林は片手をあげ、私を指さした。

ジャングルから飛び出した矢が、私がぶら下っている枝に突き刺さる。矢にはロープがついていて、私はそのロープ伝いに、栗林のいる方へと動いた。

渡りきらぬうちに枝が折れ、私は断崖《だんがい》にぶら下った。

「黒田よ、鞭が水中に消えたぞ」

栗林は私を見おろしている。

「そんな、冷たいこと……」

私は断崖にぶら下ったまま呟いた。三十代だったら、懸垂の要領で、なんとか、よじ登れたのだが。

「非情と言うて貰いたいね、むしろ」

栗林は片手をあげた。現地人らしい男が二人、身をのりだして、私をひっぱりあげてくれた。

「おまえ、なにしとるんだ、え？」

栗林は私にキャメルをさし出しながらたずねた。

「栗林はんこそ、なにしたはるんで？」

「記念碑を建てるツアーで来たのや。兄貴がこの島で戦死してな」

この暑いのに、栗林は赤いループネクタイをして、びしりと決めている。それはもう、悲しいまでに決っていた。

「いま、建立《こんりゅう》の式がすんで、道を降りてきたところや。おまえ、記念碑、見てみるか」

「見たい気持は山々ですけど」

私は、思いきって、道を急ぐ事情を打ち明けた。

「そら、むちゃや。この島は四国の三分の二いうけど、けっこう広いぞ」

栗林は煙草を急流に投げた。

「そやけど、学然和尚がおるちゅうのは不思議やね。あのおっさん、異教徒の国は堪忍《かに》して欲しい、いうとったのとちがうか」

「あのお人の考えはわかりませんわ、わたしにも」

「極道関係者が発砲するのはまずい。わしも看過するわけにいかん」

「米軍がおるのはどの方角でしょう？」

私はたずねた。

「うむ、これこれ」

栗林はズボンのポケットから小型のコンパスをとり出した。なんだか頼りないようである。

「東南はこっちやね。おそらく、ダークたちも、東南部に向ったな」

「米軍はそこにいよるのですか」

「居住しとるな。きわめて少数やが」

「ダークらは、ゆうべから、山道を歩いとると思います」

「そんなら、あと一時間もしたら、東南部の海岸に出る」

栗林は枯枝を折って、地面に地図を描いた。

「ええか。ここらに出る。米軍のおる地区のすぐそばだ」

「ダークが、なんぼ阿呆《あほ》やいうても、アメリカ兵と密輸業者のちがいぐらいは……」

「わかると思うか？」

「わからんでしょうな」


栗林が現地人から借りたジープで、私たちは先まわりしようとした。

すでに二回きているとかで、栗林は、けっこう間道を知っていた。島の中央にある火山が、三十年置きに爆発するのだそうで、道はいつの間にか黒い火山灰でかためられていた。

二十分ほど走ったころか、鋭い銃声が静寂を引き裂いた。左手の林から撃ってきたのだ。

「おんどりゃ！」

私はジープの上から叫んだ。

「わしが黒田哲夫ちゅうことを知っとんのか？」

間もなく、迷彩服姿の学然が走り出てきた。

「いや、すまなんだ。仏門にある身が、つい、ハンティングの面白さを覚えての」

「社長、生きてはったんだっか」

ダークがふらふらと進み出た。

「原田はどないした？」

ジープから降りた私は、ダークを問いつめた。

「あいつ、マクドナルドの看板が見えたなんて吐《ぬ》かしよって、偵察に行きよったんだす。無人島にマクドナルドがあるわけおまへんやんか。腹減って、ここにきたんやね」

ダークは自分の頭を指さしてみせる。

「いや、ま、そら、幻覚かどうか、わからんが」

彼らにショックをあたえぬように、私は、あいまいに言った。

「無人島かどうかいうのも、検討を要する。げんに、こないなおひとも、いてはる」

「ハロー、フォークス！」

栗林は学然のお株をうばった挨拶をした。ストローハットを振ってみせ、キャメルをくわえて、火をつける。

「わっ、奇遇やなあ！」

ダークが叫んだ。

「み仏のお導きによるものじゃ」

学然は合掌した。

「とはいえ、あまりといえばあまりの偶然。作者も……無理をして……」

「なにを、ごじゃごじゃ言うてはる」

そう言ってから、私は栗林の顔を見て、

「おかげさんで、丸《まる》うにおさまりそうです」

「原田は大丈夫か」

ヒーロー気どりで、栗林はけむりを輪に吐いた。

「マクドナルドでも襲撃するとあかんぞ」

「あいつやったら大丈夫ですわ」

「社長……」

と、ダークが言った。

「この四人に原田がおったら、鬼に金棒や。アメリカ人がなんぼのもん、でっせ。そらもう、出てこいニミッツ、マッカーサー、米英撃滅火の用心ですがな」

「なにを言うとるのや、この男」

栗林はとぼけてみせる。

「知らんとは言わしまへんで、栗林はん」

と私は笑った。

「戦争中、火の用心の拍子木《ひょうしぎ》叩く町内のおっさんが、『火の用心』だけやのうて、『米英撃滅・火の用心！』言うて歩いたやないですか。知らんちゅうことはないでしょう」

「わしは、ビートルズ、いや、和製グループサウンズを、子供のころ、よう聞いとった。米英撃滅なんて言葉、知らんよ」

「としが合いまへんがな、そんなもん」

私は笑い出した。

「ほんまの話、わたしら、アメリカに対して、愛憎二筋道とちがいますか。きょうびの若い者《もん》やったら、愛々一直線やろけどね。だいいち、栗林はんは、兄《あに》さんをアメリカ兵に殺されたんだっしゃろ」

「いや、まあ、いちばん上の兄貴や。わしとは二十も歳が離れとる」

その時、原田が戻ってくるのが見えた。

「さあて、と、三人に話さなあかんことがある……」

と私は言った。

六

島の唯一のホテルであるヒルトンに入った私は、ボーイにチップを渡して、ドアチェーンをかけると、すぐに、日本に電話を入れた。そして、ことの成り行きを、安輝さんに伝えた。

――さすがですね、黒田さん。

――苦労しました。

――早速、タロホホにいる父に電話します。一週間ぐらい、そちらで、ゆっくりなさってください。

――そうもいきませんけど、二、三日、休まして貰います。

――ドルはありますか？

――学然がトラベラーズ・チェックを持ってます。それに、栗林警部補も……。

――えっ、なんですって？

――は？　なにか、申しましたか？

まだ、グリルがオープンする時間ではないので、私たちは、学然の部屋に集って、ルーム・サーヴィスをとることになった。

私の部屋も悪くはないのだが、学然の部屋の広さと豪華さに、私は圧倒された。

おおげさにいえば、〈フットボールの試合ができそうな〉広さである。極楽鳥の絵が壁一杯に描かれており、床もまた同じ絵柄だった。

奥の間にあるベッドが、これまた、豪勢なもので、超大型ダブルであり、なぜか、枕が三つある。それればかりか、原色の色違いのクッションが、五つ六つ、毛布の上に置いてある。

「仏者《ぶつしや》にあたえられた一夜の極楽と心得とる」

学然はもっともらしく呟きながら、バスルームを見せてくれた。

エメラルド色のタイルに囲まれて、貝殻の形の大きな浴槽があった。壁のタイルは漆黒で、ガラス玉の星が、ところどころで点滅するのである。

「ドロシー・ラムーア向きやね」

とダークが評した。

私たちは、とりあえず、ビールと七面鳥の肉のサンドイッチを注文した。

「もう少したつと、三階のステーキハウスがあきます」

と原田が説明する。

「部屋にある案内には、そないに書いてあります。このステーキハウスは、オーストラリア産の牛肉をこっちの好みの大きさにカットするのが特徴やそうです」

「うむ、食いたいだけ食えるわけだな」

学然はにんまり笑って、

「では、サンドイッチは控えるとしよう」

「坊さんが肉を食うてええのかいな」

ダークが冷やかすと、学然はびくともせずに、

「それから、ケンタッキーの玉蜀黍《とうもろこし》から作った般若湯《はんにやとう》を少々。愚僧はそれだけで足りるじゃろう」

「足らいでかいな」

「こんな楽園に、別れた女房ときたかったよ」

ビールで乾杯したあと、栗林が泣き始めた。

「女房《あれ》もな、東京へは行ったものの、もひとつ、ぱっとせん。吉本興業か松竹芸能に入るべきやった」

「それかて、あんまり、ええ線とは思えまへんけど」

とダークが評した。

「ビール一杯で泣いたりしたらあきまへんがな。なんや葬式みたいで」と私。

「別れて、もう、二年半や。いまだに、あの女が夢枕に立つ」

「夢枕て、彼女、生きてはりまっせ。こないだ、梅田の『ザ・バラード』に出てはりました」

「ぼく、聴きに行ったですよ」と原田が言った。「秋川エ

リ&ニュー・ペキンダック、いうんですわ。失礼ですが、ええ女にならはりました」

「そやからこそ、わし、切ないんじゃ。女性週刊誌で、独身や言うとった」

「ええやないですか」と私、「復縁しなはったら?」

「……過去にも同棲の経験はない、好きな男はいなかった、言うとるよ。わしの全存在を否定しとるのや」

「人気商売やさかい、しゃあないな」

とダークはうんざりする。

「腹立つんやったら、おたくの戸籍抄本、週刊誌に送りつけてやったら、どないだ」

「いや、わしは、あの女を傷つけたくはない」

「ええかげんにしてんか」

ダークは頭を抱えた。

「あっ、チャミー木村がいる!」

視力二・〇の原田が叫んだ。

「そ、そこのバンガローに入りました!」

南国の五時はまだ明るい。

このホテルそのものが、天然のジャングルにはめ込まれる形で作られており、沼や小川もそのままになっている。私たちのいる建物と小川ひとつへだてて、原住民の住居を模して作った、ホテルのバンガローがならんでいるのだった。

「あの餓鬼、まだ、うろちょろしとるんか」

私はゆっくりと立ち上った。

「や、やめんか、黒田!」

栗林が叫んだ。

バンガローの窓越しにチャミーの顔が見えた。どうやら、ひとりらしい。大型のラジオカセットから西洋音楽が溢《あふ》れ出ていた。

「なんじゃ、この歌は?」

「ローリング・ストーンズの『刺青《いれずみ》の男』です」

原田が答える。

「二発、撲《は》るだけにせいよ」

と栗林が注意した。

「もう一発、腹に蹴りくれて」とダーク。

「ばっちり引導わたしたる」と学然。

私はドアを蹴飛ばして中に入った。

「うわーっ！」

瞬時に事態を察したらしいチャミーは、椅子から動けずに失禁した。

「あなた、なにかのごかいよ。怒る、ないよ」

「怒るあるよ」

私は、約束通り、チャミーの首筋を二度殴った。首の骨が折れたのだけは確かだ。

次の瞬間、床が揺れ始めた。テーブルが倒れ、全員が床に叩きつけられた。

「地震かいな」

とダークが叫んだ。

「火山の爆発や。空が赤《あこ》うなっとる」

栗林が冷静なところを見せる。

「いや、ハリケーンでしょう。雲の流れが異常です。あっ、竜巻が……」

窓の外を眺めていた原田は、なにかに吹っとばされて、学然の上に倒れた。

「この世の終りかの」

学然は赤い空に金メッキの十字架を向けた。

「なにしてはるんです」と私。

「わしは悪魔払いのライセンスを持っておる」

と学然は、ポケットから許可証を出してみせた。

「で、こっちにあるのが、成田山の厄《やく》よけのお札《ふだ》じゃ」

「原田、ラジオをつけなさい」と栗林が鋭いところを示す。

「きみなら、英語の放送がわかるはずだ」

「はい」

原田はローリング・ストーンズをとめて、ラジオのスイッチを入れた。すぐに、駐留軍放送のような早口の英語が流れ出た。

「おかしいな」

と原田は首をかしげた。

「イソロク・ヤマモトが死んだと言っていますよ。これ、山本五十六って人やないですか」

「冗談やないのか？」

栗林が念を押した。

「だって、緊急のニュースだいうて、念を押してますよ」

「しもた！」

栗林は窓の外を指さした。

「どないなっとるのや、これ？」

私は思わず呟いた。ホテルの建物が完全に消えているのだった。

「あれが証拠や」

と栗林が言った。

「わしらは、いま、昭和十八年――一九四三年の春におるのだ。日本軍が、ガダルカナル島から撤退――つまり、退却した直後の南太平洋にな」

「なるほど」

原田はラジオをとめ、テープのスイッチを入れて、

「要するに、タイムスリップですね」

「なんじゃい、それは」と私。

「時滑《じすべ》りというやつか」と学然が呟く。

「わしの記憶しとる太平洋戦史によれば、山本五十六司令長官の死後、この島は、米海軍の砲撃によって、蜂《はち》の巣になるのや」

栗林は私を見つめた。

「危《やば》いのう」

私は呟いて、バンガローを出た。

近くの丘の上の大砲が傾いている。私は、まず、海岸の方を眺めた。

沖合はアメリカの艨艟《もうどう》で埋めつくされ、空中戦が演じられていた。栗林ならずとも、つぎになにが起るかがわかった。山も、丘も、海岸も、私らのいる場所も、原形をとどめぬまでに破壊し尽されることだろう。

原田の左手のラジオカセットから流れ出るローリング・ストーンズの響きが、緊張した空気をさらに強めるのだった。

唐獅子源氏物語

一

節分の夜といえば、一年でもっとも寒さがきびしい時である。

よりによって、こんな時期に、須磨組《ほんけ》大親分の屋敷への石段を登るのは、きつい。何度もくりかえしたことだが、寒風の中では、特にきついのだ。

立ち止った私は、凍《い》てついた星の群れを見つめた。一瞬、流れ星が短い弧を描いた。

「流れ星のばか……」

すかさず、原田が、しがないジョークを口にした。

「原田よ」と、私は低く言った。

「は？」

「気が重いよ、わし」

「お察しします」

「なんで、こないな役がわしにまわってくるんかいの」

「学然和尚《がくぜんおしょう》のいう輪廻《りんね》の波とちがいますか」

「ありがとうない波じゃのう」

私はボヤいた。

大親分から、突然の呼び出しがあった。およその内容は、私にも思い当るのである。

「社長……」

と原田が思いつめた声で言った。

「おう」

「ここらで、読者に説明しとくべきじゃないでしょうか」

「なにを？」

「ぼくらが、一九四三年の南太平洋で危機におちて、死ぬ寸前までいったあの事件の顚末《てんまつ》です」

「それが、どないした？」

「えーと――説明しておかないと、読者に不親切やないかと……」

「なんじゃとて」

私は中田ダイマルの古いギャグで切りかえした。

「あないにけったいな成り行きを説明して、読者が信用すると思うか？」

「それもそうですねえ」

原田はかすかに頷《うなず》いた。

須磨組大親分《ほんけ》、須磨義輝《すまよしてる》の屋敷の玄関脇には、柊《ひいらぎ》が置いてあった。節分の夜にする魔除《まよ》けの呪《まじな》いである。

ほんらいは、鰯《いわし》を焼いて、頭だけ残し、その頭を柊にくくりつけるのだ。しかし、この家の柊には、鰯の頭ならぬ、例のブルドッグの小さな干し首がくくりつけてあった。

私たちが紫色の絨緞《じゆうたん》を敷きつめた書斎に通された時、女中が現れて、「少々お待ちください」と言った。

「いま、皆さんで巻き寿司を食べていらっしゃいます」

女中は笑いをこらえている。たぶん、関西の生れではないのだろう。

節分の夜に、家族そろって、巻き寿司を、一本ずつ、無言で食べると、その年は無病息災で過せるという言い伝えに、私たちは従っている。年によって、方向が変るのだが、今年は、たしか、北北西に向って食べるはずである。

「おまえ、巻き寿司、食うたか」

私は原田にきいた。

「ぼく、寿司が苦手でして、マシュマロですませました」

「すました、て、えらい違いやないか。巻き寿司は、長いまま、食うのやぞ」

「知ってます。けど、恰好《かつこ》悪いもんですよ、あれは」

次の瞬間、唐獅子マーク入りの最高級スピーカーから、妙な歌が流れ出た。今日も元気だ、御飯がうまい、という歌詞である。

「どこぞの民謡やろか」

私が言うと、若い原田はインテリらしく、

「『ナイアガラ音頭』ですよ」

と笑った。

「なんじゃ、それは？」

「大瀧詠一《おおたきえいいち》が作ったものです」

「そないな男、わし、知らんぞ」

「まあ、いうたら、新しい音頭です」

「真新しいもんか」

「いえ、もう、五、六年前のものです」

「流行《はや》ったのか」

「というほどでもありません」

「大瀧詠一、なあ。……服部良一《はっとりりょういち》なら知っとるが」

「まるで違います。――そうだ、社長、『うなずきマーチ』、知ってはるでしょう」

「事務所で、おまえらが歌《うと》うとるからな」

「あれを作詞・作曲した人です」

「つまり、その、『ナイアガラ音頭』で認められて、『うなずきマーチ』を作るよう抜擢《ばってき》された、ちゅうわけやな」

原田は黙ってしまった。

「ちがうのか」

「いえ、ま、だいたいは……」

「だいたいで、ええのじゃ」

私は決めつけた。

陽気な音頭にふさわしからぬ、沈痛な表情で、和服姿の大親分が入ってきた。

だれがなんといおうと、〈日本の首領《ドン》〉である。威圧された私と原田は、反射的にソファーから立ち上った。

「まあ、楽にせえ」

大親分は椅子にかけた。そのままの姿勢で、しばらくは、なにも言わない。

「なんぞ、心配ごとでも……」

私が口を切った。

「節分の晩にする話やないのだ」

大親分は不機嫌そうである。

「が、やむをえん。急を要するのでな」

只事ではない口調だった。

「だれぞに相談せんならん。いろいろ考えたのやが、正味な話がでけるのは、哲、おまえだけやから」

私は黙って頭をさげた。

「今までも、おまえには、苦労かけたがな。今度は、須磨組全体の威信にかかわる問題だ。そのつもりで、きいてくれ」

「へえ」

「県警の刑事部長が代ったのは、おまえも知っとるやろ」

私は頷いた。

「今度の刑事部長は、須磨組をつぶすと公言しとる。血も涙もない奴でな、麻雀《マージャン》やっとった組員を常習賭博容疑で逮捕しよった。こんなもんが通用するなら、サラリーマンで麻雀やる奴は、みな逮捕されてしまう。けど、須磨組関係者だけを狙い撃ちするちゅうとこに、差別の思想がある。ささやかにやっとる場外ノミ屋も逮捕された。刑事部長《あやつ》は、こないに言うとる――太陽の下で、もう、須磨組のバッジを使えんようにしてやる、とな」

「差別ですな」

私は溜息をついて、

「大阪府警捜査四課にも、〈須磨組取締指揮本部〉ができました」

「手段をえらばん、えげつないやっちゃ」

大親分は渋茶を啜《すす》って、

「〈人の和こそすべて〉いうわしの考えをこけにしとる。つまりな、あやつは、取締りの柱に〈心〉を入れよったのじゃ。〈暴力を憎む心に明日がくる〉いう、妙なスローガンを作って、印刷しとるそうだ」

「あの刑事部長は問題ですわ」

私は呟《つぶや》いた。異様にハッスルしていて、須磨組の組織を弱小の団体にすることに命を賭けると豪語している男だ。

「遠い土地に転勤させるより、手ェはありまへん」

「目的のためには手段をえらばんのだ。噂では、わしを、この須磨義輝をじゃ、脱税容疑でひっかけようとしとるらしい。……それだけなら、怖くはない。血の気の多い奴が、思いつきそうな小細工と思うだけや。帳簿ぐらい調べられても、びくともせん」

大親分の鋭い視線が私を射た。

「許せんのは、マスコミ受けを狙《ねろ》とることや。須磨組なぞ怖くない、いう印象を世間にあたえようとしてけつかる。情報屋の話では、この家に踏み込んで、帳簿を調べる、いうとるそうじゃ。県警が踏み込んだら、新聞記者やテレビカメラも入ってきよる。わしの威信、組の威厳に傷がつく」

「それですが……わたしから申し上げたいことがおます」

私は眼を伏せた。

「じつは、県警の栗林警部補が、それとなく、わたしに注意してきよりました」

「ほう、栗林が……」

「あないなひょうきん者ですけど、ええとこもおます。もしも、組の若い者《もん》が、かっとなって県警に向っていったら、刑事部長の思う壺や、と」

「待て待て」

大親分は私を制して、

「栗林の立場はどないなっとるんだ？」

「刑事部長の強引さに対しては批判的ですな。とくに、脱税云々《うんぬん》はやり過ぎや、いうとりました」

「ええとこあるのう、栗林は……」

大親分は微笑《ほほえ》んだ。

「〈人の和こそすべて〉を理解しとる男や」

「刑事部長のやり方に関しては、県警の上層部にも、だいぶ、批難があるそうです。スタンドプレイが過ぎる、いう声が多いとかで。――で、栗林の言うには、下手《へた》に逆らわん方が得やぞ、むしろ、悠然と構えとるほうが、おやっさんが太っ腹に見えると……」

「奴がそない言うたんか」

「ほのめかしたのです。ま、わたしも、ここだけは、奴に同感で――おやっさんは、なんぞ、うまいこと、用をこしらえて、お宅を留守にする。あとは県警の好きにさす。お腹立ちでしょうけど、ここは、忍の一字だす。頭を下げて、嵐をやり過すちゅうわけで……」

二

「むう……」

大親分は腕を組んで考え込んでいる。

忍耐とか我慢は、往時《ひところ》の東映任侠映画の中でこそ盛んだったが、大親分は、あまり好きではないのだ。

「そんなら、哲、おまえ、わしに逃げいちゅうのか」

顔色が変っていた。

「いえ、それは……」と私はうろたえて、「逃げるちゅうのとは違います。まあ、いうなら、迂回《うかい》作戦でして……」

「ものは言いようだな」

大親分は鼻先で笑った。

「わしかて、栗林が勧める手が、ええとは思う。古い言葉を使うなら、疎開やな。それは了解でけた。あとは建て前やが」

「建て前？」

「おうよ。須磨義輝ともあろうものが、敵から身を躱《かわ》すのや。それ相応の理由が要るだろうが……」

余裕をとり戻した大親分は、皮肉な笑いを浮べる。

「ま、病気でしょうか」

と私は答えた。

「……結核、いや、こら、古い。あたり障りのないところで、喘息《ぜんそく》――ですな。これなら、白浜でも熱海でも……」

「そんなとこやろな」

大親分は頷いた。

「大義名分はそれでええ。……しかし、いまひとつ、しっくり来《こ》んのじゃ、わしの胸に。県警に背中を見せるちゅうのが」

「お察ししま」

私はうなだれてみせた。

その時、原田が、突然、口をはさんだ。

「けど、これは、キシュリューリと考えたら、納得でけるのちゃいますか」

「なに？」

大親分は、なんのことかわからない。私もわからなかった。

「日本人の好きなパターンですよ」

と原田は説明し始めた。

「貴種流離譚《きしゆりゆうりたん》、いいまして、身分高く生れた人が、生れからくる気高い性格ゆえに、運命にもてあそばれ、ひどい目に遭う。こういう定型があるんです。日本人の好む物語の原型ですねん」

「ふむ、ふむ」

身分高く生れたわけでもない大親分は興味を示した。

「だれや、たとえば？」

「源義経がトップでしょう。貴種流離のザ・ベストテンをやったら、義経が、まず、毎週、トップですね」

「なるほど。身分が高《たこ》うて、さすらいの旅をつづけるちゅうわけか」

「日本人はこの種の物語が好きなんです。むかし、『富士に立つ影』の熊木《くまき》公太郎《きみたろう》が人気あったいうのも、同《おんな》しですわ。この男の物語も放浪の部分が面白いんです」

「長嶋の人気もそれやないか」と私が言う。「長嶋は、身分は高《たこ》うないけど、超人的天才だったわな。そがいな人物が、巨人軍を追い出されて、他球団の監督にもなれずに、フロリダで大リーグのキャンプ巡りをしとる。可哀想やな、あれは」

「そこです」

原田は指を鳴らした。

「可哀想や、言われるのが、貴種流離譚の特徴なのです。つまり、大衆の人気を集めるのは、義経、長嶋タイプの男たちです。ところが、ここに、もうひとりのスーパースターがいます」

「いや、そないに言われても……」

大親分は、すでに、笑みを隠しきれなくなっている。

「その人の名は光源氏です」

原田が無情に言った。大親分の顔から笑みが消える。

「あの男、どえろう、女にもてるだけのやつやないか」

大親分に代って、私が言った。

「そないなもんでもありません。源氏は、二十六歳ぐらいのときに、京都から須磨に居を移します。現代なら、北海道のはしに退《の》くいう感じでしょう」

「その須磨ちゅうのは、須磨浦公園のあるとこか……」

大親分の表情は真剣そのものであった。

「はい」

「ふむ、それで？」

「今までの華やかさとは打ってかわった淋しい生活を送る

のです。陰影があるいうのか、あの小説の中のポイントですねん」

「『源氏物語』は、テレビで観ただけや。沢田研二が演《や》っとったの」

「ぼくは観てまへん」

と原田が答える。

「わたしは長谷川一夫のを観たような気ィします」と私。

「そやから、わしは筋をあんまり知らんのじゃ」

「朝鮮事変のころでした」

大親分は私の発言を無視して続けた。

「どうなんじゃ。色んな女と関係し過ぎて、京都におられんようになったんか？」

「政治的理由やないですか。学者によって、説は様々ですけど」

「そんなら、わしと変らんがな」

大親分の眼が、ひときわ輝いた。

「それから、どないなる？　源氏は、しまいまで、須磨で暮したんか？」

「いえ、二年ちょっとで京都に召還されます」

「そやろな。国道二号線が通っとるけど、淋しい町や」

大親分は光源氏に感情移入している。私は不吉な予感がした。

「ひつこいようやが、源氏が京都を離れた理由は何じゃ」

「女といえば、女なんですけど、この時代は、政治と女性が一体になってまして……直接的原因は、光源氏が朧月夜《おぼろづきよ》のもとに忍びます。そこを右大臣に発見されて……」

「朧月夜なら、バレるがな。暗闇の中で、こっそり、おめ……」

「あの、朧月夜いうのは女の名前です」

原田は顔をあからめる。

「右大臣の娘ですわ。右大臣は、かーとなって、弘徽殿女御《こきでんのにょうご》に報告します。この弘徽殿が『源氏物語』の敵役《かたきやく》ですねん。弘徽殿は、もともと、源氏を憎んどったから、ここぞとばかり、源氏追放計画を練るのです」

「いうたら、県警の刑事部長やな」

大親分はまったく自己流の解釈をする。

「源氏は流罪でも宣告されたら大変と、先手を打って、須磨に退居します」

「いっしょやがな、わしの身ィと！」

大親分はひざを叩いた。

「ひとごととは思えん。人間のありようは、源平時代も今もいっしょや」

「あの、これ、源平とは無関係で……」

「わしも光源氏もいっしょや！」

大親分はとんでもないことを言いだした。

「よろしい。わしも、流罪を避けて、須磨へ行こう。須磨なら、坂津からも遠うはないし、なにかと便利じゃ。……哲、須磨に大きな家を借りてくれ。ボディガードが泊るさかい、大きないと困る。マスコミには喘息や言うといたらよろし。須磨海岸なら、辻褄《つじつま》合うがな」

「あの……」

私が止めかけると、原田が私の足を突ついた。

（そうだ！　わしは、大親分に、一時的疎開を勧めにきたのだった！）

「源氏物語」云々に気をとられて、いつの間にか、目的を達成しているのに気づかなかったのである。

「わかりました……」

私は頭をさげた。

原田もなかなかの策士だ、と私は思った。大親分みずから、その気になってしまったのだから。

「で、ご家族は、どないしはります」

「野暮をいうな。光源氏やぞ、わしは」

大親分はゆっくりと私を見た。いままでに見たことのない奇妙な流し目であった。

「単身赴任する。思えば、わしの名に所縁《ゆかり》の土地やないか」

「はあ」

「『唐獅子通信』に書いておけ。須磨義輝はルーツの地に戻った、とな」

大親分は元気になったらしく、空手の型を演じて見せた。

「坂津を去るにあたって、和歌を詠《よ》まなあかんのだろう」

「ぼくがお役に立ちます」

源氏物語大好き青年が言った。
「光源氏が須磨に行ったのは、たしか三月です」
「だいたい、合《お》うとるやないか」
大親分はご機嫌だった。

原田のアドヴァイスに従い、ここから、文章の形を変えることにする。私は、べつに変える必要は感じないのだが、いまのままでは、大親分の流寓《りゅうぐう》のわびしさが出ないと、原田が吐《ぬ》かすのである。インテリとつき合うと、ときとして、わずらわしいことがあるものだ。

須磨

何という帝《みかど》の御代《みよ》でございましたでしょうか、日本各地に数多《あまた》の親分衆が割拠している中に、ひときわ時めいている方がおられました。

大親分と呼ばれているうちはまだしも、〈日本の首領《ドン》〉などと褒めそやされるようになりますと、世の中はあさましいもので、とかく、理由もない中傷をされたり、悪口を言われたりするようになるものでございます。居心地が悪くなってまいりましたので、住み馴れた坂津を離れて、須磨の辺りに居を移そう、などと思うようにおなりになりました。

須磨海岸は、国道二号線こそ通っているものの、大阪、神戸、坂津のにぎわいを思えば、人里離れた感じですから、下見に行った大親分は、悲しさ、淋しさをこらえきれません。憂き世とは申すものの、いざ離れてしまおうとすると、未練が湧《わ》くものでございます。

明日、坂津のお屋敷を離れるという日の夕暮には、お供に従う人々が集って、用意を整えます。海辺のおん住家《すみか》でお使いになる調度の類《たぐい》は、質素を心がけて、県警の者に見せたくないマリリン・チェンバースのビデオテープ、六法全書などを入れた箱、それから年代もののエレキギターを一つだけお持ちになります。

われなくて草の庵《いほり》は荒れぬとも
世に極道の種は尽きまじ

お胸を掻《か》き乱される思いで、月の出を待って、西に下ります。

お住いになる所は、海岸から少し入り込んでいて、侘《わ》びしくも物凄い山の中腹です。このような地形の方が、宿直《とのい》の者たち（注・ボディガード）が守り易《やす》いだろうと考えて決めたわけですが、釣り船や漁船、はるかに淡路島の姿が見えて、それなりの雅味、おもむきはあるようです。

ようようお身のまわりが片づくうちに、三月《やよい》になりました。県警によるご本宅捜索も一段落したのですが、ある日、海人《あま》に変装した栗林警部補に道ですれちがったさい、「もうちっと、辛抱しとったほうがええ」と声をかけられました。その変装ぶりは、なんとも見事なもので、私、ダーク荒巻、原田の三人とも、声をかけられなかったら、とても見わけがつかなかったでしょう。栗林は垂水《たるみ》警察署へ行く途中とかで、

しほたれてだらしないぞよ松島に
としたちかへりなげきもぞする

謎めいた和歌を残して立ち去りました。

「なんじゃい、これは！」

はしたない声をあげるダークに向って、原田は、これは〈しほたるることをやくにて松島に　としふる海人《あま》もなげきをぞ積む〉のもじりです、と説明をいたします。なんでも、「源氏物語」の「須磨」の中にあるのだそうで、本歌の方が意味不明なのですから、もじりなど理解できるはずもございません。

ひとり、ダークだけは、

「松島いうたら、遊廓《ゆうかく》に決っとるわい。そない閃《ひら》めけば、あとの意味はわかるやないか。立たなくなった男の嘆き節よ」

などと、浮かれております。

「栗林はん、インポやないと思いますけど……」

原田が反対いたしますと、

「女房に逃げられたやないか」

ダークは、さらに、はしゃぎます。なんともはや、困っ

た極道ではございませんか。

　三月《やよい》の四日朝には、漫才の人生幸朗《じんせいこうろ》師匠が亡くなり、大阪市阿倍野区のお宅へ、ダークがお線香をあげにゆきました。ラジオやテレビは、いっせいに、幸朗師匠をしのぶ特別番組を制作しましたが、あとで聞いたところでは、東京では、まったくといってよいほど、話題にしなかったそうです。それにつけても、賤《いや》しい東訛《あずまなまり》を帯びた男どもが、疎ましく思われます。大親分が故人に花束を送られたのは、申すまでもございません。

　須磨の閑居での大親分の日常は淋しいものでした。テレビジョンで日本と英国の蹴鞠《けまり》試合を観るとか、オープン戦での阪神の活躍ぶりをたのしむぐらいで、――それも、黄金のルーキーといわれた源五郎丸が（大阪の夕刊紙の表現によれば）〈座礁〉したために、暗いお気持になられたようです。あとは、せいぜい、ミス花子の「好っきやねん」という、度外れた大阪讃歌のレコードがお心にしみたぐらいではないでしょうか。

　私どもも、ひまを見つけては、須磨を訪れるようにしておりますが、なんと申しましても、ミナミの島田組との揉めごとが絶えませんので、思うにまかせません。坂津のご本宅で、よっぴて花札《はな》をひいたのが、いまとなっては、なつかしい想い出です。

　私がミナミの事務所で思わず涙ぐんでいると、社長、おやっさん、と叫ぶダーク荒巻の声がきこえました。

「やかましいわい。野中の一軒家やないぞ」

　私が叱っても、ダークはびくともせずに、

「出てきましたで、噂の男が……」

と、にやにやいたしております。

「だれじゃ？」

「いつかお話ししたバッタ屋の染谷でっさ」

「ふむ。まあ、こっちに入らんかい」

　私は社長室に招じ入れました。

　いかついダーク荒巻のあとから、ひょこひょこ現れたのは、中背で肥《ふと》り気味、丸い眼鏡をかけた、妙に色の白い男でした。歳のころは、二十七、八でしょうか、真赤《まっか》なジャンパーを着て、どこか、たよりない感じがいたします。

「バッタ屋、やて？」

古い言葉をきくものだ、と思いました。あれは、昭和二十七、八年でしたでしょうか、〈バッタ屋〉と呼ばれた連中が、たしかに、いたのです。倒産整理品や盗品を、あっという間に売りさばく仕事で、バッタバッタと売りまくるからバッタ屋、という説と、バッタのように走りまわるからバッタ屋、という説があったようでした。

「あだ名ですがな」

ダークは、染谷の頭を小突いて、

「こいつ、こないに見えて、ええ家《とこ》の坊々《ぼんぼん》です。はっきりいうたら、阿呆坊《あほぼん》だ」

頭を小突かれ、阿呆坊とまで言われても、青年は平気でした。脂《あぶら》ぎった白い皮膚には、人間よりも、爬虫類を想わせるものがあります。

「ええ家《とこ》の坊《ぼん》が、なんで、臭い飯、食うとったのじゃ」

私は不審に思いました。

「へ、へ……」

青年は笑っているだけです。

「こいつ、えらい特技がおましてな」

とダークが力説しました。

「どないなもんでも、都合してきよるんです。いつやったか、阪神・巨人戦やっとる満員の甲子園球場に入りたい、いうたら、おのれのベンツに『報知新聞』の旗立ててきよった」

「ほう……社旗を盗んだのか？」

私がきいても、

「へ、へ……」

と笑うだけです。

「ノーパン喫茶の出前もやりよる。いつか、電話一本で、ノーパン喫茶の女子《おなご》が、ふたり、きよった。もう、わい、マンションで、びっくりしてまいましてな」

「そやけど、刑務所《むしょ》にいとったんやろ」

「へえ。友達にハジキを都合したあとで、ぱくられよったんです」

ダークはせせら笑いました。

「阪神の岡田でも連れてきまっせ、こいつなら」

「ふーむ……」

面白い、と私は思いました。

「大親分、沈んだはるから、座興になるかも知れんのう」

「わいも、そこを考えた」

ダークは太い人差し指を突き出しました。

「このバッタ屋やったら、大親分も、気ィがまぎれるんちゃいまっか」

「バッタ屋、言わんといてえな」

と染谷は顔をしかめます。

「ホッパーと呼んでください」

「ホッパーってなんじゃ？」

「グラスホッパーのホッパーやないですか」

と、いつの間にか入ってきた原田が口をはさみます。

「バッタは、英語でグラスホッパーですから」

「さいです」

ホッパー染谷は頷きました。

「この男、信用でけるのか」

そっと、ダークにたずねますと、

「そらもう、でけまっせ」

と、ダークはあっさり答えました。

「明石《あかし》の蛸《たこ》入道、知ったはりますやろ。もと陸軍中将で、明石の鉄工所の会長」

「おう。派手な遊びするいう爺《じ》さんやな」

「ホッパーは、あの蛸入道のひとりっ子ですねん」

「ほんまかい……」

私はびっくりしました。ミナミの茶屋で有名な蛸入道の息子とは！

「明石に住んどるのなら、なにかと便利やないか」

しかし、これだけでは信用できないので、テストをいたしました。私が須磨の大親分に電話して、なにか必要なものはありませんか、ときくと、エマニュエル・ウンガロの褌《ふんどし》というお答えでした。ブランド物の褌など、きいたこともないので、私どもは狐《きつね》につままれたようだったのですが、ホッパー染谷は、夕方には、ウンガロのマーク入りの褌を須磨に届けたのでした。どんな人間にも、取柄はあるということでしょうか。

明　石

世間では、梅の噂がしきりなので、私としても、須磨で侘びしい毎日を送っておられる大親分を梅見に連れ出して、などと思ってはみたものの、二階堂組《うち》の事務所にショットガンが撃ち込まれる騒ぎなどがあって、思うようには動けません。

幸い、学然という名の阿闍梨《あじゃり》がひまをもて余しているので、大親分に同行してもらったのですが、梅見は口実で、大親分は御遊《おんあそび》ができるお風呂に足を向けたとのこと。配所《はいしょ》で月の顔ばかり見るのに飽きたとは申せ、まことに困ったお心なのです。

検非違使《けびいし》たち（注・県警）の動静もさることながら、大親分に弓を引こうとする極道どもも多いのですから、私はただちに須磨におもむき、なにとぞお立ち振る舞いにご注意を、と申しあげたしだいでございます。

「麻呂《まろ》は抜かりないわい」

大親分は、ホッパー染谷が都合してきたというBDシャツに青鈍色《あおにびいろ》のセーターという今様《いまよう》のいでたちで、うるさそうに、こう申されます。

「遊びは明石に限るで。どや、哲、これから麻呂と行《い》てみんか」

いつに変らぬ凜々《りり》しいお姿は、果して、これが配所の月を見る人であろうか、と気遣《きづか》われるほどでございます。

四方《よも》の海みな同胞《はらから》と思ふ余に
　思ふかたより風や吹くらん

独り言のようにおっしゃられて、早くも、防弾チョッキをお召しになります。

明石の浦まではほんの一跨《ひとまた》ぎです。らーめん板熊や中華うどんの看板を眺めながら、車を飛ばしてゆきますと、大きな十字路に出ます。明石銀座を左手に見るこの辺りは、百十四銀行をはじめとする銀行群、明石デパート、サラ金のプロミス、マクドナルド、吉野家、ケンタッキーフライドチキン、明石キャッスルホテルなどが建ちならび、華やかさは喩《たと》えようもありません。

夕方の、まだ早い時間だったのですが、ナイトオアシス・カサブランカという店があいておりまして、大親分は、あまり目立たないような席におつきになります。まえに、女装をして大親分を刺そうとした殺し屋もおりましたので、私は、挨拶に出てくる女たちを、鋭く点検いたします。

「ぼちぼち坂津に帰れんかのう」

このようなお言葉に、

「四月《うづき》までは……」

と私は答えます。

「そや、二十四日には、明石の球場で、阪神・近鉄戦がある。こないな所で見るオープン戦は、また、おもむきもひとしおであろう」

光源氏のように呟いた大親分は、
見るほどぞしばし慰むめぐりあはん
掛布掛布のコールはるかに
と、呪文をとなえられます。


「これは……須磨組の大親分さんで……」

大きな声を出す者があったので、ふりかえって見ると、明石の蛸入道でした。八十過ぎ、ひょっとしたら九十に近いのではないかと思われるのに、禿《は》げ頭、牛肉の赤身のような顔色をした矍鑠《かくしゃく》たる老人です。着ているものは、古風な中国服で、明治生れの人間は丈夫だと、改めて思われるのでした。

「うちの伜《せがれ》がお気に召して頂けたとかで……心から喜んどります」

怪訝な顔をする大親分に、こちら、ホッパー染谷のお父上です、と紹介しますと、大親分も、ほっとなさって、新しいグラスにビールをそそがれます。

「あやつ、勤め人向きやなかったなと、今にして、思います。どこに勤めさしても、一週間とつづきよらんので」

親莫迦《おやばか》らしい明石蛸の言葉に、大親分は首をかしげられ、

「おおせだが、いずれは、染谷鉄工所を継がれるのでは……」

「それは、あり得まへんな」

「ほう。どないなわけで？」

「あれに継がしたら、その日のうちに潰れましょう」

身勝手な言いぶんとはいえ、ホッパーを知っている私としては、充分に頷ける言葉でした。あとで、脇からきいたのですが、蛸入道には京都の愛人に生ませた出来の良い子供がいて、京大出のその子が、鉄工所の経営にあたっているのだそうです。

「よう機転のきく青年やが……」

大親分は、かなり本気で、このように申されました。

「この防弾チョッキも、ホッパー君が手に入れてくれたものでね。県警の作戦計画書があったらなあ、と、わしが呟くと、翌日、本物のコピーが届けられた。何事にあれ、一道に秀でるのは尊いことです」

大親分の言葉に、蛸入道は涙を浮べておりました。

梅が散ってしまうと、大親分が坂津に戻っても大丈夫だ、という見通しがつきました。ホッパーの報告では、いかに極道相手とは申せ、県警のやり方は、人権を無視しているという声が巷《ちまた》で強くなってきたのだそうで、嵐のあとは必ず晴れるものだ、と学然が呟いていたそうです。

そういえば、つい書き漏すところでしたが、学然は、ホッパーに、いわゆるマントル——マンション・トルコの出前をたのんだのだそうで、僧侶の身にあるまじきこと、と、原田は嘆いておりました。

明石球場で、阪神が近鉄に10対3で敗れた翌日のことです。社長室にきていたダークが、鳴り出した電話をとって、

「珍しいこっちゃ。おやっさんに、魔羅《まら》から電話でっせ！」

「なんやて？」

「電話の向うで、魔羅、魔羅いうてますがな」

「ど阿呆《あほ》！　麻呂、いうてはるのじゃ」

私は送受器を奪い取りました。

——黒田だす。

——麻呂じゃ。

大親分の嗄《しゃが》れ声がきこえました。

——わかるか。

——へ。

——おまえに打ち明けたいことがある。

大親分は気味の悪い声をお出しになりました。

——麻呂の悩み、きいてくれるか。

——私でお役に立つことでしょうか。

——立つさかい、電話しとるのじゃ。

麻呂のわりには、あまり柄《がら》が良くないようです。

——どないなことで？

——電話では言えん。今夜、須磨にこられんか。

柔らかいおっしゃりようではありますが、ご命令なのです。ああ、また、なにかが取り憑いたのだなあ、と心の底で、ひやりとしながら、私は組の車で須磨に向ったのでした。

酒の支度がしてある部屋に、大親分はひとりですわっておられました。

「やよ、黒田……」

大親分は妙な言葉づかいをなさいます。

「このたびは、不案内な土地にきて、都では味わえぬ苦労をした」

正直なところ、それほどのこともあるまい、と私は思いました。苦労どころか、だいぶ、羽根をのばしていらっしゃる報告も受けているのです。

「ほんまに……」

私は頭を深々とさげて、

「けど、ご安心ください。もう、坂津に戻られても、大事《だん》ないようです」

「そのような次元の話ではないぞよ」

「へ？」

「麻呂の言わんとしとるところがわからぬか？　お医者様でも草津の湯でもちゅうやつよ」

私はわざと答えませんでした。とても悪い予感がしたからです。

「まだ、わからんのか？」

大親分は催促なさいます。

「女子《おなご》、いうことはわかりますけど」

「わしは光源氏やぞ」

急に、居丈高になって、むちゃくちゃなことを申されました。

「土地の女子《おなご》のひとりやふたり、褥《しとね》をともにせんかったら、麻呂の名が廃《すた》る。原田の話やと、本家の光源氏は、流謫《るたく》の身で、明石の君いう女とデケとったそうやないか」

光源氏に、本家とか、分家とかいうのが、あるのでございましょうか。

「ずばり、言うで。わしが惚《ほ》れた女子《おなご》は、おまえも知っとる人物や」

「わたしの知ってる？……」

「おう。その女子《おなご》は、明石の『渚《なぎさ》』いうライヴ・スポットに出演しとるんじゃ」

これだけきいて、わからなかったら、どうかしているでしょう。先ごろ、原田が「ええ女にならはりました」と憧れていたあの女性にちがいありません。

「……秋川エリさん、で……」

「わし、いや、麻呂の気持は、おまえ、わかっとるやろが」

大親分は私の杯に酒をお注《つ》ぎになります。

「へえ。……ですけど、あのひと、栗林警部補と別れてから、一部の人の注目を集めるようになって……しかも、栗林は、いまだに惚れ抜いとります。栗林から見れば、いまでも女房いう感じで……」

「おまえ、まだ、わかっとらんのか。わしは光源氏やぞ。人妻やからいうて、遠慮はせんのじゃ」

「けど、相手の男は県警でっせ」

大親分は私の言葉がお耳に入らぬようで、呪文をとなえられるのでした。

七重八重花は咲けども山吹の
人妻ゆゑにわれあらめやも

松　風

大親分の気まぐれと好色心《すきごころ》には馴れている私でございますが、相手が秋川エリとなりますと、放っておくわけにはまいりません。

秋川エリは栗林警部補のもとの女房で、ニュー・ミュージックの方面で一旗あげるために東《あずま》へ下り、成功とまではいえぬものの、個性派と評価されて、地味なライヴ活動をおこなっているひとです。LPも、一、二枚は出て、東《あずま》夷《えびす》のマイナー好みの批評家に褒められたと、きき及んでおります。

けれども、私にとって問題なのは、栗林警部補がいまもって秋川エリに恋々《れんれん》としていること、そして大親分がむりな真似をなさいますと、県警の中で、ただひとり、私どもに同情的な栗林警部補を、敵にまわす羽目になることでございます。

さっそく、私は「渚」に出向いて、秋川エリの歌をきいてみました。何年まえになりますでしょうか、私は彼女を〈黒いとっくりセーターにGパン姿の、河童《がたろ》みたいな髪型の女〉と形容したことがございます（「唐獅子意識革命」参照）が、正直に申して、あのころは、あまり、色気を感じなかったのです。ところが、小さなステージに立った秋川エリは、顔が丸みを増して、少年のような感じを失った代りに、えもいわれぬいろっぽさと申しましょうか、もう、これに痺《しび》れぬものは男ではない、と、口走りたくなるほどの様子で、大親分が〈明石の君〉になぞらえられたお気持が納得できました。衣裳は相変らず黒を基調にしているのですが、ぴかぴか光るものがあちこちに付いておりまして、髪型は、すべての毛が感電して突っ立った感じで、しかも、半分ほどが茶色く染めてあります。私のような昔者《むかしもの》には理解できぬファッションで、「鳥になりたい」とか「B面で離婚して」などといった今様《いまよう》をうたっていたのでございます。

「パンクですわ、その髪型は」

ミナミの事務所の社長室に戻った私に、原田がこう申しました。

「パンク？」

「あないなもんが流行《はや》ってけつかる」

ダークが吐きすてるように申します。

「けど、客の入りは、いまいちです」

と、ホッパーが首をひねりました。

「ライヴ・ハウスは大人の憩いの場所や言いますけど、餓鬼が入らんと満員にならへんのです」

「わしは色気を感じたよ」

私は率直に告白しました。

「まあ、ぞくっと感じるような大人は、ライヴ・ハウスへは足を運ばん、いう矛盾はあるがの」

「社長が感じるのやったら、かなりのものですね」

と原田は浮かぬ顔をして、

「ホッパーさんよ、なんとかならへん？」

「この道ばっかりは……」

さすがのホッパーも、ギヴアップの体《てい》です。

「このままにはしとかれんで」

私は溜息をつきました。

「ライヴ・ハウスの客の中には、須磨組の幹部連中がいよった。秋川エリは、事情を察しとると思う」

「大親分は、せんから、歌手がお好きなんや。むかし、演歌の黄金時代には、たいがいの女性歌手とつき合《お》うてはった。無邪気なおつき合いやったけどねえ」

と、ダークが説明いたします。

「今回は、無邪気やないから、問題なんじゃ」

私はまたしても溜息をついてしまいました。

「暴力に訴えるいう時代やない。というてやな、わしらが秋川エリに因果を含ませるわけにもいかんし」

「えらい暗い話になってきよった」

ダークは茶化すように言い、

「女子《おなご》一般の話に切りかえたらどないだ？」

「つれづれの雨が降ってきました。男女の話をするにはよろしいです」

原田が曰《いわ》くありげに申します。

「きれいごと、吐《ぬ》かすな。おめこの話やで、わいはな……」

ダークは、かたわらの厨子《ずし》の中にある文《ふみ》どもを引き出して、裏返し、シャープペンシルで、とんでもない絵を描きました。

「秋川エリのは、こないなっとるやろ」

「雨降りやからいうて、そないな絵ェ描いて、ええと思うんか」

私は憮然《ぶぜん》としました。

「『源氏物語』にあるのですよ、雨の夜に世の女たちをあれこれ品定めする件《くだ》りが」

原田は言いわけをいたします。

「世の中には、茶化してええことと、悪いことがある」

私は苦《にが》りきったのですが、ダークは、“I'm singin' and fuckin' in the rain!” などと浮かれております。私たちが尋《た》常人《だびと》でないからこそ許されるのでしょうか。

けれども、許されぬことも、いろいろあるのでございます。その点をはっきりさせるために、私は、翌日、坂津に出向いて、汀《みぎわ》に近い、松風の音がきこえるカフェテラスで、栗林警部補と落ち合うことにいたしました。

サングラスをかけ、トレンチコートの襟《えり》を立てた栗林は、短くなったシガレットを、親指と人差し指でつまむ恰好で、白塗りの椅子に腰かけていましたが、私を認めると、左手の人差し指を軽く振りました。

「どうも……」

私は低く呟くように言って、椅子に腰をおろします。

「こないな暖《ぬく》い日ばかりやったら、楽なんやが」

栗林は海を眺めながらこう申しました。

「今年は桜《はな》が早いいうとります」

私も大宮人《おおみやびと》の気分で答えます。

栗林は、不意に、シガレットを灰皿に押しつけて、

「黒田よ、須磨義輝はどないしとる？」

と、問いつめる口調になりました。

「どないしとる、て？」

「とぼけるな。なんで坂津に戻らんのだ？」

「それは……わたしらにも、都合《ぐつ》がおましてな」

「おまえ、だれに向うて、もの言うとるんじゃ」

栗林はマッチの軸木を折りました。

「おまえらの台所《だいどこ》の事情まで、きっちり押えとるのやぞ」

「そないに凄《すご》まんでも、話はでけまっしゃろ」

私は受け太刀にならざるを得ません。

「凄んどるのやない。怒っとるのや」

この瞬間、栗林がことの大半を察知しているのを感じとりましたので、彼の怒りをこれ以上つのらせてはいけない、と、とっさに考えました。

「栗林はん……」

「なんじゃ」

「奥さんのことでっしゃろ？　いえ、もとの奥さんの？」

「奥さん、でよろし。復縁したのじゃ」

私は息をのみました。

「そら……おめでとうございます」

サングラスの奥の眼がかすかに笑ったようでした。しかし、声はあくまでも冷静さを装っております。

「内緒の話やぞ。ええな。……はっきり言うて、女房は困っとる。今のところ、女房は、わしとは別なマンションに住んどるんやけど、陰に陽に、背の高い男たちが監視しとるのや。どこの組の者《もん》か、わかるな？」

「へえ」

大親分のご執心ぶりが手にとるようにうかがえるのでした。

「毎日、高価な花束が楽屋に届けられる。そら、ええとしても、須磨組のマークが浮き彫りされた名刺がそえてある。えらい迷惑や。きょうび、暴力団につながりがあるいう歌手が、どないに嫌われるか、おまえも知っとるやろ」

私はあいまいに頷きました。

「バンドの連中は、秋川エリとは離れたいいうとるそうな」

「ご迷惑をおかけして……」

「迷惑どころやないで。わしは女房といっしょに住みたい。けどな、朝から夜中まで、女房には監視の目ェが光っとるさかい……」

「行き過ぎだす」

私は、とりあえず、そう申しまして、

「けど——奥さんは、芸人でしょう。芸人やったら、熱狂的なファンは付きものやないですか」

「理屈ではな。……が、もひとつ、ぶっちゃけた話をするとな、女房は引退するのだ」

「今度のことで、だっか？」

「安心せい。歌手結節じゃ。歌うたいに多い病気で、謡人結節とも言う。なんでも、声帯のふちに粒みたいなもんができて、いぼ状になるらしい」

「手術で治らんのですか？」

「とりあえずは、歌を休んで、自然に治るのを待つ。それでも治らんと、手術するのやが、高度な技術を要するらしいな。治ったとしても、声帯を使い過ぎると、また再発する。声が悪うなる。——こうして消えて行った歌手が、ようけ、おるやないか」

「難儀なもんですなあ」

「なったものは、しゃあない。女房は家庭に戻るいうとるけどね。……そやけど、須磨義輝の付け文のひつこさをなんとかせんと、ややこしいことになる。今の付け文の調子では、道ならぬ恋も辞さんで、あのおっさん」

私は考えに耽《ふけ》りました。〈日本の首領《ドン》〉と県警の三角関係は避けなければなりません。

「歌手としての秋川エリさんが消えたら、ええわけですな」と私は申しました。

篝《かがり》火《び》

北の国ではマグニチュード6の地震があり、雨風が日本じゅうをおおいました。

私とダークがフランス料理を食べている窓ぎわの席はしずかで、ハープの生演奏がきこえるだけですが、窓ガラスの外は、ブリキの破片やら新聞紙が飛んでおります。

「栗林もおかしいやないの！」

ミナミのネオンを見おろすフランス料理屋の品位にさしさわるような声をあげるダークにも困ってしまうのです。

「結婚、いや、再婚やね。再婚するちゅうのを公《おおやけ》にしたらええ。そしたら、大親分かて、諦《あきら》めはるやろ」

「それがでけるなら、苦労ないわい」

私はペッパー・ステーキを咀嚼《そしゃく》しながら答えました。

「秋川エリは、ちっとは世間に知られた歌手じゃ。結婚するいう噂が立ったら、テレビの芸能リポーターやら夕刊が放っとかん。大阪の夕刊は、えげつないこと書きよるで。女の過去やら再婚の事実やら、ぞろぞろ出てくるがな」

「ま、栗林の気持はわかるね」

「栗林は小心者よ。ひっそり暮したいいうとる」

「女もだっか？」

「やっぱり、そない言うとるらしい。勝手といえば勝手な言い分やが、夫婦《めおと》で一から出直しいうのは、きょうび、珍しい。わしも、ちょっと、感心させられた」

「なんぞ、祝い物《もん》を考えまひょか」

ダークは真顔で言うのでした。

「レミー・マルタン、半ダースとか」

「なんでもレミーで片づけるのか、おまえちゅう奴は」

「英国製の紅茶セットにしたろか。ティーバッグのやつ」

「がたっと落ちるやないか。おまえ、先走りし過ぎるぞ。大親分に秋川エリを諦めさすのが先決や」

「こら、大事《おおごと》やね」

「ひとごとみたいに言うな。わし、筋書は考えてみた……」

「なんぞ、うまい手ェ、おましたか？」

「うまいも、なにも、これしか考えられん。栗林にほのめかしたら、協力する言うとった」

「協力て、県警がでっか！」

「県警やない、栗林個人じゃ」

私は極上のワインでのどを湿《しめ》しながら、つづけます。

「ええか。原田にも秘密にしとかなあかん。わしが絵図を描き、おまえが実行する」

「またや、またや！」

「騒ぐな。ホッパーにも話がある。この手は、ホッパーの力がたよりなんじゃ」

レストランを出て、組の事務所に戻った私は、呼んであったホッパーに、女の死体を一つ入手できないか、と、たずねました。緊張した顔できいていたホッパーは、三十歳前後、死んでから日が経っていないこと、という私の側の条件を確認し、自分のベンツで出かけてゆきました。

ホッパーの情報ルートがどのようなものかはわからない

のですが、翌日の昼近く、ホッパーは、おあつらえ向きの死体を見つけてきたのです。熱海にある自殺の名所で拾われたものだ、と、当人は言い張っておりましたけれども、大阪の大学病院で死体がひとつ紛失した噂を、のちに、ちらと耳にしたような気がいたします。

南風が吹きすさんだ夜、明石のライヴ・スポット「渚」は、炎に包まれて、焼け崩れました。

ようやく風がおさまり、夜明けになって、焼跡の整理を始めた土地の人が、黒焦げの死体を発見いたしました。あまりに焦げているので、男か女かも不明だったと伝えられますが、やがて、鑑識の結果、女性とわかり、年齢などが推定されるにつれて、秋川エリの線が濃くなりました。その夜、バンドの男たちが、酔った彼女を「渚」に残して、近くのディスコへ行き、一時間ほどで火が出たことと、灰の中から彼女の指輪が発見されたことで、彼女の死は確定的になりました。

大阪の夕刊紙をはじめ、ジャーナル屋たちがふるい立ったのは、申すまでもございません。たちまち、元の夫が探し出され、栗林の感動的なコメントが各紙を飾りました。すべては私の計画通りに運んでいると思っていたのですが、執念深い記者がおりまして、栗林がそれほど感動的な人物ではなく、新しい愛人がいる、と、すっぱ抜いたのには、慌《あわ》てました。栗林夫妻は写真まで撮られたのに、女性のほうが秋川エリその人とわからなかったのは、髪型を変え、野暮ったい眼鏡をかけて、ヒールの高い靴をはいていたせいでしょうか。

意外なことは、まだまだ、ございます。

ホッパー染谷が、私どもの事務所に現れて、

「生れて初めて、孝行さして貰いました」

と申したのです。

よくきいてみますと、なんと、あの「渚」は、蛸入道の持ち物だったのだそうで、しかも、消防法違反で、建てかえを命じられていたとのことで、あのように焼け落ちてしまい、しかも、火災保険の金が入れば、蛸入道は〈焼け肥《ぶと》り〉なのだそうです。

もっとも、「渚」に放火した件は、ホッパーの関知しないことではあったのです。煙草《たばこ》の吸いがらを撒《ま》いたり、指輪、死体の設定、さらに手製のタイムスイッチでの発火まで、すべて、ダークの仕業なのですが、結果として、ホッパーは親孝行をした形になり、二階堂組に感謝の念さえ抱いた様子です。お礼のしるしにと、自衛隊のバズーカ砲を届けてきたのを、私が固辞したのは申すまでもないことです。

大親分は、悲しみのあまり、須磨を離れて、坂津にお戻りになりました。ご本宅に戻られてから、悲しみがひとしおまさったようで、物思いに耽られるときが多くなったようです。

予想されたことではございましたが、このような状態がつづくのは私の本意《ほい》ではありませんので、阪神タイガース狂の落語家、漫才師を坂津に送りまして、少しでも気散じになれば、と願いました。

けれども、タイガースが敗《ま》けつづけるせいもあったのでしょうか、大親分は床におつきになりました。高熱を発し、よっぴてお苦しみになるのを見て、学然は、「物怪《もののけ》がつきよった」と申します。

「物怪《もののけ》て、なんのだす？」

私がこっそりたずねますと、

「それがわかっておれば、苦労はない」

学然は答えます。

とりあえず、病室に幕を引きめぐらして、学然が祓《はらえ》をおこないましたが、効きめがございません。紙で人形《ひとがた》を作り、お体を撫《な》でて、人形《ひとがた》を海に流すと、にわかに空が暗くなり、奇怪にも、浴室の蛇口から不意にお湯が噴き出しました。

学然は、「これは、もう、わしの手におえん。憑人《よりまし》（注・霊媒）を探してくれんか」と申します。さっそく、ホッパーに電話して、それらしい人物を探させることにいたしました。

ホッパーは、三日ほどかかって、奈良に住んでいる憑人《よりまし》を探してまいりました。原田は、祓《はらえ》の上手な僧都《そうず》を京都から連れてきまして、学然を助手格にいたしました。

「物怪《もののけ》を追い出して、憑人《よりまし》に乗り移らせるのです。憑人《よりまし》は、自分が何者かを告白するはずですが……」

原田が説明しますと、脇からダークが、

「要するに、『エクソシスト』の原理やな」

と感想を述べます。

「いえ、これは『源氏物語』にあるのです！」

原田は憤然と答えましたが、ところどころに空気穴をあけたビニール袋をかぶったダークは、

「わい、緑色のどろどろを浴びとうないで」

と笑うだけです。

さすがに、高僧が、一晩、加持をなさいますと、取り憑いていた物怪《もののけ》は祈り伏せられて、憑人《よりまし》に移り、こんな風にわめきました。

――私は、べつに、このような調伏《ちょうぶく》に遭うような者ではないのです。まじめな女子社員だったのですが、悪い男にだまされ、貯金をすべて、とり上げられた上で、キャバレーで働くようになり、そこでまた、悪いヒモにひっかかって、私の情が深いのがうるさいというので、絞め殺されたのです。これだけでも悲しい身ですのに、さらに火あぶりにあったので、頭にきて、こちらに取り憑いてしまったのですが……。

憑人《よりまし》が弱ってきたので、あとの言葉が出てこないのが幸いでした。あの死体にはこのような過去があったのか、蛇口から湯が噴き出したのもさこそ、と頷けたのでした。

大親分は、すっかり元気におなりになり、一同、胸をなでおろしたのでございますが、ゆうべは、私のマンションに、このような電話がかかってまいりました。

――哲よ。

――へえ……。

私は急いでステレオをとめました。

――なんや知らんが、まだ、わしに取り憑いとるぞ。

――まさか。

私は、思わず、ぞっとしました。

――見たのじゃよ、あれを……。

大親分の声は低くなります。

――あれ？

――うむ。秋川エリの亡霊じゃ。坂津を車で走っとった

ら、あの女が見えた。たしかに、あの女やった。

　私は絶句いたしました。ご自身の気紛れから出たこととは申すものの、ほんとうに、もう、どうなりますことやら。

唐獅子紐育俗物《ニューヨーカーズ》

一

五月といえば、一年じゅうで、もっとも気持の良い時期——のはずである。

それが、まあ、なんとしたことでしょう。今年に限って、ひどく寒かったり、真夏のような日がつづいたりで、私たち極道でさえ、辛い思いをしたものでございます。

いや、うっかり「源氏物語」のときの癖が出てしまったが、あの騒ぎでひどい目にあったせいか、大親分は、しばらく鳴りをひそめていた。

大阪ミナミの島田組と二階堂組《わたしたち》は不気味な睨《にら》み合いをつづけていた。一触即発の危機が、敵対する組をつなぐホットラインによって、何度も回避された。その代り、地球の反対側で英国とアルゼンチンが局地戦を開始した。

「社長」

と原田が言った。

「ようやっと、ええ気温に戻りましたけど、この石段を登ると、なんや、冷たいですね」

「湿気が強い。梅雨みたいやの」

「からっとしませんね」

私たちは長い石段を登りつづけた。

何の用だろう、と、私は心の中で呟《つぶや》いた。妙に明るい口調で大親分が電話をかけてきたのが、かえって気味が悪い。

——わしらの未来をイルミネーションのように照らす話じゃ。

と大親分は言った。

これが、もう、ヤバい。そんな話がそうあるはずはないのだ。県警が、須磨組解体作戦を推しすすめているさいちゅうではないか。

(まさか、反核運動ではあるまいな)

流行大好きの大親分は、反核キャンペーンのポスターを作りかけて、県警に叱られたらしい。

(じっとしとってくれんかいの)

私はそう願った。

私たちは、紫色の絨緞《じゅうたん》を敷きつめた広い洋間に案内された。須磨組大親分《ほんけ》、須磨義輝《すまよしてる》の屋敷の奥にある防弾ガラス張りのこの書斎に通される者はめったにいない。

あっと驚いたのは、唐獅子マーク入りのスピーカーを残して、鎧《よろい》の胴、剝製《はくせい》の牡《おす》ライオンのたぐいが、すべて、消え去っていたことである。

ソファーは小さな白いものに代り、テーブルは火鉢にガラス板をのせたものだ。テーブルの上には西洋の弥次郎兵衛《やじろべえ》みたいなもの（オブジェというのだ、と、あとで、原田に教えられた）が乗っていたが、よくよく見ると、中心の、人形のように見えたものは、あのブルドッグの干し首だった。

「どないなっとるのや」

私は新しいソファーにこわごわ腰をおろした。妙にふかふかしたやつだ。

「ロフトの感覚ですね」

原田はわけのわからぬことを言う。

「なに？」

「シンプル・ライフでしょう」

と原田はすましている。

「流行《はやり》もんか」

「ぼくらにとっては常識ですけど……」

「わしらには、落ちつけん」

私はボヤいた。

とたんに、スピーカーから、西洋の女の変な声が流れ出た。戦争中だったら、禁止になったにちがいない歌声である。

「どこぞの民謡やろか」

「『ブロードウェイの子守歌』ですよ」

と原田は説明する。

「ベット・ミドラーです」

「淫《みだ》らな歌声やな、ほんま」

私は頷《うなず》いた。

歌声が低くなると同時に、ドアがしずかにあき、グレイの絹のシャツに、筋が入っているジーンズ姿の大親分が入ってきた。シャツのボタンが外れて、胸毛が見える。しかも、胸毛の上に銀製の唐獅子ペンダントが光っているのは、どういうつもりなのか。

立ち上った私たちに対して、大親分は、

「気楽にせえ」

軽く言い、鉄パイプにキャンバスを張った椅子にかけた。そして、おもむろにシガレット・ホルダーをくわえると、

「哲にもいろいろ心配をかけたな」

と、鋭い眼で私を見た。

「へ？」

「跡目のことよ」

大親分はにこりともせずに、

「こないだの病気でいろいろ考えた。すぐに、どうちゅうことはないが、跡目をきっちりさしとかんとな。わしかて、万が一いうことがないとはいえん……」

私は返事のしようがなかった。

「案ずるより産むが易《やす》し、いうやろ。すんなり決った。その喜びを、だれよりも先に、おまえに伝えたかった」

「へえ」

私は目頭《めがしら》が熱くなった。また、のせられてしまう、と思いながらも、こうした言葉に弱いのだ。

「気持がすっきりした。須磨組の前途は洋々たるもんじゃ」

そう呟いてから、大親分は急に声を荒《あら》げて、

「どないした？　嬉しゅうないのか！」

「いえ」

「どうした？」

「あの——まだ、どなたに決ったのか、うかがっていないので……」

「おお、そうか。慌《あわ》てたらあかん」

大親分はあいまいに言う。

「おまえのよう知っとる者《もん》や」

「わたしが？」

「おうよ。餓鬼のじぶんから……」

まさか、と私は思った。

「ふむ、安輝《やすてる》よ」

大親分は嬉しそうに言いきった。

早稲田大学を卒業した安輝さんは、ハワイで〈トロピカルな生活気分〉を味わったのち、念願のアメリカ西海岸に住み、さらにニューヨークに移って、ときどき（主として冬だが）日本に帰る生活をつづけている。大親分の説明では、〈須磨組の米本土上陸にそなえて遊ばせてある〉というのだが、安輝さんと極道ほど遠いものはない。安輝さんも跡目を継ぐのがいやで、ニューヨークでＣＭ関係の仕事を手伝っている、ときいていた。

「びっくりしたか？」

大親分は私の返事を促した。

「びっくりしたのなんの……」と、私は、まばたきをしてみせて、「安輝さん、よう、ご決心なさいましたなあ！」

「蛙《かえる》の子は蛙よ」

大親分はにこにこする。笑いが吹きこぼれんばかりである。

えらいことになった、と私はひそかに考える。須磨組の跡目問題は数年間もめつづけてきたが、若頭《わかがしら》である日比野組組長が失脚したあとは、医大出のインテリであり、若頭補佐である伊吹組組長が継ぐことに、ほぼ決定していたのである。決定というよりは、暗黙の了解とでもいうべきだったろうか。

須磨義輝ジュニアが継ぐことが公《おおやけ》になったら大変だ。しかも、ジュニアは、別世界で育った超過保護青年であり、サナトリウム人間、いや、モラトリアム人間なのである！

大親分がひそかにジュニアに跡目を継がせたがっているのに、私は勘づいていた。息子を〈日本の首領《ドン》〉にしたい気持はよくわかるが、これは、まったく、親莫迦《おやばか》というものだ。安輝さんにその気がないのが、もっけの幸いだったのである。

「いや、鳶《とんび》が鷹《たか》を産んだ、いうのかな。わしより息子のほうが、ずんと、この渡世《とせい》に向いとる」

「はあ……」

私は作り笑いをしてみせた。

「これは、わしとおまえだけの——おう、原田がおったの

――、この三人だけの秘密じゃ。絶対に守ってもらわな困る」

「わかっとりま」

私たちは頭をさげた。

「あれもな」

大親分はにこやかに笑って、

「頭が切れる。英語がうまい。国際的視野に立って、ものを考える。フォークランド紛争かて、あれが割って入ったら、あんじょう収まると思うのやが」

まさか。

「三拍子そろとるよ。ただ、欠点――いや、欠点はないのだが、弱点だな。弱点があるのだ。気が弱くて、人が善い」

大親分は、しょぼしょぼした眼つきになる。

「男に磨きをかけんことには、わしの跡目は継げん。それは重々わかっとる」

「いえ、そんな……」

「わかっとるんじゃよ、哲」

大親分は悲しそうな顔をした。

「あいつは軟弱でいかん。極道の帝王学をきびしく叩き込まなあかんのじゃ。そこで、わしは考えた。あいつを男にしてくれるのはだれやろか、とな。――答えは、すぐに出た。不死身の哲や！」

「いえ、それは……」と私。

「じゃかあしい、決めたんじゃ！――ええか。安輝に極道の真の在り方を教えてやってくれ。殴る蹴るは当然じゃ。徹底的にしごいて欲しい。安輝も、おまえやったら、どないきつうても我慢する、いうとる」

「ちょっと考えさしていただいて……」

「決ったことじゃ、これは！」

大親分はテーブルを叩いた。ガラス板が砕け、ブルドッグの干し首はどこかに吹っとんだ。

二

大親分秘蔵のボージョレをご馳走になった私と原田は、夕闇迫る街におりて、坂津プラザ・ホテルに足を向けた。安輝さんは、オフィスという名目で、そこの一室を借りているのだ。

「ぼく、遠慮しましょうか」

と、原田は気をつかう。

「おまえもおったほうがええ。若い者《もん》同士いうこともあるやろ」

私は答えた。

安輝さんの部屋は、ツインの広さで、ベッドが一つ。あとは骨董品のような机と、小さなバー、それに夥《おびただ》しい本があった。

形ばかりのソファーに私たちをすわらせた安輝さんは、

「もう少し読ませてください」

と断って、横文字の新聞を読みつづける。

「なんやね、あれ」

私は小声で原田にきいた。

「ニューヨーク・タイムズです」

原田も小声で答える。

「ヴィレッジ・ヴォイスとか、ニューヨークの新聞がいろいろあります。ニューヨーカーとかニューヨーク・ウイズ・キュウといった週刊誌もありますね」

「なんぞ、情報でも集めてはるのか」

「さあ……」

「失礼、失礼」

と安輝さんは、テレビの下の冷蔵庫から、ジュースの大瓶を出した。

「アプル・ジュースでよろしいですか」

「へえ……」

私は答える。

大きなコップに、ジュースが注《つ》がれた。

「さあ、どうぞ」

私は味わってみた。なんのことはない、リンゴの汁だ。これだったら、アップルと発音してくれなければ困る。

ふと気づいたのだが、壁には大きなリンゴを描いたポスターが貼ってある。安輝さん、リンゴに取り憑かれたのか。

「気障《きざ》に見えるかも知れませんが……」と、安輝さんはにこにこしている。「日本にいると、自分がズレるのではないかと不安でして……タイムズを読むと、ほっとするのです。飛行便でとり寄せています」

私はどう切り出したらいいかわからなかった。心のつながりようがない気がする。

「それは猫の本だっか」

机の上の、猫がウインクをしている本を指さしてみた。

「ああ、これは、『アルゴンクィン・キャット』です。なかなかたのしい本ですよ。ニューヨークにアルゴンクィンというホテルがあって、そこに猫がいるので……」

「わし、そのホテルに泊りましたわ。アルゴンキン――たしかや。白い猫がいよった。蹴飛ばしたりました」

「野蛮だなあ」

安輝さんは眉をしかめて、

「アルゴンキン、ではなくて、アルゴンクィンです。この本は初版が一九八〇年、再版が一九八一年、つまり去年です。値段は九ドル九十五セントです」

「そらまあ、どうでもよろしおますけど」

私は話すことに決めた。

「いよいよ、肚《はら》を括《くく》られたそうでんな」

「あ、家《うち》のことですか」

安輝さんは軽く言った。

「パパにきいたのですね」

「へえ、ついさっき……」

「そうなんですよ。まあ、しょうがないでしょう」

「しょうがない？」

私はびっくりした。安輝さんがまなじり決した光景を想像していたからだ。

「しょうがないじゃないですか」

安輝さんは、私よりも、原田に話しかけるように、

「ぼくだって、好きでブラブラしてるわけじゃないですよ。須磨義輝の息子ときいただけで、どんな会社もこわがるんだもの」

「そりゃそうでしょうね」

妙なところで原田が相槌《あいづち》をうつ。

「アメリカではどうでした？」

「日本の企業に就職しようとしたら、同じことでした」

「アメリカの会社にトライしてみましたか」

「これも、駄目。言葉の問題がありますし、なんたって黄色人種ですから」

「そういう偏見が、まだ、ありますか」

原田は驚いた。

「ありますとも。音楽家とか、イラストレーターなら、才能で向うを圧倒する手があります。それはもう、とびきりの才能で、しかもアメリカ人に受けるタイプじゃなきゃ駄目です」

「なるほど」


「頷いとる場合やないぞ、原田」

私はきびしく言った。

「安輝さんの就職がむつかしいちゅうのは、よう、わかりま。けど、それと、須磨組を継ぐいうのは、別問題とちがいますか？」

「そうかなあ」

「たとえば、小さな会社をこしらえて、社長におさまるとか……」

「黒田さんの言ってる意味はわかります。だけど、ぼくのほうにも事情《わけ》があるんだ」

「はあ」

私はポケットから煙草《たばこ》を出した。話が長くなりそうだった。

「きかして貰えまっか」

安輝さんは困惑した表情になったが、やがて、思いきったように、

「好きな娘《こ》がいるんですよ。いっしょになりたいの、ぼく」

私は絶句した。

「とても、いい娘《こ》なんです。黒田さんも、きっと気に入ってくれますよ」

「で、事情《わけ》いわはるのは？」

と原田が催促する。

「父親はなくなっていて、母親ひとりなのですが、この母親が、定職を持たない男との結婚は許さないと言ってるんです」

「親としたら、当然の意見とちがいますか」

私は、ようやく、発言できた。

「ぼくも、言われたことがありますよ」

「黙らんか、原田」

私は苛々《いらいら》して、

「安輝さんの話をきいとるのじゃ」

「……で、ぼく、言ってやったのです。須磨組二代目でもいいのか、って。本気じゃなくて、おどかすつもりで言ったのです」

「ふむ、ふむ」

「そうしたら、母親は、いいと言うのです」

「わかっとんのかいな」と私は呟いた。

「で、娘さんのほうは？」と原田。

「ぼくかて――いえ、ぼくだって、いやがると思ってたのです」

安輝さんは声を低めて、

「そうしたら、シブい、と、こうですよ」

「シブい？」

「最高に恰好がいい、というわけです」

「ま、ま、恰好はええですよ」

と、私は、いちおう認めて、

「けど、二代目いう立場は、恰好ええだけではつとまりまへん」

「わかってますよ。だけど、もう、ひっこみがつかないんです。このまま、突進するしかありません」

私は莫迦《ばか》らしくなってきた。この青年が惚《ほ》れた女と結婚したいという決意（それじたいは、純粋で、けっこうなのだが）のために、私の属する巨大な組織ががたがたになり、解体するおそれが生じているのだ。

「その娘さんは浪花《なにわ》ギャルやないでしょう？」

私も英語を使ってみた。

「東京のひとです」

「浪花ギャルやったら、シブい、ちゅうようなことは言いまへんわな」

「ぴんとこないのでしょうか」

原田が首をかしげる。

「東京では、極道いうもんを漫画みたいに考えとるらしい。そやさかい、シブい、ちゅうような台詞《せりふ》が出るんじゃ」

私は苦《にが》りきった。

本心は〈煮えて〉いたのだ。もちろん、安輝さんに対してだ。この屈託のなさ、明るさ、子供っぽさ、だらしなさ、無責任さは、ただごとではない。サーフィンはハワイ、スキーはカナダ、スイス、と、徹底的に甘やかして育てたつけが、いまになって、跳ね返ってきたわけだ。大親分は殴っても蹴ってもいいと言っていたが、そうしたところで、この子供っぽさが消えるわけではあるまい。


「大変だということは、充分に承知しています」

と、いっこうに承知していない安輝さんは、白い歯をみせた。

「でも、黒田さんをはじめ、みなさんに助けていただけば、なんとかなるでしょう。幸い、父も、もろ手をあげて賛成してくれたので、そうした父の気持を大切にしたいのです」

阿呆《あほ》！　ぼけ！　かす！

「手をとり合って、ニートでクリーンな須磨組を作っていきましょうよ」

私は情なくて、涙が出そうになった。

大親分が偉大な人物であることに改めて気づいた。ときどき妙な脱線はやらかすものの、日本全国への抜けめない目配り、貫禄、実力、どれをとってみても、首領《ドン》なのである。びくともしないパワーそのものである。

「さあ、原田さん、ハンド・イン・ハンドです。ヴァイオレンスのない世界をつくりましょう。ダーク荒巻さんも、きっと、ぼくの考え方を支持《サポート》してくれますよ」

三

「大《おお》けな声では言えんけど……」

派手なアロハシャツを着たダーク荒巻は声を低くして、

「ジュニヤはあきまへんで。なんもせんで、ぼやーっとしとってくれるのが、世のため、人のため、わしらのためですわ」

そう言ったあとで、辺りを見まわした。

幸い、須磨組の者の姿は見えない。昼食をとりながら話すために、ミナミの中華料理屋の個室をたのんだのだが、あいにく塞《ふさ》がっていて、窓ぎわのテーブルを予約した、というわけだ。

「愚僧も同感じゃ」

Tシャツの上に白い上着を着た学然和尚《がくぜんおしよう》が、中国産の般《はん》若湯《にやとう》を飲みながら、おごそかに言った。

「まっぴるまから、坊さんが酒くろうてええんかい」

ダークがからかっても、学然は平気で、

「天からの授かり物よ。甘露、甘露」

と笑っている。

私は腕時計を見て、

「もうじき、ジュニアがくる。言葉に気ィつけなあかんど」とダークをたしなめた。

「けど、おやっさん。あのジュニヤが、ミナミをひょこひょこ歩いたりしたら、具合悪いんとちがいまっか」

ダークはピータンをつまみながら言った。

「島田組も、大阪府警も、気ィ立ててよりまっせ」

「言える」

と、私は頷き、

「大親分と話して、こないなことになってしもた。ジュニアは、ミナミにマンションを借りて、〈ニューヨーク研究所〉いう看板を出す。二階堂《うち》組の事務所と離れたとこにしてもらう」

「ほほう、〈ニューヨーク研究所〉とな」

学然はあごを撫《な》でて、

「安輝の関心も、ついに、ニューヨークに移ったか」

「ほん、こないだまで、ウエストコーストに狂《くる》てはったのに」

ダークが嘆いた。

「行雲流水、時の勢いに逆らうことはできぬ」

学然は茶色の般若湯を自分で注《つ》いで、

「年年歳歳花相《あい》似たり。歳歳年年人同じからず。――ダーク荒巻にはわからんじゃろうから、俗に砕いて申そう。集り散じて人は変れど、あるのは同じき不正入学、と、こういうわけよ」

「よけい、わからんわい」

「ファッションの世界で、ニュートラがハマトラに変じ、さらにシナトラに変ずるがごとく……」

「シナトラ?」

「中国のトラディショナルじゃ」

学然は病気が出たのかも知れない。そうとでも思わなかったら、とても、きいていられない。


「愚かなことよのう」

と、学然はせせら笑った。

「ニューヨーク市は財政的にピンチにおちいり、〈I Love New York〉キャンペーンを始めたわけじゃ。売り物はブロードウェイの舞台だけ。そもそもは、アメリカ全土のお上りさんを吸い寄せる計画じゃったが、うかつな日本の文化人が乗ってしまったのだな」

「ヤバい街や」

ダークは実感を込めて言った。

「荒涼として、紙屑が舞《も》うとった。あれにくらべたら、大《おお》阪《ざか》はパラダイスよ」

「しかしじゃ。日本の広告業者は、若者の視線を、たくみに、ウエストコーストからニューヨークに転じさせたな。それも、学者や文化人を使ってじゃ。ゆうべも、ニューヨークで朝食を食べるのがいかにたのしいかという莫迦《ばか》げたエッセイを読んだ。かりにも学者がじゃ、ジュースとベーコンエッグとコーヒーを胃におさめて浮かれとっては仕方がない」

「そんなもん、ミナミで食うたらええがな」

「ミナミではいかんのじゃ、その学者にとってはな。ニューヨークの朝だからこそ、価値がある」

「そんな阿呆《あほ》な……」

私は呟いた。

「失礼な言い方をさせてもらうと、黒田はんでも解る道理が、文化人や学者には解らんのじゃ。これでは、アンノン族を嗤《わら》えんな。かようなニューヨーク俗物《スノッブ》が増えておる。安輝など、まだまだ、かわいいほうよ」

「むかし、アメションいう流行語がおましたな」

と、私は想い出しながら言った。

「昭和二十年代でしたなあ。アメリカへ行って、小便《しょんべ》してくると箔《はく》がついた……」

「そや！」

ダークは指を鳴らして、

「田中絹代が、それで、人気落したちゅうて、こないだ、テレビで説明しとった」

「うむ、そこらの事情はわしがよう承知しとる。興行に関係しとったからな」

と、学然が乗り出して、

「田中絹代は戦前のスーパースターじゃった。これを超える娘役は、戦前も、戦後も、ほかにはおらん。美しさだったら、原節子のほうが上だと思うが、大衆的人気では、いまいちだな。なんせ、そこらの小僧が、〈田中絹代のために〉自殺したのだから、文字通り、殺人的人気じゃった……」

気をもたせておいて、学然は、クラゲを口に運ぶ。

「さすがのスーパースターも、戦後は、少々、無理があった。そのころは、四十歳になって主演女優というのは珍しかった。彼女が渡米したのは、四十歳になる直前じゃったな」

「いつごろでしたか、あれは？」と私。

「昭和二十四年の秋の終りだ。日米親善使節とか言われておったな。ハワイで日系人の歓迎を受け、ハリウッドでメーキャップの勉強をした。そこまではいいのだが、羽田に帰ってきたときがまずかった……」

「あのサングラスやな」

ダークが先まわりする。

「まあ、ききなされ。ハリウッドでのお勉強は、さっきの〈ニューヨークの朝食〉と同じお上りさん意識、アメリカ・コンプレックスじゃ。それが帰国のときに爆発した。初々しい娘役、つつましい人妻役で売った彼女が、アフタヌーンドレスに毛皮のハーフコート、フォックス型のサングラス、黒手袋、首にはハワイ土産のレイという恰好で飛行機から降りてきた。しかも、アメリカ風の投げキスをしてみせたから、記者たちは呆然《ぼうぜん》とした。このあと、よせばいいのに、オープンカーで銀座をパレードした。ときは昭和二十五年一月じゃ。まだ、テレビのないころじゃが、わしはニュース映画で観て、失笑したものじゃ。毛皮のハーフコートで、なにが庶民派か、と思うた。……マスコミは〈アメション女優〉と袋叩きにしたな。そうとう、凄いものだったが、無理もない。一般大衆はろくに飯も食えぬ時代だったからの」

「人気が冷え込んだ記憶がありますな」

と私はビールを飲む。

「一夜にして、というやつだな。田中絹代は自殺まで思いつめたらしい。スーパースターとしての寿命はあれで終った……」

「おおこわ」

ダークが首を縮めたとき、安輝さんが現れた。

「アポイントメント・タイムに遅れまして」

安輝さんは飽くまで礼儀正しい。

「お店がわからないので、歩いていたのです。ミナミを歩いたのは久しぶりですが、庶民の匂いがしますねえ」

ダークと学然が顔を見合わせるのを私は見落さなかった。

安輝さんが席に着いたところで、私はボーイを呼び、料理を出してくれ、と命じた。

「皆さんの教えにしたがうように、パパに言われました」

と安輝さんの白い歯が輝く。

「未来のために乾杯いたしましょう」

私たちは、仕方なく、ビールのグラスをあげた。

「未知のビジネスにたずさわるときの胸騒ぎを感じます。

ところで、営業種目のリストはできましたか」

「原田がタイプしとったようで」

トボけながら、私はダークスーツの内ポケットから薄い紙を出した。

「これ、これ」

安輝さんは手にとって、

「……債権取り立て、総会、競輪・競馬関係、ギャンブル関係、ガードマン関係、接客女性関係……ここんとこが消えているな」

消えているのは〈覚醒剤〉の三文字であった。私が消させたのである。

「この接客女性というのは売春じゃないんですか、黒田さん」

青年は不安そうに私を見つめた。

「これは、まずいですよ。……いけないことだもの。パパも怒るんじゃないかな」

「へえ、いけないことするさかい、極道いいまんねん」

むかっ腹《ぱら》を立てたダークが開き直った。

「営業種目やったら、まだ、ぎょうさん、おますで。……野球賭博、ボクシングの興行、女のヒモ、手形のパクリ、パクった手形をとりかえすサルベージ、ポルノビデオ、砂利採取、手配師、おしぼり屋、ヌードショウ、倒産整理、ウイスキーの中身の詰めかえ、拳銃の密輸、恐喝、トルコの人身売買、歌謡ショウ、パチンコの景品買い、タレントの用心棒、競艇のノミ屋や予想屋、屋台のカスリ……」

四

安輝さんは大ショックを受けたにちがいない、と私は憂えた。

たしかに、一時的なパニックにはおちいったようだった。しかし、ぼんぼん特有の強さというべきか、たちまち立ち直って、

「Gee! エイス・アヴェニューの感覚ですね」

と、わけのわからぬことを言いだした。

「エイス・アヴェニューとフォーティーセカンド・ストリートがぶつかっている、あそこらの雰囲気ですよ」

私たちは、ぽかんとしている。

「大阪、とくにミナミは、ニューヨークに似てるんだな、荒れ方が……」

「へえ、そないなもんでっか」

ダークは気を呑まれていた。

「ええ。つまり、都市論からいって、大阪はニューヨークに似ているのです。人種《エスニック》の問題もありますし。その点、東京は単一民族的都市です。これを記号論的に言いますと……」

私はあとの言葉をきかなかった。

学歴のない私はむずかしいことがわからないのだが、〈大阪はニューヨークに似ている〉という安輝さんの説は、〈坂津市とウエストコーストは一つものなのだ〉という大親分の言葉(「唐獅子生活革命」参照)と、まったく同じようにきこえる。いかになんでも、大ざっぱ過ぎるのではないだろうか。

「……大都市にアウトロウはつきものです。つまり、ホワイトカラーたちが必要としてはいるが、自分の手を汚したくない仕事を引き受けるのがアウトロウです。極道などといってはいけません」

「すんまへん……」

ダークは、しょぼんとする。

「安輝さん、〈いけないこと〉言わはりましたな」

私は不審そうに言った。

「いけないこと、ですよ。売春も野球賭博も……」

と、安輝さんは頷き、

「しかし、ダークさんがならべたほど需要があるのならば、必要悪と見るべきでしょう。法的にいけないことであっても、民衆が要求するならば、応じざるを得ませんね」

ころころ変るところは大親分の血筋を感じさせる。

「食事のあとで、民情を視察してみましょう」

安輝さんの白いひたいに汗が光っていた。

新しいサーフボードを抱えた学然と別れた私とダークは、安輝さんとともに、ミナミのあちこちを歩いた。まるで、どこかの国の皇太子のような安輝さんの態度に反感を覚えたらしいダークは、背後からそっと、殴る恰好をしてみせたが、そのたびに、ダークの足もとにマキビシが飛んできた。おそらく、須磨組の見えざるボディガードたちの仕業であろう。

勘助町の二階堂《う》組《ち》の事務所に戻り、安輝さんは応接間でひと休みしてもらうことにした。

「社長……」

紺のカンフーシャツを着た原田が、安輝さんにきこえぬように言った。

「なんや？」

「お見せしたいものがあります」

「わしの部屋、行こか」

私と原田は二階に上り、社長室のドアを閉めた。

「顔色が冴えんの」

私は椅子にかけて、原田を見た。

「どないした？」

「これです」

シャツの下から細長い紙包みを出した。マジックインキで〈果し状〉と書いてある。映画の中でしか見たことのないもので、私は呆然とした。

「どこからきた？」

「島田組のチンピラが持ってきよりました」

「暑さで狂うたか」

私は包みをひらき、書面をひろげた。

マジックインキの下手な字で、こう書いてあった。

〈西賀茂《かも》の農民をだまし、馬を盗み、牧場を奪いとった悪人たちを許すことはできない。今日じゅうに牧場の権利書をかえせ。権利書だけでは赦《ゆる》せない。おまえたち悪人は一家を解散しなさい。そして、明日の日暮れまでに町を出て行きなさい。町を出て行くか、私の命をとるか、明日、返事をきく。夕方六時、四天王寺の境内で待っています。必ず、きてください。おまえたちは集団で悪いことをするようだが、四天王寺には、代表がひとりでくるように。決闘は一対一でなければなりません。

H・Bより〉

「なんじゃ、これは!」

私は呆《あき》れはてた。

馬を盗んだり、牧場を奪いとった、というのが、まず、覚えがない。

それに、文章が、なんだか、おかしい。シャブで被害妄想におちいった男が書いた、としか思えない。

「気違いやな」

と、私は呟いた。

「ぼくも、そない思いますけど、島田組の者《もん》が持ってきたのはたしかで」

私は真赤《まっか》な送受器をとりあげ、ボタンを三つ押した。島田清太郎との直通電話である。

――島田だす。

――わしや、黒田じゃ。

私は押し殺した声を出した。

――掛布が調子良うなったな、黒田。

島田はのんびりした声で応じた。

――タイガース、優勝するかも知れんで。

――よう、トボけるのう。あの果し状はなんじゃい。

――果し状?

島田は仰天した様子だ。

――果し状がきとるのや、そっちから。

――そんな……いまどき、そないなもん、わしが出すと思うか?

――思うか、て、げんにきとるのや。

――抗争《でいり》はコンピュータでするいう約束になっとるやろ。わし、そのつもりでおるで。

――けど、おまえとこのチンピラが持ってきたそうや。名前はないけど、イニシャルが書いてある。H・Bじゃ。

――そら、鉛筆やないか。あっ!

――なんじゃ。

――一分、待ってくれ。

島田の声は遠ざかり、オルゴールの「白鳥の湖」がきこえてきた。私は、これが嫌いなのだ。

苛々《いらいら》するうちに、

――わかった。

清太郎の声が戻った。

――まあ、怒らんと、わしの話をきいてくれ。

――言うてみんかい。

――うちに、旅人《たびのもん》がおってな。そいつが出しよったのや。

――旅人《たびのもん》？

――驚くな。アメリカ人や。

――アメ公か。

私の腕の力が抜けた。

――ひょっとして、ラリー・ブラッケンいう男とちがうか。

――それは、いつか、須磨組を取材しとった奴やろ。ちゃうのや。ハリー・バニヨンいうて、極道になりたいいうとる妙な毛唐よ。「ザ・ヤクザ」いうアメリカ映画を見たのがきっかけや言うとる。

――それが旅人《たびのもん》か。

――おう。日本語ぺらぺらでな、〈任俠道〉やとか〈男の美学〉やとか、よう喋《しゃべ》りよる。珍しい玩具《おもちゃ》いう感じや。

――阿呆《あほ》かい。

――長髪をひっつめにしてな、黒い半纏《はんてん》に雪駄《せった》突っかけとる。笑わすで、ほんま。

――笑いごっちゃない。

私は冷ややかに言った。

――極道いうもんを毛唐が誤解したら、なにしよるかわからん。トラブルの元やぞ。

――そら、そっちゃのいう通りや。

島田はあわてて賛意を表した。

――ハリー・バニヨンの言うた言葉を、若い者《もん》が、そっくり書きとったらしい。気ィに障るやろけど、このわしに免じて……膵臓《すいぞう》やられて、老い先短いこのわしに……。

――野暮は言わん。

私はうんざりした。

――決着《おとしまえ》をどうの、いうのやない。けど、冗談にも限度がある。その、ハリーなんとかが挨拶するのが筋やないかのう！

——そら、そや。

島田は逆らわない。

——わしが一席もうける。忙しいやろが、足を運んでくれ。ハリーの阿呆《あほ》は、坊主頭にして、つれていく。

——まあ、そんなとこかい。

私は苦笑した。

——ほな、いずれ……。

と島田は言い、私が電話を切るのを待つ。

私はゆっくり送受器を置いた。

「アメリカ人ですか」

と原田がほっとした。

「文面が西部劇みたいだと思ったんですけど、やっぱり……」

「妙なアメリカ人が多いの。極道を、どないな風に考えとるのやら」

私は首を振った。

「根本的に勘違いしとるのやないか」

「島田組が正義で、うちが悪《あく》いう、単純な図式で考えてるようですね」

五

極道の〈営業〉について、安輝さんにこまかく説明するという原田を残して、私とダークは近所の鮨屋に出かけた。魚のうまい季節である。

「毎度……」

ラバウル生き残りの親父《おやじ》が威勢よく挨拶する。

「ビールと、なんぞ、うまそな肴《さかな》をちょうだい」

と言ってから、ダークは小声になり、

「考えてみると、けったいやね。大阪で江戸前寿司いうんは」

「考えんでも、けったいよ」

私は答えた。

「こないだ、わい、名古屋行きましたやろ。あこのメイン・ストリートで、うどん屋探したら、これが、あらへん。江戸前寿司ばっかり」

ダークはボヤいた。

「名古屋がそないなっとるんか」と、私。

「なっとりますねん、おやっさん。江戸前寿司を名古屋で食うちゅうのは、おかしなもんでっせ。江戸前寿司がこないに侵略してきよるのは、なんでだっしゃろ？」

侵略、という言葉に触発されたのか、親父はテレビの音量をあげた。

「フォークランドは、わいの思惑通りになりよった」

親父は、ひっ、ひっ、と笑って、

「初めは、ぼろくそに敗《ま》けとった英国が強《つよ》なりました。アルゼンチン軍は三対一の劣勢で戦《たたこ》うとる、いうてます――これら、英国の勝ちパターンですわ。大東亜戦争で、プリンス・オブ・ウェールズとレパルスを沈められ、香港、シンガポールを落されて、ビルマで踏んばりよった。ジョンブルはしぶといで、ほんま」

私はテレビの画面に眼を向けた。なんだか古いような戦闘機のフィルムがうつっているだけで、戦闘場面はない。

それでも、じっと眺めていると、鈴木善幸首相の顔がうつって、ベルサイユ・サミットでは、核軍縮を優先したい、と語った。大親分から鈴木善幸まで、〈核軍縮〉についての見解は一致したらしい。

「『唐獅子通信』で、核軍縮の特集やらんでもええかのう」

私は呟いた。

ダークは答えなかった。たぶん、反対なのだろう。

ビールを三本飲んだとき、原田から電話が入った。

――大変です、社長。殴り込みがありました。

事務所の中は混乱状態だった。

私の顔を見ると、社員たちはほっとした表情になる。彼らからみれば、私はまだ、〈不死身の哲〉なのだろう。

「安輝さん、大丈夫《だんない》か」

と、原田に声をかけた。

「社長室に運びました。いま、医者がみてます」

原田が答える。

「ぼくがトイレに立った間に、応接室の窓をぶち割って、火のついたバルサン十本が投げ込まれたのです。安輝さんは煙にまかれて……」

「あの窓は防弾ガラスやったはずやが」

私は首をひねった。

「怪力ですな。ハンマーかなにかで割りよったのでしょう」

「きよったか」

私は階段をかけ上った。

社長室のドアを押すと、眼にタオルをのせた安輝さんがソファーに寝ているのが見えた。

「塩梅《あんばい》は？」

私は医者にきく。

「眼と喉《のど》をやられとる。窓が割れたのが不幸中の幸いですな」

「そらま、おおきに……」

私は安輝さんに声をかけようとした。

「もの言わしたらあかん」

医者がとめた。

私は回れ右して、階下におりた。

「原田よ。ほかに被害はなかったか」

「まあ見てください」

原田はドアの外を指さした。

私たちは外に出た。事務所の入口の軒にある監視用のテレビカメラ一台が壊れている。

「これだけか」

「まだ、あります」

原田に案内されて、事務所の裏手にまわった。

懐中電灯の光が車庫のシャッターに向けられた。シャッター一杯に、紫色のスプレーで、英語らしいものが殴り書きされている。

「なんと書いてあるのじゃ？」

「明日の夕方、拳銃を忘れるな——というのです」

原田は複雑な気持のようである。

「暴走族なみの幼稚さやな」

私は溜息をついた。

——なんやて！

島田は悲鳴をあげた。

——須磨組の御曹子《おんぞうし》に怪我さしよったんじゃ。

私は口早に言った。

——どないな意味か、わかっとるな。

——わかっとるて。

島田は動転した様子で、

——身柄《たま》を渡すのが先決やいうことは、よう、わかるよ。けど、そのハリーが行方不明なんや。

——やったら、われが探さんかい。

——探すとも、草の根わけてでも。

相手は、どうにも、分が悪い。

——難儀な毛唐やな、ほんまに。殴り込みちゅうだけでも、むちゃや。しかもやな、こともあろうに、須磨組の坊《ぼん》に怪我さしよるとは！

——泣き言を言うな。それよりも、これが坂津に知れたら、どないする？　あの外人は関係ない、いう言いわけは通じんぞ。おまえ、下手すると、冥土《めいど》行きじゃ。

——その言い方はないやろ、黒田。

——現実的に話しとるだけじゃ。そないなったら、人生《じんせい》幸朗《こうろ》や三音家《みつねや》浅丸《あさまる》によろしゅう言うといてや。

——そらないで、そら……。

島田は泣き声になった。

——おまえとわしの仲やないか。

——友情は感じとるよ。けど、こないな形になったら、しゃあないわ。

——待て待て黒田、いや、黒田はん。まだ言うことがある。ハリーの餓鬼は、組のハジキを持ち出しとるのや。

——そら、危《やば》いのう。

私はいやがらせを言う。

——そのハジキで、わしとこに決闘を挑んどるわけやね。

——ハリー、がや。島田組とは関係なく、な。

——そら、世間に通らんで。ハリーは、そっちの客人やろ。

——黒田はん。もう、ええかげんに堪忍《かに》してくれや。

――それにしても、街なかでハジキふりまわすちゅうのは、どげな神経じゃ？　ハリーちゅう奴は、西部劇によう出てくる地方の者《もん》か？

――ほんまは、オハイオ州の出身らしい。けど、組の若い者《もん》には、ニューヨークっ子やいうとった。

――そら、なんじゃい？

――土佐あたりの出で、自称、浪花《なにわ》っ子いうのがおる。あれとおんなしやろ。

――ふむ。とにかくやな、明日の夕方六時に、四天王寺の境内に現れる、いうてきとるぞ。

――わかった。

電話の向うで唾《つば》をのむ音がした。

――島田組《うち》が先まわりして、奴をつかまえる。場合によっては射殺する。

――ベストやろな、それが。

私はそう答えて、電話を切った。島田組には、良い狙撃手《スナイパー》がいるはずだった。

急に電話が鳴った。びくん、とした私は、送受器をとりあげる。

――黒田だす。

――わしじゃ。

大親分の嗄《しゃが》れ声がきこえた。

――へえ……。

――なにも言うな。伜《せがれ》に何が起ったか、わかっとる。

――へ、どないして、また？

私はうろたえた。

――地獄耳やいうとるやろ、いつも。

かすかな笑い声がきこえた。

――私というものが付いとりながら……。

――堅苦しいこと言うな、哲。島田組を締め上げる絶好の機会やないか。

――そら、ま、そうでっけど……。

と、前置きして、私は、ハリーという狂った男の果し状を大親分に話した。

――ふむ、安輝を男にする秋《とき》がきたな。

大親分は呟いて、

——わしの命令じゃ。その狂人に安輝をぶつけたれ。安輝に退治させるのだ。男をあげるチャンスやないか。

むちゃくちゃなことを言う。

——相手の腕を撃ち抜いたったらええ。なんなら、須磨組《うち》の若い者《もん》にやらせよう。手柄は安輝のものにする。

——わかってま。けど、安輝さん、ハジキを弄《いら》えますか？

——ハワイで、一、二度、撃っとるはずや。なんとかなると思う。

六

もう一度、島田清太郎に直通電話をかけた私は、狙撃手《スナイパー》の出動をとめた。

——なんでや？　せっかく、五人、用意したのに。

島田は怪しんだ。

——なんぞ、裏があるのとちゃうか？

——黙って言う通りにせいや。

私は電話を切った。そして、ダークを呼び、フリーで口の固い狙撃手《スナイパー》を一人、やとうように命じた。

「ナイフ投げの名人は、どないだ？」

ダークは阿呆《あほ》なことをぬかす。

「あかん。遠くから撃つんじゃ」

私は答えた。


翌日の午後、パトカーのサイレンがきこえた。

なにか嗅《か》ぎつけられたか、と思う間もなく、パトカーは近くにとまった。私は社長室のテレビのスイッチを入れる。破壊をまぬがれたほうのテレビカメラが、路上のパトカーをうつし出した。

パトカーからおり立った男は、どう見ても、極道にしか見えない。三つ揃《ぞろ》いで身をかためているが、肩のいかり方が極道なのである。もっとも、組織暴力取り締りの警察官も、だいたい、こんな身体《からだ》つきをしているのだが。

パトカーはサイレンとともに去り、男はこちらに歩いてくる。妙に自信ありげな歩き方だと思ったら、大親分である。私は椅子から落ちそうになった。

インタフォンで呼ばれるまでもなく、私は部屋を出た。

受付前に仁王立ちになった大親分の炯々《けいけい》たる視線が私を射抜く。

「がはは。県警がうるさいさかい、変装してきた」

大親分は満足そうに言って、

「安輝はどこじゃ？」

「いま、地下室で、ダークがハジキの使い方をお教えしております」

「眼ェは、ようなったか？」

「へえ、そっちのほうは、もう……」

「問題は決闘やな」

大親分は応接室を覗《のぞ》いて、

「和子《わこ》が襲われたのはここか」

と感慨深げに呟いた。

「へえ、バルサンで」

「武器は問題ではない」

大親分は先に立って階段をのぼり、私の部屋に入った。

「思えば、わしが須磨組を結成したきっかけも決闘にあった。日本刀《ながいの》でふたり斬った」

「社史で何べんも拝読しとります」

「あれで、ぱーっと、名ァがひろまった」

大親分は楽しそうである。ソファーに腰かけて、笑いを噛《か》み殺している。

「ハリーの行方はどないなっとる？」

「さっき、島田から電話がありまして、見つからん言うとりました」

「その方がええ。――安輝がハリーを殺《と》る。警察には、だれぞ、自首さしたらええわい。それでも、実は安輝が殺《と》ったちゅう噂が世間にひろまる。大阪の夕刊が放っとくわけはない」

大親分は浮き浮きしている。一種の躁《そう》状態のようである。

「ところで、衣裳はどないする？」

「衣裳!?」

私は思わずききかえした。

「衣裳が大事やないか。これによって英雄伝説が生まれる」

「そがいなもんですかのう」

「そがいなもんよ。わしは着流しやったが、きょうびのファッションは一味《ひとあじ》違わんといかん」

「へ……」

「原田にでもきいたらええ。あの男はくわしいやろ」

そこに安輝さんが入ってきた。くたびれたトレーナー、コットンパンツ、履き古したスニーカーという冴えない恰好で、射撃練習のためか、眼鏡をかけていた。眼鏡が少しズレ落ちて、むかしの大村崑《おおむらこん》みたいだ。

「あ、パパ……」

「どないした、ぼんやりして？」

「鼓膜がおかしくなっちゃった。あんな狭いところでピストル撃つんだもの」

「哲、もっとでかい試射場を作らんかい！」

大親分はむちゃくちゃなことを言う。

「どうじゃ、ちっとは馴れたか？」

「ふらふらなの。ビッグ・アプル印の耳栓をしていても、脳に響くんだ」

そこに原田とダークが入ってきた。私は原田を部屋の隅に呼んで、

「あの服装《なり》はなんとかならんか。大村崑に見えるぞ」

と注意した。

「あれで、けっこう、凝ってみたのですが」

原田は口をとがらせた。

「大村崑やないんです。ウディ・アレンのつもりなんですよ」

指定の時刻より一時間早く、私は四天王寺に赴いた。鳥居のそばを乞食《こじき》がうろついている。私を見ると、ウインクをした。私は、見た瞬間、栗林警部補であることを見抜いていた。

「奥さんと、あんじょういってはるようで」

と、私は声をかけた。

「しーっ!」

栗林は唇に人差し指をあてた。

「なにが始まるんじゃ、黒田」

「なにが、て?」

「須磨組の過激な奴らが大阪に潜入して、ここらにいよるいう情報が入った。贋物《にせもの》のパトカーが大阪府警につかまった。府警四課の話では、島田組の連中もけったいな動きをしとるいうやないか。おまえら、なにやっとるんじゃ」

「へえ」

私はにやっと笑って、

「一対一の決闘が始まりますのや、ここで」

「阿呆《あほ》か」

栗林は一笑に付した。

「なにを企んどるんじゃ、ほんまは」

「なにをちゅうて……」

私はあたりを見まわした。

「わしは納得でけんぞ」

「一対一の決闘、いいましたやろ」

「阿呆吐《あほぬ》かせ。須磨組も、島田組も、狙撃隊をくり出しとる。なにが一対一じゃ……」

それから一時間後、一同の見守るなかを、安輝さんは境内に入っていった。

やがて、銃声が一つきこえ、安輝さんは姿を消した。

七

二日後、私は南船場《せんば》の小さなビルを訪れた。

おもちゃのようなエレヴェーターで五階に上る。

オフィス風のドアの脇のチャイムを鳴らすと、安輝さんが首を出した。私の顔を見て、あっ、と言った。

「どうして、ここが、わかったんですか?」

「わしらの縄張《しま》でっさかい、情報が入りますわ」

ドアをしめた私は室内を眺める。スチールのデスク一つ、椅子が二つあるだけで、あとは、がらんとしている。

「とりあえず、ハジキを返しなはれ」

「あっ、そうそう」

安輝さんは、デスクの抽出《ひきだし》の鍵をあけて、拳銃を二挺《ちょう》、とり出した。

「うちのハジキやないほうが、一発撃ってありますなあ」

「紹介します」

と、安輝さんは飽くまでも明るい。

「ハリー・バニヨン氏です。これは仮名で、実の名は……」

「もう、ええて。照れるがな」

長髪をひっつめにして、ひたいに細い革バンドを巻いた青い眼の男が、黒い半纏をひっかけて、出てきた。日本語が口から出るのが、なんとも奇妙である。

「どうもどうも、えらいご迷惑おかけしまして。……わいな、この安輝さんの姿、見たときに、眼ェさめました。ガイジンが極道になるのは不可能や、と。安輝さんの、しずけさの中に秘めた凄み、でンな。この、見えない凄みに打たれまして、空に向けて、引き金を引いたわけだ……」

「うまが合うというのかな、ぼくもいい感じでした」

安輝さんはにっこり笑った。

「ぼくたち、二人とも、ニューヨーカーだからでしょうか」

「仲良うならはったのは、ええとして、二代目襲名の件が……」

「あ、あれは、もう、やめました。ぼくら二人で、心斎橋にニューヨーク・カルチャー・センターを開くのです。日本人に、ニューヨークの良さ、すばらしさ、行くべき店なんかを教える教室です。小さな出版も、いずれ、手がけるつもりです。これこそ、ぼくの仕事なのです」

「げえっ……」

呆気《あっけ》にとられた私の右手に、ハリーが、アプル・ジュースの紙コップを握らせた。

「けど、大親分に、どないに報告したらええことやら……」

「そこなんですよ、黒田さん」

安輝さんはにこにこして言った。

「ここはひとつ、黒田さんからうまく話してみてください。パパの心は、きっと、ブルーミンデールのネオンみたいに輝くと思いますよ」

唐獅子料理革命

一

私と原田は、紫色の絨緞《じゅうたん》を敷きつめた広い洋間に通された。須磨組大親分、須磨義輝《すまよしてる》の大邸宅の奥にあるこの部屋は、書斎と呼ばれていて、もっぱら密談に使用されるのである。

先日、ここに通された時にくらべて、室内には大きな変化はない。白いモダンなソファー、火鉢にガラス板をのせただけのテーブル、それに輸入物らしい大きな籐椅子《とういす》が加わり、いかにも涼しげである。

小さな音がした。

鳩時計である。もう夜の九時なのだ。

壁の時計の小さな扉があいて出てきたのは、鳩ではなかった。ブルドッグだ。数年まえに大親分の機嫌を損じて撲殺された哀れなブルドッグの干し首である。ワン、ワン、と鳴くと、扉の奥に入ってしまった。

「犬時計ちゅうもんを初めて見た」

私は、小さくなっている原田に声をかけた。

「気色のええもんやないのう」

「ぼくも初めてです」

「あないなもん、西洋にあるのか」

「さあ」

その時、唐獅子マーク入りのスピーカーから、威勢のいい女の歌声が流れ出た。

「こら、『スター・ウォーズ』ともちがうのう」

「古いシャンソンです。たしか、『巴里《パリ》野郎』、いうたと思います」

音量が絞られると同時に、ドアがしずかにあき、赤いベレー帽をかぶった大親分が入ってきた。

大親分がどんなにけったいな恰好をしようと、びくともしない自信が私にはあったのだが、このベレー帽にはびっくりした。黒い革ジャンパーにベレー帽——もう、私は暗い気持になった。

「急に呼び出したりして、すまなんだ」

大親分は、少しもすまなそうには見えぬ様子で、籐椅子に腰をおろした。

「息子の一件《こと》では、迷惑をかけたな」

「めっそうもない」

私は頭をさげる。

ひとり息子の安輝《やすてる》さんが、〈ニューヨーク・カルチャー・センター〉を開いたために、須磨組の跡目を継ぐ話は消えた。ほんのひと月まえのトラブルである。

「惜しいことをしたが、若い者《もん》の気持には逆らえん」

大親分は残念そうである。

「へえ」

「わしは気分の転換をはかったよ。新たに、俠道《きようどう》のためにご奉公でけることはないか、と」

「はあ」

「あったのだ、それが」

大親分は片手をベレー帽にやって、

「ごく身近なことで、あったのよ。あんまり身近過ぎて見えんかった、いうことかな」

教訓的な笑いを浮べてみせる。

私は黙っていた。

「哲、おまえ、気がつかんか」

「何に、だす？」

「おまえの身辺でいうたら、ダーク荒巻がそうじゃ。島田清太郎も重症やな」

何だろう？

酒ではあるまい。島田組組長は、殆《ほと》ど酒が飲めなくなっているのだ。

「わかりまへん」

「わからんか」

大親分は膝《ひざ》を叩いて、

「ここや、ここ」

と、下腹を指さした。

「は？」

「まだ、わからんのか」

大親分は苛々《いらいら》して、

「肥《こ》え過ぎや。どいつも、こいつも、食い過ぎて、よう肥えとる」

「なるほど……」

私は納得がいった。

ダーク荒巻に限らず、二階堂組《うち》の組員も肥《ふと》った者ばかりである。フランス料理がどうの、スペイン料理がこうの、ギリシャ料理屋がオープンしたのと、ひまさえあれば食い物の品定めをし、フルコースの食事のあと、バーへ行き、夜中にラーメンを胃におさめて、そのまま寝てしまうのだから、肥る一方だ。幸い、私は肥らぬ体質であり、よく考えてみれば、食べる量がすくないのである。

「すなわち、美食じゃ。なんぼ極道いうても、美食のし過ぎは考えなあかん。フォークランド島で戦《たたこ》うてはる兵隊さんのことを考えたら……」

「あの――戦争は、もう、終りました」

原田が遠慮がちに注意をする。

「たとえばの話よ」

大親分は軽く往《い》なして、

「カロリーのとり過ぎはあかん。けど、減量して、ふらついとる極道いうのも困る。ひとことでいうたら、食生活の改良――これを徹底さしたい」

「へ……」

わかったような、わからないような気持だった。それは、そんなに大事なことだろうか。

「わしは坂津の街におりて、ひそかに観察した。須磨組《うち》の若い者《もん》が、よう肥えて、ぶらぶらしとったよ。堅気の人間が見たら、反感を抱くにちがいない」

「そげなもんでしょうか」と私。

「人情やがな。あいつら、ぶらぶらしとって、なんや、と思うやろ。とにかく、肥えとる極道いうのは、絵にならん」

粗食家で、肥りようのない大親分は、言いたいことを言っている。

「〈人の和こそすべて〉いうわしの理想の実践に傷がつく。須磨組関係の者《もん》は、みな、きりっと、痩《や》せとらなあかんぞ」

ようやく、わかってきた。極道のあるべきイメージについて述べているのだ。

「わたしも同感です」

私は大きく頷《うなず》く。

「ぶよぶよ肥《ふと》っとる奴は蹴飛ばしたくなります」

「蹴飛ばしたれい」

大親分は声を張り上げた。

「ダークを見ると、うんざりする。角ばったあごが、三重になっとる」

「生れつきでしょう、あれは」

と、原田がとりなした。

「いや、日本が豊かになったためじゃ。豊かなのは、けっこうだが、体重が豊かなのはあかん。……これは命令じゃ。『唐獅子通信』に、減量指導のグラヴィアページを作れ。具体的に指導する必要がある」

「西武ライオンズの広岡監督は、選手たちに、野菜食を勧めたのでしたな」

「そや。ところが、日本ハムの大沢は、西武を、〈山羊《やぎ》さんチーム〉言うた。こら、おかしいぞ。山羊が野菜を好むか？　山羊が好きなのは、紙やないか！」

大親分はかっとなった。

「減量指導いうのはわかりま」

と、私は冷静に話をすすめる。

「組員の家族も、喜ぶと思います。問題は、だれを指導者にするか、でんな」

「心当りがある」

「どなたはんで？」

私は不安を覚えた。

「おまえ、安輝が婚約したのをきいたか」

「へえ、安輝さんにうかがいました」

「その相手《れこ》やがな」

大親分は小指を突き出してみせた。

「は？」

「これが、かしこい娘でな。なんとかいう週刊誌の料理担当の記者をやっとったのや。うむ、『ブリオッシュ』じゃ」

「『ブリオッシュ』は、よく読まれている女性週刊誌です」

と原田が私に説明した。

「料理研究のために、パリに一年ほど行っとったらしい。料理の腕もなかなかで、ま、息子とはええカップルじゃ」

女中がよく冷えた白ワインを運んできた。私はビールが欲しいのだが、どうも、仕方がない。

「何というお名前でっか」

「鹿取《かとり》澄子いうのやが、当人の希望で、カトリーヌと呼ぶことになっておる」

「日本人とちがうのですか」

私はたずねた。

「日本人。純綿の日本人よ」

大親分は胸を張る。

「それやったら、鹿取はんですな」

「カトリーヌじゃ」

大親分は青筋を立てて、

「ええか、哲。これ以上、わしを怒らすな。正味は大和撫《やまとなで》子《しこ》なんやが、ゆえあって、カトリーヌと名乗る。おまえが〈不死身の哲〉いうのと、おんなしや」

「へえ」

「『ブリオッシュ』に、『カトリーヌの料理教室』いうエッセイを連載しとったほどじゃ。カトリーヌの狙いは、和食とフランス食の融合じゃ。繊細な二つの味覚の、洗練されたフュージョンが狙い目よ」

私たちは、きょとんとしている。

「ま、食べてみんことには、わかって貰えんやろが、カトリーヌが唱えとるのはヌーベル・キジーヌ・ジャポネだな」

「雉《き》子《じ》の料理でっか」

私が発言すると、大親分は、

「やんなっ、い、い、い、ちゃうな」

と言った。

カトリーヌさんの影響が、すでに表れているようだった。

二

「大親分の命令、ねえ……」

アロハの上に白い上着を着て、腕まくりしたダーク荒巻が、四角い顔をしかめた。

「そら、従わんちゅうわけやおまへんけど、なんや、もひとつ、しっくりきまへんな。アナクロニズム、ちゃいまっか」

ダークが新しく見つけたフランス料理屋「ビストロ大黒《だいこく》」の奥まったテーブルに私たちは向い合っていた。

「アナクロ?」と私。

「そうとしか思えまへん」

ダークは窓の外の雨に眼を向けて、

「今日はよう降りよる」

と呟《つぶや》いた。

「アナクロ、かのう?」

「ま、ここだけの話でっせ」

ダークはサラダを頬ばった。

「こら、いける。おやっさん、つまんでください」

「エチケットに反するのやないか」

私はフォークをのばして、サラダの中の海老《えび》に突きさし、口に運んだ。

「む、うまい」

「なんちゅう海老やろな」

ダークは首をひねり、片手をあげた。

「ギャルソン!」

ギャルソンが運ばれてくるのかと思ったら、ボーイがとんできた。

「な、なにか?」

手落ちがあったのかと蒼ざめている。私は黒背広で金バッジ、銀色のネクタイを締めていたから、無理もない。

「この海老は何やねん」

「はっ」

「脅しとるのやない。名前をきいとるのじゃ、海老の」

「これは、でございますね」

「でございます、が余計じゃ。すっと言え、すっと」

「あの、オマール海老です」

「汚い海老やな。おやっさん、おまるやて」

「ふざけるな、ダーク」と私。

「ふーむ、オマール海老ねえ」

と、ダークは感心して、

「けど、フランス語やな、それは。日本語で、どないいうんじゃ？」

「えーと、ザリガニの一種でして……」

「なに？」

「ザリガニの……」

「こら、あほんだら！」

ダークはテーブルを強く叩いた。

「おまえとこは、客に、ザリガニ、食わすんか。ザリガニやったら、まだ、そこらの溝川《どぶがわ》に生き残っとるわい。……わいは、もう、身分がちがうんじゃ。中流生活者やで。そのわいにやな、二千五百円もとりくさって、ザリガニのサラダ、食わすちゅうんか！」

ボーイは蒼白《そうはく》になって、ふるえている。

「やめんか、ダーク」

と私は言った。

「とめんといてください、おやっさん。こら、差別や。客の風態をみよって、こっちゃは伊勢海老、こっちゃはザリガニ、と、分けよるんですわ」

「やめんかい」

私はダークを睨《にら》みつけた。

「味さえよかったら、えやないか。ザリガニにええ味つけをする。これも芸のうちよ」

そう注意して、私は〈瀬戸内の海の幸サラダ〉を食べつづけた。

「もう、ええわ。すっこんどれ！」

ダークはボーイに凄《すご》んでみせて、

「さっきの兎の煮込みも、怪《あや》しゅうなってきた。あれ、野良猫の肉とちがうんかいな」

と、ぶつぶつ言う。

「ザリガニやったら、美食ちゅうこともないのう」

私はダークに言った。

「そうでんがな。美食やおまへん。わいの食生活は、並みでっせ」

「並み？」

「へえ。スープはアスパラガス。前菜は鵞鳥《がちょう》のレバやいうとった。おやっさんの前菜は、蝶鮫《ちょうざめ》の卵の塩づけ、いうとりましたな。レバと、小さな卵の塩づけ、それも、黒うに変色しよったもんや。こんなもん、どこが贅沢やね。あとは、おやっさんがカレイやったね？」

「カレイのムース包みよ」

「ほな、目板《めいた》ガレイと変れへん。わいは、兎、実は野良猫や。あとは、ザリガニ。——情ないわ、ほんま。粗食いうより、こら、悪食《あくじき》ちゅうもんでっせ」

「材料は、そげなもんよ。まあ、たれやソースで、値打ちがでるのやろ」

「デザートはどないしま？」

ダークはまだ食うつもりなのだ。

「わしゃ、もう、食えんわ」

「そら、あきまへんで」

ダークは指を鳴らして、ボーイを呼んだ。

「デザートのメニュー、見せて」

「はっ」

ただちに、ボーイは、もう一つの小さなメニューを持ってきた。

「食えるときに食うとかんとな」

もっともらしく、メニューを眺めながら、ダークが呟いた。

「警察《さつ》の締め付けのきつさいうたら異常だ。わいら、いつ、中流生活から転落するかわかりまへん」

私も、そう思っていた。円は下落するわ、景気は底冷えするわ、で、生活が下降するのではないかという恐怖があった。もっとも、デザートを選びながら口走ることではあるまい。

「何にします、おやっさん？」

「腹一杯やいうたろが」

「西洋料理ちゅうもんは、ですね」と、ダークが講釈をする。「デザートを食べんことには終りまへん。せめて、シャーベットでも……」

「麦茶を貰えんかのう。麦茶がなかったら、濃い茶でもええ」

「紅茶でっか」

「濃い茶じゃ」

「そんな、むちゃな。ここはビストロでっせ」

ダークは見栄を張ろうとする。

「わしは、水でええ」

「そんな！　コーヒはどないだ」

「それにしょう」

私が頷くと、ダークはボーイに向って、

「こちら、コーヒ。わいはやね……木イチゴのムース、な。それから、焼きクレープ・フルーツ蜂蜜《はちみつ》かけ、いうやつ。ふむふむ、タルト・タタンて何やね？」

「アップルパイでございます」

「アップルやったら肥《ふと》らんわな。それ、貰お。あとは、軽うに、洋梨のシャーベット・シュノンソー風とコーヒ」

「どこが軽いんじゃ」と私。

「それだけでええ」

ダークは、メニューをボーイに渡した。

「おまえ、よう、食うのう」

「プロレスにおったじぶんは、こんなもんやおまへなんだ」

「極道は姿が肝腎やぞ。ちっと、節食せんかい」

ちくり、と、言ってやった。

形勢不利とみたダークは、話題を変えた。

「けど、よう、うまが合うもんですな。ニューヨーク気違いの安輝はんとパリ気違いの娘はんで」

「そら、おまえ」と、私は苦笑して、「ぴったり合《お》うた部分がある、ちゅうわけよ」

「所詮《しょせん》、肉体でんな」

と、ダークは早合点した。

「いひ、いひ」

「なんちゅう笑い方するんじゃ」

「フランス料理ちゅうことになると、わいも、一言《ひとこと》おます。こら、和食とは正反対のもんでっせ。二つを混ぜるいうのは、正気の沙汰やない」

「ふむ……」

私は鼻を鳴らした。実は、私も、同感なのである。

「わいは反対でっさ」

「大親分の命令やぞ」

と、立場上、私はダークを睨《にら》みつけて、

「まあ、食べてみんことには、なんとも言えん。学然《がくぜん》の肝《きも》煎《い》りで、近々、試食会がひらかれる」

「学然の⁉」

「あの坊主も、ここんとこ、不景気じゃ。副業の水槽喫茶も潰《つぶ》れてもた。でけることなら、境内に精進料理の店を出したい、言うとった」

「あの生臭が、何吐《なんか》してけつかる」

「まあ、きけ。……本物の精進料理いうたら、京都に、仰《ぎよう》山《さん》ある。そやさかい、新型料理な、例の、ほれ……」

「ヌーベルだっか」

「ヌーベル・キジーヌ・ジャポネ——これを出したいと、学然は言うとる」

「むちゃくちゃ言いよる。フランス風の精進料理なんちゅうもんがあるかいな」

ダークはワインを飲み、爪楊子《つまようじ》で歯を摒《せせ》った。

「『唐獅子通信』の減量指導のページは、その料理を食べてから検討する、いうことにして貰《もろ》た」

と私は言った。

「ま、ペンダントや」

「ペンディングとちゃいまっか、おやっさん」

「そうも言う」

私は頷いた。

三

金泉寺は、坂津市の山側にあり、近くをハイウェイが通っているにもかかわらず、不思議に静かである。ほんの少し奥まっているだけで、違うのであろう。

本堂の座敷のテーブルに向っているのは、バドワイザーの英文プリント入りの浴衣を着た学然和尚《おしょう》、私、ダーク荒巻、原田の四人である。大親分は県警幹部との話し合いのために参加できず、安輝さんはビッグ・アップルからきた友人を伊丹空港に迎える用ができて、やむをえず不参加の形となった。

「もう少しいかがかな」

学然は、大親分の酒蔵から運ばれてきたボージョレを私にすすめる。

「黒田はん、ワインはお嫌いか」

「だいぶ、いただいとります。手酌でやらして貰いま」

「ボーイ代りに、小僧に酌をさせるつもりやったが、あいにく、新仏《しんぼとけ》があっての」

と、学然はにたにたする。

「朝《あした》に道をきけば、夕べには鳥辺《とりべ》山《やま》の煙となる。まこと、はかないものよ」

「なんですか、それは」と私。

「ドライバーの教えでんがな」

と、ダークがでしゃばる。

「なんぼ道を教えてもろても、一秒の注意を怠っただけで、車ごと煙になるいうわけやね」

「ほっ、ほっ、ダークは学があるのう」

学然はまた笑って、

「深く考えんから生きてゆけるのじゃ。わしのように思いつめんほうがよい」

「和尚はん、思いつめたはるんでっか」

私には信じられなかった。

「そうとも。お道化《どけ》た人間を装って、人の生とは何かを考えとる。ひょうきんな外見は、わしの一部でしかない」

そのとき、白のサマーニットのセーターにジーンズ姿の、獅子《しし》のたてがみのような頭をした娘が現れた。ヘアスタイルはけったいだが、顔は美しい。畳に正坐して、なにか言った。

「盆じゃ、言うたはりまっせ」

ダークが私に囁《ささや》いた。

「じき盆ですな、早いもんや」

「ボンジュール、と言うとられるのじゃ」

学然が大声で言った。

「カトリーヌさん、もそっと声を大きくしなさい。この連中、べつに嚙《か》みつかんから」

「お初にお目にかかります」

「本名はお初さんでっか」

「黙っとらんか、ダーク」

私がたしなめる。そして、私を含めた三人を紹介した。

「ラ・ヌーヴェル・キュイジーヌ・ジャポネーズを出させていただきます。お口に合うかどうか心配ですけど……」

「心配せんといとくなはれ」

美人と見ると、ダークはたちまち、はしゃぎだす。

「わい、腐った肉食うても、びくともせんたちでっさ」

カトリーヌさんは、びっくりした顔で、廊下に消えた。

「ダーク、おまえ、考えて喋《しゃべ》らんかい。気ィ悪うしはったぞ、あれは」

「まずかったですよ、今のは」

原田もインテリらしく注意をあたえる。

「洒落《しゃれ》やがな、洒落」

ダークは首をすくめた。

寺の小僧が料理を運んできた。

「埋葬、すましました」

「手を洗《あろ》うたろうな」

学然和尚は念を押した。

「へえ。これがオードブルだす」

小僧は皿をテーブルに置いた。

「なんやね、これ？」

ダークが奇声を発した。

「ピーナツ味噌やろか」

「いえ、ちがいます」

カトリーヌさんの声がした。もう一皿、自分で手にして立っているのだ。

「何ですかな、これは」

私はテーブルの皿を見つめた。

「ラ・ヌーヴェル・キュイジーヌ・ジャポネーズの第一弾ですわ。私、ここから出発したのです。パリの人は、みんな、喜んでくださいます」

カトリーヌさんは愛想よく言った。

「さ、どうぞ」

だれひとり、箸《はし》を出そうとしない。

やや沈黙があり、礼儀に反すると思ったのか、原田が箸を出した。

「生クリーム入り納豆ですの」

カトリーヌさんの言葉に、うっ、と、ダークが呻《うめ》いた。

悲惨なのは原田である。箸を引っこめるわけにもいかず、生クリームをまぶした納豆を口に入れて、えずきそうになっている。カトリーヌさんの前で吐くわけにいかないので、涙を溜めて踏んばっているのだ。

改めて、皿の中を見る。紫蘇《しそ》の葉を敷いた上に、生クリーム入り納豆が吐瀉物《としゃぶつ》然とあって、浅葱《あさつき》が散らしてある。

「いうたら、精進料理ですな」

と、私は、悪い気分のまま、言った。

「み仏《ほとけ》に仕える身の方《かた》からどうぞ」

「愚僧は……」

学然は口ごもった。

「愚僧、納豆を絶っておる。パスいたしたい」

「ダークよ」

と、私は左どなりのダーク荒巻に言った。

「おまえ、納豆が好物やないか」

「へえ。……けど、好きな物《もん》は、あとで食べるいう方針ですわ」

方針とはなんじゃい。

「そっちゃの皿は何でっか?」

ダークはカトリーヌさんにきいた。

「これですか」

カトリーヌさんは明るく言う。

「チーズ豆腐……」

むぐっ、と原田が呻《うめ》いた。

私は原田の方を見ないようにして、

「それ、ちょうだいしま」

「賢明やわ、おやっさん」と、ダークは余計なことを言う。

「チーズ豆腐やったら、害がすくない……」

「ごじゃごじゃ言うな」

私は叱りながら皿を受けとり、箸で、黄色い豆腐をはさんだ。なんだか、カマボコみたいな感触である。

「切れませんな、この豆腐は」

いっきに、口に入れた。

次の瞬間、眼が眩《くら》んだ。妙に温かく、酸っぱいものが、口のなかにひろがったのである。なんとも形容しようのないものが、私の口腔《こうこう》を占拠している。

「豆腐ですかな」

学然は気味悪そうに皿を眺めた。

「はい。お豆腐にチーズをのせて、オーブンで加熱したものです」

「なにか、かけてありますな」

「はあ。フランス人は醬油の味に慣れないので、特別なソースを作ってみたのです」

「たれでんな、つまり」

と、ダークが自信なさそうにきいた。

「たれと言ってもよろしいですわ。ワイン・ビネガーとサラダ油、生クリーム、トマトケチャップ、塩、胡椒《こしょう》、パセリ、レモン汁を混ぜたものです」

う、う、う、と、私の喉《のど》が鳴った。そんなたれがかかっていたのか。

私の喉は、嚙み砕かれたチーズ豆腐を押し戻そうとする。むかし、広島抗争で斬り込みを決行した時を想い起して、えいっ、とばかりに呑み込んだ。喉と胃のあいだに、いやな感じが残った。

「……い、いけます」

ようやく、私は言った。

「ありがとうございます」

と、カトリーヌさんは白い歯をみせた。

「せっかくの機会じゃ。いただかんかい」

私はダークを追いつめる。せめて、二階堂組《うち》の者だけでも、箸を出さぬことには、具合が悪いだろう。

そのとき、小僧が、第三の皿を運んできた。

「わい、あれ、貰いま！」

ダークは嬉しそうに叫んだ。

皿の上には、海苔《のり》を巻いた握り飯が四つのっている。こんなもの、どこが〈新しい〉のだろう。

意地汚い餓鬼のように素早く手を出したダークは、握り飯を、がぶっとやって、妙な顔をした。

カトリーヌさんは、握り飯を指さして、

「こちらがロックフォール・チーズ入りです。こちらはグリュエール・チーズ入り」

「わ、わいのは、チーズやない！」

ダークは、飯粒を飛ばしながら叫ぶ。

「それは、明太子《めんたいこ》とバナナを練り合せて、刻んだクルミを入れたものです」

どうも、あまり、うまそうではない。ダークは眼を白黒させている。

やっと涙を拭《ぬぐ》った原田は、力が抜けたように、ぼんやりしていた。

「二つの食文化の結合ですわ！」

カトリーヌさんひとり、盛り上っている。

料理は、まだまだ、つづいた。

マッシュルーム入り味噌汁で、ほっとしたのも束《つか》の間《ま》、食用蛙《がえる》の姿煮ゴマダレ添えで、四人とも、倒れそうになった。

（肥溜《こえだ》めに落ちた蛙そっくりじゃ）

私は思った。カトリーヌさん以外は、みな、そう思ったにちがいない。

四

「寺ちゅう雰囲気が悪かったのや」

　大阪はキタの或るクラブで、ナポレオンのグラスを片手にした大親分は私を睨《にら》み据えた。ひとの眼を突き刺すような視線である。仄暗《ほのぐら》い店は貸し切りになっており、バンドが、再流行している「ビギン・ザ・ビギン」を演奏している。

「カトリーヌの料理はうまい。ひいき目や無《の》うて、そう思う。……ただ、金泉寺いう舞台が悪かったな。学然の顔も気色悪いし」

「わたしら、フランス料理に慣れとらんので……」

　と、私はおそるおそる言った。

「かやく飯《めし》とか、関東煮《かんとうだき》とか、大衆的なもんしか、受けつけんようになっとるのだす」

「雰囲気や。料理の味ちゅうもんは、雰囲気に左右される」

　大親分は独断的に言いきった。

「へえ」

「黒田、おまえ、軽井沢へ行ったことがあるか」

「いえ……」

「ええ気分のところじゃ。カラマツの林がある。若い娘がサイクリングをしとる。サイクリング、サイクリング、ヤッホー、ヤッホーちゅう歌があったやろ」

「さあ？」

「万平ホテルいうのがある。夜になると霧が出てくる。こないなところで食うたら、フランス風和食の味は、ずんと冴えるぞ」

「いっぺん、行ってみたいですなあ」

「そら、最高よ」

「六甲でも、霧は出ますけど」

「空気がちがう。気分はもうスイス、やがな。俗世間を忘れて、高尚な気持になる。あないな気分を……そうじや！」

大親分の手に力が入り、グラスが割れた。

ボーイが飛んでくる。

「かまうな。血は出とらんわい」

「でも……」

「じゃかあしい！　いま、ええ案を思いついたのじゃ！」

大親分はボーイを蹴飛ばした。

「ええ案と申しますと……」

私は大親分を怒らせないようにする。

「ふ、ふ、われながら、冴えとるよ」

大親分は絽《ろ》の羽織の紐《ひも》を片手でいじっている。

「世の中には、一日局長とか一日署長いうのがあるやろ」

「へ」

「それなら、〈一日軽井沢〉があっても、おかしゅうない」

「一日軽井沢？」

私は呆気《あっけ》にとられた。

「おうよ。ほかならぬ坂津を、一日だけ、軽井沢にする」

「でけるものでっか？」

「気温や湿度はちがうが、似せることはできるやろ。女の子には、ショートパンツでサイクリングをさせる。組の若い者《もん》は馬に乗ったらよろし」

「馬？」

「流鏑馬《やぶさめ》やないぞ。ただの乗馬じゃ。紳士のたしなみとして、マスターしとかななららんこっちゃ」

「へえ……」

〈一日軽井沢〉というのが、どうも納得できなかった。

「それから、自家製ジャムを売る必要がある。テニスコートは、金泉寺の境内に作ったらええ。恋のひとつも生れるやろ。それから、坂津プラザ・ホテルを万平ホテルに見立てる。あこの大ホールで、安輝の婚約者を皆の衆に披露する。〈一日軽井沢〉の目玉は、実は、これなんじゃ」

「……そないなわけで、〈一日軽井沢〉を実行することになった」

私は会議室に集った十数人の子分たちに言った。

浪速《なにわ》区勘助町にある二階堂《うち》組の建物に新設された会議室

は、しばしば武闘訓練の場ともなる。今日は、ほんらいの目的で使用される珍しいケースだった。

「関西の財界人、親分衆が、坂津プラザ・ホテル、いや、万平ホテルに集るはずや。わしも、披露宴に出席する」

「問題は料理ですわ」

　企画書を眺めながら原田が呟いた。

「ヌーベル・キジーヌ・ジャポネが出されると、ことですよ」

「そら、ことや。親分衆、怒りよるで」

　ダークが真顔で言った。

「その点は、やな」

　と、私が補足する。

「思いきって、大親分に直言した。さすが、日本の首領《ドン》や。あの蛙の料理はあかん、言うてはった」

「糞《くそ》まみれの蛙、みたいなもんなんや」

　ダークがほかの者に説明する。

「どじな蛙が、目測をまちごうて、肥溜めに飛び込むの、見たことあるやろが。茶色うなって、這い上ってきて、藁《わら》の上で一服しよる。それと同じ姿の蛙が皿にのっとるんじや。がっくりきたで、ほんま」

「カトリーヌさんは、肥溜めなんて見たことがない世代でしょう」

　原田は疲れが抜けきっていない声で言った。

「そないな蛙を、もういっぺん、落したろ思《おも》て、石をぶつける。蛙にぶつからんで、肥の飛沫《しぶき》を浴びる阿呆《あほ》が、よう、おったもんや」

「もうええ、ダーク」

　私は睨《ね》めつけた。汚い話となると、ダークは生き生きするのだ。

「おまえ、万平に化けるんじゃ」

「へ？」

　ダークは不審そうな顔をした。

「万平になるのよ」

「万平て？」

「ホテルの主人やがな」

　私は原田を見て、説明してやってくれ、と眼で合図した。

「つまりですね。軽井沢に万平ホテルいうのがあるわけです。奈良ホテルなみの、格式あるホテルです」

「奈良ホテルなら、わいの定宿やがな！」

と、ダークは突っ張る。

「〈一日軽井沢〉の日は、坂津プラザ・ホテルを、万平ホテルにするわけです。ですから、フロントに、万平はんがいないと、おかしいんです」

「その万平ちゅう名前、なんとかならんか。もっちゃりして、おじん臭いがな」

「万平はおじんなんじゃ」

と私が決めつけた。

「おじん臭い着物を着て、フロントの辺りを、うろうろしとったらええ。適当に変装して、老眼鏡をかけたらよろし」

「わい、テニスコートの係りにしてほしいわ！」

ダークは悲鳴をあげた。

「テニスコートやったら、女子大生、ナンパできまっしゃろ」

「歳《とし》いうことを考えたら、どや」

私は呆《あき》れ果てた。

「当日は、他《ほか》の者《もん》も、坂津へ行き、〈一日軽井沢〉に参加する。テニスもよし、乗馬もよし、カフェテラスですぐりのアイスクリームを食うのも、また、よしじゃ」

「すぐきのアイスクリームて、どないなもんですか？」

という声がきこえた。

「とにかく、軽井沢に来とる、いう気持を忘れんように。サングラスは、色の薄いやつにせい」


その日は快晴で、絶好の軽井沢日和《びより》だった。

チーズとモヤシとチョコレートを刻んでトマト・ソースで炊きあげたかやく飯を食べ終えた私は、披露宴を退出し、万平ホテルのカフェテラスでカプチーノを飲んでいた。ダークも、そつなく、万平の扮装をしていたし、新料理も、このあいだほど、ひどくはなかったので、穏かな気分だった。

「卒爾《そつじ》ながら、火をお借りしたい」

フロックコートを着た紳士が、となりの椅子から声をかけてきた。

私は黙って、ライターを渡してやった。片眼鏡《モノクル》の紳士は、ひげをひねりながら、細い葉巻に火をつけた。

「百円ライターは棄てとくなはれ、栗林はん」

と、私は言った。

葉巻が床に落ちた。

「わ、わかったか、黒田！」

県警四課の栗林警部補の声である。

「そら、わかりまんがな」

「ま、バレたら、しゃあない」

栗林は舌の先に付いた煙草《たばこ》の葉を、ぷっ、と吹き飛ばして、

「この魂胆は何じゃ」

と低い声で問いかけてきた。

「魂胆？」

「とぼけるな。県警の許可なしで、坂津市を軽井沢にしよった。この裏にあるものが、わしは知りたい」

「そないに言われても……。ほんの思いつきですわ。知ったはるでしょう、須磨組大親分の気紛《きまぐ》れは……」

「そら、よう知っとる。けど、わしの眼ェは、ごまかせんぞ。須磨組系暴力団の幹部が、これだけ集るのは、裏に何ぞある証拠や」

栗林はそう言ったが、どこか自信がなさそうだった。

五

〈一日軽井沢〉が成功したので、大親分はご機嫌だった。

七月に入って間もなく、大阪市内の病院に自分の子分を見舞った大親分は、二階堂《うち》組の事務所まで足をのばしてきた。

「掛布が当っとる。岡田もよう振れてきた。阪神がほんまの姿に戻ったな」

私の部屋のソファーに凭《もた》れた和服姿の大親分は、ナポレ

オンの水割りを飲みながら笑った。

「〈一日軽井沢〉は、えらい物要りやったのとちがいますか」

私の問いに、大親分は眼をむいた。

「甘いの、哲……」

「へ？」

「わしの息子の婚約披露宴に、手ぶらでくる者《もん》がおるか」

「そらそうですな」

「充分にペイしたよ。儲かった、と言うてもええ」

大親分は唇をへの字にして、

「久しゅう、大がかりなイベントをやらなんだのう」

と、不気味なことを言いだした。

私は黙っていた。クーラーのかすかな音だけがきこえる。

「カトリーヌの料理は好評じゃった。ぜひ、もう一度、口にしたいいう声が、あちこちからきこえてくる。……親莫《おやば》迦《か》で言うのやないぞ。伝えきいた関東の親分衆からもリクエストがきとる」

世辞に決っている。我が家族のこととなると、大親分はまるで盲目になってしまうのだ。

「財界の連中も、雰囲気がええ、言うとった。せっかくの料理も、雰囲気が軽井沢に似とらなんだら、評判にならんとこやった。軽井沢に別荘持っとるお人が、よう似とる、言うてくれた」

そんな……まさか……。

「たった一日でも、軽井沢気分で、新料理を味わえた。口が肥えとる人ほど、もう一度、と言うてくれる。味がええ、ダイエットになる、この一石二鳥はウケるで」

あの日のコースは、生クリーム入り納豆、チーズ豆腐、ソバのグラタン、ウナギの生クリームあえ、そして、チョコレート入りかやく飯、マッシュルーム入り味噌汁で、デザートが海草入りアイスクリームだった。ダイエットになるかどうかは別として、こんなものを食べさせられてはたまらない。私が耳にした範囲では、怒っていた人が多かったようである。いや、怒りを表面に出せないので、ぶすぶす燻《いぶ》る形になっている。これは、よけい、悪いのだ。

私が答えないので、大親分は先まわりする。

「おまえたちに、新料理を強制する気はない。むしろ、食べたいいう声があがるのを待っとるのだ。原田は、どないに言うとった？」

「一キロばかり減った、言うてました」

下痢をしたあげく、とは、言い兼ねた。

「効果覿面《てきめん》やのう」

大親分はにんまり笑って、

「あれからまた、カトリーヌの料理のレパートリーが増えた。どや、もういっぺん、〈一日軽井沢〉をやってみんか」

「また、でっか……」

私は乗りきれない。

「不賛成か？」

「めっそうもない。――ただ、坂津の人が飽きるのとちがいますか」

「だれも坂津でやるとは言うとらん」

大親分は不機嫌になる。

「は？」

「大阪でやるのじゃ。二階堂組《おまえとこ》の縄張《しま》を軽井沢にする」


私は口がきけなかった。

軽井沢そのものを知らないのだから、大きなことは言えないのだが、坂津のように静かで緑の多い街なら、まあ、〈一日軽井沢〉にならなくもないだろう。

しかし、私たちの縄張《しま》は、ごみごみしていて、どう間違っても、〈一日軽井沢〉になりようがないのである。極道はもちろん、チンピラ、シャブ中毒者《ちゅう》、病人が多く、そんな場所を、どうやって〈軽井沢〉にするのか。

「七月十四日がええな」

大親分は、うっとりと言った。

「お盆ですか」

「おまえ、少しは知的にならんか。七月十四日はパリ祭じゃ。フランスの革命記念日なんじゃ。わしらは、料理に革命をもたらすのやから、丁度ええ。大阪の庶民の心にとっても、ある種の革命になるはずや。……うむ、決めたぞ」

二階堂組《うち》の事務所の前にテーブルが置かれ、キャンバスの日除《ひよ》けが強い陽射しをさえぎっている。日除けのふちには、三色アイスのようなフランス国旗がさがっている。

「これがカフェテラスかい」

私は苦々《にがにが》しげに言った。

「はあ」

原田は私に椅子をすすめる。

「どないな意味があるんじゃ」

椅子に腰をおろした私は、原田にたずねた。

「街のあちこちにカフェテラスを設けました。これで、革命記念日のパリの雰囲気はかなり出ます。そして、シャンソンのテープを流します……」

「ふむ、パリいうことはわかる。けど、軽井沢のほうはどないするんじゃ」

「軽井沢は無理でしょう」

「大親分は〈一日軽井沢〉言うてはったぞ」

「ぼく、無理や、と判断したのです。大親分も納得しやはるでしょう」

「まあ、ええやろ。で、例のヌーベルはどこに出よる」

「正午になると、酢ダコ入りのオムレツが配られます。それから、サラダ・オ・リといいまして、お米のサラダが出ます」

「米のサラダ？」

「はい。つまり、米を野菜の一種と考えたサラダです」

「日本人の発想とちがうのう」

「ユニークですね」

「ユニーク過ぎるで。このくそ暑い中でオムレツとは付き合えん。ソーメンが欲しいとこじゃ」

「夕方になると、アルティショー（アーティチョーク）入りのタコヤキの屋台が出ます。それから、ダンスが始まります」

「こら、おえん」

組の若い者《もん》が白い上下を着て現れた。

「なんじゃ、ピエロか」

「わい、ギャルソンだす」

「おう、ボーイか。ビールでも持《も》てこい。サンドイッチはでけるか」

「いま、ダークはんがパン買いに行っとりま」

「冷えたビールをくれや」

私はそう命じて、サングラスをかけた。道を行く人々が、気味悪そうに私たちを見る。

「カフェテラスいうものが理解されてないようで」と原田が恐縮する。

「抗争《でいり》が始まるまえの時間つぶしに見えるのやろ」

私はビールの小瓶の口金を歯ではがし、瓶から飲んだ。

「社長、グラスで飲んでください」

と、ギャルソンが哀願する。

「黙って、ピーナツでも持《も》てこんかい」

その時、長いフランスパンを何本も引きずってくるダークの姿が見えた。フランスパンのはしが道路をこすって、汚い。

頭の上のスピーカーから、シャンソンが鳴り響いた。この曲なら私も知っている。「バラ色の人生」だ。

「もっと、音を絞らなあかん」と私は原田に言った。

「チリ紙交換車やぞ、まるで」

「えー、お待っとうさんでございます」

と、ダークがふざける。

「ロバのパン屋で」

「パンをしゃんと持たんかい。汚いやないか」と私。

「けど、パリジェンヌは、こうやって、引きずるもんや、と、女性週刊誌に出とりましたで」

「そら、おばんやろ。若い女子《おなご》は、ちょっとなあ……」

「暑うおますな」

ダークは日除けの下に入って、ビール持《も》てこいや、と命じた。

「パリ祭いうより、やっぱり、お盆や」と私。

「セ・シ・盆」と呟いて、ダークは、ひとりで笑った。

「さっき、交差点の向うのカフェテラスで、大親分を見かけました。視察してはるんですなあ」

原田が感心したように言う。

(むちゃくちゃや。ミナミをパリにするなんて……)

私は嘆息した。

「へいへい、オムレツがきました」

ギャルソンが、テーブルに、酢ダコ入りオムレツをならべる。

「いまは、食いとうない」

私はビールの小瓶のお代りをする。

その時、大型のトラックがこっちに向ってきた。狭い道だから、カフェテラスにぶつかってしまう。

「こら、危いやんけ！」

ダークが一喝した瞬間、トラックは停止したが、別の古い小型車が黒い排気ガスをまき散らしながら、私たちの前を横切った。さすがのダークも、思わず、咳込《せきこ》んだ。

パリも、こんな風なのだろうか。

六

夕方になっても、風が吹く気配はなかった。街全体が大きな蒸し器の中に閉じこめられたようで、妙に苛々《いらいら》してくる。夜まで、こんな状態が続けば、凶悪な犯罪が、あちこちで起るだろう。

「テーブル、ひっ込めたらどや」

私は原田に声をかけた。

「でも、タコヤキが、まだ……」

「大阪府警から電話で脅かしてきよった。道路交通法違反でパクる言うとる。〈一日パリ〉はもうおひらきじゃ」

「パリ風いうのはぼくの好みやないんですけど、これから気分が出るところで」

原田はぶつぶつ言っている。

「カトリーヌはんが、手ずから運んできやはるはずや」と、ダークが言った。「このタコヤキは、ま、いうたら、踏み絵でっせ」

「踏み絵？」

私はききとがめる。

「へえ。大親分の心に忠実かどうか、このタコヤキを食うか食わんかで試されまんね」

「たいそうに言うな」

「執念深いおひとのやるこっちゃ。そのつもりで構えまひよ」

「わかった。タコヤキ一皿で指つめさされても困るさかい、食うたろか。何が入っとるちゅうたかな？」

「アルティショー」と原田が答える。

「アーティー・ショーかいな、めずらしタコヤキや」

ダークが笑うと、

「アルティショーですよ」

原田は妙にきいっとなった。

「なんじゃ、そりゃ？」と私。

「朝鮮アザミです」

私とダークは顔を見合せた。

「食い物《もん》か？」

ダークがおそるおそるたずねる。

「食べられるものやから、タコヤキに入れるのです」

と、原田は、そっけなく答える。

「そら、理屈やろけど、インテリゲンチャンの言い方や」

ダークは、かっとなった。

「わいは見たこともないのやで。朝鮮アザミいうたら、鬼アザミの親戚ぐらいにしか思えん。イメージからして、食べ物《もん》とは考えられん」

「辞書をひくと、〈朝鮮アザミ〉としか書いてないのです。ぼくも食べたことがないのですが、うまいそうです」

「タコヤキにでけるもんかいの」

私は不審に思った。アザミ、という語感が毒を感じさせるのだ。

やがて、ベンツがとまり、カトリーヌさんがおり立った。

「屋台より一足先にお持ちしましたわ」

と、艶《あで》やかに白い歯をみせる。

「へ、おおきに」

ケーキのような箱を受けとったダークは、底に手をあてて、

「熱々《あつあつ》でンな」

と、愛想笑いをみせた。

ベンツが去って行くと、

「ほんま、料理しはらんかったら、ええお女《ひと》やけど。天、二物をあたえずとは、よう言うたもんやね、おやっさん」

「ふむ」

天、二物をあたえずの意味がちがうような気がしたが、自信がなかった。

「どないしまひょ？」

ダークは箱をふってみせる。

「わしは、一つでええよ」と私。

「わいも、一つだけ、招《よ》ばれよ。タコヤキで死んだら浮ばれんがな」

「言葉をつつしめ」

私はタコヤキを口に入れた。バターの味がする柔らかいものが入っていた。

「いけるの、なかなか」

「相手はアザミや。油断はでけまへん。アザミ嬢のララバイ、とかいう歌がありましたな、おやっさん」

「ごたごた言いながら、よう食うやないか」

「では、ぼくも……」

原田が手を出した。

「けど、これ、どこが新しいんじゃ。ふつうのタコヤキと変らんやないか」と私。

「いえまンな」とダーク。

「〈一日パリ〉がすんだら、どこぞで鱧《はも》でも食わんか。洗い、土瓶むし——思うただけで、口の中に唾《つば》が湧《わ》いてくる」

「そら、よろしまんな」と、ダークは、たちまち、浮れ出した。「わい、旨《うま》い鯛《たい》が食いたいわあ」

「洋食は原田に任せよう」

「いえ……」

原田が口をもごもごさせて言う。

「ぼくも、鱧の洗いが食べたいです」

カフェテラスを若い衆《し》に任せて、私、ダーク、原田の三人は、裏通りにある、ひっそりとした割烹料理屋へ出かけた。

大阪のどこにでもある大衆的な構えの店である。びっくりするほど、うまいわけではないが、値段が安く、安心できるのだ。

二階の小部屋に落ちつくと、ダークは、

「お姐《ねえ》さん、クーラー、ちょっと弛《ゆる》めてちょうだい」

と言い、とりあえず、ビールを貰う。運ばれてきたビールは、むろん、国産品だ。

「これがぴったりくる」

と、私は言った。

「カフェテラスで飲んだやつは輸入もんやな」

「お疲れさまでした」

原田の言葉で、乾杯をした。

ビールの泡を眺めながら、ダークがしみじみと言った。

「よう冷えとるわ」

「もうじき、天神祭《てんじんさん》りですなあ」

「去年の異人騒ぎを想いだすの」

と、私も回顧的な気分にひたる。

お料理、何にしましょ、と女中がたずねた。私は、鱧《はも》の洗いと目板ガレイの唐揚げを注文した。

「大親分やカトリーヌはんは、あのけったいな料理で満足したはるんやろか」

とダークが言った。

「ひとはさまざまやて」と私。

「実は……」と、原田が言った。「組《うち》の何人かが、酢ダコ入りのオムレツに中《あた》ったようです」

「中《あた》らいでかいな」とダーク。

「明日は何人か休みますよ」と原田。

「その程度の被害ですんだら、ええほうや。新料理の普及を食いとめられるし……」

私は呟いた。

「あの料理はあかん」とダーク。「しまいに、人死にがでまっせ」

「もう、ええ。大親分も、ぼちぼち飽《あ》かはるころや」

一時間ほどたってから、私たちは小部屋を出て、階段をおりた。

ダークと原田は気づかなかったが、私は、一階のカウンターの奥で、鯛のあら煮《だ》きらしいものを突ついている痩《や》せた男を認めた。ほかならぬ須磨義輝の姿であった。

大親分の新料理運動は、殆《ほとん》ど意味がなかった。

ただひとつ残したのは、美食への警告である。これだけは、ダーク荒巻といえども、認めざるを得なかった。

「走ることやろね、結局」

そう言って、ダークは、〈二階堂組〉とプリントされたTシャツを作り、天王寺公園でジョギングを始めた。組の若い者が数人、ただちに真似をした。

「〇・三キロ、痩《や》せましたで」

数日後に、ダークが言った。

「おやっさんも、どないだ?」

「わしは必要ない」

「けど、島田組の連中も走っとりまっせ」

「島田組?」

「へえ。わしらに対抗して走りよるんですわ」

「つまらん競争をすな」

「けど、あの餓鬼どもに負けられまっかいな」

「それがおかしい。ジョギングやっとるんやろ」

「さいだす」

「とにかく、ごたごたせんようにな」

「このままやったら、わい、ほっそりし過ぎるのと、ちゃうやろか」

しかし、ダークは肥《ふと》ってしまった。

少し走っては、ビール、ジンジャーエール、コカコーラのたぐいを、がぶ飲みするからである。夕方に走るときは、途中で、モツ焼きを隠れ食いするらしい。

七

——……カトリーヌは東京に帰った。

電話線の向うで、大親分が嗄《しゃが》れた声で言った。

——ヌーベル・キジーヌ・ジャポネは、まだ、ちいと早いわ、わが国では。

——へえ……。

私は内心、ほっとした。これで一段落だ、と思った。

——それはそれとしてやな、別な、ええ案を思いついたのや。原田といっしょに坂津まできてくれんか。哲やったら、成功まちがいなしちゅう大計画や。

大親分の声は秘密めかしたものになる。

——どや、今晩？

私は眩暈《めまい》を覚えた。暑さのせいか、頭がふらついた。

——待っとるぞ。ええな？

初出一覧

「唐獅子株式会社」——「別冊文藝春秋」139号（1977年3月）
「唐獅子放送協会」——「別冊文藝春秋」140号（1977年6月）
「唐獅子生活革命」——「別冊文藝春秋」141号（1977年9月）
「唐獅子意識革命」——「別冊文藝春秋」142号（1977年12月）
「唐獅子映画産業」——「別冊文藝春秋」143号（1978年3月）
「唐獅子惑星戦争《スター・ウオーズ》」——「別冊文藝春秋」144号（1978年6月）
「唐獅子探偵群像」——「別冊文藝春秋」145号（1978年9月）
「唐獅子暗殺指令」——「別冊文藝春秋」146号（1978年12月）
「唐獅子脱出作戦」——「別冊文藝春秋」147号（1979年3月）
「唐獅子超人伝説《スーパーマン》」——「別冊文藝春秋」148号（1979年6月）
「唐獅子選手争奪《ストーヴリーグ》」
——「週刊サンケイ」1980年1月3・10日合併号／1月17日号
「唐獅子渋味《シブミ》闘争」——「小説新潮」1981年5月号
「唐獅子異人対策」——「小説新潮」1981年11月号
「唐獅子電撃隊員《レイダーズ》」——「小説新潮」1982年3月号
「唐獅子源氏物語」——「小説新潮」1982年6月号
「唐獅子紐育俗物《ニューヨーカーズ》」——「小説新潮」1982年8月号
「唐獅子料理革命」——「週刊サンケイ」1982年8月5日号／8月12日号

あとがき

本書に収められた一連の作品が雑誌に発表されたのは一九七七年以後のことである。いってみれば、喜劇的想像力をどこまでエスカレートさせ得るかという試みとして、最初の一篇が書かれ、それが話題になったので、あとの暴走が始まったといえるだろう。

第三話の中の「誰が駒鳥を殺したか」の迷訳などは、まず原文から邦訳し、単行本化のさいに全十四節を完訳するという偉業（?）をなしとげた。気分が乗っていなかったら、こういうわざができるはずがない。（ひまな読者は、マザーグース童謡中の原文と照らし合わせてくださると、一段と興味が深まるのではないかと思う。）

そんなわけで、「別冊文藝春秋」に連載された連作に、他誌に書いた作品をつけ加えて一冊としたわけで、さらに不幸なブルドッグのたどる連続ギャグが鮮明になるはずだ。

読んでいただければわかる通り、これは一連の物語ではあるが、「誰が駒鳥を殺したか」の迷訳がそうであるように、「唐獅子源氏物語」においては「源氏物語」のパロディが核心になってもいる。発表すると同時に、これは「谷崎源氏」がねたではないかという声が私のもとに寄せられたが、そういう声はありがたいものだ。大親分が光源氏に過激に感情移入してしまう一篇を書きたいと、以前から思っていたからである。

暴力団と「誰が駒鳥を殺したか」、暴力団と「源氏物語」、といったまったく嚙み合わないものが激突したとき、この種のパスティシュは面白くなるはずだが、その激突を実現させるのは容易なことではない。こうした作品が書けたのは年令のせいでもある。

それにしても、東京に生れて、日本橋で育った私が、関西弁を書くというのはどうも無理がある。どう考えても変なのだが、そこを押し切ってしまったのは、故人で大阪生れの畏友《いゆう》、稲葉明雄氏のおかげである。氏は関西の生れであり、葬儀のときに、氏が非常に特殊な育ちであることがわかった。そういう事情がなかったら、彼《か》の地の人々の中で特殊なPR誌（？）が出ていることを知っていても、それを実現させるなどということはとても不可能だからだ。
私の下手な文章を、みごとな関西弁に仕立てるなどということはとても無理。氏の実家の近くの喫茶店やら新宿のホテルのレストランで、こまかく直して頂けたのが、不幸中の幸いだったのである。

二〇一六年十一月

小林信彦

小林信彦さんにもらったもの

江口寿史

十七歳の頃、太宰治の小説で「文章で笑かしてもらう」快楽を知って以来、「字の本」は「笑かしてくれる」ものばかりを漁って読んできた。

「字の本」、読んでこなかったですからなにしろおれ。漫画とテレビと怪獣と特撮ばっかしで。や、その類の好きなモノ、コトに関する解説本やドキュメントとかは喜んで読んでいたけれど。

小説だの文学だのは苦手だった。そういうものは学校で「読まされるもの」だったし、たいがいの小説は読んでもつまらないものだった。

だから絵もないのに文章だけで泣くほど笑わせてくれる小説に出会った時の驚きったらなかった。

「字の本」、面白いじゃん！

それは小説や文学に対する拒絶反応をなくしてくれるものであり、自分がやりたいことの確認でもあった。

子供の頃から「漫画家になりたい」、という漠然とした夢はあったものの、なったとして何を描くのだ、というのはわからなかった。

手塚治虫みたいな多様で壮大なストーリーなど、できる気がハナからしないし。別に世の中にもの申したいこともないし。

でも笑いなら漫画でやれる。笑いなら漫画でやりたい。目標が定まった。


それからいろんな作家を読むようになったが、筒井康隆と小林信彦の二人は自分にとっては別格だ。

「漁って読んできた」というわりにはたった二人かーい、というツッコミが入りそうだが、意外にいないんだよ、本当に笑える作品を書ける作家、本当にギャグをわかってる作家となると。

小林信彦は漫画家になる以前「オヨヨ大統領」シリーズから大好きで読んでいたが、ことにこの作品、「唐獅子株式会社」シリーズには心底シビれた。

最初の単行本が出たのが１９７８年の４月だから、すでにおれは前の年に漫画家になっていたわけだ。

「すすめ!!パイレーツ」というギャグ漫画を四苦八苦の思いで週刊連載していた最中に読んだこの作品の

影響はまことにでかかった。自分の漫画に即、反映した。

西海岸かぶれの須磨組の大親分《ほんけ》のおかしさは粳寅満次のキャラに。

粗相をする度に指を詰めさせられ脚が短くなっていく悲運のブルドッグの繰り返しギャグは、粳寅組の子分の村田が、親分に何度斬られ撃たれて死んでも生き帰ってくる繰り返しギャグに。

「ハローフォークス！」がキメ文句のサーフィン坊主学然の軽薄さは、パイレーツの後半にちょいちょい出てくる謎のファンキー坊さんに。

と、当時のパイレーツをリアルタイムで読んでいた読者ならわかるだろうが、其処此処に唐獅子シリーズからの多大なる影響が見てとれるはずだ。影響、というか剽窃、パクリの域か。あはは。

あと、黒田組のシティボーイやくざ原田くんが、ナウで固めた学然和尚のファッションアイテムをこまかく解説するところとか。この感じが当時平凡出版（のちのマガジンハウス）から創刊したばかりの「POPEYE」愛読者だった二十二歳の若者（おれ）にはまっことに心地よかった。なんせこの時の学然ったらアイリッシュセッターを履いているんだから。

パイレーツで富士一平がダウンジャケットを着ているのを、「漫画の登場人物がその年に流行った服を着ていることに大層衝撃を受けた」と、ある評論家の方に言われたのだが、それなど小林さんのこのあたりのセンスからの影響であるのは間違いない。

そう、この原田くんの自然な若者口調とか会話もいいんだよなあ。

小説ならではの、例えば「〜だわ」とか「〜なのよ」といった女言葉などの、もう意識的なボケ以外では使わないだろといった古臭い書き言葉での会話の不自然さも小林さんの小説にはない。30年以上前からだ。2016年の現在、いまだにそういう会話で書く作家もいるというのにだ。

先にも書いた、実在のメーカー名や蘊蓄をどんどん出すところも、カタログ小説と言われた「なんとなくクリスタル」とかに何年も先んじている。

そう。小林信彦は本当に昔っからイケてるんである。

そしてまさに今こそ再び読まれるべき作家なのである。

こういう作家がどうして今、日本人なら誰もが知る大作家の位置にいないんだろうか。ハルキムラカミはみんなこぞって読むくせに。

まあ、ご本人はそういう位置になどいたくもないのかもしれないが。

こういう笑いやユーモアに富んだ作品がどうしてもっと出てこないのだろうか。こういうジャンルの作品の評価がどうして低いのだろうかこの国では。

笑いやセンスの粋をわかっている国であれば、当然もう全集が出ていて然るべき作家だ。

その意味でこの小林信彦コレクションの刊行は大変意義あることだと思うし、微力ながらも自分がカバーでかかわれることが光栄で嬉しくてたまらない。

この刊行が完結して本棚にズラリと揃ったら、また1冊目からじっくりと読み返そう。

読者の皆さんもそうしたくなるようなビジュアルを毎回描いていくつもりだ。

小林作品に育ててもらった漫画家としては、それが自分にできるささやかな恩返しなのだ。

（漫画家・イラストレーター）

解説——原典探索による

筒井康隆

短篇連作シリーズ『唐獅子株式会社』は二重、三重のパロディになっている。まず、全体がタイトルの示す如くやくざ映画のパロディである。そしてさらに各篇が現代マスコミ状況、現代思想、現代映画などのパロディになっている。そしてその中で、ある時は歌謡曲、ある時はベストセラー小説、ある時はCM、またある時は流行語、そしてまたある時は世間を賑わせた大事件のパロディなどが、まるで大戦場の夜空に交錯する火花のように眼まぐるしく炸裂する。

いやしくも小林信彦の小説を愛読する人にそのパロディ作品の原典を説くぐらい馬鹿ばかしいことはないと思われるかもしれないが、パロディを読む楽しみのひとつに原典探索があり、この議論がまたファン同士の楽しみのひとつにもなっている。ぼくもその楽しい議論に加えていただきたいのだ。それともうひとつ、最近は「原典が何であるかは知らないが、知っていればさぞ面白いだろうと想像させる迫力でついつい読んでしまった」という若年層ファンの数も多いのである。然り。この『唐獅子株式会社』のような小説を頂点とする良質のパロディ作品にはまさにそのような迫力が内在する。それは実はパロディの面白さの本質のひとつでもあるのだ。それはだから、それでいいのかもしれないのだが、そうした読者にもうひとつの、パロディ本来の楽しみをあたえようとすることだって、解説者には許されてもよいのではないだろうか。

こうした作品の解説の場合たいていの筆者はパロディの原典を説明する労を厭《いと》って「いちいち説き明かすことはしないが面白さだけは保証する」とかなんとか逃げをうって胡麻化《ごまか》してしまう。ひとのことは言えない、ぼくもしばしばそうしてきた。しかしここでは逆に、できる限り原典を紹介することにのみ拠《よ》って面白さを探究したいのである。もちろんぼくは世事に疎《うと》い方なので篇中の大小さまざまなパロディの原典をすべて紹介し尽すことはとてもできないし、とんでもない間違いを犯したりするかもしれない。しかしぼくはそれが読者諸兄の議論のとっかかりになりさえすればそれでいいと思う。以前ぼくはこの本の推薦文にこう書いた。「主人公の哲を高倉健、原田を松方弘樹、ダーク荒巻を菅原文太、金泉寺の和尚を若山富三郎という各社ごちゃまぜの配役で、それぞれ真面目に演じさせたら、どれだけ面白い映画ができることだろう」

驚くべし。たったこれだけのことで中島梓をはじめとする好き者があちこちの雑誌で火の手をあげ、侃《かん》侃諤諤《かんがくがく》の議論が湧き起ったのである。「いや。やはり主演は鶴田浩二であろう」「須磨の親分を金子信雄となぜ書かなかったか」「原田は成田三樹夫だ。筒井はやくざ映画をあんまりよく見とらんのではないか」しまいには「ぼくの好きな藤竜也はどこに出るんですか」という反論の手紙を書いてきたやつまでいた。ことほど左様に、好きな人はいっぱいいるのだ。いくら反論されても、怒りっぽいぼくが不思議に腹を立てなかったのは、それだけ活潑な論争になる面白さがこの作品に秘められていることを十二分に認めていたからである。

では原典探索にうつる。とても全部はできないが、やれるところまでやってみよう。

P11「唐獅子株式会社」は著者がまだ連作にすることなど考えないで書いた短篇であり、これが爆発的人気を呼んで、以下の続篇を書きはじめたと伝えられている。最近巷《ちまた》に氾濫する社内報やPR雑誌のパロディであるが、実は神戸の暴力団が社内報を出していたという事実は存在し、数年前にニュースとなって騒がれた。著者はこの事実を知り、作品化したのであろう。

P19「大親分の文章が巻頭を……」　表紙や巻頭言その他、やたらページのあちこちへ社長が登場するのは勿論《もちろん》ワンマン社長のいる会社の雑誌で、商業誌にも「PHP」などという好例がある。親分のいう「人の和」とは、あの笹川さんの「人類みな兄弟」であろう。

P22「日常性」「内向」は現代文学における内向の世代の作風であり、古井由吉、黒井千次、後藤明生などが代表的作家。そういう小説、やくざが読むわけはないのだが、この作家たちの特徴が「社会的関心の欠如」「日常性の正体を明らかにすること」であることを思いあわせれば、即ち爆笑に到る。

P22「切るの切られるのは……」 泉鏡花『婦系図《おんなけいず》』でお蔦《つた》が言う科白《せりふ》。「別れろ切れろは芸者のうちに言うことば」

P24「起きてみつ……」 加賀千代女の名句「起きてみつ寝てみつ蚊帳《かや》の広さかな」

P25「ミコ いじめてばかり……」 第六回レコード大賞受賞曲、青山和子が「まこ……甘えてばかりでごめんネ」と歌う「愛と死をみつめて」

P26「ペッパー警部にもまけず……」 宮沢賢治「雨ニモ負ケズ」とピンク・レディーの歌「ペッパー警部」の合成。

P27「柔肌《やわはだ》の……」 与謝野晶子の歌。下の句は「さびしからずや道を説く君」

P28「四害虫」 四人組のことを数年前にはこう称した。

P28「怒りと響き」 フォークナーの作品にも『響きと怒り』があるが、ここではハヤカワ・ミステリ・マガジンの読者投稿欄「響きと怒り」

P30「須磨組代紋入りの煙草」 天皇陛下より国民に下さる「恩賜《おんし》の煙草」には菊の紋が入っている。

P31「赤い着物、白い着物……」 明治時代の囚人服は柿色だった。白い着物は経帷子《かたびら》のこと。

P32「太陽のせい……」 カミュ『異邦人』の主人公ムルソーの言葉。殺人の理由を訊ねられてこう答えた。

P32「太陽がいっぱい」 アラン・ドロン主演の殺人ロマン映画。「太陽のせい……」からの連想で、突然この主題曲が出てくるわけである。

P35 「唐獅子放送協会」 ＮＨＫ番組のやくざ版パロディ。著者はこの第二話より連作のつもりで書いている。初登場のブルドッグがこのあと、回を追って姿を変えていく秀逸なギャグがあることからもそれはわかる。

P38 「電報堂」 二大広告代理店、電通と博報堂の混成語。

P40 「茶の間に花咲く……」 テレビ番組「みごろ！たべごろ！笑いごろ!!」で小松政夫が言う科白《せりふ》「お茶の間のザット・エンターテエンメント」

P50 「てなもんや三兄弟」 大阪朝日テレビ制作・藤田まこと・白木みのる主演のドタバタ番組「てなもんや三度笠」を『カラマーゾフの兄弟』とカラマせたもの。

P50 「明るい漁村」は「明るい農村」、「サシミ・ストリート」は「セサミ・ストリート」、「変装ゲーム」は「連想ゲーム」でいずれもＮＨＫの番組。尚、須磨附近には漁港が多く、刺身が旨い。「白痴的生活の方法」は渡部昇一著『知的生活の方法』。「教授ベンジャミン伊東」はテレビ番組「みごろ！たべごろ！笑いごろ!!」で伊東四朗が扮したベンジャミン伊東。「千田万五郎」はテレビ番組「うわさのチャンネル」でせんだみつおの扮した妖怪マンコーセン。「三日月刑事」は同番組で山城新伍の扮した刑事。「多羅尾伴内」は片岡千恵蔵主演「七つの顔」をはじめとするシリーズ映画の主人公。

P53 「ワ、ワ、ワ、和が三つ」 ミツワ石鹼のＣＭ。

P59 「神州一！」 味噌のＣＭ。

P60 「娑婆《しゃば》だわ……」 テレビ番組「11ＰＭ」のテーマ・ソング。

P63 「唐獅子生活革命」 輸入されたアメリカ風俗をパロディに仕立てた一篇。

P67 「ブローティガン」 アメリカの作家リチャード・ブローティガン。物質文明の拒否とそこからの逃避を主張することで、その作品は青年たちから人生読本的な読まれかたをしている。

P67 「気分はビートルズ」 カメラマン浅井愼平のエッセイ集のタイトル。

P68 「プレイガイド・ジャーナル」 略称プガジャ。「ぴあ」「やんろーど」等と並ぶ情報誌。

P74 「アイデンティティー」 自己同一性。純文学文壇などで一時流行した用語。

P79 「クレープ・シュゼット」 フランス料理のデザート。ブランデーや卵を使ったケーキ。

P82 「ロック・アラウンド・ザ・デッドロック」 アメリカ映画「暴力教室」の主題曲「ロック・アラウンド・ザ・クロック」

P82 「仁義だけしか頭になかった」 植草甚一の著書のタイトル『映画だけしか頭になかった』のパロディ。

P83 「けさ目をさまして……」 以下、植草甚一の文体模写。

P84 「がちょうのおばはん」 以下、マザーグース（イギリスの童謡詩）。

P84 「だれが駒鳥いてもうた？」 以下はマザーグースの「だれがコック・ロビンを殺したか？」

P87 「ブラッドの泉」 ローマにある「トレビの泉」の模倣。

P91 「監獄《ジェイルハウス》ロック」 エルヴィス・プレスリーのヒット・ナンバー。

P93 「唐獅子意識革命」 セックス革命をパロディに仕立てた一篇。いわゆる「翔《と》んでる女」のだらしなさや不潔さを痛烈にやっつけた作品である。

P98「世の中には、茶化してええことと……」　十数年前の石川喬司の名言。筒井康隆「ベトナム観光公社」をこう批判した。

P99「愛ちゅうのは、耐えるもんかのう」　浅丘ルリ子の歌「愛の化石」中のことば「愛って耐えることなの」

P100「安穏《アンノン》」　an・anとnon-no。

P102「ペキンダック」　北京料理の一種。

P103「シェアー・ハイト女史」　アメリカの性科学者。いわゆる『ハイト・レポート』の著者。

P107「ハロー、フォークス」「ロング・タイム・ノー・スイ」　三〇年代のアメリカ・ギャング映画の中でよく使われたことば。

P107「ビング・クロスビイ」　アメリカの歌手・俳優。代表作「我が道を往く」ではアカデミー賞を受賞。

P108「A　ROLLING　STONE　GATHERS　NO　MOSS」　英文法の教科書によく出てくる諺《ことわざ》。「転石苔《こけ》むさず」

P112「マフィアは、馬の首を使う……」　アメリカ映画「ゴッドファーザー」中のエピソード。

P117「タフやのうては……」　レイモンド・チャンドラーのハードボイルド小説の主人公マーロウの名科白。

P117「砂川捨丸《すながわすてまる》」　大阪の漫才師。ただしこのような科白《せりふ》を捨丸は言っていない。作者のいたずら。

P118「大橋純子」　日本人ばなれした歌唱力を持つ「たそがれマイ・ラブ」等の歌手。

P127「静かな首領《ドン》」　ロシアの文豪ショーロホフの長篇『静かなドン』ただし「ドン」はドン川のこと。

P129「さすらいのドーベルマン坊主」　「さすらいの用心棒」と「ドーベルマン刑事《デカ》」の混成語。

P134「テレビ・アンテナに黄色い褌《ふんどし》……」　高倉健主演「幸福の黄色いハンカチ」のクライマックス・シーンのパロディ。

P136「ある時は……」　前出多羅尾伴内の名科白。

P136「無茶苦茶でごじゃりまするがな」　喜劇俳優花菱アチャコが喋《しゃべ》って流行した科白。

P140「蛇じゃ……」　テレビ番組「うわさのチャンネル」で歌われた「お蛇々《じゃじゃ》ばやし」

P140「六甲山」　映画「八甲田山」

P145「黒手組」　実在した怪盗団。江戸川乱歩にも同題の短篇がある。

P145「旗本退屈男」　市川右太衛門主演シリーズ映画。

P152「イーン・ベーダー」は「スター・ウォーズ」の悪役ダース・ベーダー。「ライト・セーバー」は同映画で使われる武器。

P153「唐獅子惑星戦争《スター・ウォーズ》」はSF映画「スター・ウォーズ」「未知との遭遇」をパロディにした一篇だが、その気ちがい騒ぎぶりでこの連作中一、二を争う傑作となった。

P157「ウイ・アー・ノット・アローン」　映画「未知との遭遇」のキャッチ・フレーズ。

P158 「目には目を、和には和を」 「目には目を、歯には歯を」

P158 「タンク・タンクロー」 阪本牙城のマンガの主人公。

P159 「第一種接近遭遇」以下は「未知との遭遇」中において異星人との各種コンタクト段階として示されたもの。このパロディは抱腹絶倒であり、篇中の白眉《はくび》である。

P159 「イグアナの真似……」 芸人タモリの持ちネタ。

P160 「冒険ダン吉」 島田啓三のマンガの主人公。

P160 「長靴の三銃士」 牧野大誓著・井元水明画のマンガの主人公。

P166 「ルーク・スカイウォーカー」 映画「スター・ウォーズ」の主人公。

P167 「スター・ウォーズ評論家」 SF翻訳家伊藤典夫がこう自称した。

P169 「理力《ザ・フォース》」 「スター・ウォーズ」で主人公が老師オビ＝ワン・ケノービから教わる一種の超精神力。

P171 「May the Force be with you」 同映画中で老師がこう言いながら主人公に剣を渡す。関連商品の帽子などにもこの文句は書かれている。

P173 「あやまちはくりかえしませぬ」 原爆記念碑に書かれていることば。

P178 「チューバッカ」 「スター・ウォーズ」に登場する大猿。

P184 「夢でござる……」 映画「柳生一族の陰謀」ラストのクライマックス・シーンで叫ばれる科白。

P185 「唐獅子探偵群像」 名探偵もののパロディであるが、きちんとしたトリックで仕立てられた堂堂たる推理短篇になっている。文体もハードボイルド・タッチで楽しめる。そのかわり小出しのパロディは少い。

P189 「リチャード・ブローティガン……」 前出ブローティガンは七六年、七九年など、しばしば来日している。

P200 「密室のための密室」 ディクソン・カーがしばしば機械的密室に凝り、批判された。

P202 「テレビの女プロデューサー……」 アメリカ映画「ネットワーク」

P210 「ワトソン君」 シャーロック・ホームズの相棒の医者。

P210 「ネロ・ウルフ」 レックス・スタウトの推理小説に登場する大食肥満の安楽椅子探偵。アーチーはそのワトソン役。

P210 「灰色の脳細胞」 アガサ・クリスティの推理小説に登場する名探偵エルキュール・ポワロの科白。自分の頭脳を常にこう称した。

P215 「H・H・ホームズ」 アメリカの本格推理作家。評論家アンソニー・バウチャーの別名。

P216 「緊張の夏……」 蚊取り線香のテレビCM「金鳥の夏、日本の夏」

P219 「唐獅子暗殺指令」は「ジャッカルの日」など一連の暗殺もののパロディである。

P221 「わしのひとみは……」 堀内孝雄の歌「君のひとみは10000ボルト」

P226 「ヘンリー食堂のドアがあいて……」以下のひとくだりはヘミングウェイの短篇「殺人者」冒頭部分のパロディ。

P236 「マネーチェンジャーズ」 アーサー・ヘイリー原作の銀行を舞台にした長篇。

P234 「ドイツの詩人」「失楽園」　シェークスピア、ゲーテ、ミルトン及びその著作をごっちゃにしている。

P236 「生きよか、死のか……」　シェークスピア『ハムレット』の科白。

P237 「人生は出来の悪いシナリオ……」　映画「裸足の伯爵夫人」の冒頭でハンフリイ・ボガート扮する脚本家の言う科白。

P237 「完全な人間はいないよ」　ビリー・ワイルダーの映画「お熱いのがお好き」のラスト・シーンでジョー・E・ブラウンが言う科白。

P237 「ブランデー　水で割ったら……」　テレビCM。

P239 「リンダ・ロンシュタットさえ」　ウエストコーストを代表する女性ヴォーカリスト。

P241 「かりに、そのオスカルが」　「ベルサイユのばら」の主人公と間違えている。

P246 「ジャパン・オオサカ……」　JOBKは建物が大阪馬場町の交差点に面している。

P249 「エンジェル諸君……」　テレビ番組「チャーリーズ・エンジェル」中の科白。

P251 「唐獅子脱出作戦」　マイケル・カーティス監督、ハンフリイ・ボガート、イングリッド・バーグマン主演の映画「カサブランカ」をパロディに仕立てた一篇である。

P253 「トレンチコートの襟《えり》を……」　ハンフリイ・ボガートのトレード・マーク的扮装。

P254 「ひとはサーフィンのみに……」　新約聖書「ひとはパンのみにて……」

P255 「ソニー松下」　SONYと松下幸之助（ナショナル）の混成語。

P256「中洲《なかす》産業大学」　芸人タモリの演じる教授が所属する架空の大学。中洲は九州福岡市に実在する町名。

P260「飛んで富田林」は庄野真代の「飛んでイスタンブール」、「そして坂津」は内山田洋とクール・ファイブの「そして神戸」

P274「もう一度、弾いてくれ、さぶ」　前出の映画でボガートが黒人ピアニストに言ったとされる科白。

P274「白い、ひさしの大きい帽子……」　前出の映画に登場するバーグマンの服装。以下、同シーンのパロディが続く。

P276「可能性ではなく、必然……」以下のサンチェスの立場は同映画におけるポール・ヘンリード（バーグマンの夫役）のそれと同じ。

P280「薄茶のサングラスをかけた栗林警部補……」　同映画におけるクロード・レインズ（警部役）の役まわり。

P281「ダークが翔《と》んだ日」　渡辺真知子「かもめが翔んだ日」

さて、残ったのは「唐獅子超人伝説《スーパーマン》」のみである。これはいうまでもなく「スーパーマン」のパロディであるが、この一篇のみは読者諸氏の原典探索の楽しみに残しておこう。それにもう、あたえられた枚数を倍近く超過した。安価がモットーの文庫本、解説が長くなったために十円値があがったりしては申しわけがない。これで筆をおくが、最後にひとこと言わずもがなのことを。諸君。註釈とはこのような作品にこそ必要なのですぞ。なんのことを言っとるのか、おわかりでしょうな。

（昭和五十六年二月、作家）

（新潮文庫『唐獅子株式会社』、一九八一年三月発行より）

おかしさの瘴気《しょうき》に中《あ》てられて

田辺聖子

一九八五年の大阪はヤタケタに騒々しかった。山口組の組長が殺《や》られ、（海の向うのアメリカでは大統領が暗殺《や》られるのであるから、暴力団の組長が殺《や》られても大層にいうことはないのかもしれないが、組長というのは大体、殺《い》てまえ、と指令を出すほうであり、自身が殺《い》てまわれる、というのは珍しい）組幹部が殺《や》られ、（感懐は右に同じ）しかも豊田商事の会長が刺殺された。会社の商法も阿漕《あこぎ》だったが、殺《や》られかたもあざとかった。その前から跳梁したのがグリコ犯人「かい人21面相」である。

大阪は泥絵具のような血の赤でぬりたくられた犯罪都市やないかいな、という感じを全国に与えたことと思われる。実際、私の友人の一人など、大阪へ行ったら血だまりを跳びこえ跳びこえ、歩かなあかんのちゃうか、と真顔で訊いたりする。そのくせ、この男は神戸の住人である。何をいうてるのや、と私は片腹いたかった。神戸こそ、山口組や一和会の本部のある所ではないか。'85の神戸まつりの日など、神戸よびもののパレードが一和会本部事務所の近くを通ることになってる、(実は私もそのパレードに、白雪姫の恰好で参加した)だもので、県警は神経をとがらせ、事務所のまわりに楯を並べて機動部隊を配置させていた。あれは事務所を警備してるというのか、軟禁してるというのか、封鎖してるというのか、とにかく物々しい眺めであった。

そんな中を、ラーメン屋の姐《ねえ》ちゃんが楯をよけよけ、一和会事務所に出前を運んでいた。

大阪者から見ると、神戸なんて、うわ、怖《こわ》、というところがあるのだが、みな、自分のところのことはわからないで、ヒトのところが怖くみえるものである。

更に加うるに、'85は阪神が優勝して大さわぎ、という、何ともごった煮の鍋焼饂飩《なべやきうどん》のようなすさまじい様相を呈した。

まさにそういう感じが、この『唐獅子源氏物語』には盛られているのだ。

フツフツと煮えたぎって、おいしさこぼれんばかり、その中には、ワーと仰山《ぎようさん》のおいしい「かやく」がいっぱいつまっているという、「本の鍋焼饂飩」である。

いや、大阪とか暴力団とか虎フィーバーなどは'85の社会現象ではないか、『唐獅子源氏物語』は'82に出版されているといわれるかもしれないが、本書は右のもろもろの事象の輝ける猥雑、栄光ある下品さからその純粋エネルギーを抽出して、みごとに定着表現しているのだ。

感性するどい作家は時代に精神共鳴して、予感し、予見するものだ、——という感を深くする。

前作の『唐獅子株式会社』にも抱腹絶倒したが、こんどの『唐獅子源氏物語』も再読してその面白さが褪《あ》せていないことを知った。ここにはその時代時代の社会現象が捺染《なっせん》されているが、ズボッと太い作者の文明批評精神の背骨が通っていて、それは時代性を超えている。

いや、こういう言い方は誤解をまねく。作者が連発速射するギャグやパロディ自体が「志」そのものになっているところが美事なのだ。

この手の「ごッつ、おもろい」小説に、批評の背骨が見えるようではいけない。法衣《ころも》の下に鎧《よろい》がちらちら見えがくれするようでは「ごッつ、おもろ」くならない。コロモがヨロイであって、そのもの自体がおかしい、——というようでなければ。

これは日本の湿潤な精神風土には中々根付かない花であるが、ようやくにこのごろ日本でもオトナがふえてきたというか、本好きの口が肥えてきたというか、小林信彦氏のファンも（男女にかかわらず）ふえたようでめでたい限りである。

この小説は大阪弁が用いられている。（氏は大阪弁と関係ないお育ちだそうであるが、この中の大阪弁、それも極道もんの用語が、実にあざやかでうまい。しかも字面にして読みやすいように再構築され、リアリティをよそおいつつ、一拍どこかずっこけておかしい。これは却《かえ》って、氏が大阪弁と関係ないからこそ、選択構成されるのが可能だったのであろう。とすると、ここでの大阪弁の面白さは、氏の言語感覚の鋭さに負うものといえよう）

その大阪弁を使うのが暴力団、やーさん、上方《かみがた》でいう極道である。大阪弁も極道も、どっちも本音の世界である。だからこそ、大阪弁とやーさんは出合いもん、ということができよう。

主人公で狂言まわしの「私」、つまり「哲」は、賢いような抜けたような、古いような新しいような中年の極道である。中年だから、「本音」だけで生きられず、建前の分別も持っている。そのせいで現場のハチャメチャに対応しきれない、そのオタオタぶりが何ともおかしい。おかしいといえば、この本のギャグやパロディの原典がわかっているともうこたえられない。あやしげな歌が氾濫するが、明治天皇御製も石川五右衛門の歌もごたまぜに拉《らつ》してばらまかれている。冒険映画も忍者映画も緩急自在にすげかえられる。

そのパロディのおかしみは「源氏物語」に至って頂点に達する。

あの谷崎源氏の口吻《こうふん》がそのままとり入れられてあるところなど、われわれ読者は七転八倒して笑ってしまう。谷崎源氏は、私の感じからいうと、あまたある口語訳の中で、いちばんパロディ化しやすい、独特の臭みある文章なのだが、それにしても、ここまでよく嚙みこなして使われていると、読者としては嬉しくてたまらない。一語一語に、原典(ここでは谷崎源氏)の臭味が躍動して楽しまされた。

なおついでにいうと、谷崎源氏を消化するには、与謝野源氏、円地源氏、それに原典にも通暁していないと、独特のクセはつかめない。「源氏物語」を素材にした小説やパロディのたぐいを、最近、目にすることが多いが、皮相浅薄なものも多いので、それからして小林氏の蓄積の深さが計られる気もする。

いや、ギャグやパロディの面白さの虜《とりこ》となって、作者の脳細胞のひらめきにふりまわされる、その快感もさりながら、私はディテールの描写が楽しくてならない。

小説を読むとき、ある種のものには、私は構えて向うが、氏のこの手のものは、全く丸腰で両手を上げて、お任せしますになってしまう。私がおかしがるのは、ほかの人には何でもないかもしれないが、たとえばこういう場面である。

哲とダーク荒巻はフランス料理を食べている。ダークはブーローニュの森ちゅう味やといい、「ブーローニュて、なんや？」哲は知らない。「フランスの田舎でんがな。森が名物で」「物知りやの」「お風呂で覚えたんですわ。待合室に、ブーローニュの大けな油絵がおましてな。わい、かちあげてきて、マンションに飾ったぁります」「おかしな真似すなや」

——などというところである。（「唐獅子渋味闘争」）

極道のダークがフランス料理を愛し、「わい、ともすれば、中流生活者を意識する今日このごろだす」というのもおかしいが、ブーローニュの森と「かちあげ」の対照のべらぼうなおかしさ、この「シブミ」が何ともたまらん、というわけである。

また同じ巻。

二月に入って間もない、寒気のやや弛《ゆる》んだ夜である。

私、ダーク、原田の三人は、二階堂組《うち》の事務所の社長室で、税金の季節にふさわしい会話を交していた。

「ひとむかしまえは、鬼の税務署員かて、極道のオフィスには近づかなんだ」

とダークが嘆いた。

「ええ時代やったね、おやっさん」

「時の流れよ。近代企業やさかい、税金払わなしゃあないんじゃ」

私はナポレオンの水割りを飲んだ。

「オナシスというギリシャの金持ちが、こう言うてます」

と原田が言った。

「どうしたら金持ちになれるかと新聞記者に質問されて、たったひとこと、『税金をはらわないようにすること……』」

「言えとるわい」

ダークはテーブルを叩いて、

「税金はらうのやめまひょ、おやっさん」

「好きではらうのやない」

私は苦《にが》りきった。


やーさんと税金、という着想のおかしさに加えて、この最後の一行二行の呼吸など絶妙である。ギャグやパロディをしっかり裏打ちする、このディテールの硬質な諧謔《かいぎゃく》。「唐獅子異人対策」ではまた、大阪ミナミのうちの事務所も、トラブルつづきである。暴走族出身のエリートとして、この春、入社した連中の質の悪さが、私の計算外だった。新人には、まず、電話番からやらせるのだが、二十四時間の電話番がきついと文句を言う。私が撲《は》りとばすと、大阪府警の暴力相談センターに駈け込み訴えをした。理由は〈暴力をふるわれた〉で、府警のほうもびっくりして、応対のしようがなかったらしい。残った新入社員どもも、週休二日制やら、喧嘩《でいり》のときはガードマンをやとえ、といった要求をつきつけてくる。交渉に当ったダーク荒巻が一喝すると、奴ら、母親をつれてきた。子供よりも始末が悪いのだ。

このあたりのお遊びも嬉しい。お遊びというものは、ヤワな精神ではできない。骨太な皮肉屋が吐き出す濛々《もうもう》たる瘴気なんである。

ところで、「唐獅子シリーズ」は前に映画化され、主演は横山やすしサンであったらしいが、私は見そこねてしまった。名作は何べんもの映画化に堪えるのだから、もしまた機会があるとすれば、不死身の哲は、山城新伍サンか、勝新太郎サンはいかがであろう。高倉健サンや鶴田浩二サンではマジになってしまうので、も少しオッチョコチョイ風であるほうがいい。ダーク荒巻は菅原文太サンか、と思ったが、中上健次サンはいけないかしら。たのしいダークになりそう。原田は成田三樹夫サンかタモリサンと前は思っていたが、明石家さんまサンという手もある。財津一郎サンもいい。学然和尚は、私は前に田崎潤サンがいいと思っていたが、亡くなってしまわれたので、芦屋雁之助サンはどうですか。となると須磨組大親分《ほんけ》は東野英治郎サン、か、西村晃サン、そうそう県警の栗林警部補は小堺一機サンなんか。
などとたのしく妄想する。——二度三度とたのしめるが、それでいてまた、何年たっても面白さの新鮮度を失っていない本である。——やーさんの大親分が「人の和こそすべて」という、このハチャメチャな矛盾、あらゆる風俗や思想が極道たちの手で美事にバラされ、「いてまわされ」「どつきまわされる」さま、それが現実社会のブレたピントをかえって合すことになる、——そのことに読んだあと、気付くのだ。

（昭和六十一年一月、作家）

（新潮文庫『唐獅子源氏物語』、一九八六年二月発行より再録）

NOBUHIKO KOBAYASHI COLLECTION

小《こ》林《ばやし》信《のぶ》彦《ひこ》

昭和７年東京生
主著　「虚栄の市」
「オヨヨ大統領シリーズ」
「唐獅子株式会社」
「夢の砦」
「東京少年」三部作
「日本の喜劇人」他多数

〔唐獅子株式会社〕

2016年12月12日印刷　2016年12月30日発行

著　者　小林信彦
発行者　吉田　保
印刷・製本　株式会社シナノ

発行所　株式会社フリースタイル
東京都世田谷区北沢２ノ５ノ１０
電話　東京５４３２局７３５８（大代表）
振替　東京・00150-0-181077

ISBN978-4-939138-83-6